七剑下天山

下

天山系列

梁羽生 著

朗声图书

中山大學出版社 SUN YAT-SEN UNIVERSITY PRESS （·广州·）

图书在版编目(CIP)数据

七剑下天山/梁羽生著. —广州：中山大学出版社，2014. 7
(梁羽生精品集)
ISBN 978-7-306-04878-3

Ⅰ. ①七… Ⅱ. ①梁… Ⅲ. ①侠义小说—中国—当代 Ⅳ. ①I247.5

中国版本图书馆CIP数据核字(2014)第094254号

广东省版权局版权合同登记图字：19-2012-065号

敬告读者

为了维护读者、著作权人和出版发行者的合法权益，本书采用了新型数码防伪技术。正版图书的定价标示处及外包装盒上均贴有完好的防伪标签。刮开涂层，可见到一组数码，您可以通过两种途径查验真伪。

1. 拨打全国免费电话4008301315，按语音提示从左到右依次输入相应数码并按#键结束。

2. 扫描防伪标上的二维码，按提示输入相应数码。

读者如发现盗版图书，可向当地“扫黄打非”办公室、新闻出版局、工商管理部门、公安机关、技术监督部门举报，或直接与我们联系。

联系电话：020-34297719 13570022400

我们对举报盗版、盗印、销售盗版图书等侵权行为的有功人员将予以重奖。

广州市朗声图书有限公司

目　录

第十五回　侠骨结同心　百尺楼头飞剑影
幽兰托知己　一生恨事向谁言

这时已是黄昏时分，新月初上，花影缤纷，园子里别有一番幽雅景色。冒浣莲哪有心情赏玩？悄悄对桂仲明道：“我们先养一回神，待三更时分，便到天凤楼，唤出张公子。”

哪料未到三更，已生变故。桂冒二人，刚刚收拾停当，正在喁喁细语，商议如何去接应张华昭的时候，忽听到外面乒乓巨响，从窗子瞧去，只见彩焰浮空，有人大放流星花炮。冒浣莲心想：既非元宵，又无喜庆，放花炮干嘛？心念方动，园子里假山花石、树阴、桥边，暗坳处纷纷钻出人来，有禁卫军，也有相府的武士。冒浣莲大惊，急拉着桂仲明道：“我们受包围了，快闯出去！”桂仲明虎吼一声，腾蛟宝剑疾地荡起一圈银虹，“砰”的一拳把窗户打碎，带冒浣莲闯出外面。

原来楚昭南昨晚被纳兰容若喝退后，功败垂成，极为气愤。易兰珠以前在五台山行刺多铎之时，他也曾目击，昨晚一亮了相，楚昭南便认得是她。后来再一交手，见她拿的宝剑，竟是自己师兄杨云骢的遗物，使的又是天山剑法，更是惊疑。这“女贼”三番两次行刺鄂亲王多铎，鄂亲王下令要楚昭南负责捉到她。楚昭南是晦明禅师的叛徒，最怕同门中人与他作对，他撞到了易兰珠，就是没有多铎命令也不肯放过。

当晚，他就赶回宫中，求见康熙皇帝，把纳兰公子包庇“女贼”的事说了。康熙笑道：“容若小孩脾气，任性则有之，包庇当不至于，我看他也不知道有叛逆潜伏在他的府中，所以不高兴你到他那里闹事。这样吧，我明天召他到南书房伴读，公主也要她回宫便是了。明晚你带禁卫军，知会纳兰相爷共同围捕。”楚昭南大喜，立刻退下去布置。这晚他带来了三百禁卫军，其中有好几个统领都是高手。

再说桂仲明剑随身进，穿出窗户，银虹一卷，削断攻到他的面前的几般兵器，冒浣莲抢了上来，低声说道：“随我来。”她手挥神砂，专寻僻径，且战且走。桂仲明横剑断后，挡住两侧攻来的禁卫军的兵器。

原来相府花园，广阔之极，亭台楼阁，假山花木，还有池沼小河，长桥九曲，把园子变得像迷宫一样。那些曲径通幽，左绕右绕，就算长住在里面的人，有时也会迷路，冒浣莲深谋远虑，一进了园，就默记道路，有些歧路极多之处，更画了出来，随时展阅。她进来三四个月，园子里的地形道路，已全部了然胸中。此刻园子里虽然遍布禁卫军和相府武士，给她左面一兜，右面一绕，专寻小路，借物障形，竟然避过了围攻。虽然在僻径小路，也时时会碰到埋伏的或在那里站岗的武士，但每处最多不过三五个人，不给神砂打伤，也给桂仲明宝剑击退。而敌人一退，他们又另抄小路走了。

冒浣莲就这样，仗着熟悉地形，且战且走，不到半个时辰，便带桂仲明行近了天凤楼。他们在假山暗坳处一伏，抬头一看，又是大吃一惊！

天凤楼高七层，白玉为栏，飞檐翘角，冒浣莲一眼望去，只见在第三层的檐角上，有两个人在狠狠斗剑，一个是楚昭南，一个是张华昭。天凤楼下围着百多名禁卫军，控弦待发。楚昭南剑招凶辣之极，张华昭连连闪避，险象环生，解了几招，楚昭南直踏中宫，一剑刺去，张华昭突然缩身一跃，跳上了第四层。楚昭南剑招如电，本来顺手一挥，就可把张华昭双足斩断，不知怎的，他却斜里一点，长剑在瓦檐上一碰，身子像弹弓一样反弹上去，几乎和张华昭同时落在第四层的飞檐之上，运剑如风，鹰翔隼刺，又把张华昭绊住。

楚昭南为何不下杀手？原来他率众大搜天凤楼时，靠陆明、陆亮指点，穿入内壁复道，发现了张华昭，认出他是大闹五台山时，行刺多铎的凶手之一，也是在后来清凉寺时和易兰珠同路的那个人，心中大喜，想道：“即算抓不着女贼，抓着此人，也是一大功劳。”因此只想生擒，不愿将他毙命。

张华昭武功不弱，剑法已得“无极剑”精髓，虽然不是楚昭南对手，但楚昭南想把他生擒，却也不易。楚昭南连用黏、绞、击、刺几种手法，想把张华昭的剑击出手去，张华昭封闭严密，在第四层的飞檐上，又拆了二三十招。楚昭南勃然大怒，剑法突变，如疾风暴雨，剑光飘忽，激战中一柄剑就似化成十几柄一样。张华昭只见到处剑花错落，乱洒下来，一个措手不及，左臂中了一剑，大叫一声，一个鹞子翻身，又倒翻上第五层的飞檐之上。

楚昭南见生擒不易，恶念顿生，他想先把张华昭刺伤，然后再活捉他。哪料张华昭骁勇异常，中了剑，竟然能飞身上屋。楚昭南如何肯放他走，轻轻一纵，也飞掠上第五层，而且抢先一步，截着了他的退路，要他背向楼外，更难防守。

桂冒二人看得惊心动魄，正待出手，忽然在第六层楼中，冲出一个少女，双足一点白玉栏杆，如燕子般斜掠下来，一口短剑往楚昭南剑上一碰，只见火星纷飞，楚昭南的剑给斫了一道缺口。这少女正是他要追捕的易兰珠。易兰珠逐楼搜索，找不着张华昭，待上到天凤楼第六层时，楚昭南已率众围到。

易兰珠伏在六楼，躲在几盆盆景之后，凭栏下望，见张华昭被楚昭南逐层追逐，形势危殆，无可奈何，只能冒险出击了。

楚昭南一见易兰珠现身，顿时移转目标，长剑一挥，刷！刷！刷！一连几剑，直指易兰珠要害。这时张华昭又已翻上第六层去了。

易兰珠武功要比张华昭稍好一点，但楚昭南立心把她擒拿，招招凶辣，十数招过后，易兰珠抵敌不住，飞身上了第六层，只见张华昭正在包扎伤口。

易兰珠急忙问道：“怎么了?”张华昭见她仓皇之情，溢于言表，心中感动，痛楚全消，长剑一摆，道：“不妨事!”两人还未谈得两句，楚昭南又已窜了上来，剑势伸开势如浪涌，易兰珠短剑一截，张华昭倏地一矮身躯，一招“铺地锦”，猝斩楚昭南双足。楚昭南好生了得，斜里一剑，轻点易兰珠脉门，迫得易兰珠转身躲开，他立时煞身止步，剑招一变，“倒枝垂柳”向下一旋一撩，张华昭的剑给撩上天凤楼的顶层。易兰珠回剑拼命挡住，张华昭飞身上了顶楼，易兰珠与楚昭南也紧跟着窜了上来。

张华昭这次不敢再冒险进招，仗着易兰珠的宝剑在正面遮拦，展开“无极剑”的精妙招数，配合侧袭。楚昭南以一敌二，兀是攻多守少。

三人走马灯似的在天凤楼顶大战，楚昭南虽占上风，一时间却也奈何他们两人不得！这时在第三层楼飞掠出四条人影，两个是陆明、陆亮，另外两个是禁卫军中数一数二的高手。他们刚才留在三楼的复壁里搜索张华昭“余党”，搜了半天，杳无人迹，是以赶上来帮手。

桂冒二人伏在山石暗坳之处，见天凤楼顶楚昭南越战越凶，冒浣莲一推桂仲明道：“你快上去，若救得他们下来，就赶快奔回此处，随我闯出园子。”

楼下的禁卫军，引颈上望，给天凤楼顶的恶战，吓得目定口呆，个个屏息以观，根本就没注意到附近假山，还伏有两名“敌人”。桂仲明猛地冲了出来，在禁卫军头上，飞掠而过。身法迅疾到极，好几个禁卫军只觉头顶一痛，抬头望时，桂仲明已借他们的头颅，作为“跳板”，跃上天凤楼去了！

禁卫军哗然大呼，箭如雨发，桂仲明右手挥动腾蛟宝剑，一道长虹，护定身躯，箭一触及，便给截断飞射出去；左手扣着三枚金环，脚步不停，仍然一层层地飞跃上去，片刻之间，掠上第四层的飞檐，弓箭之力，已弱得多，桂仲明抬头一看，只见一个禁卫军统领，刚刚飞身到达顶层。桂仲明左手一扬，那员统领正想挺剑前扑，猛然后心一阵剧痛，一个倒栽葱从天凤楼顶跌了下来，禁卫军又是一阵哗然大呼，接到手时，那员统领早已气绝。

陆明、陆亮刚刚赶上五层，猛见桂仲明飞身上来，心中大惊，一缩身躲进楼去，桂仲明翻上五楼，也不理他们，左手一扬，又是一枚金环，向刚上顶楼的另一个禁卫军统领打去，不料这人却是一流高手，名叫胡天柱，在禁卫军中，除掉楚昭南和张承斌外，就数到他。他使的是一条软鞭，软鞭一挥，就把金环卷去。桂仲明虎吼一声，身形并不停留，像弩箭一般直冲上顶层，手起剑落，径向胡天柱劈去！胡天柱不知他使的乃是宝剑，刷的一鞭猛扫过去，剑光鞭影中胡天柱惊叫一声，连退三步，鞭梢一段已给削断。桂仲明跨进一步，预扣在左手手心的第三枚金环，猛地射向楚昭南后心穴道。

楚昭南激战张华昭、易兰珠二人，正自抢得先手，剑光霍霍，攻势凌厉，忽听脑后风生，反手一抄，将金环接在手中，剑势一缓，易兰珠已抢出圈子，解了楚昭南的攻势。

桂仲明金环打出，和身扑上，忽见楚昭南反手一掷，一圈金光挟着啸声迎面飞来，劲道甚大。桂仲明知道是他接了自己的金环，反打自己，只是听风辨器，楚昭南的暗器功力比自己高出许多，不敢硬接，宝剑一挥，将金环劈成两片。

易兰珠一招“李广射石”，楚昭南回剑横削，易兰珠趁势穿出左侧，抢了有利方位，大声叫道：“仲明，左右夹击，快！快！”桂仲明双足一跳，避过软鞭缠打，身子腾空，手中长剑俯冲而下，这一剑正是“攻敌之所必救”，解了张华昭困危。楚昭南一个旋风疾转，左左右右，各刺两剑，疾如闪电，挡住了两翼的进攻。这时桂仲明已补上了张华昭的空档，张华昭抽出身来，拦阻胡天柱的攻扑。

一剑飞来，形势立变；刚才是楚昭南占上风，现在却是感到应付艰难了。桂仲明、易兰珠二人，剑法都有高深造诣，与楚昭南相差不远，更加上两人所使的都是宝剑，这一左右夹击，厉害非常。楚昭南出尽全力，屡遇险招，幸他功力极高，火候老到，使的尽是阴险毒辣的招数，互相牵制，以一敌二，尚自支撑得住。

张华昭独战胡天柱，却是处在下风，胡天柱这条软鞭，使得得心应手，虎虎生风，鞭影翻飞，极为凶猛。张华昭的内家剑法，虽然也已有了相当火候，无奈连番恶战之后，加上左臂受伤，竟是抵挡不住，给他一步步迫出外面，再退几步，就要跌落楼下。

易兰珠见状大急，这时楼下又有几名高手，一层层地跳纵上来。桂仲明大喝一声：“走!”腾蛟剑倏地一翻，把楚昭南迫退一步，迅如巨鹰，在右侧疾冲而出，手起一剑，直朝胡天柱背后“风府穴”刺去，胡天柱大弯腰，急旋身，避过这剑，桂仲明已拖着张华昭疾冲下去，长剑一点第六层的檐角，疾地翻下了第五层。两名禁卫军统领刚自四楼跳上，桂仲明左手一放，叫道：“你从那边跳下！”他头下脚上，自第五层楼直跳下去，半空中与那两人迎个正着，右手剑刺，左手掌劈，剑是稀世之宝，掌是鹰爪神功，那两名统领如何抵挡得住？一个被宝剑对胸穿过，一个被五指抓破了天灵盖，两具尸身，同时跌落楼下！

桂仲明一跃而下，宝剑一挥，杀开血路，张华昭跟在背后，忽听得易兰珠尖叫之声。她是刚刚身形着地，就给楚昭南追上了。

易兰珠短剑一荡，“迎风扫尘”，但听得剑尖上“嗡嗡”一阵啸声，几条兵刃，或给削断，或给荡开。短剑一旋，蓦觉锐风斜吹，楚昭南长剑已是堪堪捌到！

易兰珠一声尖叫，桂仲明拼命冲来。忽地里，假山石上，疾的又冲出一条人影，双手连扬，禁卫军“哎哟”连声，纷纷闪避，这人正是冒浣莲。她以夺命神砂，专打禁卫军面目，好不厉害！神砂一洒就是一把，虽然不能及远，可是用来救人，以寡敌众，却有奇效。

楚昭南一剑把易兰珠逼开，左手五指如钩，便来硬抢易兰珠的宝剑。冒浣莲劈面一把神砂，楚昭南轻轻一闪，撤掌打出，掌风将神砂震落地面。这时只听得背后一声大吼，桂仲明的腾蛟宝剑如一道金蛇，斜里飞来，楚昭南倒提青锋，往上一挂，解开了桂仲明攻势，易兰珠刷的一剑，又猛向前心捌来，楚昭南脚尖点地，掠出三丈开外。桂仲明、易兰珠、张华昭三人，已随着冒浣莲冲出去了！

楚昭南大怒，忙喝令陆明、陆亮随同追赶，还有几个禁卫军的高手，也纷挺兵刃，上前擒拿。冒浣莲对园中道路，非常熟悉，只见她身如彩蝶穿花，时而纵高，时而跃低，穿过假山岩洞，绕过羊肠小径，穿花拂柳，曲折迂回，带领众人，直奔园外，禁卫军给她抛在背后，只有楚昭南等几个高手，还能紧紧缀着。冒浣莲一见楚昭南迫近，就是一把神砂，虽然打不着他，可也阻滞了他的脚步。

此追彼逐，兔起鹘落，片刻之间，他们已杀到园子的西门，守门的武士，见他们似疯虎一般，哪敢阻挡。桂仲明“排山运掌”，猛击园门，只一下就把园门震开，飞奔出去。

楚昭南紧跟不舍，其时已近五更，千街寂静，万户无声，追过了好几条街道，追进了一条掘头小巷，巷的侧边是一条臭沟，楚昭南猛地大喝一声，提身上屋，展开绝顶轻功，抢过了冒浣莲的前头，横剑一立，拦住他们。胡天柱等七八名高手，则堵在巷子的进口。冒浣莲神砂已经发完，向桂仲明打个眼色，双双挺剑，拼着和楚昭南作一死战，胡天柱、陆明、陆亮三人也扑了上来，看看就要混战。正在此际，忽然一家居民，大门倏地打开。

屋内走出一老一壮，老的长须飘拂，手里拿着一根旱烟袋，吸了几口，猛地一吹，烟锅里火星点点，飞溅出来，他竟拦在楚昭南与桂仲明之间。另一个是将近四旬的中年汉子，也拿着一根旱烟袋，只是比那老的小了许多。他一出来，就指着陆明、陆亮道："爹，设陷阱害我们的是这两个人。"楚昭南睁目喝道："什么东西敢来混扰?"侧身一剑，越过老头，向桂仲明刺去。楚昭南心高气傲，自命英雄，虽见这两人迹状怪异，但在未知他们的来头虚实之前，却不屑先下手攻击他们。

桂仲明腾蛟剑硬架，喝道："小爷怕你不成!"楚昭南剑光一闪，避开宝剑，霎眼之间，连发三招，桂仲明退后两步，易兰珠、冒浣莲双抢过来，禁卫军的高手，也从那边巷口涌上。

中年汉子又指着桂仲明道："爹，他是我们的恩人!"老头一扬烟袋，喝道："我们恩怨分明，先报恩，后报怨。"斜里一跃，铁烟袋疾地点打楚昭南的"魂台穴"，楚昭南大怒，横剑一封，只觉来人腕力甚为沉雄，剑给荡开，虎口也给震得发热!

这一老一壮，老的就是南京镖行的领袖孟武威，壮汉是他的儿子孟坚。孟武威和石振飞并称南北二名镖头，保镖从未失手。这次孟坚给陆明、陆亮诱去替纳兰相府保三十六名少女，几乎折在江北三魔手上。回来一说，孟武威年纪虽老，火气极大，虽不敢招惹相府，却恨透了陆明、陆亮。他说不管陆家兄弟是什么相府武师，他们总算是江湖人物，这次藏奸诱镖，令武威镖局出丑，非找他们理论不可。他封了镖局，带子进京，沿途找寻人妖大魔郝飞凤不着，正是一肚皮没好气。到了京师，就想去找二陆。倒是他的儿子把细，劝道："相府门高狗大，你老人家去找他们，他们不见你也没法。何况他们是武林小辈，你去找他们，先就折了身份。"孟武威一想，也是道理。当下和儿子商讨，决定第一步先去找石振飞，由他出头，柬邀镖行同道和二陆到会赴宴。石振飞是京城的武林领袖，二陆虽是相府教头，但并无官职，同是“混江湖饭”的，不容他不赴会。到时，孟武威就要二陆磕头赔罪，否则就要把他们赶出京城。

楚昭南大搜天凤楼之夜，正是孟家父子刚到京城之时。他们是中午时分到京的，礼物未办，因此准备到第二天才去拜会石振飞。当晚先住在镖局一位旧伙计的家里，半夜里忽闻追逐之声，孟老头和儿子披衣起视，正是陌路相逢，仇人恩人都碰个正着。

孟武威给楚昭南横剑一封，铁烟袋也几乎甩手，他们两人功力悉敌，彼此都吃了一惊。孟老头子哼了一声，铁烟袋“云麾三舞”，一招三式，二次进扑！

楚昭南一步不让，掌中剑向上一翻，“拨草寻蛇”，剑尖竟向孟武威的手腕划去，孟武威铁烟袋横里一磕，“倒打金钟”；楚昭南大喝一声：“撒手!”身形一侧，剑招如电，倏地改划为截，“顺水推舟”，横截过去！孟武威突地右足撑地，左足蹬空，头向后仰，使出“铁板桥”绝技，剑风拂面而过，随即向右一倾，身形暴起，这才冷笑一声答道：“不见得!”左足趁势踢出，楚昭南剑招使老，左手横掌如刀，向下急劈，孟武威右足又起，连环飞腿，快疾异常。楚昭南无法躲闪，刷地向上一窜，平地拔起两丈多高。这时桂仲明易兰珠等人已和禁卫军高手打在一团，桂仲明百忙中腾手打出一枚金环，哪料楚昭南本领实在高强，半空中伸手一接，就把金环接过，反手打出。

孟武威刚抢上一步，蓦见暗器飞来，铁烟袋往外一甩，把金环打成碎片。

楚昭南觑准方位，往下一落，正好落在孟武威背后，举手一剑，“玉蟒翻身”，直奔孟武威右肩刺去，喝道：“再接这一招!”孟武威喝道：“谁人怕你!”铁烟袋往后一磕，又把楚昭南的剑荡开，身躯半转，“仙姑送子”，斜击楚昭南的“分水穴”。楚昭南大怒，闪身进剑，剑走连环，点、刺、劈、撩，翩如惊鸿，矫若游龙，天山剑法使得出神入化！孟武威一杆烟袋，点打三十六道大穴，右掌也捻着剑诀，带守带攻。他几十年功力非同小可，招数沉稳之极，楚昭南虽占了八成攻势，却也无法攻入！

桂易二人用的都是宝剑，当者披靡。孟坚得到他们解困，见父亲只有招架的功夫，心中大急，深怕老父年迈，敌人太强，抵挡不住。桂仲明见孟坚焦急之情，宝剑一撤，微笑说道：“我去替回孟老英雄!”

桂仲明是个识货的人，孟武威替他挡住楚昭南时，他只看了几招，就知此老功力非同小可，纵不能胜，也不会落败。因此放心让孟武威和楚昭南拼斗。此刻见孟坚焦急，虽然暗笑他做儿子的也不知道父亲的真实本领，但于理于情，都要去替回他了。

楚昭南虽然抢了攻势，额上已微微见汗，一见桂仲明挺剑重来，正自着急，孟武威忽地一声长啸，烟杆虚点，退出圈子，冷笑说道：“我老头子从不以二打一，你若不服，可到南京武威镖局找我!”这时桂仲明已和楚昭南交上了手，双方剑招都辛辣之极。楚昭南凝神对敌，根本就不去听这老头子说些什么。

楚昭南经过一轮恶斗，此消彼长，再战桂仲明，只能堪堪打成平手。桂仲明趁此机会，改守为攻，心中畅快之极。

孟武威转个方向，恍如鹰隼穿林，飞掠过去，落在陆明、陆亮身边，烟杆倒持，双掌齐起，脚踏中宫欺身直进，陆明挥臂一格，孟武威左掌斜劈胸前，右掌五指如钩，直抓胁下。陆明身形一低，正待避招进招，已给一把抓住，动弹不得。孟武威一个“盘龙绕步”，已抢到陆亮身边，反手一掌，劈他下盘，陆亮施展鹰爪功夫，往外一拿，哪知孟武威这一手，暗藏小天星掌力，就是金钟罩铁布衫的横练功夫，一击之下，也要拆散，何况陆亮的鹰爪功并未到家，双掌一交，虎口酸麻，登时就给孟武威扣住他的脉门。孟武威两手一挥，把陆家兄弟接连抛出，掷下了臭水沟中。

孟武威快意之极，手把烟杆，点烟狂抽，一口口青烟喷将出去。禁卫军见他如此威武，心里打突。胡天柱抖手一鞭，把冒浣莲迫退一步，想冲过去和楚昭南汇合，孟武威大喝一声，一口浓烟劈面喷去，胡天柱呛出声来，易兰珠侧面刷的一剑刺出，胡天柱反手一鞭，又给宝剑斩去一截，张华昭在背后一脚飞起，胡天柱连受挫折，猛不及防，后心给狠狠踢了一脚，身子扑前，孟武威赶上一步，单掌一托，喝声“起!”胡天柱腾云驾雾般的，身子直飞出来，继陆家兄弟之后，跌进了臭水沟中。

楚昭南今晚连遇劲敌，又惊又怒。桂仲明如初生之犊，乘着他气力不加，一口腾蛟宝剑横扫直出，凌厉无前。他的五禽剑法，本是以攻势擅长，往时只因功力不如楚昭南，所谓“棋高一着，缚手缚脚”，迫得依凌未风所教，仗宝剑之力，坚守谋和。而今楚昭南久战力疲，桂仲明心雄胆壮，着着和他抢攻，把楚昭南气得七窍生烟！

楚昭南眼观四面，见最得力的助手胡天柱，也给抛入臭水沟中。禁卫军只剩下四五个人，越发抵挡不住。他长剑一领，猛地喝声：“浑小子，你别猖狂！”猛下辣手，虚晃一招，引得桂仲明横剑招架，刷的一剑，疾如闪电，剑锋一转，便从侧面抢了进来，直刺桂仲明肩后的风府穴。桂仲明回剑不及，看看要遭毒手。只听得一声断喝：“你也别狂！”原来孟武威早已抢步过来，来得恰是时候，铁烟杆“横架金梁”，硬磕楚昭南的剑，楚昭南知他气力沉雄，不愿和他对耗，霍地一个矮身，风车般转将出去，长剑起处，向易兰珠冒浣莲各刺两剑，两人被迫闪避，楚昭南已脱出重围，举剑叫道：“点子棘手，暂且收兵！”带领禁卫军高手，退出巷口。孟武威杀得性起，紧追不舍，他棋逢对手，技痒异常，叫道：“我和你单打独斗一场如何？”楚昭南怒道：“我楚昭南还能怕你这糟老头子？你要单打独斗，过两天咱们约个场所，打个痛快。”孟武威一听楚昭南自报名头，不觉呆住。

孟武威、楚昭南都是江湖上的成名人物，虽然以往未碰过面，却是彼此都知道对方的声名。如今楚昭南自报名头，孟武威心想：真是老糊涂了，此人剑法如此神妙，怎的想不起是他？江湖上使剑的人虽多，最负盛名的却只有三个，一个是傅青主，一个是石振飞，另一个就是他（凌未风是后起之秀，在西北虽享大名，孟武威却不深知）。傅石二人的剑法，自己早已见过。如今看来，此人剑法绝不在傅石二人之下。只是前些时听说，他早当了皇帝的禁卫军统领，难道自己帮助的这一伙人，就是他要追捕的钦犯？

孟武威虽然是老当益壮，侠骨豪情，但因有家有业，若要他真个和朝廷作对，他可是顾虑甚多。此时听楚昭南骂战，不觉烟杆倒挂，停了脚步。冒浣莲则另有想头，她见楚昭南虽败，但急切间要挫折他，却是甚难。自己这帮人，能逃脱已是大幸，何必再去追击。而且今晚禁卫军精锐已经出动，缠斗下去，危险更多。她碰了碰桂仲明，跨前几步，对孟武威道："孟老爷子，咱们不打落水狗，让他走吧。"桂仲明腾蛟剑向前一指，喝道："割鸡焉用牛刀，你要比试，小爷随时奉陪。"楚昭南筋疲力倦，生怕他们追击。他只是为了面子，不得不故作壮言。

而今见孟武威噤声不答，哪敢逗留，冷笑说道："你不配!"领部下飞身急退，其实他还真的怕桂仲明追来，连跌在臭水沟中的陆明、陆亮等人也顾不得救了。

孟武威沉着脸赶回屋内，屋主人正提心吊胆，倚门相待。孟武威叫他连夜逃走。张华昭好生过意不去，上前谢罪。孟武威道："现在也不能理这么多了，俺老头子冒昧请问：你们到底是哪路人物？要上何方?"桂仲明拱手答道："我们是李来亨的部下，准备去投奔石振飞老镖头的。"孟武威"啊呀"一声，叫了出来："原来诸位是石镖头的朋友，又是李将军部下，俺老头儿舍了身家性命，也值得了!"桂仲明向他道谢出手相助之恩。孟武威拈须笑道："你替我们保全了镖局的威名，我还未曾向你道谢呢!"

一帮人在拂晓之前赶到石家。石振飞知道他们闹了这件大事，事先并未与他商量，颇为不快。易兰珠谢罪说道："我是怕牵累老伯。"石振飞怫然说道："我和傅青主是过命的交情，他的朋友门人，我敢收留的，就是天大之事，我也敢担承!"孟武威见他如此豪情，暗道惭愧。两老头欢欣相见，少不得又是促膝长谈。

且说易兰珠与张华昭久别重逢，见他左臂剑伤，血染衣袖，又是怜惜，又是怨怼。众人在大厅上允谈畅叙，她却悄悄拉张华昭走下庭来，在一棵古槐树下，给他重新包扎伤口。轻声问道："今日我替你裹伤，他日我死了，你可愿替我折一束兰花，插在我的墓前吗?"张华昭听了，睁大眼睛，不知她为什么说出这样的话。

易兰珠眼珠滴溜溜一转，微笑道："你知道我们为什么要把你接出来吗?"张华昭面上一红，以为她是暗讽自己舍不得公主，所以要拉他出来。正想解释，易兰珠低声说道："桂冒两人，万里来京，原是奉李将军和刘大姐之命，想要你出来，纠集江南一带的鲁王旧部。”张华昭道：“我是上月刚刚复元的，不是留恋相府。”易兰珠抿嘴笑道：“谁说你留恋相府来了？”

曙色欲开，天将拂晓。易兰珠衣袂迎风，神情颇似有点激动。张华昭望着这位神秘的少女（直到现在他还未知道她的来历），想起她夜探五台山清凉寺，舍了性命来救自己的往事，不觉神思恍惚，心中一荡。只见易兰珠一本正经地往下说道：“可是最近的情形又已发生变化，鲁王在江湖的旧部，因为趁三藩之变，浮起头来，竟给清廷大军打得七零八落。若想在江南大举，已非容易。所以李将军的部将来传达他的意思，说是当务之急，首在保全四川方面的实力。他想我们在京中的人，选出一名敢死之士，干一件轰轰烈烈的大事！”张华昭道：“要找敢死之士，那太容易了，是什么事呢？”易兰珠道：“听说清廷已内定多铎为征西统帅，率领八旗精锐，就将开赴西南，准备在消灭吴三桂的同时，也把李将军消灭。因此李将军希望我们在京中，就将多铎这贼子刺杀！”

张华昭血脉偾张，说道：“这事应该由我做！”易兰珠凄然一笑，道：“你不用和我争了，我已经对众人说过，我必定要手刃多铎，不然我死不瞑目，在入相府救你之前，我已经两探王府，还和多铎交过手。只是听说他经过我那么一闹之后，已加意防备。一面责成楚昭南来捉我，一面精选武士，在王府中布下天罗地网，等我们去上钩。现在要去刺杀他，那可是极不容易！”张华昭道：“所以这事情不能单独由你去干！”易兰珠道：“他们也是这么说。但李将军的意思是：刺杀多铎的人当然是准备与他同归于尽，牺牲越少越好。我们犯不着牺牲许多人去换他一条性命。李将军还说，他本来不主张暗杀，但为了事情紧急，刺杀多铎之后，虽不能阻止清廷另选统帅，进攻我们，但最少可拖延一些时日，延迟它进军的日程，让我们可以好好布置。”张华昭道：“无论如何我们不能让你单独冒险，姐姐，这事情让我替你做了吧，你舍命救过我，我却还未替你做过半点事情。”

张华昭说这话时充满柔情，易兰珠眼眶一红，强忍眼泪，说道：“你不明白的，谁都可以准备去死，就是你不能够！你是张大将军

众人在大厅上欢谈畅叙，她却悄悄拉张华昭走下庭来，在一棵古槐树下，给他重新包扎伤口。轻声问道：“今日我替你裹伤……”

的公子，令先尊的部属，现在虽说已七零八落，但我们总希望还能纠集起来。这一件更大的事情需要你干。所以我们准备在京城大干，杀掉多铎之前，先要把你救出。你应该知道纳兰王妃，就是纳兰宰相的堂妹，纳兰容若的姑母。虽说纳兰容若对你很好，我们总不能不提防。”张华昭目不转睛地注视着她，见她在说到“纳兰王妃”时，声调一顿，忽然一颗泪珠，滚了下来。

张华昭蓦觉一阵寒意，透过心头，突然想起大闹五台山那晚，被擒之后，纳兰王妃竟然亲到囚房将他释放，还送了他一枝翡翠令箭。当时他见易兰珠和纳兰王妃华堂并坐，目蕴泪光，那奇异的神情就如今晚一样。他感觉到这里面一定有不寻常的事情，不禁轻轻拉着易兰珠的手，凝望着她，说道：“你真像天上的云雾一般，我一点也不懂得你，但我很感激你，也很信任你。你既然要亲自手刃多铎，一定有你的缘故，我不拦阻你，但我一定竭力保护你。”

易兰珠含着泪珠道：“你真好！如果我不是突然死去的话，将来我会为你把云雾拨开的。如果我是突然死去的话，那就请你去找凌未风，叫他在我父亲的坟前上香，告诉他：他的女儿已竭力替他报仇了。”她说到此处，忽又凄然一笑，说道：“还有，我最爱兰花，你也别忘记要折一束兰花插在我的墓前。”

这一晚，张华昭一直做着恶梦。第二天张青原集合众人在密室会商，传达的果然是要刺杀多铎的命令。石老镖头在北京的名气很大，和官方也有来往，捕头官差等闲不敢来骚扰他，难得他豪侠异常，不惜身家性命，愿尽掩护之责。至于孟武威父子，群雄不愿他们卷入漩涡，由石老镖头设法，将他们偷偷送出北京。由他们径自去找人妖郝飞凤，以报夺镖之仇。

话分两头。且说楚昭南当晚连受挫折，第二天赶快去见鄂亲王多铎，报告夜搜天凤楼之事。多铎听说在天凤楼中，搜出女贼的同党，是个少年公子，大为注意，细问相貌，忽然拍案说道：“这个人在五台山时曾为我所擒，后来就是那个女贼救去的。”楚昭南告辞之后，多铎满怀疑虑，步入后堂去见夫人。纳兰王妃自府中大闹女贼之后，精神一直很坏，好似恹恹欲病的模样。请御医来诊断，也说不出什么道理来。

纳兰王妃一见多铎进来，强笑问道：“那女贼捉到了吗?”多铎道：“连楚昭南也给别人打败了，那女贼原来还有一个党羽，就是以前在五台山被我擒住，后来突然被人救走的人。”纳兰王妃“啊呀”一声叫了出来，说道：“那么这女贼真是她了!”多铎道：“哪个她呀?”纳兰王妃道：“就是当晚来救那少年的披纱少女。”多铎道：“不知那女贼和我有什么深仇?几次三番前来行刺!”他似想起了什么似的，突然笑道：“这女贼前两次来时，你都没有碰着，我倒和她交过手。这次在灯光火把下看清楚，她的神情体态，居然有点似你，你说怪不怪?”纳兰王妃手上正捧着一杯茶，“当”的一声，茶杯跌碎，强摄心神，笑道：“是吗?”

多铎吃了一惊，望着他的王妃，见她病容满面，楚楚可怜，只道她是病中受惊。心中忽然起了一股念头，好像是什么力量催着他，要他将心中所想的告诉她。于是他轻轻替纳兰王妃整理云鬓，低声说道：“夫人，我对不起你!”纳兰王妃吃了一惊不敢答话。正是：

如潮爱恨难分说，心事深藏十八年。

欲知后事如何，请听下回分解。

第十六回　云海寄遐思　塞外奇峰曾入梦
血光消罪孽　京华孤女报深仇

纳兰王妃一阵心跳，只听得多铎低声说下去道："我们结婚已十八年了，十八年来，你总是郁郁不欢，很少见你笑过，你不说，我也知道！"纳兰王妃秀眉一扬，说道："知道什么？"多铎叹口气道："你是我们旗人中的第一美女，才貌双全，我只是一个武夫，就是你不说出来，我也知道你不喜欢我！"纳兰王妃抑泪说道："王爷，这是哪里话来？你是朝廷擎天一柱，是旗人中首屈一指的英雄，我嫁给你已经是高攀了。"多铎道："夫人，十八年夫妻，你就一句真话也不肯对我说吗？我知道我配不上你，可是我把你看得比我的生命还重要，我想尽一切办法，要使你欢娱，但那却要比摘下天上的月亮还难！"

纳兰王妃再也忍受不住，泪光莹然，凄然说道："王爷，别那么说了，你不懂得，我们相见恨迟……"多铎愕然问道："什么？"纳兰王妃蓦然醒起，心底的秘密还不能在这个时候泄露，衣袖掩面，轻揩泪痕，喟然说道："而且我们又没有一儿半女。"

多铎忽然满面通红，苦笑说道："这是我的不好，我一直瞒着你，那年我带兵打大小金川，给'生番'箭伤肾脏，御医说，我命中注定没有儿女了。只是我还不死心，这些年来我总在搜集天下的奇珍异药，有人说还未绝望，所以我一直不告诉你。这也是我的私心，我怕说出来后，你更不喜欢我。"

纳兰王妃大出意外，想不到没有儿女，原来还有这一段隐情。她本来是想起她自己的女儿，这才突然感喟的。此际，很不好意思地垂下了头. 多铎又断断续续地说下去道："如果你喜欢儿女的话，我们抱一个回来养如何？你看是四贝勒的小儿子好？还是七贝勒的大格格（满洲贵族的女儿称格格）好？"

纳兰王妃情怀紊乱，爱恨如潮，她想起了当年和杨云骢的沙漠奇逢，草原订盟，杭州死别等等往事（详见拙著《塞外奇侠传》一书）。这些往事，铭心刻骨，永不能忘！多铎见她低垂粉颈，轻掩玉容，又追问一句道："你说话呀！你说哪一个好？"

纳兰王妃抬起头来，见丈夫目光中充满着自责和哀伤，想起了他这十八年来，对自己确是真心相爱，突然觉得他也很可怜。拭干泪珠，嫣然一笑，问道："你是说——"多铎道："抱一个男孩子或女孩子回来养呀！你说哪一个好？"

纳兰王妃芳心欲碎，忽然说道："哪一个都不好，我要——"多铎道："你要什么？"纳兰王妃温柔地抚着他的头脸，说道："我求你一件事，你能答应吗？"多铎道："什么事都可答应！"纳兰王妃道："你说的那个、那个'女贼'，你答应我不要伤害她，可以吗？"

多铎这一惊非同小可，睁大双眼，诧极问道："为什么？"纳兰王妃道："你先说能不能答应？"

多铎毅然说道："好，我答应你！我叫楚昭南停止追捕，而且除非她再用剑刺到我的身上，否则我决不跟她动手！"纳兰王妃道："她用剑的？"多铎道："这女娃子的剑法好极啦！只是气力不行，否则我一定不是她的对手。楚昭南说，这女娃子的剑法是什么天山剑法，和他同一师门。"

纳兰王妃斜倚栏杆，凝望云海，似乎那云海中的缥缈奇峰，就是漠外的天山。她想起她的女儿，在两周岁时，就给杨云骢抢去，如果这女娃真是她的话，那么她今年该是二十岁的少女了。这十八年来她在什么地方？是什么人把她抚养长大？她非常渴望知道多一些东西，关于她女儿的东西，是什么都好，只一点点也行！但一听到她学的是天山剑法，心里却蓦然泛起一阵寒意。"杨云骢啊！你真是这样的死不瞑目，要你的女儿学好剑法替你报仇？"

她想着，想着，打了一个寒噤，突然想起在大漠草原的那一个奇异的晚上，杨云骢对她说道：“我们的族人相互交战，但你不是我的仇人，我答应永不伤害你。只是你假若投入别人的怀中，那么你也将把祸害带给他，那结果就是：死!”她想：这真是一种固执到无可理喻的爱情，杨云骢的死，令她伤心了十八年，十八年的青春岁月都在黯淡的时日中度过，这也可以抵偿自己的“背盟”了吧？她想，她有时恨多铎，但有时也爱多铎——到底是十八年的夫妻了啊！她常想：杨云骢并不是多铎害死的，多铎连知道也不知道这件事情，虽然他们是势不两立的敌人！她过去就曾以这样的想法来慰解自己。可是现在，她的女儿来了，她学好的剑法，就要施展在自己丈夫的身上！她蓦然掩住了面，她不愿意多铎伤害她的女儿，但也不愿意她的女儿伤害多铎。

多铎心中充满了疑问，见他的王妃倚着栏杆想得出神，不敢去惊动她。这时蓦然听得一声轻叹，急忙过去，手按香肩，低问她道：“你怎么了?”纳兰王妃回过头来，忽然说道：“我也不准她伤害你!”

多铎这一惊比刚才还要厉害，退后两步，颤声问道：“她会听你的话?”纳兰王妃遍体流汗，定了下神，故意笑出声来，说道：“你看你吓成这个样子！我是听你说，那女娃子很像我，我心里就有一个奇怪的念头，如果她是我们的女儿多好。你很爱我，我想你一定不会伤害像我的人，所以我才敢大胆地请求你。我又想：既然我暗中对她这样爱惜，如果她知道的话，她可能也会听我的话。”多铎叹道：“明慧（王妃的小名），你真像一个大孩子，想得这样天真，这样无邪!”

这次谈话后，纳兰王妃对多铎比平时好了许多，她好像有一种预感：死亡之神已经展开双翼飞在他们的头上。眼前的宁静，只是暴风雨的前夕。

于是终于来到了这么一天——

这一天，多铎正式接到“圣旨”，要他统率三军，节制诸路兵马，去讨伐吴三桂并剿灭李来亨。本来这件事情，皇帝早就和他提过，只是他不愿意告诉王妃，他也有一种预感，感到自己的生命好像已走到了尽头，这种感觉是从未有过的。他并不惧怕吴三桂，吴三桂已如风中之烛，只要他赶上去吹一口气，这烛光就会熄灭了。他更不是惧怕打仗，打仗对于他，那是太平常的事情。可是他有一种莫名其妙的惧怕，这种惧怕是由于王妃的反常所引起的，他好像从王妃奇异的眼神中，感到一种“凶兆”。有时他半夜醒来，见着王妃一双宝石般的眼珠，在黑暗中透出光亮，他就吓得全身冷汗。

这天他接到“圣旨”之后，回去告诉王妃。王妃轻轻叹了口气，说道：“王爷，我真怕你离开我!”多铎道：“我很快就会回来的。”王妃默然不语，过了一会，忽然说道：“你去了也好，省得那女娃子在京城里和你碰头!”多铎蹙眉说道：“你怎么老是提那个女娃子?”

王妃并不答他的话，又过了一会，才低声问道：“你几时动身?”多铎道：“明天阅兵，后天开拔!”王妃道：“我明天替你在卧佛寺点头一炷香。”

多铎这一晚整夜无眠。

另一面，易兰珠也有着奇怪的预感。她这些天来，潜心精究天山剑法，竭力不想任何东西。但一到静下来时，心中强筑起来的堤防，却抑不住思想的波浪！她感到喜悦，也感到哀伤。她非常爱她的父亲，虽然她根本记不起父亲的颜容（她父亲死的时候，她才只有两岁哩），但她父亲的事迹在大草原上流传，她一路长大，一路听到牧民们对她父亲的颂赞。她的父亲帮哈萨克人抵抗清兵，牧民们提起“大侠杨云骢”时，就像说起自己的亲人一样。她为有这样一个英雄的父亲而骄傲，因此她父亲给她的血书，凌未风在她十六岁那年交给她的，一直藏在怀里的那封血书，就像千斤重担压在她的心头！如果她不能完成父亲的嘱咐，她的心永远不会轻松！现在她已决定去死，拼着性命去完成父亲的嘱咐。这个决定使她的心头重压突然减轻了。因此她感到一种奇异的喜悦！但她又有难以说明的哀伤。她爱她的母亲吗？她自己也不知道。她在孤独中长大，“亲人”只有一个凌未风，她非常渴望母爱，但这种爱却又搀杂着憎恨。她很想见她的母亲，问问她两岁以前是怎样的。她预感到这次去死，是永远见不到母亲了，也许母亲还不知道自己是她的女儿。另一方面，最近这一年，她寂寞的心中，忽又闯进一个影子，那是张华昭的影子，她自己也弄不清楚，从什么时候起，对他发生了这样的感情。

易兰珠的情绪在混乱中，忽然，这混乱的情绪凝结下来，因为，这一天终于来到了——

这一天，张青原等人不但知道了多铎阅兵的消息，而且也知道了纳兰王妃要到卧佛寺进香的消息，石振飞在北京地面很熟，暗地里给他们安排了许多“线人”。鄂王妃头一天通知卧佛寺的主持，他们第二天一早就知道了。因为王妃要来进香，住持自然要通知和尚们准备，而和尚中就有石振飞的“线人”。

这是行刺多铎的最后一个机会了，但这最后的机会，却真是非常难于下手！在阅兵时候行刺，那是绝不可能的事！莫说在十万大军之前，行刺只会送死，而且大校场中，闲人根本无法混得进去！

在议论纷纭中，易兰珠保持着异常的沉默，张华昭凝望着她，心中忽然感到，对她有难以割舍的感情。他了解刺杀多铎对于他们的事业是何等重要，但他实在不忍见这样一位在寂寞与痛苦中长大的少女，正当她青春绚烂的时候，走向死亡的幽谷！他排开众人，出来说道：“既然是无法下手，那就算了吧！”易兰珠忽然冷冷地说道：“谁说没法下手？我们到西山的卧佛寺去！”

冒浣莲道：“多铎阅兵之后，有多少大事处理，说不定还要进宫陛见，你敢准保他会到卧佛寺吗?”易兰珠道：“我看他会去的。而且不论他去不去，我们也只有这个机会可以尝试了，你们不去，我单独一人去!”通明和尚嚷道：“你这女娃子胆大，我们也不胆小，要去就大家去，我替你挡着卫士，让你第一个下手!”易兰珠微微一笑，张华昭默默不语，常英、程通拍手赞成，事情就这样决定了。

且说多铎这天在大校场中阅兵，只见十万雄师，刀枪胜雪，旁边的参将说道：“大帅，以这样的军容，吴三桂、李来亨必是不堪一击!”多铎哼了一声，策马缓缓检阅大军，精神似乎很是落漠。高级将领一个个上来谒见，他也只是点了点头。一众将官都觉得统帅的神情太过奇异，丝毫没有平日的勇武雄风，和大阅兵应有的气氛更是毫不相称，心里不禁暗暗嘀咕：这似乎是不祥之兆。

多铎草草阅兵，不到正午，就结束了。参将嚷道："大帅是否要召集将领们讲话?"多铎摆摆手道："不用了!"参将十分惊奇，躬腰问道："那么几时点将?"照例在出征之前，必定要进行"点将"大典（"点将"就是分配将领的任务，例如点先锋，点运粮官，点各路统帅等），哪料多铎也摆摆手道："忙什么？出了京师再点!"参将问道："大帅是要赶到宫中陛见，向皇上辞行么?"多铎蹙眉道："明早还有早朝，不必另外陛见了。"参将正想再问，多铎喝道："要你啰唆什么，本帅有事!"参将噤不做声，更是奇异。本来给统帅安排点将等杂务工作，是参将的责任，想不到只这么一提，就受到斥责。

多铎遣散三军，向参将说道："你和亲兵们陪我去卧佛寺进香!"

参将诧极，问道："这个时候去进香?"多铎斥道："不能去么?"参将不敢做声，唯唯而退。片刻之后，三百精锐亲兵，和十多个特选卫士，围拥着多铎，向西山驰去。

多铎神思恍惚，脑中空荡荡的，似乎什么都没有。他只记挂着一件事情：要见他的王妃。此刻，在他的心中，他的王妃要比当今天子、统兵大将，都来得重要！这几天来，他似乎已获得了她，但又似乎要失去她。她会替他去点头一炷香，祝他出征胜利，平安凯旋，这是从未有过的事！他现在只有一个愿望，快点到她的跟前，说出他的谢意。

秋天的西山，分外可爱，群峰滴翠，枫叶霞红，玉泉山的泉水，似天虹倒挂，色如素练，妙峰山的云气，似大海腾波，滚滚翻翻。但这一切景色，多铎都已无心欣赏，他下马上山，远远便见香烟缭绕，满怀喜悦地向卧佛寺行去。亲兵们则在两旁开道，驱逐闲人。

上到半山，卧佛寺已经在望，忽然道旁转出一个白发苍苍的老妇，低头垂泣，亲兵们斥喝驱逐，她兀是不肯避开。参将扬鞭喝道："把她赶出去!"那老妇人大声哭道："夫呀！夫呀!"多铎眉头一皱，说道："不必赶她!"上前问道："你为什么这样哭?"老妇道："我的丈夫十八年出外未归，前天一回来，就生了重病，我要替他

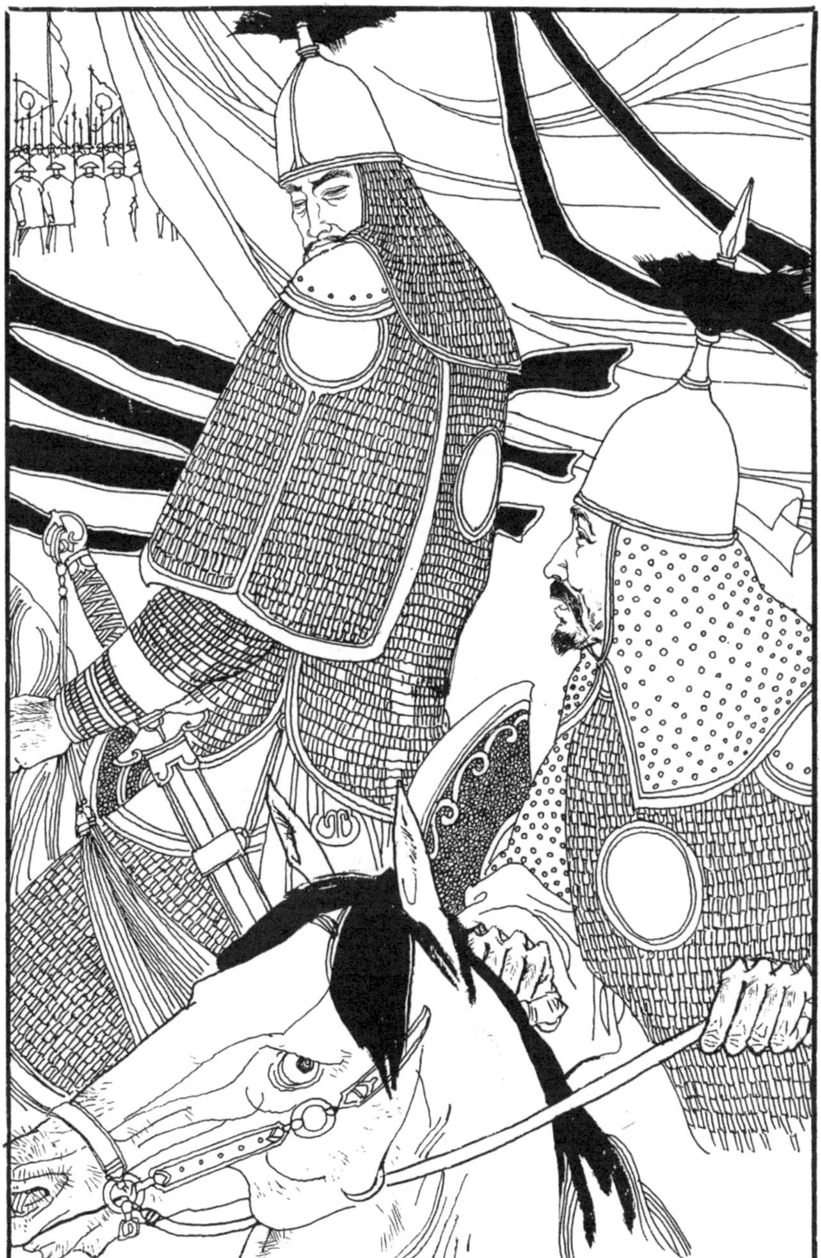

“大帅，以这样的军容，吴三桂李来亨必是不堪一击!”多铎“哼”了一声，策马缓缓检阅大军，精神似乎很是落漠。

点一炷香！叫菩萨保他平安！”

多铎心头震动，喃喃说道：“你也是十八年……”那老妇拿着拐杖的手，颤抖不休，应声说道：“是的，十八，十八年的罪孽！”那老妇哭诉道：“他本来不喜欢我，迫于父母之命才娶了我，成婚之后，他一逃就逃到远方，一去就去了十八年，现在回心转意了，却又得了重病，大人啊！这不是罪孽是什么？”多铎越听越不是味道，猛然觉得这声音虽然苍老，声调却好像是以前听过的，他招招手道：“你过来！”老妇白发飘飘，持着拐杖的手，抖得更是厉害，一步一步，蹒跚走近。亲兵卫士们都很惊异地注视着她。王爷肯让一个老妇近前和他说话，这可真是怪事。多铎又挥挥手道：“你们让开一些，由她过来！”

不说亲兵卫士们惊异，暗伏在山崖树阴之下，假装成香客的群豪也无不骇异，个个心中赞道：“这女娃子真有两手，演得这么像！”

老妇人一步一步走到了多铎的面前，吁吁喘气。多铎道：“你抬起头来！”老妇人手臂一抖，拐杖突地断成两段，拐杖中藏着一柄精芒夺目的短剑！疾如闪电的一剑向多铎刺来，多铎骤出不意，闪避中左臂中了一剑，但他的长剑也已拔了出来，呼的一剑扫去，老妇人低头躲避，剑风震荡中，满头假发都落在地上，这哪里是什么老妇人，竟是一个妙龄少女！

就在此际，埋伏在山上的群雄纷纷杀出。外围的亲兵侍卫，拼力挡住。有几个特选卫士，想过来帮忙多铎。多铎叫道：“你们赶快挡住外敌，不必过来！”卫士们都知道多铎勇武非凡，本领绝不会在他们之下，想来擒一个女娃子尚不费力，而山上跃下来的那班人，却是凶猛十分，因此也就听多铎之言，回身赶上前去，和群雄混战。

多铎左臂受伤，愤怒异常，一柄长剑使得呼呼风响！这伪装老妇的少女正是易兰珠，她一击得手，身形骤起，短剑轻灵迅捷，左击右刺，片刻之间就拆了一二十招，多铎力大如牛，腕力沉雄之极，易兰珠汗水直流，面上的油彩和汗水粘在一起，十分难受。她百忙中用袖子一揩，用力一抹，面上用油彩化装成的皱纹，抹得干干净净，露出庐山面目。啊，年青时候的王妃好像出现在多铎面前，多铎惊叫一声，就在他惊叫的同时，卧佛寺寺门大开，里面抬出一乘翡翠小轿。

王妃那晚的声音，忽然在多铎心头重响起来："你答应我，不要伤害她，可以吗?"多铎蓦然眼前发黑，一阵迷茫，易兰珠刷刷刷一连几剑，直迫过来，多铎身上又受了几处剑伤，多铎圆睁眼睛，待要发力还击时，剑光缭绕中，只见迫近身前的少女酷似他新婚之夜的妻子。霎的一阵寒意，透过心头，胸口又中了一剑。多铎大声一叫，长剑脱手掷出，易兰珠引身一避，长剑掷中一个赶来抢救的卫士，自前心直透过后心！

易兰珠剑法何等厉害，一闪即进，多铎反掌一击，咔嚓一声，五指齐断，易兰珠刷的一剑，向咽喉直插进去，但因受了掌击之力，剑锋微偏，一剑自咽喉穿过，食道喉管却未割断，多铎一声惨叫，鲜血飞涌，倒在当场，人却并未即时毙命。

易兰珠正想弯腰补他一剑，那乘小轿已到跟前，轿中走出一个华装贵妇，右手轻抬，把易兰珠手腕托住，这一刹那，易兰珠身子突然摇晃起来，短剑"当"的一声，掉在地上，两边的亲兵包围过来，立即把她反手擒住。易兰珠一点也不反抗，面色惨白，盯着那华装贵妇，低声惨笑道："尊贵的王妃，我，我冒犯你啦……！"

纳兰王妃面色死白，什么话也说不出来！猛然间，她发觉有人在地上用力抱着自己的双脚，低头一看，只见多铎鲜血淋漓，抬头望着自己。王妃俯腰拉他，只听得他低声说："我谢谢你！"纳兰王妃惨叫一声，晕在地上！

群雄分头恶战，通明和尚最为骁勇，带领常英、程通二人，越杀越近。他见易兰珠已是得手，心中大喜，忽见王妃出来，易兰珠束手就擒，又惊又急，拼命赶去，但那些跑来援救多铎的卫士，亦已自赶到，通明和尚眼睁睁地看着易兰珠给五花大绑，拖入寺中，多铎和他的王妃，也给抬进去了！

通明和尚抡开戒刀，虎虎风生，带领常英、程通二人还待杀进寺去，但今日护送多铎的卫士都是高手，酣战中常英大叫一声，肩头中了一把柳叶飞刀，血流如注。通明也受了两处箭伤。张华昭满身血污，长剑运转如风，直似一头疯虎，锐不可当，斫杀进来。通明和尚奋力挥刀，赶去和他会合，张华昭刷的一剑刺出，叫道："我与你们拼了！"通明侧身一避，叫道："是我！"张华昭两眼圆睁，摇摇欲倒。通明和尚暗叫一声"苦也"！几个人全部受伤，如何杀得出去？

正危急间，忽见亲兵两边闪开，桂仲明挥动宝剑，一片银涛，呼呼乱舞，拼死杀进，当者辟易，大声叫道："快闯出去！"通明和尚一把拉着张华昭，紧跟着桂仲明闯路。冒浣莲在张青原等人掩护下，大洒夺命神砂，亲兵卫士们怕他们杀进佛寺，纷纷赶回防护，更兼见他们拼死夺路，也不敢怎样拦截。片刻之间，闯出重围，翻山逃走。

纳兰王妃被抬进佛寺之后，悠悠醒转，睁眼一看，易兰珠已经不见。一个参将上前禀道："女贼已有人押守，决逃不了，现在飞马去请御医，请王妃宽心！"纳兰王妃挥挥手道："你们出去！"参将踌躇不走，多铎忽然睁开眼睛，嘶声叫道："你们出去！"参将亲兵见王爷力竭声嘶，满身鲜血，情知就是御医马上到来，也已救治不了，以为王爷有什么临终遗言，要对王妃嘱咐，一声应诺，退出禅房。

纳兰王妃披头散发，面色死白，双臂环抱多铎，垂泪说道："王爷，有一件事我瞒了你很久。这个女刺客，是、是我的女儿……"多铎微笑说道："这个，我，我早已知道！"纳兰王妃放声大哭，多铎手肘支床，忽然坐了起来，摸索王妃的手，一把握住，嘶哑说道："明慧，我很满意，今天我知道，原来你也爱我！"王妃一听，宛如万箭穿心，她真的爱多铎吗？这只是一种可怜的爱，然而在此刻，在他临死之前，她忽而觉得好像是有点爱了，她垂下了头，口唇轻轻印下多铎的面孔，鲜血涂满她的嘴唇，她的长发。多铎慢慢说道："你的女儿，随你处置她吧，明慧，我很满意。"越说越慢，声调也越来越低，手指缓缓松开。纳兰王妃只觉嘴唇一片冰冷，多铎已断了气，双眼紧阖，一瞑不视。

纳兰王妃恐怖异常，打开禅房，大声叫道："来人呀！"亲兵侍卫一涌而入，霎那间，哭声叫声，杂在一起。纳兰王妃缓缓说道："王爷去世了，那女贼，那女贼，放走她吧！"参将急忙说道："王妃，你歇歇！"贴身丫环，赶快来扶，王妃惨叫一声，又晕在地上。多铎的随身将领，都以为王妃已是神志昏迷，"放女贼"之言，当然只是"乱命"，大家只觉她病况严重，谁也不会真的放走"女贼"。过了一会，各路统兵大将，得了讯息，纷纷赶来。易兰珠也给打进天牢去了！

"女贼"刺杀多铎之后，满朝文武，齐都震惊，可是，奇怪之极，半个月过去了，女贼还未提审。这样的大案，照理皇上总要特派王公大臣开堂大审，可是近支亲王，文武大臣，谁都没有接到皇上的御旨。顺天府尹也毫不知情。有几个亲王，大胆去问皇帝，皇帝皱皱眉头，只哼了一声，说："朕知道了！"亲王们面面相觑，莫名其妙。

他们不知，康熙皇帝也着实不大高兴，纳兰王妃亲自去求太后，请太后代她转向皇上求情，想皇上等她病好之后，再审女贼。康熙听说纳兰王妃抱病求情，以为她心痛丈夫，刺激过深，以致酿成心病。又以为她想等病好之后，亲自去审女贼，替夫报仇，因此就答允了。谁知过了半月，纳兰王妃仍未进宫，御医会诊，也只是说抑郁成病，并无性命之忧。康熙皇帝心里已有点不大高兴。只是鄂亲王功劳极大，他的王妃又是纳兰容若的姑母，皇帝虽然不大高兴，一时也未便发作出来。

纳兰王妃这半月来，每日每夜，都在痛苦的熬煎下，她把自己关在深闺，除了奉命而来的御医，什么人也不见。她想过死，可是她还有未了的心愿，她还想见见她的女儿。可是怎样去见她的女儿呢？除非她能把她放走，否则早一天见她，就是叫她早一天死。皇帝是以为她要亲自审问的，只待她见过"女贼"之后，那女贼就要受凌迟处死了。

但是她能把她的女儿放走吗？她没有这个权力！上至皇帝，下至多铎帐下的各路将军，都不能让多铎白白死掉的。她只好一天天地拖下来，拖得一天就是一天。

不说满朝议论纷纭，诧异之极。群雄也是莫名其妙，猜疑不定。

群雄当日逃回之后，通明和尚就大发脾气，说道："多铎的王妃真是个妖妇，这女娃子已杀了多铎，周围又没有什么高手卫士，再冲出十步八步，就可以和我会合了。偏偏那个时候，王妃出来，按说这女娃子手中有的是宝剑，王妃双手空空，难道还能赛过多铎，一剑刺去，什么还不了结？王妃挺胸挡住宝剑，那女娃子就似中了邪一般，双手低垂，宝剑跌落，束手受擒，真是有鬼！"石振飞连道："冤孽！"冒浣莲心中猜到几分，却不敢说出来。

群雄也未尝不想营救，可是风声紧极，全城大搜！石振飞将群雄藏在地下密室之中，仗着京中捕快，许多是自己的门生后辈，竭力遮掩，差幸没有出事。可是群雄也不能露面救人，焦急之极。石振飞道："就是风声松了下来，恐怕也难营救。我听说大内高手，几有一半调去看守天牢！最怕救不出来，自己还要损折！"张青原道："易兰珠这次舍身行刺，虽陷天牢，可是到底把多铎除去了。这消息若传到川中，李将军听了不知要多高兴呢！"冒浣莲忽然紧张问道："张大哥，这消息有没有飞报川中？"张青原道："多谢石老镖师的帮忙，当日就已派人飞骑出京，一站站地将消息传递出去了。"冒浣莲道："我倒有一个笨主意，只是要一个武功卓绝、胆大心细的人来做才行。仲明武功虽过得去，但不够机灵。最好是凌未风或者傅青主能来。"张青原道："从四川到北京，最少要走一个多月，如何等得及！"通明和尚道："你且把你的主意说说看。"冒浣莲蹙眉说道："办不到了，说出来徒乱人意。"通明和尚叹口气道："这女娃子怪惹人疼的，想不到我们眼睁睁地看她去死。"张华昭面色苍白，不发一声。石振飞盯了通明和尚一眼，示意叫他不要多说。

再说多铎被刺之后，纳兰容若也曾去慰问他的姑姑，王妃虽拒绝众人探问，对容若却接见了，只是神情抑郁，不肯说话。纳兰容若知道这女贼就是以前在清凉寺听他弹琴的人，十分惊诧，说道："我现在还记得她的目光，那像寒水一样令人战栗的目光，只不知她何故要刺杀姑丈，有什么深仇大恨？"纳兰王妃默言不语，良久良久才叹口气道："她也怪可怜的！"纳兰容若蓦然记起这女贼的形容体态，很像姑姑，打了一个寒噤，当下便即告退。

一晚，纳兰容若独坐天风楼中，思潮起伏，不能自已。他是满洲贵族，可是却有一颗善良的心。他看不起贵族们的贪鄙无能，但对多铎却还有一些敬意。多铎大将风度，在旗人中算得是铁铮铮的汉子，和另外那些皇公大臣比较，相去不可以道里计！他对多铎的死，感到有点惋惜，但对那行刺的女贼，却也似有点同情。他想：一个年青的女孩子，如此处心积虑、冒险犯难，要去刺杀一个人，那她一定有非常痛心的事，不能不这样做了。但姑姑为什么不恨她呢？他想来想去，都想不出所以然来。喃喃自语道："难道真的出身皇家就是一种罪孽!"

正在纳兰容若独自思量，沉吟自语之际，忽然屋内烛光一闪，窗门开处，跳进两个人来，一个是张华昭，另一个是个妙龄女子，相貌极熟，正待发问，那少女盈盈施礼，说道："公子，还记得那个看园人吗？"纳兰公子哈哈一笑，张华昭道："她叫冒浣莲，是冒辟疆先生的女公子!"纳兰容若道："冒先生词坛俊彦，前辈风流，我是十分钦仰，怪不得冒姑娘妙解词章，精通音律。只是不知当日何故乔装，屈身寒舍？"

冒浣莲嫣然一笑，说道："那些事情，容后奉告。我们今日到此，有急事相求，此事只有公子才能援手。"纳兰容若道："请说!"冒浣莲道："我们想见三公主!"纳兰容若道："此刻不比从前，自相府那次闹事之后，公主已不许出宫了。"冒浣莲道："那你就把我们带进宫去!"纳兰容若面色一变，冒浣莲道："是不是我们的要求太过分了？"纳兰容若忽然问道："你们要见三公主，为的是什么？"冒浣莲道："我们想救一个人。"纳兰容若道："就是刺杀鄂亲王的那个少女？"

张华昭不顾一切，说道："一点也不错，我们就是要救她!"纳兰容若愠道："鄂亲王是我的姑丈，难道你们不知道吗？"冒浣莲道："你的姑丈杀了许多善良的人，难道你不知道吗？"纳兰容若道："他是朝廷的大将，奉命征讨，大军过处，必有伤残，这也不能算全是他的错。"冒浣莲冷笑道："那么是老百姓错了？"纳兰容若道："也不是。"冒浣莲道："他可以杀别人，难道别人就不能杀他？"纳兰容若叹道："这样冤冤相报，以血还血，如何得了？"冒浣莲道："其实我们并不是和满洲人有仇，但像多铎那样，带满洲人来打汉人的，我们却难放过。”

纳兰容若默然不语。冒浣莲又道：“你们若再把这无辜的少女杀了，那是血上加血！”纳兰仍然不语。冒浣莲一阵狂笑，朗声说道：“我们只道公子人如其词，明朗皎洁如碧海澄波，不料却是我们看错了！明告公子，我们就是‘女贼’的同党，公子若不扣留我们，我们就此告辞！”纳兰容若衣袖一拂，站了起来，指着冒浣莲道：“你明日随我进宫！”冒浣莲喜道：“昭郎呢？”纳兰容若道：“皇宫内院，外头的男子，那是万万不能进去！”冒浣莲道：“那就请借笔砚一用。”张华昭即席挥毫，写了满满一张信笺，封好交给冒浣莲。向纳兰容若一揖到地，飞身便出！

纳兰容若最喜结交才人异士，更何况冒浣莲这样文武全才、清丽绝俗的姑娘。他见冒浣莲笑语盈盈，神思一荡，忽然想起那个“粗粗鲁鲁”的另一个“园丁”，问道：“你那个同伴呢？”冒浣莲道：“他在外面接应昭郎，不进来了。”纳兰容若道：“他放心你一个人和我进宫？”冒浣莲笑道：“他虽粗鲁，人却爽直。我极道公子超脱绝俗，他将来还要向公子致谢呢！”纳兰容若细一琢磨，心中了了，微笑说道：“你们英雄儿女，真是一对佳偶！”其实他心里的话却是“你这可是彩凤随鸦”！冒浣莲满怀喜悦，含笑答道：“多承公子称赞，只是我的本领可比他差得远呢！”纳兰公子知道她对那个“粗鲁”园丁，相爱极深，心内暗暗叹道：“缘之一字，真是奇妙。每人都有他的缘分，一株草有一滴露珠，这真是没有什么可说的！”他神朗气清，情怀顿豁。问道：“你们成亲了没有？”冒浣莲道：“尚未！”纳兰公子笑道：“你们异日成亲，我必不能亲临道喜，今日我就送你一件薄礼吧。”说罢在墙上取出一柄短剑递过去道：“此剑名为天虹，是一个总督送给我父亲的，听说是晋朝桓温的佩剑，他们说是一把宝剑。你拿去用吧。”冒浣莲拔剑一看，只见古色斑斓，但略一挥动，却是寒光耀目。心中大喜，正想道谢，纳兰公子袍袖一拂，笑道：“若再客套，便是俗人！”自进内房歇息去了。冒浣莲见纳兰公子如此洒脱，也不禁暗暗赞叹。

多铎的死讯也传进了宫中，可是却远不如外间引起那么大的波动。那些宫娥嫔妃，愁锁深宫，外间的事情，几与她们漠不相关，多铎的死，不过是给她们添了一些茶余饭后的闲谈资料，谈过也就算了。

多铎是三公主所熟悉的人，她初听到时，倒是微微一震，可是她的心中，正也充满愁思，多铎在她心中，并没有占什么位置。塞满她心中的是张华昭的影子，起初是新奇和刺激，渐渐，张华昭的一言一笑，一举一动，都在回忆中重现出来，紧紧地吸着了她的心灵。

三公主住在“钦安殿”，位居御花园的中央，秋深时分，枫叶飘零，残荷片片，寒鸦噪树，蝉曳残声，一日黄昏，三公主揭帘凝望，见偌大一个园子静悄悄的，远处有几名太监在扫残花败叶，御花园虽然是建筑华美，气象万千，却掩不了那衰蔽之感。三公主抑郁情怀，无由排遣，百无聊赖，在书案上拈起一幅词笺，低声吟诵：

“雾窗寒对遥天暮，暮天遥对寒窗雾，花落正啼鸦，鸦啼正落花。　　袖罗垂影瘦，瘦影垂罗袖，风剪一丝红，红丝一剪风。”

这首词名为“菩萨蛮”，是一首“回文词”，每一句都可颠倒来读，全首词虽有八句，实际只是四句。纳兰容若前些时候，一时高兴，填了三首“回文”的《菩萨蛮》词，抄了一份送给三公主，这首就是其中之一。

三公主叹了口气，想道：“这首词就好像写我的心事似的。我现在怀念伊人，怅望遥天，也是瘦损腰围，泪沾罗袖呢！”她既爱词的巧思，更爱词的情调，于是又展开第二首“回文”的《菩萨蛮》读道：

“客中愁损催寒夕，夕寒催损愁中客。门掩月黄昏，昏黄月掩门。　　翠衾孤拥醉，醉拥孤衾翠，醒莫更多情，情多更莫醒。”

这首词比前一首更为幽怨，三公主咀嚼“醒莫更多情，情多更莫醒”两句，心头上就好似有千斤重压一样，她明知和张华昭的身份悬殊，只要是神志清醒的人，都知道这是绝不可能的事。可是为什么要醒来呢？醒了就莫更多情，情多就别要醒来啊！

三公主神思迷惘，正想展读第三首，忽听得宫娥上前报道：

“纳兰公子来了！”三公主暗笑自己读词读得出神，连词的作者从窗外走过也没注意。

绣帘开处，纳兰容若轻轻走进，笑道：“三妹妹，你好用功！”三公主一看，纳兰容若后面，还有一位妙龄少女，面貌好熟，细细一想，一颗心不禁卜卜跳了起来。这少女正是当日在天凤楼见过的，当时是女扮男装的冒浣莲！三公主见宫娥侍候在旁，向纳兰容若打了一个眼色，纳兰容若微微笑道：“皇上要我在南书房伴读，今晚我不回去了，这个丫环，就留在你这里吧！”

纳兰容若去后，三公主把宫娥侍女支开，携冒浣莲走入内室，一把搂着道：“冒姐姐，我想得你们好苦！”冒浣莲笑道：“不是想我吧。”三公主嘟着小嘴，佯嗔道：“不是想你想谁？”冒浣莲微微一笑，在怀里掏出信来，玉手一扬，三公主一见大喜，顾不得冒浣莲嘲笑，一把抢了过来。

这封信正是张华昭托冒浣莲转交给三公主的信。冒浣莲见三公主展开信笺，一面读一面微笑，忽然面色大变，手指颤抖，那张信笺像给微风吹拂一样，在手中震动不已。那封信开头写道：“落拓江湖，飘零蓬梗，托庇相府，幸接朱颜。承蒙赠药之恩，乃结殊方之友，方恨报答之无由，又有不请之请托。”公主读时，见张华昭写得这样诚挚，不但感谢自己，而且承认自己是他的友人，心头感到甜丝丝的，好不舒服。她想：“只要是你开口的，什么请托，我都可以应承。”哪料再读下去，讲的却是刺杀多铎的那个女贼之事。信上写道：“此女贼虽君家之大仇，实华昭之挚友。朝廷欲其死，华昭欲其生，彼若伤折，昭难独活。公主若能援手，则昭有生之年，皆当铭感。”细品味信中语气，张华昭对那个女贼，实是情深一片，比对自己，竟是深厚得多。三公主眼前一片模糊，泪珠轻轻滚了下来，信笺跌在地上。

冒浣莲虽然不知道信中写的什么，看此情形，已猜到几分，她抚着公主的长发，爱怜地叫道：“公主！”

公主拾起信笺，颓然坐下，良久，良久，忽然咬牙说道：“这事情我不能管，也没有办法管！”冒浣莲目不转睛地看着公主，问道：“是吗？”公主这时思潮起伏，脑中现出一幅图画，她把那“女贼”救出之后，张华昭携着“女贼”的手，笑盈盈地并辔飞驰，连看也不看自己一眼。她不禁又狠狠地说道：“我不能救！”

冒浣莲坐在公主旁边，忽然叹口气道：“我真替公主可惜！”公主抬头问道：“可惜什么？”冒浣莲道：“公主本来就对昭郎有恩，若再帮他完成心愿，他会感激你一辈子。公主不管此事，与昭郎往日交情，付之流水，这还不可惜么？”公主默然不语，过了一阵，忽然问道：“你有没有心上的人儿？”冒浣莲道：“有的！”公主道：“如果他爱上另一个人，你怎么样？”冒浣莲道：“一样爱他帮他！”公主冷笑道：“真的？”冒浣莲亢声说道：“为什么不真？我爱他当然完全为他设想，我只要想到他能幸福，我也就会觉得幸福。我曾冒过生命的危险，用最大的耐心，将我所喜欢的人救离险境。那时他随时会把我杀死，但我毫不害怕！”公主奇道：“真是这样？今晚你和我联床夜话，讲讲你的故事吧！”

这一晚，冒浣莲把她和桂仲明的故事细细讲了，公主不言不语，只是叹气。第二天一早起来，公主忽然说道：“你在这里等我，我去去就来！”冒浣莲忽觉她的眼光，坚定明澈，就好像立了重誓，决心要去做一件事情那样。

清露晨流，晓荷滴翠。三公主走后，冒浣莲闷坐无聊，轻揭绣帘，偷赏御花园的景色。正自出神，忽听得阁阁之声，有人步上楼梯。冒浣莲侧耳一听，只听得有一个尖锐的声音说道：“公主这样早就出去了？”另一个女声答道：“是呀，我们也不知道她去哪里，大约不是去谒太后，就是去找二公主了！”先头那个声音说道：“太后真喜欢你们的公主，她前日来过，说三公主的房，太朴素了。她昨天亲自找出一百挂猩猩毡帘，还有五彩线络，各式绸缎幔子，枕套床裙，西洋时辰钟，建昌宝镜等等摆设，要我们替三公主另外布置，全部换过。既然三公主不在房中，那就不方便了。”这人絮絮叨叨地说了一大篇后，脚步声已停在门前。底下还有好几个人的脚步声，走上楼来，踏得很响，大约是抬着东西。

冒浣莲眼睛贴着门缝，向外张望，只见门外两人，一个太监，一个宫娥，这宫娥想是服侍公主的，而太监则是太后所差。宫娥取出锁匙，正想开门，冒浣莲忽然吓了一跳，这太监面貌好熟，静心一想，原来是当年夜探清凉寺，潜入铜塔时，给傅青主捉住的那个太监。冒浣莲急忙藏身帐后，房门缓缓开启，冒浣莲双指夹着几粒神砂，轻轻向外一弹，那太监叫了一声，说道："怎么你们这样懒，尘埃都不扫!"他给几粒神砂轻拂眼帘，以为是尘埃入眼，急忙揉擦。那宫娥刚说得一句"哪会有尘埃"？忽然也叫了一声，急急掏出手帕揩抹，喃喃说道："真怪，这里天天都打扫的嘛!"冒浣莲抓着时机，揭开窗帘，一跃而下。那太监宫娥，根本就不知道。

冒浣莲脚方落地，忽听得"咦"的一声，花架下突然奔出两名太监，脚步矫健，武功竟似不错。冒浣莲自忖行藏败露，扬手就是一把神砂，两人猝不及防，一人给打瞎双眼，一人面上则嵌了十多颗砂子，当场变了一个大麻子。两人痛得呱呱大叫，高喊："有飞贼，来人呀!"

冒浣莲绕假山穿小径，急急奔逃。御花园比相府花园，那可要大得多！宫娥不敢出来，太监在各个宫殿之中，赶出来时，哪里还找得到冒浣莲的影子。

但冒浣莲乃是惊弓之鸟，她听得四面八方的脚步声，又慌又急，跃过一块玲珑山石，忽然前面现出一座古雅的房子，上面一个横额，题是"兰风精舍"四个字。这座屋子好怪，墙壁剥落，朱门尘封，檐角还结着蛛网。御花园里到处都是金碧辉煌的宫殿，单独这一座，名为"精舍"，却如破庙一般，没人打扫。冒浣莲大奇，心想："这座房子，大约是没人住的了。"她一飘身，跨过墙头，进入内院。忽然一阵幽香，如兰似麝，越走进去，香气越浓。她循着香气走去，走进了一间卧室。

这间卧室，虽然尘埃未扫，四壁无光，却布置得极为精雅，房间四面都是雕空的玲珑木板，五彩缕金嵌玉的，一格一格，或贮书，或设鼎，或安置笔砚，或供设瓶花，或安放盆景，间格式样，或圆或方，或葵花蕉叶，或连环半壁，真是清雅绝俗，剔透玲珑，那缕缕幽香，就是从书架上发出来的。冒浣莲轻拂尘埃，看那些装书贮物的木架，黝黑发光，在一格玲珑木板之旁，贴着小签，上有"远古沉香，捞自南海"八个簪花小字。冒浣莲博览群书，虽未见过，也知道这种香木，乃是最难得的香木，生长于古代的南方，后来大约是地形变换，陆地沉降，沉香木埋在海底，不知过了多少年月，才给人捞了出来。这种沉香乃是无价之宝，想不到这些书架贮物架，竟都是远古沉香做的。

冒浣莲再细看室中布置，靠书架左边是一张宝榻，珠帐低垂，床前放着一对女鞋；靠窗是一张大书台，兼作妆台之用，桌上零零散散地堆着几本书。右面墙壁挂着一张画像，冒浣莲在书台上取过一枝拂尘，把画像上的尘埃拂去，只见一个盛装少女，笑盈盈地对着自己。冒浣莲一颗心卜卜跳动，自己对镜子一照，再看看画图，这画图竟似照着自己的形相画的。冒浣莲上前一看，画像左角有一行小字是：甲申后五年，为爱姬造像，巢民。冒浣莲两行清泪，夺眶而出，低低唤了一声“妈妈!”她屈指一算，甲申乃是明崇祯皇帝最后一年，“巢民”是她父亲的名字，想来是父亲不忘明室的表示，甲申后的第五年，她母亲刚入冒门，自己还没出世。母亲竟敢带这幅画进宫，可见她对父亲是如何深情眷恋!

冒浣莲检视书台，那散在桌面的几本书，一本是《庄子》，一本是《巢园词草》，一本是《维摩经》。《巢园词草》是手抄本，书本揭开，用端砚压住，冒浣莲拂去书页上的尘埃，只见上面写着一首词，冒浣莲读道：

> “引离杯，歌离怨，诉离情。是谁谱掠水鸿惊，秋娘金缕，曲终人散数峰青？悠悠不向谢桥去，梦绕燕京！　　春空近，杯空满，琴空妙，月空明！怕兰苑，人去尘生。江南冬暮，怅年年雪冷风清。故人天际，问谁来同慰飘零？”

词牌名是“金人捧露盘”，底下几行小字是：“梦幻尘缘，伤心情劫，莺莺远去，盼盼楼空。倩女离魂，萍踪莫问。扬钩海畔，谁证前盟；把臂林边，难忘往事。金莲舞后，玉树歌余，桃叶无踪，柳枝何处？嗟嗟，萍随水，水随风，萍枯水尽；幻即空，空即色，幻灭空灵。能所双忘，色空并遣；长歌寄意，缺月难圆。”

冒浣莲心酸泪涌，想道：“原来这首词乃是父亲与母亲生离死别的前夕所填的，怪不得妈妈常常把它揭开来看。”

冒浣莲心想，《巢园词草》是她父亲一生的心血，不该让它埋丧深宫。她轻轻揭起，藏在怀中。正想再取那张画像，忽听得外面推门声、脚步声，响成一片。冒浣莲大吃一惊，急闪在书橱之后，片刻间，走进了两个汉子。

冒浣莲在书橱后看得分明，这一惊更是非同小可！这两人中，一个竟是康熙皇帝，另一个眉棱耸立，颧骨高削，目眶深陷，凸出一对黄眼睛，一看便知是内家高手，想来定是康熙的贴身侍卫。冒浣莲咽了口气，定一定心，轻轻拔出纳兰容若所赠的宝剑。

那个侍卫替康熙拂去桌椅上的灰尘，康熙坐在梳妆台前的一张摇椅上，对着壁上的画像，发了几声冷笑，又仔细看了一回，忽然说道："这间房子封闭了近二十年，怎么这张画如此干净，居然没有一点尘埃?"那名侍卫双眼一扫，环顾全室，冒浣莲缩在一角，不敢透气，只听得那侍卫道："皇上，这间房子恐怕有人来过!"康熙笑道："谁敢这样大胆，这间房子自那贱婢被太后打杀后，先帝立即就封闭起来，不许人进去，二十年来，悬为厉禁。就是我此次来，也是请准了太后的!"说罢，又冷笑一阵，哼了一声，续道："先帝也真是的，把她宠成这个样子，据太后说，封闭的时候，室中的布置，完全不准移乱，宝贝东西，也不准取出。"冒浣莲听了，更是心伤。暗道："原来妈妈给太后拉去打死的前一刻，正翻读我爸爸的词章，而那一首词又正是他们生离的前夕作的。要是给我爸爸知道，他真会死不瞑目。"

那名侍卫垂手立在康熙身旁，躬腰问道："皇上可要取什么东西出去?"康熙道："宝贝我倒不稀罕，我此来一是要看父皇有什么遗物放在这里，一是想见识见识那古沉香所做的书架，还想看看有什么绝版的书籍。"原来康熙虽然残忍刻毒，却好读书。他杀父之后，怀有心病，本来不敢到董鄂妃（小宛）的房子来的，后来听老宫人说起董鄂妃藏书颇多，书橱壁架尤其珍贵，心中跃跃欲动。这几天，因多铎死后，心中烦闷，想找些书消遣，就进来了。另外还有一层，他怕先帝有什么遗诏留在这里（清室的皇位继承，不依长幼次序，由皇帝留下遗诏，指定一个，平常是放在大光明殿的正梁，但这样的遗诏多是皇帝晚年，或自知病将不起时，才预备后事的。顺治突然出家，康熙奉太后命继立，所以心中有病，恐防顺治写有遗诏，未放在大光明殿，而留在什么地方，其实是没有的），因此顺便来搜一下，虽然他现在已坐稳江山，纵有遗诏传给别人，他也不怕，但总防会留有把柄，对自己不利。

康熙打开书桌抽屉，乱翻一遍，站了起来，笑道："我且看看这些书橱壁架，看到底是怎么个好法?"冒浣莲紧捏宝剑，冷汗直流，心想："他若过来，我就给他一剑。"正是：

睹物思亡母，深宫藏杀机。

欲知后事如何？请听下回分解。

第十七回　睹画思人　冒浣莲心伤内苑
挟符闯狱　凌未风夜探天牢

康熙站了起来，正想去检阅董小宛的藏书，面对着墙上的画像，忽觉画上的董小宛，嘴角噙着冷笑，一双眼珠，似会转动似的。他打了一个寒噤，停下步来，对侍卫道："你把那张画给我撕下来！"

冒浣莲躲在橱后，热血奔涌。眼见那侍卫慢慢走近自己亡母的遗像之前，五爪如钩，向画像抓去，冒浣莲大叫一声，猛地跳了出来，刷的一剑向那名侍卫刺去。

那名侍卫功夫也着实了得，蓦觉金刃劈风之声，来自脑后，一个旋身，一张椅子已拿在手中，"呼"的横扫过去。冒浣莲宝剑一挥，紫虹飞射，椅子的四条腿先自断了！那名侍卫大喝一声，椅子猛地掷出，冒浣莲横剑一劈，把那张椅劈为两半，一低头，避开碎片，剑锋一领，剑尖外吐，一个"盘肘刺扎"，刷的一剑，朝着奔来的敌人手腕剪去，那名侍卫疾扭身躯，手腕已被剑尖刺了一下。他暴喝如雷，身形一起，双拳交击，向冒浣莲两面耳门擂打。冒浣莲见他来势凶猛，心生一计，忽然斜掠横跃，剑招如电，突向康熙刺去！康熙尖叫一声，扑倒在地，趁势一滚，躲在梳妆台下面。那名侍卫在冒浣莲掠身斜跃时，已知不妙，急纵过身来，耳听得皇帝尖叫之声，以为已受了刺客的暗算。这一惊非同小可，拼了性命，双手张开，和身扑去。冒浣莲轻轻一闪，那名侍卫只顾救人，右掌前捞，左掌应敌，岂料捞了个空，只觉一阵奇痛彻骨，左掌已给冒浣莲宝剑切了下来！

那名侍卫精通关外十八路长拳，若论武功，当在冒浣莲之上。只是冒浣莲持有宝剑，而他又要兼顾皇上，左掌一断，虽仍拼死拦截，已是敌不住了，不过几招，冒浣莲乘他发狂猛冲的时候，一个绕步，闪到身后，反手一剑，自后心穿过前心，将他戳了一个透明窟窿。

冒浣莲取过一张椅垫，抹了剑上血迹，将亡母遗像，小心取下，卷了起来，宝剑一指，喝道："出来!"

康熙在梳妆台下，听见侍卫被杀，全身冰冷，料想今日不免一死，把心一横，反而比前镇定，钻了出来，斥道："你敢弑君?"

冒浣莲冷冷一笑，宝剑在康熙面前一晃，说道："宰了你等于宰一口猪，有什么费劲?"康熙哼了一声，说道："你也别想活着出宫了!"冒浣莲想到狱中的易兰珠，剑尖一指，却并不刺下，低声骂道："你想饶命吗?"康熙道："怎么样?"冒浣莲道："你得先把天牢中那个女贼放出来！然后把我送出宫去!"康熙一想，心内暗笑："这女贼真是雏儿，我答应放她，你难道能出去监视？只要我一脱出掌握，大内高手马上就要把你活宰。"故意想了一阵说道："天子无戏言，我马上写下御旨，叫人放她，你可放心了吧?"

冒浣莲宝剑一指，冷冷地道："我知道你在打什么鬼主意，可是我若死在宫里，那清凉寺的老和尚会替我念经。"康熙面色倏变，斥道："什么老和尚?"冒浣莲冷笑道："是呀，什么老和尚？我真糊涂，老和尚早死掉了，不能念经啦!"忽然在怀里掏出一串珍珠，宝光外映，扬了一扬，说道："这串珍珠是这屋子的主人的，老和尚还算好心，临死前将它交回给我。咳，他可死得真惨!"冒浣莲以前夜探清凉寺时，碰到做了和尚的顺治皇帝，顺治曾一手携着她，一手携着康熙，去祭董小宛的衣冠冢，这串宝珠，就是老和尚那时交给她的（见第二回）。康熙这时早已认出冒浣莲是谁，做声不得。冒浣莲又指着地上的尸体道："他可死得不值，比阎中天差多了。"康熙面色苍白，身子发抖。冒浣莲嘻嘻笑道："你若敢伤我毫发，我立刻就在宫里把这件事情抖出来!"康熙心里打突，想道："若她在外面泄漏，我还不怕。在宫里嚷出来，太后知道了，可不是当耍的。"满脸堆笑，说道："你这女娃子真是，我答应送你出宫，你瞎疑心作甚？”冒浣莲眼光赛如寒冰利剪，迫视康熙，催道：“快写，快写！把那女贼放出来！”

康熙吮笔挥毫，正思脱身之计。忽听得屋外脚步声大作，楚昭南高声叫道：“皇上在这里吗？”康熙应道：“在这里！”冒浣莲利剑在他脖子一架，低声说道：“不许他进来！”楚昭南脚步声已到门前，康熙道：“你且稍候，朕就出来！”楚昭南禀道：“鄂王妃进宫，现在外面候见！”康熙将未写完的纸揉成一团，随手一扔，冒浣莲低声喝道：“做什么？”康熙道：“想不出了！”冒浣莲想迫他再写，只听得外面又有太监禀道：“太后莲驾到！”康熙苦笑道：“太后来了，我可不能阻她进来！”冒浣莲眉头一皱，藏好宝剑，说道：“出去！”康熙一把推开房门，楚昭南蓦见皇帝背后，跟着一个宫娥，面貌好熟！不敢细看，冒浣莲迅即把房门掩上，低低在康熙耳边说了句：“记着老和尚！”康熙挥手道：“你们进来作甚？都随我出去！”楚昭南应声“是”，随又禀道：“是太后叫我们到这里找的。”康熙哦了一声，大踏步走出，冒浣莲紧紧跟着。楚昭南这时已看出冒浣莲是谁，大吃一惊。

一行人走出“兰风精舍”，太后迎面问道：“你在这里做什么？”康熙道：“想来取一些书。”太后看着冒浣莲手上的画卷，问道：“这就是从里面拿出来的吗？”康熙点了点头，太后正想叫她打开来看。鄂王妃走过来，太监将黄绫铺在地上，鄂王妃跪下叩头。太后道：“她已等不及陛见了。”康熙问道：“有什么紧要事么？”太后道：“她说，病已稍微好了，想到天牢审女贼！”康熙道：“那她就去好啦！”鄂王妃叩头谢恩。太后很爱惜她，拉她起来，冒浣莲趁此时机，忽然在皇帝耳边说道：“我要跟鄂王妃出去！”

原来冒浣莲心想：“虽然自己握有皇帝把柄，要想安全出宫，那也很难。在宫中皇帝怕自己说出杀父之事，不敢加害，若他派人送自己出宫，那他准会暗下毒手。而且恐怕若再耽搁下去，会有人认出自己是纳兰公子带入禁苑，并曾在三公主宫内住过的，那岂不连累他们。”她对鄂王妃虽然也不敢相信，但总觉得在鄂王妃身边，会安全得多。

康熙嗯了一声，太后已将鄂王妃拉起。康熙道：“鄂亲王不幸惨死，朕甚悼念。尚望王妃节哀。朕有宫娥一名，通晓琴棋，伶俐解事，特赐与王妃，以解烦闷。”冒浣莲盈盈下拜。鄂王妃再谢过恩后，扶起冒浣莲，心想：“怎的皇上今天会突然将宫娥赐给我?”本来皇帝将宫娥赏赐亲王王妃，也是寻常的事，只不是这样当面赏赐，而是令宫中太监，以香车宝辇，送到府第罢了。王妃虽觉不大寻常，但也不特别奇怪。

太后一心念着董小宛的事情，想问皇帝在她房中见到什么，并不注意冒浣莲和鄂王妃，当下就催皇帝回转景阳宫。康熙忽然向前一指，说道：“怎么三妹妹也来了!”

冒浣莲刚随鄂王妃走了几步，忽见三公主迎面走来，急忙使个眼色。三公主问道：“王妃这么早进宫?”一面瞧着冒浣莲。鄂王妃点了点头，指着冒浣莲道：“三公主可认识她吗？皇上说她通晓琴棋，以后我也有个人指点了。”三公主道：“哦，那么是皇上将她赏赐给你了?”鄂王妃道：“不敢!”三公主拉着冒浣莲的手，笑道：“哦，待我看看，长得真俊啊！你叫什么名字？怎么我以前没见过你呢?”她装着和冒浣莲说话，手中一件东西早递了过去。冒浣莲何等机灵，拢袖一揖，东西早已藏入袖中。太后在那边等得不耐烦，招手叫三公主过去。三公主笑盈盈地说道：“你若有什么不懂的，可以请问鄂王妃。”冒浣莲心领神会，随鄂王妃登上宝辇，轻轻易易地出了禁宫。

冒浣莲在辇中与王妃同座，越发看得清楚，只觉王妃与易兰珠非但相貌相同，连说话神情与眉宇间那股哀怨之气，也一模一样。再回想易兰珠在五台山行刺多铎时，替王妃挡住飞镖的往事，心中透明雪亮。鄂王妃见冒浣莲尽看着自己，毫无普通宫娥那种畏缩神情，心中也是奇怪。

回到王府，王妃屏退侍女，留冒浣莲独自陪着自己，问道：“你在宫中多少年了？是伺候皇上还是服侍皇后?”冒浣莲笑道：“我进宫中总共还不到两天!”王妃惊问道：“你不是宫娥?”冒浣莲点了点头。王妃道：“那你进宫做什么?”冒浣莲道：“和你一样!”王妃面色陡变，冒浣莲接着说道：“那是为着救一个人!”王妃双眼圆睁，颤声喝道：“你到底是什么人?”

冒浣莲逼前一步，冷冷地道：“我是易兰珠的友人。”鄂王妃面色惨白，低声说道：“她把什么都告诉你了?”冒浣莲避而不答，反问道：“王妃，你真要将她杀死替你的丈夫报仇?”王妃掩面叫道：“你别这样逼我行不行?”冒浣莲深深一揖，又道：“王妃，是我说错了！她给打下天牢，你一定比我们更焦急，更要救她!”王妃哭道：“我有什么办法?”冒浣莲双袖一抖，将三公主给她的东西拿出，解开一看，只见一块透明碧玉雕成一对相连的朱果，上有龙纹图案，刻得十分精致。冒浣莲大惑不解，王妃一见，双眼放光，急忙问道：“这是皇上给你的吗?”冒浣莲摇了摇头，王妃叹口气道：“我还以为是皇上的意思，谁知是你偷来的!”冒浣莲道：“你别管我是怎样得来的，你快给我说说这是什么东西?”

鄂王妃将朱果接过，又仔细看了一阵，用两只拇指在朱果上一按，朱果忽地裂开，果核突出，鄂王妃将果核尖端在纸上一刺，纸上立刻现出两个极纤细的满洲文字，冒浣莲一个也不认得。

鄂王妃拇指放松，朱果复合，说道：“果然是了，可惜拿到了手也没有用。这个叫朱果金符，我们的太祖据说是吞下神人朱果而诞生的，所以朱果金符，一向是内廷信物。皇帝有什么密令，常将朱果金符交给大臣或卫士去办。”冒浣莲喜道：“那我们有了这个，岂不就是可以救出易兰珠姐姐?”鄂王妃摇摇头道：“不行，你不听我说，朱果金符只能交给大臣或内廷侍卫做信物的吗？而且倘非一品大员和一等侍卫，皇帝若要他持金符办事，还需赐以密诏，上写朱果金符，交与某某等字。”冒浣莲道：“若有密诏又何必更赐金符?”鄂王妃笑道：“宫廷之事，你有所不知。皇帝有些事情，是不能在诏书上写明的，密诏只写明金符由谁执掌，那么手持金符的人，就是皇上的钦使，可以权宜行事，但却又不落痕迹。”

冒浣莲想了一阵，说道：“你的意思我明白了，你是说我们既非一品大臣又非一等侍卫，手上又没有金符的诏书，所以此物就毫无用处。”鄂王妃黯然说道：“正是这样。”冒浣莲笑道：“一品大臣我们不能假冒，难道一等侍卫我们也不能假冒吗?”鄂王妃跳起说道：“你真聪明，一品大员，朝中只有限几人，自然不能假冒。可是内廷的一等侍卫，往往不为外廷所知，假冒那是容易得多!”她沉吟半晌，忽然说道："只是谁有这样大胆？"

话犹未了，忽听得外面有人叫道："谁敢这样大胆！"鄂王妃与冒浣莲推窗一看，只见一个青衣妇人运剑如风，把在楼下守卫的四名王府侍卫，迫得一级级地往上直退。四名侍卫连连呼喝，那青衣妇人却是丝毫不睬，剑法迅疾之极！

喝斗声中，一名侍卫突然"哟唷"一声，头下脚上，翻下楼去，连冒浣莲也看不清楚，青衣妇人是用什么手法把他刺伤的，正惊疑间，只见青衣妇人竟在兵刃飞舞中，欺身直进，一名使杆棒的侍卫，往下扑身，杆棒刷的奔下盘缠打，那青衣妇人腾身窜起，一招"风卷落花"，把其他两名侍卫齐齐逼退，右脚往下一踹，那名侍卫杆棒刚刚贴着楼板扫出，尚未长身，已给踢下楼去。四名侍卫，死伤一半，剩下的两名侍卫，飞身跃上檐角，高叫："王妃，快躲！"话犹未了，青衣归人如大雁般腾空掠来，一手抓着一个，活生生地从高楼上直摔下去。

冒浣莲随傅青主出道以来，不知见过多少高手，此时也不由得暗自心惊。这妇人的剑法竟似不在凌未风之下，而在桂仲明之上，是何路道，她却毫无所知。唯有把天虹宝剑出鞘，暗加戒备。

青衣妇人力杀四名王府侍卫，长啸一声，纵身跃进房内，冒浣莲拉王妃退后几步，横剑封着门户，高声问道："是哪位前辈？"青衣妇人理也不理，径自喝问王妃："你就是纳兰明慧？"王妃恍惚记得好像是许多许多年前见过的，应了一声，青衣妇人左手一扬，一条软鞭腾空飞出，卷地扫来，冒浣莲宝剑疾地一撩，软鞭给斩断一截，而自己也给扯动几步，整个身躯，向前扑倒。

那青衣妇人把冒浣莲扯过一边，刷的一剑，疾向王妃刺去，王妃身形急闪，左掌下搭，右掌上击，施展大擒拿手中的"龙腾虎跃"一招，反夺敌人宝剑。青衣妇人噫了一声，剑光一闪，避招进招，左手长鞭，疾风暴雨般横扫直卷，王妃连连后退，形势十分危险。冒浣莲急挺天虹宝剑，往背后夹攻。青衣妇人斥道："你这女娃子找死！"一旋身，短剑横截，长鞭夹击，将冒浣莲和王妃两人都罩在剑光鞭影之下。冒浣莲虽有宝剑，只是对方武功极强，连自保也极艰难，更谈不到出击。倒是纳兰王妃掌法曾得过杨云骢指点，勉强还可支持。

纳兰王妃连连喊道："你是谁？有话好讲！"青衣妇人哼了一声，说道："你贵为王妃，哪里还记得起我？"右手剑毫不放松，"金针度线""抽撤连环"，点咽喉，刺左肋，扫肩胸，挂两臂，一招紧似一招，冒浣莲给长鞭拦在一边，救援不得，眼睁睁地看着王妃就要丧命在三尺青锋之下。

酣战中，王妃双手往上一拉，硬将身形拔起，使出险招"金蟾戏浪"，在半空中伸手向青衣妇人双目便抓。

青衣妇人冷笑一声："你找死！"左手呼的一鞭，将冒浣莲迫到墙边，右臂一抬，挡开了王妃双抓，短剑反手一圈，朝着王妃颈项斩截。就在这性命呼吸之际，王妃忽然觉一股大力将自己一托，趁势打个筋斗，翻身落在楼上，同时耳边听得"当"的一声，青衣妇人破口大骂！

冒浣莲躲在墙角看得分明，解救王妃的人，竟是从楼中一块大匾额的后面飞身出来的，冒浣莲暗暗心惊，有人藏在身边也不知道，假如是敌人的话，岂不糟糕？

冒浣莲再仔细看时，忽然一阵心跳，又惊又喜，来人虽然以巾蒙面，可是从身材剑法却看得出来，不是凌未风是谁?！冒浣莲不自禁地跑了上去，大声叫道："凌大侠！"青衣妇人反手一鞭又把冒浣莲迫进墙角，那蒙面人应声叫道："浣莲，你不要上来！"正是凌未风的声音。

凌未风和青衣妇人各以上乘武功相搏，奇快无比，冒浣莲看得眼都花了！青衣妇人长鞭呼地一个旋扫，解开凌未风的剑招，短剑胸前一立，封闭门户，退后一步，叫道："你是天山神芒?"凌未风掣回青钢剑答道："正是，敢问前辈何人?"凌未风以为她听了自己的名头，必然停下兵刃，不料那青衣妇人点头笑道："天山神芒，名不虚传，再试你几招。"长鞭刷地扫出，右手短剑也展开了一派进手的招数。凌未风心想："怎的这妇人如此没礼貌！"身形一晃，青钢剑光华闪处，展开了狂风暴雨般的对攻。

那青衣妇人武功非同小可，两手同时使用两般兵器，竟然配合得妙到毫巅。同时使两种兵刃的人，凌未风以前只碰过一个丘东洛，左刀右剑，已是不凡。但现在和这青衣妇人一比，那丘东洛简直算不了什么。凌未风天山剑法神妙无比，也只能堪堪打个平手，不由他不暗暗惊奇！他杀得兴起，宝剑一抖，银星点点，霎时间只觉一室之内，剑光缭绕，到处都是凌未风的影子。青衣妇人喝声：“好！”左鞭右剑，见招拆招，身形也是四面游走，溜滑非常，凌未风自出道以来，从未碰过如此功力深厚的人，蓦地省起：“莫非她还在人间？”手中剑一紧，酣斗中左掌猛地斜击，掌风到处，青衣妇人的青布包头飘然翻起，冒浣莲又是一惊，青衣妇人颜容美艳，却是白发萧然，包头里还缠着一条红巾，随着掌风飘动。凌未风倏地跳出圈子，抱剑当胸，长揖到地，说道：“失敬！失敬！原来是飞红巾女侠！”青衣妇人大笑声中，长剑倏地收回，短剑掷在桌上，笑道：“你不愧是杨大侠的师弟！看到了你，就如同再见到他一样。”说罢，笑容顿敛，神色黯然！

飞红巾在廿多年前，驰名天山南北，是草原上老幼皆知的女英雄，和杨云骢并驾齐驱，一男一女，同称塞外奇侠（详见拙著《塞外奇侠传》），两人曾经有过极深厚的交情。后来回疆各族的抵抗被清兵各个击破，杨云骢为追寻纳兰明慧，飘然从塞外来到江南，惨死在钱塘江边。飞红巾也突然在草原上失踪，没有人知道她去了哪里。二十年来，草原上到处流传着她的英雄事迹，凌未风是在她失踪两年之后来到回疆的，早就听得别人说过她的名字了。

飞红巾双掌一拍，冲着纳兰王妃冷笑道：“你好呀！”纳兰王妃双眼无神，凄然说道：“杨云骢已死了十八年了，你还要怎样？你杀了我吧，我也不愿活了！”飞红巾抄起短剑，怒道：“你当我是和你争汉子吗？呸！我就是要杀你！”凌未风拦道：“王妃与我们并无仇怨！”飞红巾不理凌未风，径向王妃发话道：“杨云骢的女儿呢？拿来给我！”王妃秀眉一挑，冷笑道：“关你什么事？干吗要交给你！”飞红巾怒道：“我知道你是她的母亲，可是你这个母亲却一点不理女儿。哼，你当我不知道吗？她杀了你的宝贝丈夫，你就把她打下天牢，还要慢慢地折磨她！”纳兰王妃放声大哭，一头撞向墙壁。凌未风轻轻一拉，把她扯开，对飞红巾道：“女侠，你从哪里听来的话？王妃不是不想救她，只是没有办法！”飞红巾道：“你这话当真?”凌未风道:“那女娃子是我抚养成人的,我为什么要骗你!”飞红巾短剑归鞘,缓缓走去,说道:“那么,明慧,是我怪错你了!”行了几步,忽然停下,叫道:“外面有人来!”凌未风身形一起,穿出窗外。

原来康熙被冒浣莲要挟,迫得放她走出宫禁,又惊又怒,辞别太后之后,即召集大内高手,挑出八名一等侍卫,叫他们到鄂王府去将冒浣莲杀死,割头回报。这八名侍卫到了王妃楼下,猛见四具武士尸身,断头折足,大吃一惊。说时迟,那时快,只听得楼上一声大喝,一个蒙面怪人,已似流星飞坠,凭空跃下。人未到地,暗器先发,两道乌金光芒,疾如电射,近身处两名侍卫,竟被天山神芒,对胸穿过。

众侍卫哗然大呼,急忙围上。楼上青光一闪,飞红巾紧跟着又跃下来,短剑一挥,将过来迎截的侍卫手腕斩断,叫道:“凌大侠,我和你比赛杀敌!”

凌未风叫道:“好!”青钢剑一招“回风扫柳”,把四面攻来的兵器挡开,左掌反手一挥,向欺近身边的一名敌人劈去,不料一股大力反撞过来,那人竟然并未给他击倒。凌未风咦了一声,翻身进剑,那人叫道:“分出三个人去挡住那贼婆娘,我和郑铁牌对付这厮。”凌未风一剑刺去,狠疾异常,那人竟毫不退让,一枝铁笔“横架金梁”,连守带攻,还了一招。

这人是内廷侍卫中第一高手,名叫成天挺,外号“铁笔判官”,善会打穴。楚昭南则是禁卫军中的第一高手,两人曾在内廷打了一日一夜,比了十项功夫,对比打成平手。他初意以为小小一名女贼,自必手到擒来,心里还暗笑皇帝小题大做,哪料尚未见女贼影子,两名一等侍卫就给天山神芒打死!成天挺见了凌未风的暗器,这才知道是碰见了江湖上闻名胆落的“天山神芒”凌未风!

成天挺心头一震,拼命架住,陡见飞红巾一跃而下,只一招就把一名大内高手的手腕斩断,更是发慌。但他毕竟是大内第一高手,虽惊不乱。凌未风的名头激起他的好胜之心,他的手底也是招招狠辣,不肯退让。凌未风连发三剑,未曾把成天挺迫退,心中大怒,左掌一扬,在敌人攻来的铁笔上一拍,把铁笔拍得歪过一边,随即一招“龙顶摘珠”，剑光一闪，直奔成天挺的咽喉刺去。这一招狠辣之极，成天挺急忙滑步旁窜，铁笔一抡，当成虎尾棍用，“横扫千军”，格开青钢剑。凌未风手腕一翻，剑光如白练般一闪，“龙归大海”，又朝成天挺下三路刺到。这两招迅捷无伦，是天山剑法中最精妙的招数，饶是成天挺如何了得，也给迫得连连后退。

那姓郑的卫士使两面铁牌，在宫中也是五名内的高手，成天挺留下他和自己联手，原就是想借他的铁牌，来克凌未风的宝剑，想以“一力降十会”，使凌未风难于兼顾。不料凌未风身法步法，变幻无穷，根本不理铁牌的夹击，只狠狠追杀成天挺，那名卫士，铁牌猛砸，好几次眼看要砸中敌人，只是对方不知用什么身法，随便一闪，便闪开了，竟似背后长着眼睛一样，手中剑仍然紧紧迫着成天挺。

成天挺铁笔斜飞，又挡了十余招，险象环生，急忙喊道：“郑铁牌，你过来，正面上!”他是只求两人合守，不求夹攻了。成天挺和郑铁牌并肩一站，展开铁笔点穴的招数，和凌未风再度恶斗，这一来形势果然好了许多！凌未风剑招虽迅捷无伦，但成天挺有了帮手，俨如身边添了一面活动的盾牌，铁笔点刺敲击，居然和凌未风互有攻守。

成天挺身形轻快，招数圆熟，更加上那名卫士，双牌运用得霍霍生风，凌未风剑法一招紧似一招，兀是找不到对方破绽，耳听得远处呼喝声、脚步声，响成一片，想是王府中的武士，发现这里恶战，纠集同伴，赶来卫护王妃。凌未风心中急躁，剑走灵蛇，闪电般疾刺两剑，把成天挺再迫退几步，把全身功力运在左掌之上，郑铁牌双牌翻飞，齐齐打到。凌未风大喝一声，一掌击去，两面铁牌都给震上半空，凌未风欺身疾进，反手一掌，把郑铁牌的头颅打得粉碎。只听得飞红巾长笑叫道：“凌未风，你才打死一个吗?”

飞红巾当年威震塞外，虽遁迹廿年，仍是英气迫人。三名一等侍卫欺她是个女流，一开首就分三面冲去。飞红巾兀立如山，待到近时，突然一抖长鞭，一名侍卫竟给卷了起来，飞红巾左手一挥，把那名侍卫摔出几丈之外，撞着石块，脑浆迸流！

余下的两人虽然是一等侍卫，功力却比成天挺差得多，哪里挡得住飞红巾这种左鞭右剑，精妙繁复的招数。酣斗声中，飞红巾短剑一旋，一名使鬼头刀的侍卫，兵刃已给击飞；飞红巾长鞭一拦，挡着他的同伴，短剑横扫，寒光闪处，一颗头颅已给切下，飞红巾叫道："这是第二个！"第二名卫士云魂直冒，转身便逃，飞红巾一鞭打出，又把他卷了过来，短剑一勒，又将一颗头颅割下来，叫道："第三个也开销了！"短剑迅即归鞘，长鞭挥舞，纵声长笑，这时凌未风才击毙郑铁牌。

凌未风见飞红巾手挽两颗头颅，如飞掠至，笑着招呼道："女侠身手果是不凡，你赢了！"成天挺趁他稍缓，虚点一笔，一鹤冲天，腾身便走。飞红巾十分好胜，身形一掠，长鞭疾卷。成天挺在半空打个筋斗，头下脚上，疾冲下来，左手握着鞭梢，飞红巾竟没将他卷着。成天挺借力一翻，翻到飞红巾跟前，铁笔一扬，电光石火般疾点飞红巾"肩井穴"。飞红巾一脚踢去，成天挺手腕一偏，给剑尖挂着一点，皮破血流，而飞红巾也觉铁笔挟风，夹耳而过，连忙横跃两步，成天挺已掠过一座假山，和王府中循声赶来的武士会合了。

飞红巾还待追击，凌未风喝声："走！"冒浣莲早已跃下，在旁边观战，这时，掏出一把夺命神砂，对着赶来的王府武士，迎头一洒，凌未风连发三支天山神芒，支支都是穿喉而过，射毙三名武士。武士们发一声喊，四下分开，飞红巾掷出人头，哈哈大笑，与凌未风、冒浣莲飞身走出王府。

到了僻静之处，飞红巾陡地停下脚步，拱手说道："凌大侠，后会有期！"凌未风急忙叫道："请留步！"飞红巾扭头问道："你有什么话说？"凌未风道："前辈为救大侠遗孤，不远万里而来，何不与我们一路？"飞红巾面色一沉，说道："你是杨云骢师弟，何以明知故问？你救你的，我救我的，不必多言！"一飘身，疾似旋风，霎忽不见人影！凌未风给她没头没脑说了一顿，莫名其妙。要知凌未风虽是杨云骢师弟，可是两人相见之日，正是杨云骢毙命之时。杨云骢与飞红巾之间的恩恩怨怨，凌未风如何知道？

凌未风叹道："飞红巾的武功真是出神入化，巾帼无双，只是脾气却恁般怪僻！"冒浣莲根本不知飞红巾是何等样人，不敢置答。

凌未风忽然问道："你的朱果金符呢？拿来给我！"冒浣莲急忙送上，凌未风藏入怀中，毅然说道："今晚我要夜探天牢！"

冒浣莲道："凌大侠要不要人接应？"凌未风道："不必，人多了反而不好！"两人谈起别后情况，始知李来亨是因为桂冒二人入京数月，毫无消息，这才请凌未风入京一看的。凌未风为了名头太大，面有刀疤，所以总是昼伏夜行，一路上探听不出什么消息。到了京城，这才知易兰珠已刺杀多铎，被打下天牢。

易兰珠是凌未风抚养大的，情如兄妹，又如父女，凌未风知道之后，犹如万箭钻心，十分难过。心想师兄惨死，只此遗孤，无论如何，也不能让她命丧京华，裂尸西市。易兰珠和纳兰王妃的关系，凌未风当然知道。因此他把寻找桂冒二人的事，暂搁在一边，先到鄂王府踩查，仗着轻功超卓，居然给他闯到了王妃的卧楼，恰好碰到了冒浣莲和飞红巾。

冒浣莲问道："飞红巾是怎样的人？看来她对易兰珠的关心，不在你我之下。"凌未风叹道："这是情孽！我也不很清楚。只是在回疆时，听得草原上牧民的谈论，约略知道一二。飞红巾原叫哈玛雅，廿多年前，名震南疆，是罗布族唐努老英雄的独生女。听说楚昭南初下天山时，就曾在唐努老英雄帐下，帮助他们抵抗过清兵的，只是没多久就背叛了唐努，投降了清军。"冒浣莲道："可惜，可惜！"凌未风道："那时我的大师兄杨云骢在北疆鼎鼎有名，他帮助哈萨克人打仗，后来还成了哈萨克军中的灵魂。后来哈萨克在北疆吃了败仗，杨师兄横越塔克拉玛干大沙漠，来到南疆，和飞红巾联合起来，一时声势大盛。"冒浣莲听得津津有味，插口问道："他们两人同抗清兵，又都是人中龙凤，为什么不结成豪侠姻缘，神仙眷属？"凌未风叹道："浣莲，并不是人人都能像你和仲明那样的，情之一字，微妙万分，一旦错过机缘，便只有终身遗憾。他们为什么不能结成眷属，我是毫不知情。只是听说，飞红巾在遇到大师兄之前，曾爱过一个名叫押不卢的草原歌手。押不卢的歌声非常美妙，可以打动任何少女的心，但不幸的是，这样的歌手，却有一个卑贱的灵魂，他勾结清兵，害死了唐努老英雄。后来飞红巾亲自把他擒来，挖出他的心肝祭奠亡父，那一幕'草原夜祭'，廿年来给牧民们编成了许多歌曲，在草原上流传！”冒浣莲叹了口气，问道：“据你猜想，是不是杨大侠嫌她爱过押不卢呢？”凌未风道：“我想不会，可能是大师兄之情另有所钟，在碰到飞红巾之前已爱上现在的鄂王妃了。”冒浣莲摇头叹息，忽见凌未风双目似有泪光，悚然一惊，暗道：“难道凌未风也有什么伤心之事？”当下不敢多问。

凌未风要过了朱果金符，问清楚了冒浣莲现在的地址。知道桂仲明张华昭等一班人都在“蹑云剑”石老镖头家里，很是高兴，说道：“我今晚夜探天牢，若然得手，立刻带易兰珠来找你们。”

凌未风在思念着易兰珠，易兰珠在天牢里也思念着凌未风。

天牢里黑沉沉的，只有墙角两盏豆大的长明灯发着黯淡的微光。太阳照不进来，月亮照不进来，星光也透不过那密不通风的铁窗。易兰珠关在天牢里，恍恍惚惚，也不知过了多少个白天和黑夜。她感到异样的宁静，“我是我父亲的女儿啊”！她觉得她并没有辱没她的父亲，父亲的血书在她心灵上所造成的重压，是已经完全消失了。她想舞蹈，她想唱歌，她想面对着隐在黑暗中的死神说道：“来吧，我并不怕你！”

她真的一点不怕死吗？可能是的。但她在漫漫的长夜里，有时却也不禁战栗起来，她不是怕死，而是惋惜自己青春的生命，还只有二十岁的少女哪！就要和亲人们永别了！她没有亲人，但她却怀念她的“亲人”。王妃是她的母亲，在长远的岁月里，她对她的感情交织着爱和恨，在她软弱的而又坚强的少女的心中，她并没有把她的母亲当成“亲人”看待，然而此际，在自己生命即将结束的前夕，她想起她的母亲来了！她有一个欲望，要把自己积压了多年的眼泪，在她母亲的面前痛痛快快地流出来。对她诉说她是怎样的爱她又是怎样的恨她！

第二个“亲人”，她深深怀念着的是凌未风，凌未风并不是她的亲人，但却要比什么亲人还要亲。她想起凌未风在她刚刚学会讲话的时候，就把她从江南带到漠北，带到塞外，抱上天山。“我不知给他添了多少麻烦！”这种情分，简直是超过一般父女之上的，“有哪一个父亲为她的女儿吃过这么多苦呢？”她想。她恨不得能再见到凌未风，抱着他的腿，叫他一声“爸爸”！“但凌大侠还这样年青，比我只大十多年，叫他做爸爸，他高兴吗？”易兰珠东想西想，时常忽然在黑暗中噗哧一声笑了出来！

第三个她所怀念的“亲人”是张华昭，她认识他还不到两年，可是她已对他有了很深的情感，这种情感完全不同于对凌未风的情感。在以前，她是全不了解男女之间会有这样一种情感的，而现在她却把他当成亲人看待了。她想起在清凉寺把他救出来时，他那感激的而又是关切的眼光。她想起在石老镖师家中，她和他诀别的情景，“我死了之后，他真会折一束兰花插在我的墓前吗？”“哦，这真是太奢侈的幻想，我死了是连坟墓也不会有的啊！”

易兰珠在黑暗中流下眼泪来，忽然她自己责备自己道：“杨大侠的女儿是不流泪的！”她深深地想念这三个亲人，但把这些思念都加起来，也及不上她对她父亲的爱。“我是为我父亲完成了心愿而死的！”这样一想，她就一点也不惋惜自己的死了。她双手张开，迎着无边的黑暗，好像看见死神张翼飞来，她突然叫道：“来吧，我不怕你！”

就在此际，牢门忽地打开，一条黑影向她行来！

易兰珠心灵震荡，闭上眼睛，喃喃说道：“爸爸啊！你等着我吧，你的女儿来见你了！”自从她被关进这间牢狱之后，从未有人来过，就是每天两顿饭，也只是狱卒从外面递进来，这黑影不是死神也是刽子手了？她一阵昏迷，忽然又似心中空荡荡的，什么感觉也没有了！

迷茫中，有一只手轻轻抚摸着她的头发，低声说道：“兰珠，是我！”易兰珠叫道：“真的是爸爸吗？”那人叹息一声，叫道：“兰珠，你醒醒！我来带你出去！”

那人似乎用手拂了几拂，蓦然间易兰珠感到一阵轻松，颈上的铁枷和脚下的镣铐都给那人弄断了。易兰珠扑了上去，拖着那人的手道：“你是爸爸还是刽子手？”有一滴热泪滴在她的面上，有一个熟悉的声音在她的耳边呼唤着：“兰珠，你醒醒！你认不出我吗？”易兰珠眼泪夺眶而出，扑倒地上，抱着那人的双足，喊道：“凌大侠，这不是梦吧？”

这个闯进天牢的人正是凌未风。他取了朱果金符之后，换了一

迷茫中，有一只手轻轻抚摸着她的头发，低声说道：“兰珠，是我！”易兰珠叫道：“真的是爸爸吗?”那人叹息一声，叫道：“……”

身大内侍卫的服饰，当晚就蒙面来见狱官，掌管天牢的是宗室中的一个贝勒，一见来人取出朱果金符，在白纸上印出“大清”两个满文，吃了一惊，急忙问道：“你是宫中的侍卫?”凌未风点头哼了一声，贝勒问道：“皇上可有什么吩咐?”凌未风道：“皇上要我即刻把刺杀多铎的那名女贼带进宫去，不许旁人知道！你快把监视她的侍卫遣开!”贝勒又是一惊！日间皇上特别传下御旨，叫严密看守那名女贼，提防有人劫狱，怎的忽然又提进宫去？可是这朱果金符非同小可，持有的人等于皇帝钦使，说话违抗不得。贝勒心有疑团，忽然灵机一动，问道：“你是御前带刀侍卫吗？在哪一位总管面前办事?”原来除特许外，只有一等侍卫才可在龙位之旁，御前带刀；而宫中侍卫由两位总管管理，一等侍卫的总管叫格钦努，是满人，其他侍卫的总管却是一个姓许的汉人太监，凌未风一听便知是他考问自己，心中暗道：“要糟!”那贝勒双手据案，紧盯着他，凌未风机灵之极，忽然冷笑一声，反手一掌打在桌上，登时把一角打塌，冷冷说道：“你配问我?”贝勒通体流汗，见他显出这手功夫，深信他是一等侍卫，哪敢再问。片刻之后，监视易兰珠的侍卫都给调回，凌未风轻轻易易地取了锁匙，开了牢门，解开易兰珠的镣铐。

易兰珠泪流满面，缓缓站了起来，再道：“凌大侠，真的不是梦吗?”凌未风道：“你别慌，跟着我出来就行了，他们都很挂念你呢!”易兰珠忽然说道：“我不出去!”凌未风诧道：“为什么?”易兰珠道：“我已经没有气力啦，等会出去，那些卫卒们一定拦截，我不能像你一样登高跃低，又不能帮你抵御，岂不成了你的累赘，到头来我们都要给他们打回天牢。”

凌未风摸一摸怀中的朱果金符，低声说道：“兰珠，我有皇帝的金符，卫卒不会拦截的，你放心跟我出去吧!”易兰珠大喜，说道：“凌大侠，我真不知要怎样感激你才好!”凌未风拖着她的手，缓缓走出牢房。

掌管天牢的贝勒，给凌未风的金符和武功震住，果然遣开了监视易兰珠的侍卫。命令他们，若见有人将易兰珠带出天牢，不许截击，这一来，可急煞了楚昭南。

原来康熙给冒浣莲逃出宫禁之后，一面派成天挺等八名好手，到鄂王府去捉“女贼”；一面派楚昭南赶到天牢。天牢本来就高手如云，宫中的侍卫几有一半调到那里，但康熙经过这么一闹，很不放心，所以再遣楚昭南前去协助，并传旨掌管天牢的贝勒，加意提防。

楚昭南听了贝勒的命令，大为奇怪，急忙说道：“皇上日间的御旨，贝勒难道还未看清楚？”清宫规矩，朱果金符传递的是最机密的命令，绝对不能泄漏，贝勒虽明知楚昭南是禁卫军统领，也不敢说出来。当下只好板着脸说道：“若有差错，由我担承好了！”楚昭南面上无光，一声不响，走了出去，眉头一皱，悄悄地纠集宫中派来的高手，见机行事。

凌未风带着易兰珠走出牢房，见甬道上空荡荡的，果然没人监视，心中大喜，昂首阔步，更是装得神气非常，端出了皇帝密使的身份。

楚昭南躲在甬道转弯的暗黝之处，三更响过，见牢门开处，一个蒙面人拖着易兰珠出来。他心中七上八落，不知是拦截好还是让他们走好？猛然间，心中一震，这蒙面人的身材好熟！楚昭南不由得想起一个人来，又惊又急，但转念一想，若真是此人，他怎敢公然进入天牢，来见贝勒，贝勒又怎会信他的话？正踌躇间，蒙面人已走到了甬道的转弯之处。楚昭南灵机一动，倏地自暗黝处一掠而出！

凌未风眼观四面，耳听八方，他何尝不知暗黝处藏有人影，但他持有朱果金符，一面提神准备，一面装得更若无其事。猛然间，忽见楚昭南扑到面前，一招“雪拥蓝关”，左掌掌击自己上盘，右掌五指如钩，反扣自己脉门，凌未风身形一闪，左掌护着易兰珠，右掌呼的一声，从楚昭南双掌交击围成的半弧形中直穿进去，手肘一撞，即将楚昭南的左掌荡开，伸指便点他胸口的“玄机穴”。不料楚昭南这两招全是虚招，他知道凌未风武功绝顶，早有防备，一发即收，身子箭般的倒纵出去，大叫：“这人是钦犯，赶快捉他，格杀不论！”话声未了，暗黝处，屋顶上，角门中，清廷的高手尽出！正是：

过了一关又一关，闯出天牢难上难。

欲知后事如何？请听下回分解。

第十八回　孽债情缘　公主情多徒怅怅
泪痕剑影　王妃梦断恨绵绵

原来楚昭南乃是立心试招，故意用天山掌法中的精妙招数猝击凌未风。武林高手，心艺合一，骤遇险招，不假思索，即出本门绝技。楚昭南本来还未敢断定蒙面人是谁，一见凌未风出手，又惊又喜，一声大叫，埋伏着的清廷高手，四面杀出。

凌未风大喝一声，身躯一转，噼啪两声，单掌击毙两名卫士，青钢剑倏地出鞘，疾如闪电，把一名欺近身边的卫士刺死，一手拖着易兰珠，便向外闯！

楚昭南一退即上，长剑亦已拔在手中，刷刷两剑，分刺凌未风左右要穴。楚昭南剑法与凌未风相差无几，仅是功力稍逊，这两剑狠辣之极，凌未风身躯半旋，横剑一封，背后呼呼风响，又是一条铁鞭打到。凌未风振剑一格，荡开楚昭南长剑，左掌一抓，把铁鞭抓住，喝声“起”！奋力一挥，那名卫士未及放手，竟给凌未风挥了起来，啪哒的一声，摔出两丈开外！

凌未风右手使剑，左手运掌，虽然击退敌人，易兰珠却给他们截在一边。凌未风虎吼一声，回身来救，金背刀、铁尺、齐眉棍、链子锤、虎头钩……，几种专克刀剑的重兵器，纷纷打到。

凌未风翻身进剑，飘忽如风，从兵器的夹缝中穿过身去。一看易兰珠已被擒住，正在大声叫道：“凌叔叔，不必顾我，先闯出去！”这刹那间，四面卫士，纷纷拦截。

凌未风奋起神威，掌劈剑截，又杀伤了几名卫士，楚昭南挺剑扑上，一招“白虹贯日”，刺向凌未风肩后“风府穴”，凌未风身形一闪，左面一名卫士正扑过来，给凌未风顺势一拖，倏地举起，右手青钢剑一招“飞鹰回旋”，荡开攻来的兵器，同时，左手挟着那名卫士，往后一扫，这几下快得出奇，楚昭南长剑“波”的一声，穿入了那名卫士的后心，尚未拔出，凌未风左手一推，那名卫士的身躯平平撞去，楚昭南连退几步，凌未风疾向斜对方向杀出，但易兰珠已给人捉回天牢去了。

楚昭南红了双眼，“龙形飞步”，再度猛扑，凌未风因敌人太多，不愿与他拼斗，身形起处，直如巨鸟穿林，运用大擒拿手，疾地抓着一名卫士后心，向后便甩，三起三伏，连摔三名卫士，楚昭南攻势受阻，其他卫士，见如此声势，一时窒住，凌未风已退至墙边。墙高五丈有余，无法一跃而上，除非用“峭壁换掌”或“壁虎游墙”的功夫，否则万难脱险。但敌人环伺，若用那两种功夫，又势难兼顾发来的暗器。凌未风刚一犹疑，果然暗器如蝗飞至，中间还杂有硫磺弹。凌未风身形闪动，掌劈袖拂，暗器或给倒拍回去，或给轻轻避开，竟然毫发不损。

楚昭南振臂大呼：“围着他，累死他，他跑不了！”率领清廷高手，一齐涌上，凌未风迫得背贴铁墙，拼死力战。清宫卫士虽多，却不能四面包围，楚昭南率四名一等好手，排成一个半弧形，狠狠攻击。凌未风展开天山剑法，左攻右拒，闪电惊飙，酣斗声中，两名卫士中剑倒地，另外两名迅又补上。楚昭南喝道：“凌未风，你若不掷剑投降，今日就是你的死期！”凌未风刷刷还了两剑，冷笑喝道：“无耻叛徒，你要取我的头颅，先拿十个头颅来换！”楚昭南把手一挥，四名高手一齐猛攻，楚昭南更是踏正中宫，寻瑕抵隙，剑剑辛辣。

要知楚昭南武功原就与凌未风相差无几，更加上四名清宫一等好手，饶是凌未风剑法如何神妙，也感应付艰难。而且楚昭南完全不须防守，只是进攻，威力又加了一倍。只见楚昭南一剑紧似一剑，看看就要把凌未风钉在墙上，忽然有一名卫士贪功躁进，一对护手钩斜里劈进，凌未风大喝一声，劈手把钩夺过，随手一钩就把那人钩了过来，青钢剑一招“神龙掉尾”，暗运内功，黏开楚昭南的长剑，左手将那名卫士抡了起来，把几名高手一齐迫退！

楚昭南暴怒如雷，一掌打去，将那名人质打飞，挺剑又与凌未风相斗。清宫那班侍卫，见楚昭南如此残酷，只顾擒杀敌人，不顾同僚之情，把那名人质活活打死，齐都心寒。一时间，竟没人上来助阵，凌未风趁势攻了几剑，把楚昭南杀得手忙脚乱。楚昭南急忙喝道："你们怎么还不上来？要待皇上下旨吗？"卫士们猛然醒起，若在此刻显得畏缩，给楚昭南奏上，就是一个死罪。迅即有几名高手，补上空缺，再把凌未风迫至墙脚。只是这几名高手怵目惊心，却不敢拼死冒进了！

这样一来，凌未风虽然不能脱险，形势反而比前稍好了些，楚昭南向后指了两指，招来另两名高手，亦是他的死党，替下心存畏缩的两人，大声叫道："不论把此人生擒或格杀，都是一件奇功，谁肯出力，我楚昭南定向皇上保举他！"众卫士呐喊助威，前列五人拼命攻击，凌未风长夜恶斗，额上见汗，体力已渐感不支。

苦战恶斗中，忽然有一名卫士叫道："西院起火。"楚昭南退后一步，举目一看，果见西边火焰升起，急忙叫道："不准慌乱，就是有敌人来到，那边也有人挡住。快把这名贼子毙掉！"喊声未了，墙头上忽然现出一名青衣妇人，包头上系着一条红巾，背后有几名卫士紧紧追来。青衣妇人左手提鞭，右手仗剑，向下一看，一声叫道："凌未风，你别慌，我来救你。"回手一鞭，把追至身后的那名卫士，一鞭打下高墙，趁势一跃而下，长鞭呼呼风响，径向楚昭南下三路扫去，喝道："奸贼，还认得我吗？"楚昭南心头一震，连退三步！颤声叫道："飞红巾，是你、你……"凌未风刷的一剑刺出，趁势又伤了一名大内高手。

若只论本身武艺，楚昭南虽胜不了飞红巾，却也不会落败，你道他为何如此惧怕？说起有一段因由。原来在廿多年前，楚昭南刚刚技成下山之时，听说罗布族长、唐努老英雄有一个独生女，名唤哈玛雅，外号飞红巾，不但武艺十分高强，而且是草原上最美丽的少女，不禁起了求偶之心，千里迢迢，找到了她的部落。楚昭南以为自己英雄年少，定会获得美人青睐。不料相处渐久，飞红巾发现了楚昭南武艺虽高，却是人品低下。那时罗布族正与清兵苦战，楚昭南却只是想办法亲近飞红巾，而不肯尽心竭智抵抗外敌。因此飞红巾对楚昭南由敬重而变为憎恶，终于给一个草原上驰名的歌手，乘虚而入，获得了飞红巾的芳心，楚昭南也就叛变投降了敌人，后来，并勾引了那名歌手，暗害了飞红巾的父亲（详情见拙著《塞外奇侠传》）。飞红巾悲愤莫名，亲手捉了自己的爱人，正在那时候，与横渡大沙漠的杨云骢会面，成为好友。两人曾两次活捉了楚昭南，但都给他诡谋逃脱。

正是因此，楚昭南对飞红巾颇为忌惮。此际，事隔廿年，突然见她出现，犹如见了鬼魅一般，自己也不知怎的，有说不出的害怕。连受了飞红巾几次险招，这才神志恢复。

天牢中的清廷高手，总有三五十人，飞红巾鞭扫剑劈，虽伤了几人，自己亦已陷入重围。墙头上还有好多名原来在西院看守的卫士，是为追击飞红巾而来的，此际居高临下，也不时偷发暗器。

凌未风一见机不可失，猛喝一声，剑招如风翻云涌，倏地又刺伤两名卫士，冲开一条血路，把飞红巾接了出来，两人一同退到墙边。凌未风剑交左手，格开来袭暗器。右手早取出三支天山神芒，向墙头上一扬，喝声："着!"三道乌金光芒，疾如电射，只听得连声惨叫，墙头上三名卫士，都给射透前心，倒翻下来。凌未风道："飞红巾，你替我暂挡一下，我上去掩护你逃!"背靠着墙，身子急升上去。清廷卫士暗器疾发，飞红巾一跃丈余，长鞭一卷，把几枚厉害的暗器扫飞，另外两枝弩箭，射到凌未风前胸，给凌未风接了反打出来。说时迟，那时快，凌未风已以"壁虎游墙"的绝技，升到墙头，刷、刷两剑，又把上面还剩下的两名卫士刺死；而飞红巾也落到地面，又被包围起来。

凌未风大声叫道："飞红巾，你上来!"他在墙头连挥几挥，天山神芒接连发出，围着飞红巾的高手，或给射死，或给射伤，或引身躲闪，霎时间，闹得个手忙脚乱。飞红巾一声长啸，一跃三丈，长鞭向上一举，凌未风握着鞭梢，用力一挥，飞红巾一个鹞子翻身，上了墙头，地上弩箭齐发，暗器纷飞，凌未风与飞红巾剑拨鞭击，展开绝顶轻功，倏忽出了天牢。到楚昭南等追出来时，只见星河耿耿，明月在天，哪里还有凌未风与飞红巾的影子。

这一役清廷卫士损失惨重，敌人不过来了两名，而大内的一等高手，竟然伤亡了十五六人之多！楚昭南气得七窍生烟，却是发作不得。幸好易兰珠仍被截回，否则更不得了。凌未风与飞红巾都是楚昭南的克星，他哪里还敢托大，当下入宫请罪，并请再调高手增援。康熙听了，面色大变，半晌不语。楚昭南伏在地上，不敢起来。康熙心想："怎的大内高手如此无用。"不觉阵阵心寒，但他们为看守钦犯，死伤累累，若再怪责，更恐离心，过了一会，这才斥楚昭南道："朕知道了，以后你可要小心点！"当下，另外传令，叫小黄门请鄂王妃进宫。

且说在凌未风等大闹天牢之后，鄂王府也已接到了消息，王妃听了，又惊又喜，正不知易兰珠是否已被救出，忽然皇上宣召，急忙进宫。康熙见了鄂王妃后，冷笑一声，问道："你的病好了吗？"王妃冷汗直流，奏道："多谢皇上关注，好一点了！"康熙道："鄂亲王功在国家，惨遭刺杀，想你对那女贼也是极痛恨的了！"鄂王妃泪流满面，磕头说道："臣妾痛不欲生。"这句话倒是真情，康熙见她如此，以为她是悼念亡夫，不再追问，只是冷冷说道："你以前对太后说，想亲审女贼，现在既然病体无碍，那就明日亲自去天牢，了此心愿吧。"王妃听了此言，犹如五雷击顶，眼前金星乱冒。康熙又缓缓说道："不能再让这名女贼久押不决了，她的同党很多，再不处决，被救出去，你的大仇就不能报了。"鄂王妃失声惨叫，晕在地上。康熙叫宫娥扶她到太后处歇息，临行还吩咐近身的侍卫说："若王妃神志不醒，明日不能亲审，你就传旨贝勒，令他移交三堂会审，即日处决。"王妃刚刚醒转，听了这话，又晕过去。

再说易兰珠被截回天牢之后，逃生绝望，反而宁静下来，在黑沉沉的牢房中，静待着死神的宣判。黑暗中也不知过了多少时候，忽然牢门轻轻打开，一条黑影飘了进来。易兰珠动也不动，厉声叫道："好吧！把我带出去，杀死，绞死，车裂，分尸，随你们的便，只是我们汉族的人你可杀不完啊！"

那条黑影"砰"的一声把牢门关上，忽然间，易兰珠眼睛一亮，那人亮起火折，点燃了一支牛油烛，捧着烛盘，缓缓行来，低声唤道："宝珠，你不认得我吗？你抬头看看，看我是谁？"

易兰珠头也不抬，冷冷地说道："谁是宝珠？尊贵的王妃，我是杀死你丈夫的凶手!”这霎那间，一只温暖的手，抚摸着她的面庞，抚摸着她的头发，易兰珠想叫嚷，想挣扎，可是一点力气都没有!

鄂王妃泪流满面，哭着叫道：“啊！他们把你折磨得好苦!”易兰珠的脖子给大枷磨伤了，周围起了淤黑的血痕，两只脚踝也流着脓血。王妃取出丝绢，给易兰珠慢慢揩拭，脓血湿透了三条丝绢，王妃慢慢折起，藏在怀中。易兰珠忽然睁开眼睛，尖声叫道：“王妃，你不要假慈悲，折磨我的不是他们，是你!”

王妃打了一个寒噤，茫然地挪开半步。易兰珠斜着眼睛，冷冷笑道：“十八年前你抛弃了我，现在又要来杀死我了!”王妃失声痛哭，紧紧地搂着易兰珠，叫道：“宝珠，你一点也不知道我是怎样爱你!”易兰珠用手肘轻轻推开了她，叫道：“爱我？哈哈，你爱我？你为了要做王妃，让我的父亲给你的丈夫杀死；你为了要做王妃，忍心把我抛弃，让我在寒冷的异乡漂泊了十八年。”王妃叫道：“宝珠你骂我？骂下去吧！我很喜欢，你已经知道我是你的母亲了!”易兰珠道：“我没有母亲，我的母亲在十八年前已经死了!”王妃抱着易兰珠坐在地上，低声叫道：“宝珠，你的母亲做错了事，可是她并不是那样的女人！你相信也好，不相信也好，总之，她不是那样的人，我想说给你听，但一定说不清楚。我只请你摸摸我的心吧！从我跳动的心，你应该知道我是怎样爱你，十八年来，白天黑夜，我都惦记着你，我记得你开始学行时候的神情，叫出第一声‘妈妈’时候的喜悦；我想着你不知在什么地方长大了，不知你长得像爸爸还是像妈妈，现在看来，你是长得跟你的爸爸一模一样，嘿！像他那样的倔强!”易兰珠的头贴着王妃的胸，两颗心都在剧烈地跳动！忽然易兰珠倒在王妃怀中，轻轻啜泣，叫道：“说真的，妈妈，我也爱你啊!”

烛光驱散了黑暗，分别了十八年的母女互相地搂着，母亲的眼泪滴在女儿的面上，女儿的眼泪滴在母亲的胸前。过了许久许久，谁都没有说一句话。忽然外面传来了阁阁的脚步声，似有人在牢房外走来走去!

王妃皱了皱眉，瞿然一省，揩干眼泪，高声叫道：“脚步放轻

烛光驱散了黑暗，分别了十八年的母女互相地搂着。母亲的眼泪滴在女儿的面上，女儿的眼泪滴在母亲的胸前。

一点，别吵我审问！”王妃进入天牢时，掌管天牢的贝勒再三问她要不要人陪伴，王妃摇头说不要。贝勒道：“那女贼的武功很厉害，虽然背了大枷，扣上脚镣，只怕还要预防万一。王妃万金之体，出了差错，那可不值。”王妃怒道：“别啰唆，我要亲自审问，不许一个人在旁，你知道么?”随手一抓，在檀木桌抓了五道裂痕，贝勒大骇，心道：“怪不得人说鄂王妃文武全才，是咱们旗人中第一位美人，又是第一位女英雄，看来真是不错！”当下不敢再说。但虽然如此，贝勒还是很不放心，因此加派卫士在外面巡逻。

王妃斥退了外面的卫士之后，紧紧搂着易兰珠，轻轻地在她耳边说道：“女儿啊，现在你是我的了！”

听了外面卫士的脚步声，易兰珠心头陡然起了一种憎恨的情绪：“我的母亲和他们是一家人，他们要听我母亲的话！”这个念头像火焰一样地烧痛了她的心，她挣扎着从母亲的怀抱里脱出来，叫道：“王妃，你说要审问我，为什么不审问呢?”王妃心痛如割，颤声说道：“宝珠，你要怎样才相信我？相信你的母亲？你说罢，只要是我做得到的我都会做！”易兰珠冷笑道：“也许是明天，也许等不到明天，他们就会把我的头悬在午门之外，把我的心肝祭奠你的丈夫。我还有什么事情要你去做?”

王妃亲了一下她的女儿，毅然说道：“好吧，宝珠，我带你走出天牢，将你偷偷放走，然后我就吃最厉害的毒药，去见你的爸爸，这样你总可以满意了吧?”

易兰珠尖叫一声，搂着她的妈妈，叫道：“啊！你为什么要这样说呢？你是把我当成你的女儿，还是把我当成你的敌人？说得好像我要向你报仇，让你去死！”王妃目不转睛地望着女儿，忽然喊道：“你的眼睛，跟你的爸爸完全一样哟！”

易兰珠探手入怀，把内衣撕破，取出那封藏了许多年的血书，掷给王妃道：“这是爸爸给我和你的信，爸爸本来就是要我像他一样啊！”

王妃身躯颤抖，似波浪般起伏不休，展开血书，只见信上写道：“宝珠吾女，当你阅此书时，当已长大成人。你父名杨云骢，你母名纳兰明慧，你父是抗清义士，你母是清室王妃，你父丧命之日，正你母改嫁之期。你母是皇室中人，改嫁迫于父命，不必责怪。惟彼所嫁者乃国人之敌，胡虏元凶，你学成剑法，定须手刃此獠，以报父仇，并除公敌。若见你母，可以此书交之，令伊知你父非不欲伊晚年安乐，而实为国家之仇不能不报也。其余你未明了之事，可问你之祖师与携你上山之叔叔，父绝笔。”

王妃读后，痛哭说道：“宝珠，我并没有怪你的爸爸叫你杀他啊！”

易兰珠的眼睛放出闪闪光芒，再追问道：“妈妈，你真的不怪我吗？”王妃打了一个寒噤，泪光中蓦然现出多铎临死时的情景，鲜血淋漓，惨笑待死的情景，她又想起她曾对多铎应诺的话：“你不要伤害她，我也叫她不要伤害你！”是的，她并不怪她的女儿，然而却又有点为他们的互相伤害而惋惜。她幽幽地答道：“女儿，我怎会怪你呢？但血已经流得够了，我不愿再看见流血了！”

“血已经流得够了？”易兰珠冷笑接道：“我们汉族人流了多少血？你们皇帝和将军还要使我们继续地流！但我们的血也不会白流的，我的父亲血洒杭州，你的丈夫就要血洒西山；明天，我的血染红天牢，后天，更多满洲人的血就要染红京城的泥土！”

王妃像挨了打一样惊跳起来，惊恐地注视着她的女儿。她日日夜夜梦想着的女儿，如今在她的面前，是如此亲密，却又是如此陌生！她和她好像是处在两个世界里，她不了解她，她们的心灵之间好像隔着一层帷幕！她听着她的女儿把那满腔怨恨像瀑布似的倾泻出来，她又是惊恐又是哀痛，她昏眩地颤抖着，忽然又紧紧地搂着女儿，叫道：“你是我的女儿，你为什么要分出‘我们’和‘你们’？你是我血中的血，肉中的肉，你和我是一个身体的啊！”

易兰珠忽然笑了起来，不是冷笑，而是一种喜悦的笑，她把脸扑在母亲的胸脯上，说道：“妈妈，你真的这样爱我，愿意是我们的人吗？”王妃还来不及弄清楚她的意思，赶忙说道：“当然是这样的啊，你还有什么不相信我呢？”易兰珠急促地叫道：“那么，你就跟我一道走吧！母亲，不是你带我走，是你跟我走，明白吗？妈妈，凌大侠他们一定还在想办法救我，你马上出去，我告诉你他们的地址，他们有你的帮助，一定会救出我。除非我过不了明天，否则你还有机会救我出去的！”

王妃一阵阵晕眩，“跟你一道走？”她喃喃问道。这是她从没想过的事，她是一个王妃，怎么能够和陌生的汉族人一道，反对自己的族人呢？她这样的一阵犹疑，易兰珠早已变了颜色，叫道：“妈妈，我一丝一毫都不愿勉强你，是我太过分了，是我想得太孩子气了。如果你愿意跟我走的话，十八年前你已跟我的父亲走了。我不怪你，妈妈！你也别怪我啊！现在我一点一滴也不愿受你帮助，你赶快走吧！这个牢房污秽得很！”

王妃低声地抽咽，说了许多话，甚至说愿意跟她一道走，可是她的女儿像哑了一样，一句话也不答她了！王妃这时比死了还难受，她料不到她的女儿竟比她的爸爸还坚强。忽然，她的手触到一样东西，她蓦地叫道：“宝珠，我有一样东西要给你！”

易兰珠仍是那个样子，把脸藏在掌中，忽然间，她的眼睛从手指缝中看到一缕血红的光芒，王妃手上拿着一把亮晶晶的短剑，多铎的血凝结在剑刃上，还没有揩干。易兰珠跳起来道：“这是爸爸的宝剑。”

王妃道：“是的，这是他的宝剑。我第一次碰到他时，他给沙漠的风暴击倒，晕倒在我的帐篷外，我就是看见他这把宝剑才救他的。你在五台山行刺的时候，一剑插入我的轿中，我一看见，就知道你是我的女儿了。”

这把剑像是一个证人，易兰珠一家人的悲欢离合、生死存亡都和它有着关联。它伴着杨云骢和纳兰明慧在草原定盟；它保卫杨云骢到最后的一刻；凌未风拿它作信物，抱易兰珠上天山；最后易兰珠将它插进了多铎的胸膛。

也就是在刺杀多铎那天，易兰珠因为见着母亲，宝剑震落在地上，她在天牢里想起“亲人”时，也曾经想念过这把宝剑的。但现在，她的母亲将它交还给她，她却感到一阵阵的迷惑。

王妃低声说道：“你留着这把剑吧，也许对你有用的。如果凌大侠他们再来救你，有这把剑，也比较容易脱身。”

易兰珠最爱她的父亲，因此也非常地爱这把短剑。可是此刻，她却忽然间感到憎恨，不是恨这把剑，而是恨她的母亲。“她叫我留着这把剑等凌大侠他们来救，那么就是说，她非但不肯跟我一道走，而且不愿再想办法救我了。”她并不希望母亲救她，可是她的心灵深处，却是渴望母亲的爱的。她觉得十八年的痛苦，应该赢得母亲全部的爱。要求太高了，失望也就容易。这是一种非常错综复杂的情绪，但她却不知道，她的母亲在说这话时，心里已经作了一个决定。

易兰珠叫道：“我不要它，我们每个人都是一把短剑！令你们满洲人震抖的短剑。这把剑还是留给你吧，你见着它会更记得爸爸。”易兰珠双手抱着头，低低地啜泣，又不理她的母亲了。

外面的脚步声又响起来，有人催道：“贝勒问候王妃，皇上也派人来探问，王妃审完没有？”鄂王妃应了一声，取出一条干净的丝帕，给女儿慢慢地揩抹眼泪。当她站起来时，茫然地将手帕掉落地上。

“宝珠，你好好保护自己，”王妃说，“你明白吗？”

这刹那间，易兰珠的心像给千万把尖刀割成无数碎片！

烛光渐渐消逝了，那支王妃带来的牛油烛，只剩下短短的半寸，在吐着微弱的光芒，烛泪凝结在地上，构成不规则的花纹图案。“蜡炬成灰泪始干！”王妃停止了哭泣，最后瞧了易兰珠一眼，木然地转过了身，向着牢门走去。

“我明白了！”易兰珠温柔地叹道：“妈妈，这不是你的错！”但她说得太小声了，以至王妃根本没有听见。

蜡烛烧完了，烛光忽地熄灭，就在这一刻，王妃走出了牢门，天牢内剩下虚空的黑暗！易兰珠陡然跳了起来，喊道：

“妈妈！我们彼此原谅吧！妈妈，回来！回来！”

牢门已经关上了。妈妈不会再回来了！易兰珠茫然地向四围张望，黑暗中似有无数鬼魅张牙舞爪向她扑来，她尖叫一声，扑在地上，心里明白，什么都完了！

“什么都完了！”王妃喊了出来。此刻，她已经回到家中，在房间里踱来踱去，发出绝望的叫喊。

房间的正中挂有多铎的画像，多铎那双眼睛似乎在牢牢地盯着她；她拔出那柄短剑，杨云骢的影子在剑光中现出来，也似乎在牢牢地盯着她。她尖叫一声，掩了面孔。漆黑中，她女儿的影子又在眼帘出现，也似乎在牢牢地盯着她！

她张开了双手，慢慢地拿起了那柄短剑。

突然一阵敲门声，侍女在外面报道："纳兰公子求见！"

"是他？怎么这个时候要求见我？"纳兰容若是王妃最疼爱的侄儿，也是她平日唯一可以谈得来的人。她本来是不想见任何人的了，可是纳兰容若是例外，她叹口气道："好吧，就和他见一面吧！"她打开了房门，纳兰容若正缓缓地走上楼来，他的书童在楼下等候。

纳兰容若和王妃对面而坐，彼此都大吃一惊。纳兰容若吃惊的是：姑姑本来是旗中最美的美人，现在却似蓦然老了几十年，而且双眼肿得像胡桃一样，显然是流了过多的眼泪！王妃吃惊的是：她这位才名倾国的侄儿，竟消失了一向潇洒的风度，面色惨白，捧着茶杯时，手指也在微微地颤抖。

"容若，你好！有什么事情吗？"王妃问。

"三妹妹已经死了！"纳兰容若突然站了起来，茶水泼溅地上，以激动的声调报告了这个噩耗！

"三公主死了？"王妃木然地反问了一句，发呆的眼睛看着窗外。这个消息来得突然，可是此刻她的心头是已经够沉重的了，再增多一份沉重，也不怎样显得出来了。

"三妹妹是自缢死的。"纳兰容若低沉地说道。

"自缢死的？"王妃发着抖重复地说："三公主为什么要自杀？"

"不是自杀，"纳兰容若道，"是给皇上逼死的！我猜，事情和天山那个'女飞贼'有关！"说到"女飞贼"时，王妃尖叫一声，纳兰容若惊异地看着她，继续说道："你不知道吗？就在你入宫见皇上那天，宫中给一个女侠闹得不亦乐乎，皇上一个亲信卫士给杀死了，还有两人给毒砂子打晕了，救治不及，后来也死了。"

王妃心中了然，知道这个"女侠"一定是随自己出宫的那个"宫娥"，自己的女儿的好友。她很奇怪，为什么纳兰容若称她为"女侠"，却称自己的女儿"女飞贼"，插口问道："你怎么知道她是女侠？"

纳兰容若凄然地望着王妃，突然用一种急促的声调说道：“姑姑，咱们姑侄是无话不谈，那个女侠是我把她带进宫的，她叫做冒浣莲，还是董鄂妃以前的女儿呢，想不到我带她进宫，却害了三妹妹！姑姑，请恕我莽撞问你，那关在天牢中的‘女飞贼’，是不是你一个至亲至近的人？”

王妃一阵痉挛，许久许久，才抬起头来，低声地说道：“现在我不用瞒你了，她是我的女儿！”

纳兰容若叹口气道：“我看得出来！姑姑，我们生在皇家，真是一种罪孽！三妹妹的死也是一种情孽！”

王妃脸上的肌肉可怕地抽搐起来，喃喃说道：“情孽！情孽？”

纳兰容若避开了姑姑的目光，说道：“是的，情孽！那个女飞贼，不，她不是女飞贼，她是你的女儿，我的表妹。表妹有一个意中人叫张华昭，想把她救出来。而三妹妹偏偏就爱上表妹的意中人！”

这件事在王妃还是第一次听到，虽然她自觉已走到生命的尽头，但对于女儿的事情还是渴望知道，她突然变得兴奋起来，叫道：“有这样的事，你是怎么知道的？”

纳兰容若低低叹了口气，说道：“你不必问了，一下子也说不清楚。我先告诉你三妹妹是怎样死的吧。浣莲姑娘大闹皇宫之后，皇上发现失了朱果金符。这金符可绝不是外人偷得了的，皇上突然想起浣莲姑娘伪装宫娥随你出宫时，三妹妹曾拉着她的手和她亲亲热热地说了几句话，大起疑心，就叫太监传她来问话。三妹妹对来传她的太监说：‘你们且稍等一会儿，待我换过妆就来。’想不到她就这样在寝宫自缢死了。”

王妃叫道：“啊，原来那朱果金符是三公主偷的！”

纳兰容若道：“是的，她为了自己所爱的人，牺牲了自己！”

王妃热泪盈眶，垂下头去，捶胸说道：“三公主虽是深宫弱质，却生就侠骨柔肠，比我那可是要强千倍万倍！”

纳兰容若泫然而泣，哑声说道：“我陪皇上在南书房读书，内监来报，说是三公主自缢死了。皇上面色青白，哼了一声，冷笑说道：‘活该！’我吓得晕了，想哭哭不出来！皇上忽然说道：‘你知道三丫头和外臣有什么勾结?'我莫名其妙，心又悲痛，说不出话，只是摇了摇头。皇上道:'这丫头好大胆，偷了我的朱果金符，我只道她想做太平公主呢!'太平公主是唐朝女皇帝武则天的女儿，曾勾结外臣，抢夺皇兄的权柄。皇上引太平公主的故事，大约是以为三妹妹偷他的朱果金符，一定包藏有抢夺朝政的野心，他又哪里知道其中有这样复杂的事?大抵做皇帝的人，凡事都会猜疑，以至想得完全不近情理。我道:'三公主和我素来友好，我知道她从来不管外事，哪会勾结廷臣?'皇上冲着我笑道:'容若，我相信你不会骗我!'沉吟了半晌，又道:'也罢，家丑不宜外扬，你就替我去约束内廷，任何人都不准把消息泄漏，并代我主持，把这丫头收殓了吧。'我到了三妹妹住的景阳宫，把三妹妹解了下来，只见她书案上还有一纸词笺，上面写有两句词:'风絮飘残已化萍，泥莲刚倩藕丝萦。'她最近跟我学词，大约是还未填完，就自缢死了。"

纳兰容若呷了一口香茶，又道:"皇上又问我，知不知道有人拿朱果金符去救天牢女贼的事，我说不知道。皇上道:'这些事情，太过离奇了，自己人也靠不住，我应该好好查一查!'姑姑，你的形迹可得检点一些，给皇上看出，那就不好了!"

王妃凄然笑道:"我现在还怕什么?容若，你回宫去吧，皇上若问起我，你就说不知道好了!"纳兰容若望着王妃，心头感到一阵阵寒冷，挥泪说道:"姑姑，那么我去了!"王妃忽然又叹口气道:"你以前每次来，都会给我带来一两首新词，只怕我以后再不能读了。"纳兰容若惊问道:"姑姑你说什么?"王妃断断续续地哽咽说道:"嘿，生在皇家就是一种罪孽!容若，你再替我留一两首词，就写写我们的悲痛吧!"

纳兰容若泪咽心酸，默然不语，蓦地抓起了笔，说道:"好吧，我就替三妹妹续成那首词，另外再送一首给她!"他的眼泪点点滴在词笺上，霎忽写成两首，泪痕混着墨迹，字体潦草模糊。王妃艰辛读道:

"风絮飘残已化萍，泥莲刚倩藕丝萦。珍重别拈香一瓣，记前生!　　人到情多情转薄，而今真个悔多情。又到断肠回首处，泪偷零!"

“曲径深宫帝子家，生怜玉骨委尘沙。愁向风前无处说，数归鸦。　　半世浮萍随逝水，一宵冷雨丧名花，魂是柳绵吹欲碎，绕天涯！”

纳兰容若掷笔凄笑，王妃目送着他的背影走下楼梯，好像什么知觉都没有了！

再说那晚大闹天牢之后，凌未风与飞红巾仗绝顶轻功，逃出险地。凌未风再申前请，请飞红巾和他一道，去见易兰珠那帮朋友。飞红巾仍是摇头，凌未风再问飞红巾住在何地，飞红巾又是不答。凌未风心内生气，想道：“我敬重你是前辈女侠，又是师兄的好友，你却这么不近人情！”飞红巾忽然说道：“凌未风，我住的地方不能告诉你，你有本事就自己寻来，我失陪了！”身形一晃，宛如海燕掠波，流星飞渡，一团白影，衣袂微飘，倏忽已过了几条街。凌未风细味语气，好像飞红巾是有意叫他跟踪，心道：“难道我就追不上你！”一提气，也展开了“八步赶蝉”的绝顶轻功，紧紧跟在飞红巾身后，飞红巾故意当作不知，头也不回，只是一味奔跑。

逐电奔雷，风生两腋，二人功夫，竟是半斤八两，飞红巾占了先起步的便宜，始终领先十丈八丈。凌未风绝顶功夫，也不由得不暗暗佩服，心道：“怪不得她和大师兄当年并称塞外奇侠！”约莫过了半个时辰，两人已出到郊外，凌未风看着飞红巾径朝西山奔走，山道迂回盘曲，转了几转，竟然失了飞红巾的影子。

凌未风停步四顾，只见山峰围绕，雾锁云封，人已在半山之上，心想：“她引我来这里做甚？难道她真是住在西山之上？”正思疑间，左上方一阵清脆的笑声，随风飘下，凌未风身形一拔，脚点苍苔，手攀绝壁，捷似灵猿，霎忽到了上面，忽觉掌风飒然，上面早伏有一条蒙面大汉，双掌飞扬，突施扑击。凌未风大怒，一出手“风卷落花”，左掌一拨，右掌斜劈，那人微微一侧，便闪开了，凌未风悚然一惊：这人身法好快。不敢怠慢，一挫身一翻掌，反手劈去，那人双掌一合，往外一分，又把攻势解开，身形歪歪斜斜，忽然掌劈指戳，抢攻过来，身法手法步法无一不怪，凌未风竟是前所未见。

那人连发六记怪招，饶是凌未风武功深湛，掌法精妙，也只好回拳自卫。凌未风一声不吭，暗暗纳闷，只是那人招数甚怪，功力却差，十数招一过，凌未风已看出他的缺点，掌法一变，忽拳忽掌，呼呼带风，直如巨斧开山，铁锤凿石，那人不敢硬接，连连后退。而更奇的是，那人开首的掌法神妙异常，但十数招之后打不到敌人，便破绽频生，竟是虎头蛇尾。凌未风哈哈大笑，振臂一掠，从他头顶跳过，回身封住了他的退路，正想把他击倒；其时两人已打到稍为开旷之地，月光照影，凌未风一掌打出，忽地收回，这人的身材竟像自己的熟人！正待喝问，那人一揖到地，哈哈笑道："凌大侠，到底还是你功夫高！"面巾一揭，凌未风喜得叫出声来，这人竟是当年负气出走，自己和刘郁芳四觅无踪的韩志邦。

树林里一声长啸，飞红巾蓦现身形，笑道："凌大侠，你还恼我么？要不是韩大哥说你是他的好友，我还不敢引你来。"韩志邦挽着凌未风，说道："凌大侠，还有几位朋友等着见你。"带着凌未风穿入密林，密林中有一间小小的寺院，韩志邦拍了三下寺门，叫道："老朋友来了！"寺门倏地打开，里面有七八个喇嘛和十多个哈萨克人，高高矮矮的挤满一地。喇嘛中凌未风认得一个宗达完真，乃是当日护送舍利子入藏的人；而哈萨克人中，更有一半以上是他旧日的战友，大家相见，欢喜之情，溢于言表。凌未风问道："你们怎么万里迢迢从塞外来到京师？"韩志邦沉吟半晌，笑道："凌大侠，你不是外人，不妨对你直说。"用眼一瞟宗达完真，宗达完真急忙说道："当日抢救舍利子，凌大侠舍命相助，此恩此德，我们是永世不忘，韩大侠但说无妨。"凌未风见此情形，心想："莫非是他们机密之事，自己倒不便插足其间。"正想说话，韩志邦道："不是我们故作神秘，而是事关西藏的大事。凌大侠可知达赖活佛派了特使来京之事？"凌未风道："我前日刚到京师，忙于救人，根本不闻外事。"韩志邦道："吴三桂举兵之前，已向达赖活佛疏通，若处下风，便请活佛代为求和，此次达赖特使来京，便是为吴三桂求和来的。"凌未风哦了一声，说道："求和之事，我以前在五台山谷救出红衣喇嘛时，也曾听他道过。"韩志邦道："红衣喇嘛正是此次特使，除了替吴三桂求和之外，恐怕还会谈西藏内附之事。"凌未风不知韩志邦后来夺获舍利子，给喇嘛迎入西藏等情事，心里暗暗奇怪，不知韩志邦何以和他们相处得如此之好。韩志邦又道：“红衣喇嘛率领了二三十人入京，宗达完真和哈萨克的几位朋友，随后也跟着来了。不过，我们不愿和红衣喇嘛同住宾馆。”飞红巾道：“我是闻知京师擒了‘女贼’之后，飞程赶来的。”凌未风听了，这才知道飞红巾起初为什么不肯将地址告知，敢情她不知道自己与韩志邦等都是同生共死的朋友。

当晚，众人就寝之后，韩志邦与凌未风携手在林中踏月同游，韩志邦忽然说道：“凌大侠，两年前我不辞而行，你们一定很恼我吧?”凌未风道：“我们当时确是很遗憾，但不是恼你。”韩志邦歉然说道：“凌大侠，有一件事我很对不起你，我曾经嫉妒过你。”凌未风笑道：“那是你的误会，我和刘大姐本来就没有什么。”韩志邦摇摇手道：“凌大侠，经过这两年的磨炼，我好像比从前懂了许多，一切缘分，都是勉强不来的。你和刘大姐都是我最敬爱的人，如果看到你们在一起，我就会感觉幸福了!”凌未风忽然痛苦地叫道：“韩大哥，别提这个好不好?”

韩志邦惊异地看着他，这时月亮西沉，天色已将破晓了。

凌未风睡了一会，第二日一早起来，却不见了飞红巾，问起韩志邦，韩志邦也不知道，只说：“这位女侠，独来独往，武功极高，人又冷僻，谁也不敢问她，只怕是又想法救那女孩子了。”凌未风暗暗担心，却是无法。当下辞别韩志邦，去找冒浣莲。韩志邦听说当日大闹五台山的一班朋友也到京师，很为高兴。只是仍叮嘱凌未风暂时不要将他的踪迹抖露出来，凌未风应允了。

韩志邦料得不错，飞红巾果然是想法救易兰珠去了。她清早起来，在西山之巅练了一回剑法，结束停当，下山进城。心中悲愤，郁闷难消，想来想去，想不出救易兰珠之法，一时间前尘往事涌上心头，忽然咬牙想道：“纳兰明慧是她的母亲，若她不肯救出女儿，我就和她拼了。”主意打定，黄昏时分，一个人偷偷进了王府。

再说王妃自纳兰容若去后，心似死灰，人如槁木，独坐楼中，眼前只觉一片灰暗。过了许久、许久，才缓缓站了起来，用颤抖的手，抓起了那柄短剑。

“宝珠，不要怪我！云骢，你等着我!”王妃蓦然叫了出来，倒转剑锋，剑尖刷地插进心房，忽然，窗门倏地打开，一条人影，疾逾鹰隼，飞了进来。

“明慧，你怎么了？”一双有力的手，紧紧地扶着她。新月刚刚爬上枝头，透过碧纱窗户，照着两个爱恨纠结的女人，这两个女人，面色都是一样惨白！

“飞红巾，不要恨我！”王妃喃喃地说道。这霎那间，一切仇恨全都化解，叱咤草原、纵横塞外的女侠，簌簌地落下泪来！

“飞红巾，我们都是杨大侠最亲密的人，让我们和解了吧！姐姐，你不讨厌我叫你做姐姐吧？”王妃面色突转晕红，心房剧烈地跳动，临死前极度的兴奋，使她觉得血液似乎像飞泉一样在体内流转。

“明慧，我的妹妹，我们不是仇人，我一定会好好地看待你的女儿，舍了我的性命，我也要救出她！”

王妃用感激的眼光看着飞红巾，长长地叹了一口气，气力渐渐消失，挣扎着说道：“姐姐，把那柄短剑拔出来，送给我的女儿，那是她父亲的东西！”

飞红巾全身颤抖起来，这样坚强的飞红巾，此刻体验了生平最深刻的恐怖！这把剑插得直深入剑柄，纵有仙丹妙药也救不了，一拔出来，死得更快。可是怎能够不拔出来呢？她有责任要把这柄短剑送回给杨云骢的女儿啊！

飞红巾亲了一下王妃，轻轻地在她的耳边说道：“妹妹，你放心去吧！”闭了眼睛，抓着剑柄，倏地拔了出来。正是：

恩怨已随心血尽，死生一例付浮萍。

欲知后事如何？请听下回分解。

第十九回　生死两难忘　半世浮萍随逝水
恩仇终解脱　一宵冷雨丧名花

鲜血像喷泉一样飞溅出来，纳兰王妃颓然倒在地上，一件事情蓦地兜上心头，在这心脏即将停止跳动的时刻，她拼着最后一口气，断断续续地说道："明天！明天黄昏时分……他们要押宝珠，押宝珠……到……到刑部大堂会审。"说完之后，两眼一翻，就此一瞑不视。

飞红巾握着那柄短剑，呆呆地站在王妃尸旁，忽然窗外一声狞笑，飞红巾短剑当胸一立，旋过身来，只见三个夜行人早已破窗而入。月光下看得分明，头一个长须如银，身材瘦小，两旁跟着两个约摸四五十岁的汉子，一进来见着满地鲜血，齐声惊叫，那白须老者喝道："哼，好大胆的女贼，胆敢伤害王妃！"

飞红巾满腔郁怒正自无处发泄，拔身一耸，短剑飞处，一缕血红的光泽，径向老人刺去，那老人袍袖一拂，嗤的一声，给刺穿了一个大洞，但飞红巾的剑锋也给拂得歪过一边。飞红巾手底狠辣异常，左掌随着剑锋刺出之势，倏然劈出，那老者咦了一声，反手一推，飞红巾只觉一股大力袭来，趁势向前一冲，两条汉子刀剑齐下，飞红巾短剑横里一拖，只听得碎金切玉之声，铿锵不绝。飞红巾疾如闪电，穿出窗户，自六层楼飞跃下地，刷刷两剑，又刺伤了两名王府卫士，正要逃走，忽听得"呼"的一声，那白须老者亦已跳了下来，手执双剑，拦住她的去路。说时迟，那时快，那两条汉子亦已跃下，和王府的卫士散在四面，遥遥采取包围之势，但却并不上前。白须老人睥睨作态，傲然说道："你赢得我手中双剑，我就放你过去。”

飞红巾几曾受过如此轻视，长鞭“呼”的一声横扫出去，俨似灵蛇，闪动不定。白须老者喝声：“好！”一个盘旋，抢到飞红巾侧翼，右手剑“金雕展翅”，往外疾展，冷森森的剑锋猛削敌人肩臂。飞红巾身法快极，一鞭发出，方位立变，反手一剑，应招发招，只听得当的一声，双方都退出几步。飞红巾只觉虎口发热，暗暗心惊，那老者的剑刃给斩了一道缺口，也是“咦”的一声，叫了出来！

两人再度交锋，大家都不敢轻敌。飞红巾展出师门绝技，左鞭右剑，攻守相连。长鞭起处如龙蛇疾舞，短剑盘旋如鹰鹤回翔，招数变化繁复，攻守难以捉摸。那老者在剑光鞭影中兀然不惧，两柄长剑，霍霍展开，竟似隐隐带有风雷之声！而且更怪的是：他左手剑和右手剑的路数全然不同，像飞红巾一样，招数也是变化繁复之极，两人霎忽之间，已斗了三五十招，那老者忽地跳出圈子，喝道：“你是不是天山老妖婆的徒弟？”飞红巾大怒，刷、刷、刷，三鞭连环猛扫，斥道：“你敢骂我师父！”这时她亦已知道这老者的身份了。

这白须老者辈分极高，他是长白山派开山祖师，独创“风雷剑法”的齐真君，门下弟子很多，多铎的师叔纽祜卢和十八年前刀伤凌未风的邱东洛，都是他的弟子。五十年前他到回疆云游，那时他三十岁未到，风雷剑法刚刚练成，心高气傲，独上天山去找晦明禅师，晦明禅师念他不远万里而来，现身相见。和他在天山绝顶论剑，晦明禅师最喜有虔心毅力的后辈，起初对他非常之好，称赞他道：“你年纪轻轻，有此成就，实在难得。你的剑法，虽有缺点，在关外想也无人能敌了！”当时齐真君如果机灵的话，谦虚求教，甚或立即拜师，晦明都会应允。不料齐真君竟不肯以后辈自居，却要和晦明禅师比试。晦明禅师微微一笑，说道：“我封剑多年，剑法早已生疏，不是你的对手。我刚才所说，只是姑妄言之，你不必放在心上。”说罢身形一晃，霎忽不见踪迹。齐真君虽然惊奇于晦明禅师的绝顶轻功，但还以为他的剑法的确不如自己，沾沾自喜，也就不再去找晦明禅师，径自在天山漫游。

天山横亘三千多里，晦明禅师住在天山北峰，天山南面高峰，却另外住有一个奇人，踪迹比晦明禅师还要诡秘，是个白发满头但却容颜美艳的女子，人称“白发魔女”。据说曾经做过强盗头子，为了情场失意，一夜白头，这才绝迹江湖，隐居塞外的。

齐真君只知有一个晦明禅师，却不知有一个白发魔女，他自北高峰来到南高峰，弹剑长啸，意气甚豪，在峰顶练了一回剑法，高声叹道：“可惜世间没有人能和我平手过招！”他还真以为自己的剑法独步天下，为找不到对手而感到没趣。不料话声方了，一阵冷笑已传到耳边。

凭齐真君那么高的武功，竟然不知道白发魔女是从哪里钻出来的，这一惊非同小可，双剑急忙挽个剑花，一剑护胸，一剑应敌，喝道：“哪里来的妖妇，为何冷笑？”白发魔女满脸鄙夷之色，说道：“凭你这点不成样的玩意，居然敢在这里使剑？”齐真君气得面色发青，双剑一抖，说道：“你这么说，想来剑法高明极了，好吧，咱们就来比划比划！”白发魔女冷笑一声，随手折下一根树枝，迎风一荡，瞧了齐真君一眼，又解下一条腰带，哼了一声，说道：“我虽然不行，可还用不着拔剑来教训你！”齐真君大怒，反手一剑，疾如闪电，喝道：“好吧，你就用树枝来挡吧！”白发魔女一个闪身，“盘龙绕步”，树枝拂处，竟然带起风声，连枝带叶，向齐真君手腕划到。她只用一条腰带和一枝树枝，不过三十来招，就破了齐真君独创的风雷剑法，把他逐下天山。

白发魔女就是飞红巾后来的师父，因此齐真君一见飞红巾左鞭右剑的招数，便猜出她是白发魔女的门下。

齐真君自吃白发魔女的大亏后，回转长白山中苦练剑法，果然成了关外剑术的大师，清兵入关，也曾请他相助，可是那时他自问还不是白发魔女的对手，不愿入关。直到邱东洛在云南抚仙湖被凌未风割了一只耳朵之后，回到长白山哭诉，他屈指一算，距离天山受挫，霎忽已近五十年，他想晦明禅师和白发魔女，一定早已逝世，又听说凌未风是晦明禅师的弟子，以天山剑法，压得关外武师闻风胆落，不禁撩起雄心。这时他虽然已是年近八旬，但功力深厚，精神健铄还似壮年，于是仗剑出山，在五十年后重来中土。

他一到北京，恰巧在凌未风大闹天牢之后。他进宫叩见皇帝，皇帝大喜，便叫他带两个徒弟，到王妃府中侦察“女贼”踪迹。原来皇帝因冒浣莲尽知他的隐秘，最为忌惮，把她当成心头之刺，非拔去不能安枕。他带来了两个徒弟，来到王府，无巧不巧，一到王府就碰上飞红巾。

齐真君一生最恨白发魔女，这回碰到她的徒弟，立心先把她祭剑。他的风雷剑法经过五十年苦练，确已到了出神入化之境！

齐真君双剑展开，呼呼风响，浑身上下，一片清光，果然威力惊人！但飞红巾是白发魔女的传人，长鞭短剑，左攻右拒，右攻左拒，也是配合得妙到毫巅！齐真君最初自恃五十年功力，以为对付一个小辈，还不是手到擒来？心高气傲，迭走险招，不料飞红巾招数狠辣之极，门户又封得极严，斗了半个时辰，非但讨不了半点便宜，而且有好几次过于急躁，还几乎给飞红巾的长鞭扫中，这才暗暗吃惊，心想：“自己苦练风雷剑法，原是想找白发魔女报仇的，如果连她的徒弟都斗不过，那五十年心血，岂不是白花？”

其实齐真君不知道，飞红巾比他更感吃力，她招数虽然精奇，功力到底稍逊，用尽全力，才能打个平手，而且每次兵刃相交，自己都感到一股潜力，似铁锤挟风，当胸压下。飞红巾运气凝神，拼命支撑，又拆了二三十招。齐真君这时也已看出飞红巾武艺虽高，功力究竟比不上他。风雷剑法一变，不求急攻，把内力都运到剑上，剑风荡处，连四面枝叶都簌簌作响！这回轮到飞红巾急躁了，她想强敌当前，卫士环伺，若不急求脱身，只怕英名难保。当下使出险招，一招“玉带围腰”，迫得齐真君飞身跃避。他凌空击刺，避招进招，剑法极为凌厉。但飞红巾比他更为悍猛，脚踏原地，左肩晃处，转过身形，用力一抖，左手那条长鞭，竟笔直地竖起来，直向齐真君“丹田穴”扎去，鞭剑相交，夜空中霎的火花飞溅，两人都向后面倒翻出去！齐真君功力虽比飞红巾为高，但高得也是有限，他身子悬空，不比平地易于使力，此消彼长，功力恰恰拉平，鞭剑相交，两人都给对方的潜力震了出去。

飞红巾趁势一个倒翻，以“细胸巧翻云”的轻功绝技，翻出六七丈外，长鞭在半空中反手打出，两名卫士，兵刃方扬，已给长鞭卷着，飞红巾脚尖着地，力贯鞭梢，两般兵刃，都给她卷去！

飞红巾一声长啸，叫道："你姑奶奶少陪了！"正想硬闯，忽然一条大汉，迎面扑来。左刀右剑，当头剁下，喝道："你想走，那可不成！"飞红巾一剑扫去，那人刷地跳开，刀抢中盘，剑走偏锋，居然也是风雷剑的招数，不过把双剑改为刀剑罢了，这人是齐真君的得意弟子邱东洛。邱东洛的武功虽比飞红巾弱许多，可是十招八招还挡得住，就在这一瞬间，齐真君又已赶上来了！

齐真君赶来，叫道："东洛，退下！"双剑呼地卷来，又把飞红巾围住！他刚才给飞红巾长鞭震退，在众目睽睽之下，气得满面通红！这番再度扑来，出手更见辛辣，飞红巾知道闯不出去，也横了心肠拼死相斗，只见剑光鞭影，飞沙走石，端的惊险万分，激烈异常！

又过一阵，飞红巾汗湿衣裳，她到底是个女流，气力渐渐不继，正想施展师门的"神魔夺命"绝招，和敌人同归于尽。忽然听得有人喊道："韩大哥，你去拔那老贼的须，我要追债！"飞红巾一听大喜，只见附近一棵大树之上，似飞鸟般地落下三条黑影。为首的是韩志邦，当中的是凌未风，而押后的一个黄衫少年，她就不认得了。

韩志邦旋风般地扑入战围，步子歪歪斜斜，齐真君呼的一剑扫去，以为定可把敌人拦腰两截，哪料竟捌个空，韩志邦身法怪极，也不知是怎么给他避过的。齐真君怔得一怔，韩志邦已抢攻了两招怪招，齐真君见所未见，要想回剑拦截，又给飞红巾绊着，噼啪连声，左右两颊，都中了一掌，齐真君左肘一撞，没有撞中，下巴一阵剧痛，雪白的须子，竟然真的给敌人拔去一绺！这时凌未风正在和那个左手抡刀右手使剑的人相斗，眼角仍吊着韩志邦，叫道："行了，快退！"韩志邦意犹未足，"啪"的一掌，又击中了齐真君背心，不料这一击如中钢板，震得手板倒立，虎口流血。仗着身法怪异，急忙退出圈子，飞红巾虚晃一剑，立即转身掩护，齐真君虽然气愤异常，却是不敢追赶！

韩志邦在那石窟学到几手怪招，得凌未风所教，出敌不意地欺身进击，果然把齐真君的须子拔了下来。他不知厉害，还想贪功，再击齐真君一掌，却反给震痛了手掌，疾忙退出。要知韩志邦的功力与齐真君相差很远，全仗开首那几下怪招与飞红巾牵制之力，才能成功，如何可以久战下去？但齐真君却不知个中奥妙，给韩志邦打了两个耳光，又给他拔了须子，这一场羞辱，比吃白发魔女的亏，更重更大。只道韩志邦比飞红巾还要厉害，自是难免胆怯了。

韩志邦与飞红巾一退出来，桂仲明立即赶上接应，他的那口腾蛟宝剑，舞将起来，宛如一道银虹，霎忽之间，削断了十几个卫士的兵刃。

桂仲明叫道："凌大侠，我们闯出去吧！"凌未风应道："待我讨了欠债，马上就来。"他在树上纵下来时，已认定了邱东洛，一展青钢剑，就把他钉着，只是当时为了关心韩志邦，所以未发出辣招，此际，韩志邦与飞红巾都已脱险，他还有什么顾忌？

凌未风一声长笑，青钢剑霍地进招，急如电火，邱东洛左臂酸麻，手中刀飞上半空，右剑一格，给凌未风反手一绞，剑又脱手飞去。邱东洛拔步便跑，哪里还跑得了。凌未风左臂一探，抓着了他的后心，像抓小鸡似的提将起来，滴溜溜地打了个转，手臂一弯，将他的头扭转过来，举剑在他的面门一划，吓了他半死，只觉一片沁凉，凌未风已是把他的右边的耳朵割了下来，大笑说："本息付清，饶你不死！"单掌往外一登，将邱东洛抛出三丈开外。

齐真君气红了眼，眼看着三个"叛贼"就要硬闯出去，袍袖一抖，翩如大鸟腾空，落在桂仲明与凌未风之间，双剑向凌未风劈去。这时飞红巾与韩志邦跑在前头，凌未风最后。齐真君最惧韩志邦，对凌未风却并未放在眼内。

齐真君认不得凌未风，凌未风却认得齐真君，冷笑说道："你这老贼还有几把须子？"只一晃身，青钢剑疾如闪电般地向两剑交剪的隙缝中刺进，齐真君大吃 一惊，向后一仰，左剑一拨，避开这剑，凌未风跨前一步，毫不放松，剑招改为"铁锁横舟"，向左一封，趁着齐真君避招后仰，重心不稳之际，青钢剑疾地挥去，叮当一声，把齐真君右手长剑荡开。剑招三变，疾发疾收，齐真君一念轻敌，几乎丧命在凌未风剑锋之下！

但齐真君是一派宗师，五十年功力，非同小可，临危不乱，奋力一振，力透剑尖，身子风车般向左一旋，双剑未收，微一点地，竟然反弹起来，右剑擦着凌未风剑身，趁势引开，解了险招，左剑上撩，刺向凌未风持剑的手腕。凌未风也不禁心头一凛，飞身自齐真君左侧掠过，“神龙掉尾”，回手一剑，朝齐真君的太阳穴疾刺，齐真君霍地翻身，横剑一劈，只听得一阵金刃交鸣之声，火星四溅，两人都给震退几步，手中的剑都给对方砍了一个缺口！凌未风这招试出：齐真君的功力和自己竟是半斤八两，旗鼓相当！心想：“要制服这老头儿，可不是三五十招的事。”懒得与他纠缠，喝道：“念你一把年纪，饶你回去养老吧！”青钢剑左右疾挥，剑招发处，直如风翻云涌，王府的卫士们哪里拦截得住？霎忽之间，已给他和桂仲明会合一处。

齐真君苦练了五十年，自以为可以称霸天下，不料一出手就连连吃亏，与飞红巾打成平手，给韩志邦打了耳光，遇凌未风更几乎丧命！而这三个人还都是自己的小辈。凌未风看来更只是三十岁多点，也不知他的剑法是从哪里学来的，如此神妙，见面四招，招招狠辣！不由得一片雄心都冷了下来，哪里还敢追赶？

齐真君的另一个徒弟柳西岩，手使一根花枪，给桂仲明的宝剑斩去半截，大腿又给飞红巾的长鞭扫去一大片皮肉，拿着半截枪杆，作拐杖用，邱东洛失去两只耳朵，满面流血，看着师弟，一拐一拐地走到齐真君面前，哭请师父报仇。邱东洛道：“那千杀的就是凌未风！”齐真君面色大变，习惯地捋捋须子，一摸之下，才醒起一大络须子已给拔去，看着两个徒弟的糟样子，想着自己也是一样的狼狈，又羞又怒又是心惊，记起五十年前晦明禅师的话，暗道：“怪不得他说自己的剑法有缺点，果然连他关门的徒弟，剑术都在自己之上。”面上无光，一言不发，径自去找楚昭南。

再说韩志邦等一行人回至西山，飞红巾颓然坐下，叹道：“王妃死了，这女娃子也完了！”凌未风黯然问道：“王妃怎么死的？”飞红巾把当时的情形说了，凌未风也禁不着泪咽心酸。大家默坐无言，良久，良久，飞红巾忽然跳起来道：“我几乎忘了她临死留下了一句话！”凌未风急忙问道：“什么话？”飞红巾道：“她说明天黄昏时分，他们要解易兰珠到刑部大堂会审。”凌未风道：“你的意思是：我们中途拦劫？”飞红巾点点头道：“也只好这样了！”

凌未风沉思有顷，抬头说道：“恐怕不行，他们在把‘钦犯’

解出之前，天牢通刑部的街道，一定早已戒严，说不定还有御林军防守，我们怎能聚集？纵使我们恃着武功，硬闯进去，也只是打草惊蛇，到杀散御林军时，易兰珠早被押回天牢了。”飞红巾怒道：“难道我们就眼睁睁看着她被凌迟处死不成？有什么危难也得试它一试！”凌未风道：“谁说不救她了？我只是盘算一条安全之策。”过了半晌，双目闪闪放光，对韩志邦一揖到地，说道：“看来这事只有韩大哥能帮我忙！”韩志邦慌忙避开，还了一揖，说道：“凌大侠你可别调侃我了。我的本领在你两人之下，你们都救不了，我怎么成？”凌未风笑道：“救人可并不全是讲真刀真枪的，何况韩大哥的本领也高得很呀！那老头儿的须子不是也给你拔了么？”当下一手拉韩志邦，一手拉飞红巾，飘然出屋，在夜林中漫步，把所盘算的计策详细说了，问道：“韩大哥，你看成不成？这可全要看你和他们的交情。”韩志邦点点头道：“别样我不敢说，他们可对我像自己人一样，对你也很感激！”飞红巾忽然抢着说道：“如果救出来了，那女娃子可是我的，你不许和我争！”凌未风随口笑着答应：“我和你争干吗？你若把她收做女儿，我更恭喜。”三人商议完了，各自分头布置。

再说易兰珠在母亲去后，心如死灰，这一日也不知是白天还是黑夜，狱卒把牢门打开，把她双眼用厚布蒙上，接着听到好多人的脚步声，有人把自己推到一辆车上。

车辚辚，马萧萧，易兰珠被蒙着双眼，缚在车中，经了一个多月的折磨，受了一次心灵的重创，她的肉体和精神都支持不住了。她的身子随着车辆的颠簸起伏不休，肠胃非常不好受，一口苦水呕了出来。旁边的人冷冷笑道：“吃到苦头了吧，你的父亲作孽，你替他还债，活该！”易兰珠身子本来已非常虚弱，这时忽然挺起腰来，骂道：“楚昭南你这奸贼，你配提起我的父亲吗？他虽死了比你活着还要强一万倍！”楚昭南又冷笑道：“乖侄女，你应放软一点，你还要你的叔叔替你收尸呢！”易兰珠斥道：“不要脸，你是谁的叔叔？你这满洲鞑子的走狗！”楚昭南正想用刻毒的话折磨她，忽然前面的车辆骤然停下，楚昭南揭开车盖一瞧，只见前面来了两辆大车，吆喝着让道。楚昭南大为奇怪，问道：“什么人，为什么让他闯道？”

楚昭南和齐真君奉命带着廿四名大内高手，分乘六辆大车，把易兰珠从天牢押到刑部，不出凌未风所料，他们前一晚已布置了两千名御林军，守着经过的街道，任何人都不许通过。他们大清早就从天牢出发，满以为有了这样严密的防备，绝对不会出事。

车顶上的卫士答道：“是西藏活佛使节的车仗。”楚昭南哦了一声，心想：“我道是谁，原来这班宝贝！”西藏活佛的特使，在京师里甚受优礼，好像对待外国使者一样。戒严令只能施用于一般官民，活佛使节的车仗，御林军可不敢拦阻！

楚昭南目力极好，遥遥看见前面车仗上站着十多个喇嘛，其中两人相貌颇熟，一人记得是以前随张天蒙护送舍利子的喇嘛，这还罢了，另一人虽穿着大红僧袍，神态举止却与一般喇嘛有别。楚昭南看了两眼，猛地醒起这人就是天地会的总舵主韩志邦，大吃一惊，正想揭破，忽然前面已有人叫道：“这些人是假冒的！”霎时间，那两辆大车，跳出了许多人，暗器乱飞，刀剑齐举，像一群疯虎似的，混杀过来。楚昭南奉命专守女犯，恐怕有失，不敢离开。

车里跳出来的那群人正是凌未风他们，他们是假冒的，可是活佛使节的车仗和车前面的七八个喇嘛却是真的。原来韩志邦给西藏喇嘛抢回舍利子，他们把他迎入西藏，待如上宾。这次同在京师，韩志邦偕凌未风去找红衣喇嘛商借关文车仗，红衣喇嘛好生为难。凌未风道：“事败之后，你当是我们偷去的好了。皇宫里的朱果金符我们都有本领偷，何况这些关文车仗？皇上见过我们的手段，他一定会相信的！”红衣喇嘛一想：韩志邦是西藏僧众的恩人，凌未风是自己的恩人（在五台山谷时，凌未风曾救过他。见本书第一回），虽然有点冒险，可也不能不借！

凌未风等借了活佛使节的车仗，由宗达完真带领七八个喇嘛当头，算准时间，果然闯进了戒严地带，拦截了押解易兰珠的囚车，立刻引起一场混战。

凌未风为谋一击成功，将躲在石镖头家中的一众英雄都带了出来，桂仲明、冒浣莲、张华昭、通明和尚等人，个个都有惊人的技业，但清廷这面有齐真君率领廿四名大内高手挡着，声势也自不弱。

楚昭南屡经大敌，镇定如常，按剑守在易兰珠身边，心想：“只要齐真君挡得住凌未风，其他的人来抢我都不怕，而且，若万一敌不住时，易兰珠在我手中，他们也须投鼠忌器！”

楚昭南屏息以待，只见前面刀光剑影，打得十分激烈，凌未风虽已现身，但一时却攻不过来。楚昭南暗自心喜，正自盘算把囚车驾回天牢。忽然间，突见前面飞起一条人影，迅逾飞鸟，左面一兜，右面一绕，霎忽向东，霎忽向西，齐真君、成天挺这两个最高的好手，正和凌未风、桂仲明缠斗，无法抽身，其他的大内高手，竟自拦截不住，给她展开轻灵迅捷的身法，霎忽就冲了过来。

楚昭南吃了一惊，定睛看时，那条人影已扑上车顶，鞭风呼呼，两名卫士应声倒地，这人正是廿多年前威震塞外的飞红巾。

楚昭南对飞红巾本自有些心怯，这时也顾不得了，手中剑一提一翻，青光闪处，“樵夫问路”，刷的一剑，直奔飞红巾华盖穴扎去，飞红巾肩头一晃，长鞭短剑，左右一分，鞭卷青锋，剑刺肋下，两般兵器，两种攻法，一派进手招数，凌厉之极。楚昭南手中剑一抽，顺着鞭势，向上一拖，把长鞭引开，倏地横身，左手捏着剑诀向外一推，右手剑向下一沉，往外一展，上刺小腹，下斩双腿，霎忽之间，连使出了三招极厉害的招数，从“引虎归山”化为“金雕展翅”，招数尚未使完，又再变为“移星摘斗”，化守为攻，剑如抽丝，绵绵不绝。

飞红巾运绝顶轻功，和他一样，同时运用三种身法，避招进招，短剑斜飞，长鞭横扫，一步也不退让！

两人招数都是快速之极，电光石火之间，就拆了十多招。论武艺，两人正是半斤八两，谁也胜不了谁。论气力，却还是楚昭南更能持久。飞红巾已瞥见易兰珠被缚在车中，却是无法将楚昭南打退，而两面已有几名卫士，扑回援助，又急又恼，蓦地一声长啸，喝道：“楚昭南，你敢拦我！”奋臂一抖，长鞭自左向右，扫了个圆圈，身形猛地一纵，不顾性命地硬冲过去。楚昭南绝料不到她如此拼命，竟敢身子凌空，飞闯过来，这时楚昭南若下杀手，必然是两败俱伤，而飞红巾也定必伤得更重！

这一瞬间，少年情事闪电似的在楚昭南心头掠过。飞红巾虽然从未爱过楚昭南，而且还和杨云骢一道捉拿过他，鞭打过他，但飞红巾到底是楚昭南唯一喜爱过的人。飞红巾拼了性命，疾冲过来，楚昭南无暇考虑，本能地将身子一闪，飞红巾已如飞鹰掠过，一下子就抓起了易兰珠，翻上囚车去了！

待楚昭南清醒之后，飞红巾已掠出十余丈外，这时，两方混战，正打得翻翻滚滚，迫近了来。楚昭南知道飞红巾轻功超卓，还在自己之上，又见凌未风与齐真君恶战，杀得难分难解，满腔怒气，都转移到凌未风身上，索性放过飞红巾，长剑一抖，走偏锋急上，和齐真君合力夹攻，想把凌未风杀掉。

齐真君昨日在王府一战，本来已给韩志邦与凌未风先声震住，你道他今日如何还敢硬拼？说来有段趣事。原来齐真君一到京师，朝见了康熙之后，便与楚昭南厮见，两人各演了一路剑法，楚昭南便道："前辈若肯出马，凌未风那可碰着对手了，只要我们两人联手，准可把他毁掉。"当时齐真君哼了一声，心想："除了白发魔女，我是天下无敌。晦明禅师五十年前还不敢和我比剑，何况他的关门徒弟。"还以为楚昭南抬高身价，将他的同门师弟故意夸大。不料在王府碰头，给凌未风迎面四招，杀得心惊胆战，过后，反而怪起楚昭南来，怒气冲冲跑去找楚昭南，责他藏奸，说道："你为什么不实说，教我吃了大亏？你昨天演的那路天山剑法和凌未风的为何不同？咱们都为皇上效力，对劲敌应求知己知彼，你却藏奸，不把你师门剑法抖露出来，让我有个准备。哼！哼！"这老头儿倒很直爽，以前怪他把凌未风夸大，现在反而暗怪他故意奉承，不将凌未风的真实本领告知。他想："你说我和凌未风可打成平手，为何我连几招都挡不了，莫非想借刀杀人？"

楚昭南问他怎样输给韩志邦和凌未风，他一一说了，只是隐瞒着给韩志邦打耳光拔须子的事。楚昭南听了，大为奇怪，齐真君站着说话，楚昭南默不作声，突然运掌向他肩头一按，说道："老前辈，请坐下来说。"齐真君大怒，本能地运起内力，肩头往外一撞，自己虽然给按得稳不住身形，楚昭南也给撞得倒退数步。齐真君怒道："楚昭南，你也要来考我？"楚昭南满脸堆笑，说道："前辈息怒，我现在弄清楚你为何输给凌未风了，你不是真输，是给他吓退的。”楚昭南试出齐真君功力高过自己，拿来与凌未风相比，最少也可功力悉敌，便说道：“以你的剑法功力，绝不会几招就输给凌未风。我和凌未风、飞红巾两人，都曾交过几次手，对你不妨说实话，我和飞红巾是半斤八两，对凌未风则要略处下风，但也相差有限，你打得赢飞红巾，就不应输给凌未风!”

当下楚昭南把道理说给齐真君知道。他说：“昨天我看了你的剑法，论招数的变化复杂，和天山剑法可以匹敌；论精微奥妙之处，却要稍逊一筹。但我看你运剑的功力，那却是深湛之极，最少不在凌未风之下。刚才我还不敢相信，再试一试，我更相信我的看法不差，以你的功力配上剑法，和凌未风打个平手不是难事。他能赢你是因为他在明，你在暗，我很早就听师父说过你的风雷剑法，你却是昨天才第一次见到天山剑法。天山剑法迅速异常，见隙即入，你若封闭门户，以风雷剑法的沉稳，尽可守得许久，配上你的功力，就算不将他击倒，也可累他半死。”楚昭南恨极凌未风，不惜花半天功夫，把全部天山剑法都演给齐真君看，齐真君见昨日凌未风所使那四招果然在内，这才不说楚昭南藏奸，再鼓雄心，愿与楚昭南同心合力铲除凌未风。

再说凌未风率领群雄截劫囚车，与齐真君再度相逢，凌未风如雄狮猛扑，着着抢攻，齐真君沉稳化解，一连解拆了十几着狠招，凌未风暗暗纳罕，剑法骤变，意在抢先，虚虚实实，每一招都未用尽，都藏变化，教齐真君根本看不出他的攻守来路，把天山剑法使得精妙绝伦，齐真君只觉周围剑风飒然，人影晃动，倒吸一口凉气，仗几十年功力，紧紧封闭门户，只见他剑尖好像挽着千斤重物一样，左攻右守，右攻左拒，剑招虽慢，却也是一片青光缭绕，紧护身躯，两人剑风相荡，声如裂帛，剑光互缠，忽合忽分，又斗了三五十招，兀是未分胜负。

凌未风杀得性起，剑招再变，大喝一声，左手骈指如戟，竟在剑光飞舞中，寻瑕抵隙，找寻齐真君穴道，而右手青钢剑剑招越发迅捷，翻翻滚滚，时而凌空高蹈，宛如鹰隼飞天，时而贴地平铺，宛如蝶舞花影，齐真君挡得剑刺，还要防备点穴，苦斗之下，额头已是见汗。凌未风右剑左掌，竟好像同使三般兵器一样，他的左掌掌劈指戳，似捏着一支点穴橛，又似握着一把单刀；变化的繁复精奇，远在风雷剑法之上。齐真君初创风雷剑法之时，以左右手的剑法招数不同，自以为创武林绝学、剑法新篇，常常夸口说：“古语云心难两用，我却偏偏能够两用。”志得意满，不知天下之大！如今一见凌未风右剑左掌，两手使出三种兵器的变化，路数比起风雷剑法两手同是使剑的，相距不知要远许多！这时不由他又是心惊，又是心服！他虽然有五十几年功力，也只能勉强支持，给凌未风越来越凌厉的攻势迫得连连后退！

两人打得翻翻滚滚，飞身追逐，过了几辆大车，凌未风正打得极度紧张之时，忽见飞红巾已告得手，提起易兰珠向反方向逃去。凌未风心念一动，想道：“何以飞红巾单独逃逸，不和大伙会合一齐？”又想起御林军已封闭附近街道，担心孤掌难鸣，逃不出去，立即吹了一声胡哨，招呼众人杀出。不料齐真君虽处下风，尚未落败，双剑盘旋，紧紧缠斗，凌未风竟不能抽出身来！

楚昭南放走了飞红巾，长剑一领，狞笑扑上，喝道：“凌未风，放下剑来，念你同门，饶你不死！”凌未风微转身躯，刷的一剑刺出，骂道：“不要脸！”楚昭南冷笑道：“你死到临头，还不醒悟，我只好替师父管教你了！”他竟然不顾江湖道的规矩！以两个成名人物，联手来斗凌未风！

这一来形势陡变，楚昭南仗着齐真君正面缠着凌未风，一口长剑，真是矫如游龙，将天山剑法中的七十二手“追风剑”连环运用。天山剑法采集各家之长，共有三百六十一手，其中有攻有守，亦有攻守兼备的，剑法的繁复，剑招的奇多，都在各派之上，其中的七十二手追风剑，又是全采攻势的，要碰着较自己弱的敌手，才好运用。凌未风虽然较楚昭南强，但因为力敌二人，攻势已给齐真君挡住，楚昭南不必担心他的凶狠反击，因此才敢采取最凌厉的攻势。

凌未风这一气非同小可，可是他知道名家对剑，绝对不能动怒，挡了几招，定下心来，聚气凝神，以天山剑法中攻守兼备的六十四路“寒涛剑”施展出来，只见剑尖颤动，万点银光，真如寒涛卷地，浪花飞空，千点万点飞洒下来，一口剑力敌两名具有绝顶功夫的高手，兀是毫不退让！楚昭南见他把天山剑法使得如此神妙，暗暗心惊，想起自己这十多年来，虽有进步，但却是相形见绌了。

但虽然如此，他的追风剑法仍是凌厉无前，剑剑辛辣。他和齐真君联手，威力远在凌未风之上。三口长剑，使到疾处，竟如织了一面光网，罩着凌未风的万点银涛，而且在紧紧收束，把凌未风的剑光压缩下来。三人越斗越狠，有两名卫士，想要插手，给剑风迫荡，银光飞洒，竟直跌出去，身上受了几处剑伤，也不知是给凌未风所创，还是给自己人误伤？其余的卫士，哪里还敢自讨苦吃？

这一场恶斗，比起天牢大战之役还更惊险！齐真君五十余年功力，足可当得五名一等卫士，更加上精通天山剑法的楚昭南，饶是凌未风绝世武功，也挡不住这两人连环进击。凌未风叫道：“仲明，快来！”久久不见回应，百忙中侧目斜视，只见桂仲明等一班好手都给大内卫士绊住，各自苦斗，敌众我寡，都抽不出身来！

闯王府，闹天牢，入深宫，三件大事，桂仲明都给冒浣莲管着，没有参加，个多月来，关在石老镖头家中，正自气闷，这番和冒浣莲随着凌未风截劫囚车，犹如猛虎出闸，腾蛟宝剑霍地展开，倏如银蛇疾飞，脱手而出，一阵断金戛玉之声，迎面几个卫士的兵刃全被截断！正想招呼冒浣莲同上，只见冒浣莲挥舞着一道金光，也把攻来的兵刃，纷纷截断，桂仲明大喜叫道：“浣莲姐姐，你从哪里也得了一把宝剑？”冒浣莲笑而不答，和他并肩一立，两柄宝剑左右展开，硬攻硬闯，十分得意！

不料宝剑只可扬威于一时，这番楚昭南挑选的大内廿四个高手，个个武功精强，有几个兵刃给截断之后，换上来的卫士，或使虎头钩，或使判官笔，或使混元牌，或使蛾眉刺，或用软鞭，或用铜锤，不是宝剑难削的重兵器，就是轻灵小巧的兵刃，再不然就是专克宝剑的钩刺之类；而且宝剑显露之后，敌人全部留心在意，轻易也不容易再给截断了。

可是桂仲明的功力，也非比寻常，而且仗着宝剑，到底占了便宜，他见一班卫士围攻上来，虎吼一声，运起神力，单掌反手一击，把一面铁牌击飞，腾蛟宝剑舞得虎虎生风，几丈之内，全是冷电精芒，端的是泼水难进，卫士们见如此威力，都不敢过分迫近。

正僵持间，忽然围着桂仲明的几个卫士倏地退下，另一名瘦小的青衣侍卫，飞掠过来，桂仲明一剑劈去，只听得当一声，敌人的兵器竟搭在自己的剑身上，一支黑忽忽的东西，递到面前，桂仲明伸手一抓，没有抓着，敌人已是一个盘龙绕步，抢到侧首，再度发招，桂仲明这时方才看得清楚，敌人使的是一对判官笔。精于打穴的人，多半是长于小巧功夫，而拙于力气，但这个瘦小的卫士，功力却不在桂仲明之下，竟是内外兼修的一个劲敌！

原来此人就是在鄂王府中与凌未风、飞红巾恶战过的成天挺，外号“铁笔判官”，乃是内廷侍卫中的第一高手，和御林军的第一高手楚昭南可说得是并驾齐驱。他对凌未风与飞红巾，或许要略处下风，对桂仲明则是功力悉敌。桂仲明胜在有把宝剑，成天挺则胜在火候老到，正是半斤八两，各擅胜场！

桂仲明和成天挺棋逢对手，一个是挟宝剑之威，强攻猛扑，一个是仗多年火候，打穴神奇；辗转恶斗，各不相让，聚精会神，无暇旁顾。因此凌未风叫援，桂仲明竟是听而不闻。冒浣莲武功虽然较低，但敌方三名武功最高的人，都已对付凌未风与桂仲明去了，她仗着天虹宝剑和夺命神砂，敌人不敢过分迫近，倒还支持得住，听得凌未风呼喊，凤眼一瞥，只见那边银虹飞舞，远望竟似一座剑山，发出呼呼轰轰的声响，三条人影，就如三条黑线一样，在银光波涛之中上下往来。冒浣莲目眩心惊，知道以自己这点能为，绝插不进手去，急忙叫道：“仲明，凌大侠叫你！”

冒浣莲与桂仲明相距甚近，他对冒浣莲的声音，有一种特别感应，一声入耳，立刻跃起，成天挺喝道：“哪里走！”判官笔左右一分，分扎桂仲明左右的“分水穴”，桂仲明一转身形，一记“饥鹰掠羽”宝剑横扫下来，成天挺好生厉害，只见桂仲明一闪，立刻知道他是以进为退，顿时手一翻，判官笔横架金梁，又把桂仲明的剑荡开，霍地一个旋身，方位再变，铁笔一递，又点桂仲明左肋后的“魂门穴”。桂仲明勃然大怒，用五禽剑法中的拼命招数，反手一剑，斜劈下来，刚使到一半，倏又改劈为扫，一招“铁锁横舟”，向敌人右肩猛削，这两招迅如电掣，变化极速。成天挺藏头缩颈，向下一矮身躯，腾蛟宝剑呼的一声从头顶削过，成天挺喝声“打”，身形一起，双笔直竖起来，指向桂仲明的丹田穴。桂仲明给他冤魂似的苦苦缠斗，无法脱身，心念凌未风处境，极为焦急。

齐真君与楚昭南二人各展独门剑法，大战凌未风，闪电惊飙，越斗越烈，越打越快，三口剑联成一面光网，已把凌未风的剑光压缩下去，看看得手，忽然一条人影，身法古怪之极，越过众卫士的兜截，直扑过来，齐真君“咦”了一声，慢得一慢，凌未风乘势刷地一剑刺出，把他的袍袖刺穿！齐真君退后一步，凌未风的寒涛剑法精妙绝伦，乘隙即入，银光飞洒，一下把敌人截开，联手合斗的阵势暂解，凌未风抢到上首，青钢剑疾的一冲，楚昭南急回挡住。

楚昭南心里暗暗生气，心想这齐真君枉活了这么一大把年纪，怎的经验如此之差，联手合斗，分明已占了绝对上风，看看就可致凌未风于死地，他却无端端这么一退，给凌未风缓了口气，要再占到先前那种优势，又得费一番手脚了。

楚昭南正自生气，那条人影已欺身疾进，楚昭南眼观六路，耳听八方，不用注视，就知来人是用刀剑之类的兵刃，来劈自己的右臂。他略转身躯，一个“蹬脚”，倒踢出去，不料敌人的掌风忽然劈到面门，也不知他是绕哪个方位过来的！

楚昭南大吃一惊，但他到底是名家身手，临危不乱，左腕一抬“金龙探爪”，用截手法去擒对方的脉门，那人溜滑之极，忽然缩手，呼的一声，刀光闪闪，竟自后面劈来，楚昭南万料不到敌人的刀竟然会跑到背后，身形急起，掠出三丈，回首一望，不禁大奇。

这人正是韩志邦，他仗着从云冈石窟学来的怪招吓退了许多大内高手，冒险来解凌未风之危。齐真君先瞧见他，心里一窒，所以叫出声来。但他不知韩志邦也很惧怕他，韩志邦前天在他背心打了一掌，受了反弹之力，现在还隐隐作痛。

正因彼此有所顾忌，所以韩志邦也不敢碰他，转而暗袭楚昭南，果然迎面三招，刀掌并用，把楚昭南迫出圈子。凌未风压力大减，自然是马上又抢了上风。

韩志邦本是楚昭南的手下败将，在云冈石窟，抢舍利子之时，楚昭南曾以一双肉掌，打败韩志邦的八卦紫金刀，胜来毫不吃力！现在见他招数古怪之极，不禁大奇：“怎么这个土包子，不到两年，就学了这身上乘武功!”

韩志邦抢离宫走坎位，又发了几手怪招，楚昭南回剑自保，越发纳闷。而那边凌未风把齐真君迫得连连后退，在追逐之际，经过桂仲明身旁，还偷出手来，向成天挺发了一掌，虽未打着，可是掌风所至已把成天挺的双笔荡开，桂仲明乘势也跳出了圈子，把冒浣莲和张华昭接应出来。

楚昭南虽给韩志邦几手怪招弄得纳闷不已，但他到底是个机灵的人，一想，仅仅两年，韩志邦纵学得极上乘的武功，功力也是不够，何必怕他！当下把全身穴道闭住，拼受他怪招掌击之危，运天山剑法中的十三路“须弥剑法”，保卫自己，硬冲过去。佛经中有“须弥芥子”之说，“须弥”是座大山，据云佛法可将之藏于芥子之内。佛经常借神奇的说法，来谈人生哲理，这里不必深究。只说天山剑法中的“须弥剑法”，就是借佛经此语作喻，即放之可弥六合，卷之可藏于密的意思，运剑保卫自己，不论在空旷之地或斗室之中，都可伸缩自如，插针难进。楚昭南用出这路剑法，更兼闭了穴道，对付韩志邦那可是万无一失，当下强冲过去，韩志邦无法可施，只好仗着怪异的身法，连连闪避。

那一边凌未风将齐真君击退之后，却不穷追，突地翻身杀入，把通明和尚、常英、程通等人都救出重围。楚昭南大急，急忙过来堵截，凌未风刷！刷！刷！连环三剑，急劲异常，楚昭南功力稍逊，虽然仗着绝妙的须弥剑法，也给荡开，急忙招呼齐真君过来。桂仲明却抢在前头，将腾蛟剑卷在手中，倏地发出，齐真君见一人空手过来，不加防备，忽然白光一道，飞扫过来，右手的长剑，剑尖竟给削掉!

齐真君大吃一惊，左手长剑往下一沉，桂仲明顿觉似千斤重物，直压剑身，竟然抽不出来，急运大力鹰爪神功，倏地向敌人手腕抓去，齐真君右剑一挡，分了分心，左剑的压力减弱了些，桂仲明趁势疾地把剑拔出，两人都向侧面退出几步。

齐真君心里暗暗嘀咕：“自己在长白山苦练了五十多年的剑术，本以为可以无敌于天下，不料一到京师，就连番受挫，现在竟然连这毛头小伙子，也能把自己的剑尖削断，到底中原有多少能人?”

桂仲明也吓出一身冷汗，如不是这把宝剑乃至柔至刚之物，给他一压，准会压碎，这份功力，真是自己出道以来所仅见。

齐真君缓得一缓，凌未风已和桂仲明会合，一众英雄猛杀出去。楚昭南急急大声呼叫，前面封锁街道的御林军，已聚拢布成阵势，长枪大戟，塞着去路，民房上也都遍布了弓箭手了。

楚昭南这时看清了敌方的实力，胜券在握，指挥若定。大声叫道："天挺，你去截那黄衫少年；齐老前辈，我们再联手斗凌未风；那土包子不用怕他，他只是三板斧，刁四福，你去截他。其余的人，兄弟们并肩子食掉算啦!"楚昭南算定：敌方最厉害的是凌未风、桂仲明、韩志邦三人，照他这样部署，必胜无疑。刁四福轻功极好，功力虽差，但比起韩志邦却要好一点，楚昭南叫他去绊韩志邦，那正是最适当的人选。

凌未风凛然一惊，心想楚昭南这厮果然厉害，武功高强，那还罢了，他还是个教练人才，一交过手，就知道对方的优势所在，可惜飞红巾先逃出去，要不然倒可把他的布阵击破。但凌未风也是极老练的人物，趁着他们尚未合围，打个胡哨，把自己的人紧聚一处，一口青钢剑，夭矫如龙，左荡右决，展开最迅疾的身法，东刺一剑，西劈一掌，专解救处境危急的人，尽量避开楚齐二人之合击，若他们分头想伤害自己这方的人时，他又神出鬼没地突来骚扰，韩志邦本已给刁四福迫得手忙脚乱，但给凌未风忽然掩到，一掌打断刁四福左臂，韩志邦也登时脱出身来，和凌未风一起，专以怪异的身法，援助同伴。

这样一来，楚昭南的部署全落了空，陷入混战之局。但论实力，楚昭南那边有三个顶尖儿的人物，更兼大内近廿个高手（本来是廿四名的，已死伤了六七人），比起凌未风这边，仍然强得多！大混战中，虽然暂时是僵持之局，但打下去却稳占上风。附近街道的御林军，经过了这么些时间，也纷纷赶来，形势端的十分危险。

混战中张华昭中了一刀，血流如注，仍是挥剑力搏，勇猛异常。凌未风掠过身边，反手一掌，把他面前的一名大内高手劈得脑浆迸流，将他拖入内围，只听他喃喃叫道："兰珠，兰珠，我要见你。"凌未风知他神志已渐昏乱，越发心焦。右剑拒敌，左手撕下衣袖，给他包扎，在他耳边轻轻说道："冲出之后，我带你去找她，你跟在桂仲明贤弟之后，只准拒敌，知道吗?"张华昭点了点头，凌未风剑走连环，又替冒浣莲击退了两名围攻卫士。

凌未风见敌势越大，心内暗道："怎的他们还未见来?"正焦急间，忽见前面清兵似波浪般两边分开，前头杀来一彪人马，个个面上画得奇形怪状，就像戏台上的大花脸一样。凌未风暗暗笑道："张青原这家伙也有两手，画了花脸果然比蒙面更不易认出庐山真相。"但仍不免忧虑："张青原能为平平，他带来的弟兄，纵能挡得住御林军，也杀不退这些大内高手。"正盘算间，忽见一个清癯老者，一马当先，剑刺掌劈，疾如雷霆，拦阻的御林军纷纷倒地，凌未风大喜，对冒浣莲道："怎么他老人家也出来了!"

齐真君抢去拦阻那清癯老者，剑锋一抖，只见白光一闪，直指咽喉，齐真君叫声"好快"，双剑一剪，攻守两招同时发出，那老者也咦了一声，身形霍地一转，剑光闪处，避开齐真君的"风雷交击"辣招，连肩带背刺将过去，齐真君沉腰翻腕，硬磕敌人宝剑，哪知这老者剑法快得惊人，霎忽之间已攻了五剑，齐真君要运剑自保，竟击不着敌人的剑，楚昭南见状大惊，连人带剑，舞成一道白光，向老者飞掠过去。那老者疾刺两招，忽然拔身一耸，掠起三丈多高，剑光一闪，飞云掣电，向楚昭南迎面刺去，两剑在半空相交，两人都给震得向后倒飞!那老者在半空中连人带剑转了个大圆圈，落下来时，就宛如带着一道光环飞降，抢过来的御林军，折臂断足，都给剑光扫伤。楚昭南翻身下来时，却给桂仲明趁势一剑削去，腾蛟宝剑舞起丈余光芒，威势端的惊人。楚昭南身子悬空，无法躲闪，只得暗运内力伸剑一点，剑尖虽给截断，他也趁着这一点之力，斜刺落下，吓出一身冷汗。

齐真君又是一惊，暗道：怎么两日之间，竟碰着这么多能人?这清癯老者，剑法迅捷，竟似不在凌未风之下，楚昭南这时已猜出老者是谁，大声叫道："石老头子，你还要不要在京师的产业，你还顾不顾你的门生弟子?"

这清癯老者乃是"蹑云剑"石振飞，在凌未风出道之前，和"游龙剑"楚昭南、"无极剑"傅青主并称当世三大剑术名家，武功高强，剑法精妙，在京师是一派宗师。

这一来形势又变，凌未风趁着齐真君、楚昭南与石振飞恶斗之际，倏地冲出，大内高手，拦截不住，竟给他冲开一道缺口。成天挺铁笔斜飞，拼命冲来，通明和尚一刀斩去，“当”的一声，刀锋尽卷，但成天挺的一支判官笔，也给斩了一道缺口，怔得一怔，押后的桂仲明已掠了过来，腾蛟宝剑舞起丈余光芒，成天挺不敢硬接，侧身一闪，桂仲明宝剑横扫，又伤了两名卫士，前头的凌未风，已赶上去和石振飞会合了！

楚昭南和齐真君还待堵截，哪里堵截得住？凌未风把楚昭南杀退，石振飞也挡住齐真君，桂仲明和冒浣莲两口宝剑，霍霍展开，从旁掩护，不一刻便杀出重围，和张青原带来的人横冲直闯，把御林军杀得伤亡枕藉。石振飞叫道：“向东直门冲出！”凌未风应了一声，让石振飞领先，自己改与桂仲明殿后，摸出三支天山神芒，猛喝一声，齐真君忽见一道乌金光芒，劈面射来，举剑一撩，只觉臂膊一阵酸麻，火花四溅，剑身竟给射穿，楚昭南却是机灵，运绝顶轻功，连避两支神芒，只累了身后的两名卫士，做了替死鬼，给神芒对胸穿过，惨死当场！

楚昭南和齐真君知今日已不能取胜，只好聚集清军，衔尾疾追，不敢单身匹马闯去和群雄混战了。

两方人马在京城的大街追逐，吓得户户关门，人人躲避，不到半个时辰，已闯至东直门，只见城门大开，有二三十个画花了面的大汉，正与一队清兵厮杀，石振飞等一涌而上，把那队清兵全数消灭，一大群人，飞速出城，石振飞对凌未风道：“我们把城门关上。”两人奋起神力，把大铁门关闭，从外面把一条铁栅闸上，御林军赶到，全给关在城内。凌未风大为奇怪。

石振飞道：“这是飞红巾弄的手脚！”凌未风急忙问道：“飞红巾？老前辈见着她了？”石振飞道：“我们埋伏的人，从天牢附近杀出，正把附近的御林军冲散，便见飞红巾背着一人，左鞭右剑，在民房上如飞掠过，我赶上去问她，她只笑着说：‘你若救出凌未风他们，叫他们自东直门冲出便行了，我带来的人，已在城门外安上铁栅，把城门关上，总可以把追兵阻挡得一时半刻！’说罢她就施展绝顶轻功，飞驰而去，远远似有人影隐现，不知是否接应她的。”凌未风听了，心道：“原来飞红巾早有布置，那些接应她的，想就是她带来的哈萨克人。”

张青原道：“我按昨日所定的计划，暗中聚集了天地会及鲁王旧部在京师的朋友，埋伏准备。我们本来劝石老前辈不要出面的，他义薄云天，无论如何，都要助我们一臂之力。”

石振飞捻须笑道：“你当我不出面就能保全了吗？前两天，御林军中已有人通知我，说是他们的人已对我注意了，只是还拿不定我是否收藏叛逆，又怕打草惊蛇，所以暂时不敢来动我。我就是不出面，你们闹出了这件大事之后，他们也一定会踩查到我这里来的，我倒不如先豁出去，给他们点厉害瞧瞧！”凌未风问道：“石老前辈今后打算如何？不如随我们一路到四川去吧。”石振飞道：“我的门生弟子很多，我不能走得这样远。”凌未风道：“他们留在京中会碍事吗？”石振飞道：“官府中人只是怕我硬出头，我走了，谅他们还不敢大兴风浪，御林军禁卫军中也有不少是我的挂名的徒子徒孙呢，他们哪里捉得这样多？我打算就到江南一带溜溜，找我的孟坚老弟去，和他去捉人妖郝飞凤。”张青原道：“这儿百天地会的弟兄和鲁王的旧部也不能随我走，就拜托石老前辈照顾他们吧。”石振飞乐道：“着呀！我若给官府迫得没法时，就带那些兄弟占山为王，从镖头改为寨主，哈哈！”说罢，又对冒浣莲道：“冒姑娘，记得给我问候你的傅伯伯！”凌未风和冒浣莲双双拜谢，石振飞忽然摸出一大包东西递给凌未风道：“这里面是一百二十万两银子的钱票，都是北五省各大钱庄发出的，到处通用。我要逃亡啦，我的徒弟们一夜之间就替我将家产全变卖了，他们说你老带着总比给官府抄去的好。现在我也要说，你带去给李将军做军饷总比我这光棍老头儿带着的好！”凌未风见他说得这样爽快，也不推辞。石振飞带领着几百人，一笑而去。群雄对他的如云高义，无不赞叹！

张青原等石振飞去后，悄声地对凌未风道：“我们不能回四川了！”凌未风惊道：“什么？”张青原道：“耿精忠、尚之信全反了，吴三桂在西北的大将王辅臣也在甘肃反了，现在吴三桂孤军悬在湖南，虽然在衡州开府，要做皇帝，那已是釜底游魂，去日无多了！

吴三桂死不足惜，可是那批家伙一反，可累了我们啦，尤其是王辅臣一反，清廷在西北的大军全入四川，李将军派人传递了消息来说，叫我们不要回川，他说他也要将部下分散，化整为零，必要时还准备取道甘肃，偷入回疆呢。”

凌未风黯然不语，良久说道：“那么我们就到回疆去也好!”韩志邦道：“我们现有大喇嘛的关文，以我们的脚程，官府的捕头也赶不上，不如先到西藏去吧。”宗达完真等喇嘛也一齐邀请，凌未风慨然道：“好！天南地北，处处为家，回疆西藏都是一样。”冒浣莲回望京城，想起纳兰容若，颇觉京华云烟，有如一梦。

张华昭这时神志已清，问凌未风道：“那位飞红巾是什么人，她为什么要将易兰珠带去?”凌未风惨然笑道：“总是情孽，你不必问了，我带你找到她便是!”正是：

不惜投荒千万里，廿年情孽解难开。

欲知后事如何？请听下回分解。

第二十回　有意护仙花　枯洞窟中藏异士
无心防骗子　喇嘛寺内失奇书

五个月之后，北天山脚下，有四个青年男女，满面风尘，凝望着天山上空的云海。这四个青年男女就是凌未风、张华昭、冒浣莲和桂仲明。

他们随韩志邦到了西藏拉萨之后，住了半个多月，达赖活佛的使节红衣喇嘛也回来了。他说起京师中被凌未风大闹数场之后，满朝文武都发了慌。皇帝对凌未风等假借活佛车仗，救出易兰珠之事，大为震怒，幸而皇帝也见过这些侠客的本领，深信车仗关文是给盗去的，这才不责怪于他，只是皇帝却对他说，恐怕那些“叛贼”入藏，要派兵来替他们搜捕。红衣喇嘛只好推说，要问过活佛的主意，才能答复。那时西藏虽属中国版图，却形同独立，政教都在达赖、班禅两个活佛的手中，满清皇帝未得同意之前，也不敢贸然出兵，远到穷边，这事就暂时挡过去了。红衣喇嘛另外还带来了两个消息，一个是吴三桂日暮途穷，已在衡阳开府称帝，满清大军因此加紧进袭，他离京时，听说大军已进湖南，看来很快就会平定。吴三桂之不能成事，早在满汉大臣的意料之中，所以清兵大捷，并不怎样引起注意；可是随着吴三桂的挫败，满清在四川却有了意外的收获，清军配合了吴三桂的叛军，竟把川滇边区李来亨的部队击破了，听说李来亨因陷入重围，不肯投降，自缢而死。他的弟弟李思永却不知下落。另一个消息是：听说皇上在各省选拔武士，并整顿大军，有攻略回疆西藏之意。

凌未风听了红衣喇嘛带来的消息后，心中很是不安，他既惋惜李来亨经营了这么多年的基业，被毁于一旦；又悬念着刘郁芳，尽管他对刘郁芳不肯揭出本来面目，可是在他心灵最隐秘的地方，还是深藏着刘郁芳的影子，地老天荒，怎样都忘怀不了的。

张华昭对易兰珠的思念也不亚于凌未风，而且因为他年轻，这份热情就更像火焰一样，燃烧起来，显示出来。比凌未风那种深藏的感情，更令人容易触觉，令人替他难过。

凌未风眼见着张华昭一天天地憔悴下去，想起对他的诺言，加上他对易兰珠的那份如同父女的感情，也催着他赶快寻找。于是他向红衣喇嘛告辞，要带张华昭到回疆去，红衣喇嘛知道他在回疆，是自杨云骢死后，最得牧民爱戴的人物，尤其和哈萨克人有极深的关系，因此也就顺便托他代为联络，准备清军万一来攻时，有所应付。

桂仲明这两年来，对凌未风如同对大哥一样，可以说凌未风是除了冒浣莲之外，他最信服的人，凌未风去回疆，他也一定要同去。凌未风想，带他们去历练一下也好，于是一行四人，穿过大戈壁，越过大草原，经过一个多月的艰险旅程，终于来到了天山脚下。

雄伟壮丽的天山矗立着，绝世的英雄在它的前面，也会觉得自己的渺小。凌未风等站在山脚，只见蓝濛濛的烟云弥漫天际，雪山冰峰矗立在深蓝色的空中，像水晶一样，闪闪发光。这时朝阳初出，积雪的高峰受到了阳光的照射，先是紫色的，慢慢地变成红色，映得峡谷里五光十色，壮丽斑斓，任是最奇妙的画工，也画不出这幅“天山日出”的景色。桂仲明看得目夺神驰，连连赞叹道：“我只道剑阁绝顶，已经是世上最险要的地方了，如今看到天山，高出云表，万峰错杂，这才真是雄奇险要呢！”

凌未风道：“我的师父就住在北天山的最高峰上。飞红巾的师父住在南高峰上，两峰相距大约有七八百里。我想先谒见我的师父。”桂仲明等久仰晦明禅师的大名，自然是欣喜莫名。凌未风笑道：“以我们的脚程，要攀登至天山之巅，大约要三日时光。浣莲姑娘，你还要多着一件皮袄。”张华昭奇道：“那时你抱着易兰珠上天山，她还只是两三岁的年纪，如何耐得寒冷？”凌未风笑道：“天山之麓，有一种黑泉水（按：即石油原油，以前的人不知，称为黑泉水），

五个月之后，北天山脚下，有四个青年男女，满面风尘，凝望着天山上空的云海。这四个青年男女就是……

可以点火，我到天山之时，时当盛夏，我用大皮袄包着她，每晚就点黑泉水给她取暖。后来晦明禅师发现了，将我们接引上去。”凌未风又讲了一些和易兰珠上天山的情形，和学剑的经过，大家都听得津津有味。

登山的第一日大家还没有觉得怎样，第二天已是在峭壁险峰之间行走了，高峰上经常有雪水汇成的急流冲泻下来，越往上走，寒气越浓，急流里的冰块也越来越多，冒浣莲牙齿震得格格作响，幸得凌未风早有准备，将晦明禅师采天山雪莲配成的“碧灵丹”送一粒给她咽下，又教她调气呼吸之法，这才不感寒冷。桂仲明和张华昭功力较高，倒还顶受得住。

行了半天，忽见一座白雪皑皑的山峰，挡在面前。这座山峰，好像一头大骆驼，头东尾西，披着满身白色的绒毛。冒浣莲从未见过冰峰，拍掌叫道：“好玩呀！”凌未风道：“可惜我们为了赶路，只能从这座冰山的旁边绕过，这山峰上的景色才美呢，上面有一个冰湖，还可能有雪莲，据说是木什塔克的主峰移植下来的。”冒浣莲问道：“什么叫做木什塔克？是山名吗？”凌未风道：“可以说是山名，但本来却并不是特殊的山名，‘木什塔克’是一句维族话，‘木什’是山，木什塔克，便是冰山。本来回疆高原上所有的冰山，都可以称做木什搭克，但因我们眼前这座冰山，它的主峰最高，比我师父所居的北高峰，据说只低一千多尺，所以‘木什塔克’便成了它的专名，你看这座斜插出来的骆驼峰也很高了。”凌未风刚刚说完，忽然峰顶上雪块滚滚而下，有如巨石，发出轰轰之声，凌未风等左右趋避，过了好一会，声势才减弱下来。凌未风皱了皱眉头。冒浣莲问道：“凌大侠，你在想什么？”凌未风摇了摇头，冒浣莲抬头望上峰顶，忽见有一丛红花，一丛白花，在积雪中挺露出来，极为可爱。冒浣莲道：“啊，我真想上去，摘两朵下来！”凌未风忽然说道：“我给你们说一个故事好不好？就是关于这个骆驼峰的故事。”冒浣莲拍手道：“好呀，故事里也有这雪中的鲜花吗？”凌未风笑道：“有的。”他指着山峰说道：

“相传在好几百年之前，山上没有冰，也没有雪，满山是绿茵茵的草地和闪着光芒的宝石，在山顶上有股清泉，透明的泉水里滚动着五光十色的珍珠，泉边丛生着奇异的花草，有一丛像朝霞一样的红花，有一丛像月光一样的白花，就是山脚下的行人也可以闻到花香。据说拿这两种花调冰嚼下，年老的可以变成年青，年青的会变得更美。那时山下住着一个勇敢的塔吉克的青年，他将要和一个漂亮的牧羊姑娘结婚。青年想摘几枝神仙的花朵赠给他所爱的人，于是带着足够的粮食和马奶爬上山去，爬了七天又七夜，终于来到了山顶的泉边。正巧守护花草的仙女睡着了，他便摘下一束红花，一束白花，当他走到山腰的时候，看花的仙女醒了。仙女看见青年手里拿着放出彩霞的花朵，便命老雕来夺，老雕被青年打败了。仙女又命人熊来夺，人熊又被青年推到悬崖底下去了。最后，仙女自己变成了一个狰狞的巨人，拦住青年的去路，青年知道战不过她，便和她说：‘我要把这两束花带给我所爱的人，如果你不放我过去，我便抱着这两束花跳下悬崖……’仙女的心软了，就允许青年把这幸福的花朵带到人间，但是仙女却因为让仙花落到凡人手里而犯了天条，被永远困锁在山顶上。她流下的眼泪结成冰，覆盖在巍峨的山岭，山上的积雪，就是她在苦难中熬白了的头发！”

凌未风说完了，冒浣莲赞叹道：“这故事真美！”张华昭道：“那个青年真勇敢，为了他所爱的人，他什么危险都不怕。”这时，一阵风来，吹来一股清香，冒浣莲看着那两丛鲜花出神，桂仲明忽道：“你喜欢那红花和白花吗？我替你去摘。”张华昭也道：“易兰珠最爱花，可惜她不在这儿，要不然我也陪你上去！”冒浣莲道：“你们两个真孩子气，赶路还来不及，你们却嚷着要去摘花。”凌未风忽然笑道：“君子坐言起行，你们既然都想上去摘花，就上去吧，我和冒浣莲姑娘在这里等你们。”桂仲明极爱那些花，问道：“凌大侠，你不是说笑？”凌未风道：“我几时和你说过笑来？”桂仲明大喜，拉着张华昭往山上便跑，冒浣莲奇道：“凌大侠，你怎么也这样孩子气了？”凌未风笑而不答，双眼注定山顶，目光中似含有深意。

过了一阵，骆驼峰上忽然传出几声怪啸，摇曳长空，骇人心魄，跟着是桂仲明呼喝之声，磨盘大的雪块又滚滚而下，冒浣莲惊道：“那上面还住有人？”凌未风道：“快上去看！”拉着冒浣莲腾身便起，攀上山顶。这座冰山极高，但斜插出来的骆驼峰，离凌未风立足之点，却不到百丈，两人手足并用，没多久便上到山顶。

且说桂仲明和张华昭攀登上去摘花，两人两样心情，桂仲明像个孩子似的，远远望着“仙花”又笑又嚷，心想：“摘了下来给浣莲，她不知要多高兴呢!”张华昭却是默默无言，耳边响起易兰珠以前的话：“我死了之后，你愿意摘一朵兰花插在我的墓旁吗?”易兰珠现在是救出来了，但却横里杀来一个飞红巾，把她抢去，这回若找不到她，她不会死，却要轮到自己憔悴而死了。

两人攀到上面，忽觉眼前一亮，山顶果然有一股清泉，透明的泉水中有闪光的冰块和零落的花瓣。桂仲明拍手笑道：“好美呀!那传说中的仙境莫非竟是真的?”那两丛“仙花”开在泉水之旁，张华昭跑去摘花，忽见花丛中有一朵极大的红花，竟有海碗那样大。张华昭用剑拨开花丛中的荆棘，忽然咦了一声，叫道：“仲明，你快来!”桂仲明学他的样，用腾蛟宝剑拨开荆棘，走进去一望，也惊奇地叫出声来!

花丛的后面是一面石壁，石壁上凿有一个窄窄的洞窟，洞窟有一个人盘膝而坐，面容枯削，全无血色，就如一具骷髅一样!

张华昭定了定神，向石窟深深一揖，说道：“晚辈无知冲闯，惊动前辈，尚望恕罪!”那骷髅似的怪人仍是盘膝闭目，不言不语。桂仲明有点心怯，也有点生气。拉张华昭道：“咱们走吧!”

那怪人忽然张开双目，冷森森的目光直射到两人面上，张华昭停下步来，只听得那个怪人叫道：“你这两个娃子既然知罪，我也可放你们出去，只是你们得留下点东西!”桂仲明怒道：“你要什么?”怪人道：“把你的剑留下来!”忽地一声怪啸，也不见他怎样作势，人已飞掠到桂仲明旁边，伸出鸡爪般的怪手，朝桂仲明当头便抓!

桂仲明大吃一惊，横里一跃，腾蛟宝剑刷地往上撩去，那人身法古怪之极，在方寸之地，竟自盘旋如意，桂仲明剑方刺出，手腕忽地一阵辣痛，宝剑几乎掉地，急得大吼一声，左掌猛地发出，那怪人身影一晃不见，接着是张华昭大叫一声，整个身子跌入了花丛之中。

原来张华昭见桂仲明猝被攻击，长剑一招“神龙入海”，斜侧刺去，那怪人本将得手，也顾不得再夺桂仲明的宝剑，身形略闪，闪到张华昭背后，一掌把他推倒，回过头来，桂仲明已展绝顶轻功，跳过了花丛。怪人又是一声怪啸，跟着飞跃出来。

桂仲明这回学乖了，腾蛟宝剑一个旋风疾舞，护着身躯，展开五禽剑法中的精妙招数，紧紧封闭门户，那怪人在剑光中穿来插去，无法夺到宝剑。但桂仲明也感到掌风劈面，迭遇险招，越打越奇，竟不知这人的掌法是什么家数。

再说张华昭猝出不意，被怪人一掌推入花丛之中，忽闻奇香扑鼻，精神顿爽，一看那朵大红花正在鼻尖，急忙摘下，收进怀中，拨开花枝，跳出外面，只见剑光闪烁，掌风呼呼，桂仲明和那个怪人打得十分激烈。

那怪人打到分际，忽然双腿齐飞，连环踢出，桂仲明退后几步，大声喝道：“你这鸳鸯连环腿是哪里学来的？”怪人一手抓去，桂仲明侧身闪过，那怪人磔磔怪笑，忽然说道：“你这娃儿是石天成的什么人？”桂仲明横剑当胸，紧密防备，问道：“前辈莫非是家父的同门？”怪人又是一声长啸，说道：“啊！原来你是石天成的儿子！你的眼力不错，你的父亲正是我的师兄！”桂仲明急忙抱剑作揖道：“那么你是我的师叔了？可否请示姓名，容晚辈请益？”那怪人忽然又是一掌劈出，笑道：“你既尊我为师叔，把你的宝剑拿来，你师叔要用。”桂仲明一个筋斗倒纵翻出去，朗声答道：“你虽是我的长辈，要强抢那可不成！”腾蛟宝剑霍霍展开，又和怪人恶斗。

桂仲明父亲石天成，廿多年前，曾三上天山，跟晦明禅师学剑，晦明禅师不肯收留，把他荐给自己的好友，武当名宿卓一航，学了九宫神行掌和鸳鸯连环腿两样绝技，桂仲明虽没学过，但却知道。只是这怪人的掌法却又不是九宫神行掌，他虽然自承是桂仲明的师叔，桂仲明却还是不无疑惑。

张华昭见怪人如此不讲道理，甚为愤恨，又见桂仲明打得吃紧，不假思索，刷的一剑刺出，怪人忽地旋身，双手迎着剑锋便抓，张华昭剑锋斜划，往后一拖，用的是无极剑中攻守兼备的精妙招数，怪人微噫一声，身子一挫，不敢硬抓，转身又接上了桂仲明的招数。

张华昭是傅青主师侄，无极剑法也颇有造诣，只是刚才猝出不意，才给怪人一掌击倒，如今加意防备，虽然刺不着怪人，却也助了桂仲明一臂之力。张华昭武功仅在桂仲明之下，两人联手合斗，那怪人顾此失彼，一时间倒奈何他们两人不得！

只是怪人的身法实在古怪，攻势连绵不绝，险招迭出不穷。桂仲明和张华昭仅能自保，无法进攻，时间一长，势必落败。正在吃紧，那怪人连连怪啸，掌法更见凌厉，叫道："贤侄贤侄！为师叔的不忍伤你，还是把宝剑乖乖地献给我吧！"

桂仲明十分气愤，一招"鹰击长空"，宝剑反挑出去，哪知正中了怪人诱敌之计，剑一刺出，露出空门，怪人一抓便抓到他的胁下！

桂仲明一个"细胸巧翻云"，倒翻出去，这一招轻功乃是川中大侠叶云荪当年模拟空中飞禽翻腾之势所创出来的，怪人一击不中，和身扑去，桂仲明已先落地，腾蛟宝剑一个盘旋，正待出击，忽觉背后有人一扯，桂仲明回肘一撞，没有撞着，已给那人扯过一边。那怪人凝身止步，叫道："你还有几个帮手？"桂仲明这时才认清背后来的人乃是凌未风。再一看时，冒浣莲也即将爬至山上，狂喜之余，又不禁面红过耳。要知高手搏斗，讲究的是眼观六路，耳听八方，背后有人来到，自己尚未知道，岂不要糟？不过这也怪不得桂仲明，这怪人是他生平第一次碰到的强敌，比楚昭南好像还要厉害，他全神贯注在怪人身上，而凌未风轻功又比他高，他自然觉察不到。

凌未风问道："这是怎么回事？"桂仲明道："他自称是我的师叔，却又要抢我的宝剑。"凌未风指着那怪人笑道："你做长辈的不给见面礼也还罢了，怎么反向小辈要东西？"那怪人道："你是什么人，替他出头？"不由分说，搂头抓下，凌未风引身避过，叫道："天山之上，岂容你这野人撒野！"反手一掌，强力还击。那怪人身形一矮，从凌未风掌下钻过，伸出三指，反扣凌未风脉门。凌未风骤遇怪招，却不慌乱，沉腕一截，左掌向上一挑，连消带打，怪人身形一晃，两人都不约而同地倏地分开，在这电光石火之间，凌未风已撤招换招，使出“排山运掌”之式，怪人叫声：“好厉害！”不敢硬接凌未风的掌力，双臂一抖，平地拔起一丈多高，斜斜向西首一落。这个身法名为“黄鹄冲霄”，十分难练，凌未风见他用得如此精纯，不禁也是暗暗佩服。

桂仲明在旁观战，看得目眩神摇，更是暗暗叹服，心想，凌未风毕竟是个大行家，自己骤遇怪招时，几乎吃了大亏，而他却从容化解，只这一份镇定的临阵功夫，就非自己可及。

凌未风大为奇怪，这人的身法掌法，从未见过，到底是哪一派的？而且天山之北，有自己的师父，天山之南有白发魔女，这两人武功盖世，他若与这两人没有渊源，又怎敢在天山之麓的骆驼峰上停留？若他是桂仲明师叔，那么当是川中大侠叶云荪的门下，但叶大侠和自己师父可素无往来，难道是白发魔女的后辈？这样一想，凌未风倒不敢冒昧进招了，扬声喝道：“你是白发魔女的什么人？”怪人怒喝道：“什么白发魔女，看掌！”忽然手舞足蹈，如醉如狂，双掌乱打过来，看来似不成章法，其实每一招式，都含有极复杂的变化！凌未风凝神运掌，片刻拆了十数招，心念一动，恍然大悟，猛然喝道：“你好不要脸，把韩志邦的书偷了，在这里现世！我要捉你这个偷书贼！”

凌未风以前曾听韩志邦说过失书之事，这时蓦然想了起来。原来韩志邦在入藏之后，一日与几个喇嘛到日喀则游览，当晚在西藏著名的扎布伦寺投宿，韩志邦午夜练拳，把从石窟中学得的掌法，一一操练。操练完毕，忽闻旁边有人笑道：“你的掌法很好，可惜没有学全！”韩志邦愕然回顾，只见一个清癯老者，不知什么时候来到了自己的身边。韩志邦在云冈石窟中，因画像剥落，一百零八个招式，只学到三十六式，耿耿于心，总想能够学全才好。听得这个老者如此一说，不禁狂喜，无暇问他是什么来历，便道：“前辈敢情是熟识这套掌法，如蒙不弃，弟子愿列门墙！”那老者笑道：“你何必求教于我，你怀中不是还有一本怪书吗？剩下的掌法、剑法，全讲得清清楚楚，你认不得字吗？”韩志邦大奇，问道：“你怎么知道我有这一本书？”老人道：“我不但知道你有那本书，我还知道那本书是唐朝的无住禅师传下的，是不是？”韩志邦记起那本书后面的汉字小注，点了点头。老人继续说道：“老实告诉你，我就是无住禅师这一系传下的第四十二代传人。”韩志邦急忙拜下去道：“弟了学艺不全，万望前辈指点！”老人道：“我没有那么多工夫，但我可以教你照书上的方法练习。”韩志邦道：“那书上的文字古怪到极，弟子一个也不认得，如何练习?”老人道：“你把书拿出来，我教你好了！”韩志邦是个极老实的人，如何料得是那老人使诈，当下把书取出，老人揭开几页，双目放光，大喜叫道：“是了！是了！”忽然冷笑一声，伸手在韩志邦胁下一点，点了他的麻眩穴，携书长啸，扬长而去。韩志邦后来靠喇嘛解了穴道，问起此人，全都不识，只知道他是前天来的一个香客。

那老者便是此刻与凌未风对掌的怪人，他说是无住禅师的第四十二代传人，倒是不假。原来他名叫辛龙子，乃是晦明禅师好友、武当名宿卓一航的弟子，他入门在桂仲明的父亲石天成之前，但石天成是带艺投师，年龄也比他大，因此卓一航要他叫石天成为师兄。武当派是从少林分出来的，少林派的祖师是南北朝梁武帝时候，自印来华的高僧达摩禅师，韩志邦所获的那本书便是武学中著名的“达摩一百零八式”真本，（作者注：根据正史，达摩本来不会武功，相传是达摩所著的《易筋经》和《洗髓经》也都是后人伪作。但武侠小说似乎用不着那么认真考证，当稗官野史看可也。）这部真本自元代中叶起忽然不见，少林武当两派门人四觅无踪，于是代代传下遗言，要后世弟子寻觅此书。同时这一百零八式真本虽然失踪，但少林武当两派南北分支名宿，因故老相传，还大略记得几个招式。卓一航自达摩禅师算起是第四十一代，石天成当年投他门下，因为急于报仇，只学了“九宫神行掌”和“鸳鸯连环腿”两样绝技，便跑回四川去了。因此辛龙子虽是二徒弟，却是卓一航的衣钵传人，知道“怪书”的来历。

辛龙子那年从回疆来到西藏，扮成香客，去扎布伦寺进香，本来他听说扎布伦寺的大喇嘛精于西藏的天龙掌法，招数甚怪，因此想去窥探一下，看是否和达摩的掌法有相通之处，不料却碰见韩志邦午夜练掌，他认得有三个招式，正是自己的师父卓一航留下来的达摩掌法，师父临终时说过：“达摩一百零八式”，在武当北支传下来只有五式，虽然这几个招式无法连续运用，但还是要他精心研习。因此他一见韩志邦操练的掌法，立刻猜到就是达摩的真传，当下便以快刀斩乱麻的手段，把书骗到手上。

再说辛龙子被凌未风一口喝破达摩掌法的来历，怔了一怔，猛然怒道："你这小子懂得什么？那书本来就是我们遗失的东西，怎容外人拿去？"呼呼地接连几记怪招，搂头盖顶，捶肋捣胸，切脉门，按穴道，忽拳忽掌，忽劈忽戳，拳法掌法点穴法，纷然杂陈，看来似全无章法，但却极难应付。凌未风仗着功力深湛，闭了全身穴道，用天山掌法中的"须弥掌"，带攻带守，又挡了他二三十招，兀是无法占到便宜。凌未风心想："天山掌法剑法，是师父采集各家之长所创出来的，他这掌法虽然路道甚怪，但总不至于一点也看不出其中的变化趋势。"他眉头一皱，忽地掌法一慢，只求自保，不求进攻。辛龙子大喜，如醉如狂一样乱打过来，但凌未风掌法虽慢，每一招都运足功力，掌风激荡，有如金刃挟风，辛龙子和他碰了几次，双方都给掌力震开，虽然没有受伤，也各自惊异。辛龙子有三十多年功力，和凌未风在伯仲之间，但功力悉敌的对手，攻方所用的力度，要比守方为大，凌未风只守不攻，无形中在气力上占了便宜。

辛龙子久战不下，把心一横，将达摩一百零八式全部施展出来，怪招连接不断，如波翻涛涌，咄咄迫人。凌未风仍是神色不变，冷静应付，拆到五六十招左右，凌未风竟给他点了两处穴道，幸好早有防备，早已闭穴，得以不伤。桂仲明在旁看得大为焦急，腾蛟剑刷地一指，正待上前，凌未风忽然喝道："仲明，你不要来，他不是我的对手！"说罢掌法更慢，但门户却封得更严。

辛龙子连连冷笑，掌法之中又杂着刀剑路数，把一百零八式几乎全用上了，仍打不倒凌未风。但见凌未风的脚步却是渐显迟滞。辛龙子大喜，心道："我第一遍扫你不倒，再使一遍，谅你抵敌不住。"掌法越使越疯狂，不知不觉已把一百零八式使完，正待从头来过，凌未风忽然大喝一声："看我的！"飕飕飕，双掌翻飞，倏地撒开势子，猛如雄狮，捷若灵猿，一派凶猛犷厉，手脚起处，全带劲风，辛龙子刚想从头换掌，给他一阵强攻，被迫倒退几步。辛龙子大为惊异，趁凌未风抢攻之际，展开怪异身法，反扑他的空门。拳家有云：“敌不动，己不动，敌一动，己先动。”讲究的便是“制敌机先”的奥妙。因为敌一动，必是向己方某一点进攻，他的全部精神，就集中在这一点上，若自己比他出手更快，避开了他的攻击点，便可以攻入他的空门，“达摩一百零八式”全部的精华，就是教人怎样攻击敌人的弱点，以变化复杂的步法手法，使敌人不知从何方防御。所以常能以弱胜强，甚至如韩志邦这样功力甚低的人，也可拔掉齐真君的须子。因此辛龙子见凌未风猛烈攻击，虽然吃了一惊，可是随即就镇定下来，想道：“你这一攻，空门四露，如何挡得我的怪招？”

不料凌未风不但挡得了他的怪招，而且辛龙子每一出手，都感受到牵制，与以前大大不同。凌未风身法展开，倏进倏退，忽守忽攻，恰如行云流水，挥洒自如，真个是静如山岳，动若江河！辛龙子想攻他的空门，掌未到，而他已先迎上来，竟好像熟悉了他的怪招，预知他的出手一样！

你道凌未风何以一下子会反弱为强，扭转形势？原来他刚才的死守，正是存心要看辛龙子的全部招数，潜心细察之下，发现辛龙子的基本步法是武当派的，又发现他的怪招，虽然极为厉害，但却好似并不十分纯熟，在细微之处，变化并不自如，料知他偷书之后，只有一年多工夫，掌法刚刚练成，还不能心掌合一，因此在出手攻击之时，总露出一点痕迹，例如他想走右翼偏锋扑攻，肩头必先微微右倾，向左攻时，也是如此。凌未风乃是一个大行家，把他的路道摸熟之后，于是着着反制机先。

其实，辛龙子还有一点吃亏的地方，凌未风并不知道。原来“达摩一百零八式”扎根基的功夫是“九图六坐像”，即韩志邦在龙岗石窟中所见的，画图中最前面的六种打坐法，当时韩志邦没有学，而辛龙子却无法学（因怪书中只有说明而无画图，扎根基的功夫是最精微的功夫，无法意会。），因此达摩一百零八式虽然练成，却总欠缺一点火候，碰到武功极高的人，就被看出来了。

攻守势易，两人又拆了一百来招，旁观的人看得眼花缭乱，只见两人忽分忽合，打到疾处，犹如两团白影，打到慢处，却又像同门拆招，连桂仲明武功那么高的人，也不知道凌未风已稍微占了优势。忽然间，猛听得凌未风大喝一声，辛龙子身子飞掠出去，叫道："一掌换两指，彼此都没吃亏！青山常在，绿水常流，后会有期，欠陪欠陪！"身形再起，翩如巨鹳，从花丛上掠过，凌未风叱咤一声，天山神芒电射而出，辛龙子在半空打个筋斗，身子似流星陨石般向山下落去。

凌未风一掠而前，在花丛中采下一朵碗大的白花，交给张华昭道："你好好收藏，对你也许很有用处。"张华昭将刚才所摘的大红花取出，与白花放在一处，红花如火，白花胜雪，清香沁人，尽涤烦虑，张华昭笑道："这两朵花可爱极了，但不知还有什么用处？要请凌大侠指教。"凌未风道："现在还很难说，等我见师父之后再问，我也拿不定是否就是这两朵花。"张华昭听得话中有话，甚为疑惑，但凌未风不说，他也不便再问，心想："不管它有没有用处，拿给易兰珠看，她一定非常喜欢。"

桂仲明独自站在山边凝望，辛龙子的身影已杳然不见。桂仲明忽然说道："凌大侠，敢情他真是我的师叔？"凌未风道："谁说不是？"桂仲明道："他到底是坏人还是好人？"凌未风笑道："我也不知道呀！"桂仲明道："那你在他败逃之时，还用神芒打他做什么？"凌未风道："我不许他采这朵白花！"顿了一顿又道："你不用替他担心，他的武功极高，不会跌死的，我的神芒也并未打中他，只是把他吓走而已。这次对掌，幸在他偷来的怪招，还未练到炉火纯青，否则我也难于对付。"冒浣莲又问道："他说的两指换一掌是什么意思？"凌未风笑道："我被点中两处穴道，他也给我用大摔碑手劈了一掌，你们看不出来么？这次算是打个平手，下次再打，他就没有便宜可占了！"

一行人说说笑笑，翻过骆驼峰又向天山绝顶行进。到了第三天，北高峰已巍然在望，只见那座高峰如巨笔般矗立在云海中，朵朵白云在山顶峡谷间飘浮，真像成群的羊在草地上吃草。四人再行半日，黄昏时分，攀上峰顶。

山顶上豁然开朗，奇花异草，遍地都是，冒浣莲奇道："想不到在天山绝顶，还有花草！"凌未风道："这些花草都是惯耐霜雪的了，在五六月间，雪中还开出莲花来呢！天山绝顶，花草反而容易生长，你知是什么道理吗?”说罢向下一指，在北高峰稍低处，有一个小湖，湖光云影，景色清绝。凌未风道：“这便是著名的天池了。听师父说，那里原是个火山口，火山死了，化为湖泊，大气却是暖的，花草在死火山口旁边，又有湖水滋润，自然容易生长了。”四人边说边行，凌未风又向前指道：“这间石屋，便是我师父的住所了!”桂仲明、张华昭等一齐垂手肃立，凌未风道：“且待我先进去替你们通报。”上前敲了几下石门，石门开处，走出一个僧人，喜道：“未风，你回来了?”凌未风道：“悟性师兄，你好，师父他老人家好吗?”悟性是服侍晦明禅师的香火僧人，却并非入室弟子，凌未风因他先自己上山，所以尊他为师兄。悟性摇了摇头，凌未风大急，问道：“师父云游走了!”悟性道：“师父正坐关呢!”“坐关”就是较长时间的打坐。晦明禅师已有一百一十二岁，他过了百岁之后，经常一打坐就是两三天，在打坐的时间，对一切都是视而不见，听而不闻，当然更不能接见外人。

凌未风问道：“师父坐关多久了?”悟性道：“大约有两天了吧。”凌未风道：“我先到静室外面遥参。你替我招待几位朋友。”说罢走过禅堂，到了西首一间静室，忽然眼睛一亮，那室门并不关闭，师父端坐在正座蒲团之上，垂首闭目，慈祥如旧。蒲团下却跪着个红衣少女，似在低声禀告，凌未风大为奇怪，那少女忽然回过头来，面貌竟似曾相识，但怎样也想不起是在哪儿见过的。少女手上持有一卷东西，凌未风想起辛龙子偷书之事，想道：“难道她趁我师父坐关入定之时，来这里偷盗拳经剑法?”双眸炯炯，看她怎样。那少女见了凌未风，盈盈一笑，行了出来，凌未风不敢惊动晦明禅师，退后几步拦在甬道上，那少女悄然到了身边，忽然低声说道：“凌大侠，让我过去。”凌未风一怔，那少女身形一拔，也不见她怎样作势，身子已轻飘飘地飞出石墙，这份轻身功夫，竟似不在自己之下。凌未风凛然一惊，忽听得晦明禅师叫道：“徒儿，你进来!”

这红衣少女，不但凌未风不知她是谁，连悟性也不知道她偷入禅室。她来历如何，后文当再交代。且说悟性出了石门，和桂仲明等见面，等待凌未风参拜回来，再作道理。（未得晦明禅师允许，悟性不敢招待外人入寺。）其时黄昏日落，晚霞余绮，天山绝顶，高处不胜寒。冒浣莲有些抵受不住。桂仲明正在道：“为什么还不出来呢？”忽然咦了一声，问道：“晦明老禅师收女徒弟的么？”悟性道：“你说什么？”一个红衣少女的影子飘然经过身畔，悟性叫道：“不好！”他绝想不到有人这样大胆，晦明禅师方在入定，自己竟放外人入内，这把守门户不严之罪，可是不小。桂仲明听他大叫“不好”，急忙问道：“这是坏人吗？”悟性也有点像桂仲明，都是戆直的汉子，不假思索，点了点头。桂仲明把手一扬，三枚金环分打红衣少女的穴道。

红衣少女正在下山，身形飞堕，其势甚快，听得脑后风声，反手一抄，往斜侧一跃，脚步不停，已避开两枚，接了一枚，娇笑道：“哎哟！这样阔气，黄澄澄的金子都送给陌生的人，冒姐姐，替我多谢吧！”山风吹送，语声清晰。冒浣莲大叫一声，也想不起她是谁人。待发声相问时，山腰只见一个红点，再过片刻，连红点也不见了。冒浣莲道：“真是怪事，她怎认识我呢？”正是：

冰雪聪明难识透，红衣少女隐天山。

欲知后事如何？请听下回分解。

第二十一回　情孽难消　独上天山拜魔女
尘缘未断　横穿瀚海觅伊人

“真是怪事，她怎认识我呢?”凌未风也是这样地想。他进了静室，参见师父之后，简略地报告了下山之后的经历。

晦明禅师手捋银须，点头说道：“你很好，不负我一番心血!”凌未风道：“还望师父教诲。”晦明禅师问道：“你已见着那红衣少女了?”凌未风应了一声。晦明禅师道：“她是白发魔女的关门弟子，连她在内，同你一辈的共有七人，只余了石天成一人没有学剑，其余六人再加上易兰珠，你们七人倒可以称为天山七剑呢，只可惜你的师兄早死，骸骨也没有运回!”“天山七剑”之名连凌未风也还是第一次听到，正屈指细数，晦明禅师道：“我和白发魔女分居天山南北两高峰，卓一航则在天山一带游侠，居无定所。我们三人，传下的天山七剑，只你全都见过，其他的可没这福分了。”凌未风一算：“自己的两个师兄杨云骢和楚昭南，再加上自己替师授艺的易兰珠，同门的共是四人，白发魔女传下两个徒弟，飞红巾与适才所见的红衣少女；卓一航也传下两个徒弟，石天成和骆驼峰的那个怪人；除了石天成之外，果然是七个人。”他心念一动，正想师父何以知道自己见过卓一航的二徒弟?（他见过石天成之事，在报告下山几年的经历时，已讲了出来。）晦明禅师已先自笑道：“闻你身上的香气，想你已到过骆驼峰了，辛龙子脾气古怪，你们大约交过手了?”凌未风这才知道那个怪人叫辛龙子，嗯了一声，说道：“我起先不知道他就是卓师叔的徒弟，后来虽然猜到，但已打到骑虎难下……”晦明禅师截断他的话道：“你应付得了他的怪招?”凌未风道："侥幸打个平手。"晦明禅师沉吟半晌，慨然说道："七剑之中，正邪都有，你的大师兄最得我心，可惜早死，你的二师兄中途变节，只有望你将来清理师门了。辛龙子介乎邪正之间，我早已闭门封剑，白发魔女不愿管他，也只有望你将来把他收服了。"凌未风心想："白发魔女嫉恶如仇，人又好胜，连师父她也要两次找来比试，为何却容得辛龙子在天山撒野？"但他知白发魔女与师父颇有芥蒂，不敢发问。

晦明禅师喟然说道："你承继你大师兄的遗志，总算不辱师门。天山剑法，全仗你把它发扬光大了！"凌未风垂手听训，晦明禅师又道："白发魔女与我虽有过节，我却很推重她的武功。她这次派关门弟子来见我，大约这段过节也可揭过了。"凌未风道："原来那红衣少女是她派来的，不知怎的却知道弟子名字？"晦明禅师道："那我就不知道了。"叹了一声又道："色空两字，真难勘破，我也料不到白发魔女年将近百，还记得少年事情，她派人见我，要问你卓师叔的遗书。"凌未风暗暗称奇，心想："莫非她和卓师叔是一对少年情侣？"晦明禅师又道："你卓师叔脾气也很古怪，他到天山几十年，从未对我谈过少年之事，临死之前，却忽然留下一个锦匣给我，说道：'若有人取得骆驼峰上那两朵'优昙花'前来见你，你可将这锦匣交他拿去见白发魔女。'"

凌未风心念一动，问道："这两朵优昙花是不是一红一白，大如巨碗？传说六十年开花一次，可令白发变黑，返老还童？"晦明禅师道："有此一说，不过未必如此灵效，大约是比何首乌更珍贵的药材罢了。这种花六十年才开一次，有谁有此耐心守候？而且又不是什么仙丹，纵有奇人异士，也不愿花如许心机，去取这劳什子。"凌未风禀道："弟子有位友人，此次机缘凑巧，倒取来了！"当下说了张华昭在骆驼峰上获得"优昙花"的经过，并代他们求见。

晦明禅师沉思半晌，说道："我闭门封剑，已六十多年，本不愿再见外人，但我与你此次恐是最后一面了，见见你们年轻一辈也好。你就把他们引来吧！"

晦明禅师步出禅堂，凌未风已把桂仲明他们引进。桂仲明等人得见此一代剑法的大宗师，既兴奋，又自怯，倒是晦明禅师极喜有为的后辈，叫他们不必拘束，各练了一套本门的剑法，桂仲明练的是“五禽剑”，张华昭和冒浣莲练的是“无极剑”。晦明禅师笑道：“在后辈之中，你们的剑法也算是难得的了，五禽剑以刚劲见长，无极剑以柔取胜，各擅胜场。若能刚柔互济，在变化之间再精益求精，那便更好。”当下指点几处窍要，桂仲明等三人一齐拜谢。

晦明禅师取过桂仲明的宝剑，弹了几下，喟然叹道：“想不到今日复见此剑！”对凌未风道：“我年轻时曾是熊经略（廷弼）的幕客，他取黑龙江的白金炼剑之时，我也在场。”当下又指点了桂仲明几手使剑之法。凌未风忽插口说道：“他这口宝剑几乎给他的师叔夺去呢！”晦明禅师道：“是吗？”桂仲明道：“他一见我就要抢这把宝剑，后来明明知道我是他的师侄，也还要抢，不知是什么道理？”晦明禅师叹道：“辛龙子此人也是被你的卓师叔纵坏了，只是他的虔心毅力，倒是不错。‘达摩一百零八式’我虽未见过，但据古老相传，里面有掌法与刀剑等用法，其中的剑法尤其精妙，听说只有三十三个招式，但却可回环运用，变化奇绝，往往一个招式就可变出许多招式来。辛龙子想是练成了达摩剑法，但却没有宝剑，所以连师侄的剑也要抢了。”

桂仲明等人吃过斋饭，又和晦明禅师谈了一会，一轮明月，已到中天，晦明禅师忽然携了凌未风，带领众人出外。天山月色是大自然的奇景之一，唐朝的大诗人李白就写过“明月出天山，苍茫云海间”这样的绝句。这时眺望天山群峰，在云雾封锁之中，给月光迫射，好像蒙上一层冰雪，月亮又大又圆，好像正正悬在头顶，伸手可摘。众人沐在月光中沉醉赞叹，凌未风忽然觉得晦明禅师的手微微发抖。

凌未风悚然一惊，晦明禅师忽道：“人生百年，电光石火；本无一物，何染尘埃？随心到处，便是楼台，逐意行时，自成宝相。你若心中有我，不必远上天山。”凌未风似懂非懂，急忙说道：“弟子愚鲁，未解禅义，还望师父教诲。”晦明禅师道：“一落言诠，便非精义。”

冒浣莲心头一震，细味禅语，似是晦明禅师临别说法，点化愚顽，合掌说道：“佛说我不入地狱谁入地狱，人间魔障未除，又何忍自寻极乐?”晦明禅师口宣佛号，赞道：“善哉，善哉！冒姑娘妙解禅理，老衲承教了。只是佛以千万化身普渡众生，老衲拍掌来去，虽无化身却也还幸有几个弟子。”冒浣莲急忙跪下礼拜，桂仲明一点也不懂他们说些什么，瞪大着眼，看冒浣莲。凌未风和张华昭也跟着跪下，桂仲明却还愕然不知所以。

原来冒浣莲细参禅意，猜度晦明禅师不久似将坐化。因此她说“人间魔障未除”，劝晦明禅师多活几年，为人间除恶扬善。晦明禅师却以“佛以千万化身普渡众生”为答，意思说“即以佛祖那样的大智慧，也要圆寂，只能以佛经真理，遍传世间，等于以千万化身，普渡众生。我已过百岁，人无不死之理，留下的弟子，如能照我的话去做，生生不灭，那也等于我的无数化身了。佛经虽是一种唯心的哲学，但也有可采的哲理。”凌未风跟着也悟出晦明禅师的意思，心中不胜惶恐。

晦明禅师笑着将他们拉起，说道：“何必如此?”又对凌未风道：“天山绝顶苦寒，你将来愿否留此，听你自便，只是藏经阁里的书，有我的注解，还有一本拳经和一本剑诀，你必须替我保全。时候不早，还是早点安歇吧。”

这一晚，大家都没好睡，凌未风心想师父硬朗如常，他虽然留下遗嘱般的偈语，想也是一般老人的常情，未必在短期内就会圆寂。想不到第二天一早，悟性就匆匆赶来道：“未风，不好了，师父已经坐化了!”凌未风急忙赶到静室，只见晦明禅师端坐蒲团，垂眉闭目，一如平时打坐模样，不觉痛哭。悟性在旁道：“蒲团边留有两本书和一个锦匣，想是师父特别拣出来交给你的，你拜领了吧。”凌未风取过两本书来看，一本写着“天山剑诀”，一本写着“晦明拳经”，知是师父百年心血，急忙叩头谢恩。又取过锦匣一看，上面写道：“优昙仙花，一白一红，携同此匣，上南高峰。”又有小字注着：“领我遗命者，是我隔世弟子，可向辛龙子取我拳经剑诀，由辛龙子代师传技。一航。”凌未风知是卓一航遗物，要取得优昙花的人，携同此匣，上南高峰去见白发魔女。他一想：“这匣我可不能携带。”正想叫悟性去请张华昭，回首一看，张华昭和桂仲明等人已在静室外下跪参拜。

凌未风依礼答拜，冒浣莲道：“老禅师年逾百岁，勘破红尘，一笑西行，修成正果，凌大侠不必过分悲伤。”凌未风收泪与悟性将师父装敛，当日下午就在天山绝顶上为晦明禅师建起坟墓。丧事完了，将锦匣交给张华昭道：“这是你的事了，将锦匣与仙花交给白发魔女之后，再向飞红巾讨回易兰珠，功德完满。那时你若愿学武当拳剑，就去拜那辛龙子为师吧。有卓一航的遗命，他不能不收你。”张华昭道：“我只求能见得着易兰珠，心愿已足。我倒不稀罕那辛龙子的技艺。”冒浣莲笑道：“学学怪招，倒不错呀!”凌未风心念一动，想道：“那书是少林武当两派传家之宝，辛龙子拿去倒还说得过去，只是他不该用诡计去骗韩志邦，将来我倒要替韩大哥出一口气。”

凌未风守坟三日，尽了徒弟之礼，并将晦明禅师留下的拳经剑诀，再练一遍。第四日辞灵下山，并与悟性握别。悟性道：“白发魔女脾气极怪，你们可得当心。”他又说起飞红巾并不与师父同住，而是住在南高峰侧面的天都峰，在拜见白发魔女之前，可以先见飞红巾，也可以不经过天都峰而直上南高峰。

林木迤逦，水川纵横，气候变化极大，在托克逊一带，壁上可以烘饼，鸡蛋可以晒熟，再走半日，登上俄霍布拉山口，又是严寒迫人了。冒浣莲叹道：“读万卷书不如行万里路，不到天山不知世界之奇!”四人行了七日，见雪山插云，十多条冰河，镶在雪山谷中，就像星光一样，从山上向四面放射。凌未风指点着东侧的一座山峰道：“这就是天都峰了，飞红巾和易兰珠就住在那儿。”张华昭忽道：“我们先上天都峰好不好?”凌未风沉思未答，桂仲明道：“对呀，先找着易兰珠姐姐，然后再送花给白发魔女，不也一样?”凌未风怜张华昭的苦恋，慨然答允。

天都峰虽比南高峰为低，但已是原始森林，渺无人迹之地。四人花了三天工夫，攀登上去，时见兀鹰盘旋，雪羊竞走，这些禽兽见了人也不害怕。冒浣莲笑道：“大约它们见了我们，也觉得很奇怪，很有兴趣吧。”走上峰顶，迎面是四十几丈高的冰崖，就好像拉萨的大建筑一样，净明溜亮，正看得入神，突然从附近传来“哒……哒……”的足音。

桂仲明等四下察看，却找不着踪迹，再往前走几步，足音又响了。凌未风笑道：“你们不必瞎找了，哪里有人？”话犹未完，“哒，哒……”的足音又在身旁传出，非常响亮。桂仲明睁大眼睛，满脸疑惑的神情。凌未风道：“你们听听声音是从哪里传来的？”冒浣莲道：“呀！怎的这声音就好像在我们脚踏的石头底下。”桂仲明把耳朵贴在石隙上，只听见石下水流如注，叮叮咚咚，类似音乐，间杂着沉重的“哒……哒”的声音，凌未风笑道：“我初来时也曾给这种声音疑惑过，后来才知道天山山脉一带，有许多巨大的冰山，由于地震，后面高山的岩石塌下来，把冰山压在下面。冰山一天天地融化，岩石就一天天地架空。岩石中空处，冰河流动，和人行的脚步声十分相似。”冒浣莲笑道：“原来如此，真把我吓死了。我们从江南来的人，冰雪都少见，哪料到大山底下，还埋藏有远古的冰山。”凌未风笑道：“你得小心，我们脚下就是巨大的冰山呢！只要岩石哗啦啦一散架子，我们就别想生还了。”

张华昭却独自出神聆听，忽然说道：“我不信，怎的会不是人？”脚尖一点，如箭离弦，疾跑出去。

张华昭在山崖削壁上绕了个圈子，径自攀上了一个山头，没入林木之中。凌未风笑道：“他想得发痴了，让他自己去看看吧。”他话虽如此说，仍然带头上山，远远跟着张华昭。

张华昭这回猜对了，上面真有人的足音，他攀上山头，林中忽传出一阵清脆的歌声，歌道：“怕逢秋，怕逢秋，一入秋来满是愁，细雨儿阵阵飘，黄叶儿看看骤。打着心头，锁了眉头，鹊桥虽是不长留，他一年一度亲，强如我不成就。”这是北京附近流行的民歌，易兰珠在石振飞家中住的时候学会的，张华昭也曾听她唱过，这时一听，如获至宝，大声叫道：“兰珠！兰珠！”树林中人形一见，张华昭飞步赶去，只见一个少女左躲右闪，急急奔逃，张华昭又大声叫道：“兰珠，你不能这样忍心呀！”旁边一个人忽地从一棵树后转出身来，斥道：“小伙子，这是什么地方？不准你在这里乱叫乱嚷！”这人容颜美艳，却白发盈头，张华昭一见，又叫出声来：“飞红巾，你不准我见她，你就杀了我吧！”发力一跃，忽然全身麻软，倒在地上，飞红巾身形一晃，霎忽不见，那少女的歌声，余音缭绕，尚自荡漾在原始的大森林中。

过了片刻，凌未风等人赶到，见状大惊，急忙替张华昭解了穴道，张华昭道："我见着她了，飞红巾不准我和她谈话。"凌未风问知经过，叹道："精诚所至，金石为开，你能闻我等所不能闻之音，也必能为我等所不能为之事。我们劝不动飞红巾，你一定能成。"

四人穿入林中，果然见着一间石屋，凌未风上前拍门叫道："晚辈凌未风特来晋谒！"通名之后，久久不见开门。

且说那日飞红巾拼死打退楚昭南，抢到了易兰珠之后，把她携回天都峰，悉心替她医治。易兰珠在天牢数月，精神肉体都给折磨得痛苦不堪，难得飞红巾像慈母一样爱护她，照顾得无微不至，不久就给调治好了。飞红巾一天晚上告诉她，她的母亲王妃已死。易兰珠木然无语，刚刚平复的心灵创痛又发作起来，飞红巾紧紧地拥抱着她，眼泪滴在她的面上，说道："我以前很恨你的母亲，这次她临终时我在她的身旁，我才知道我以前恨错了，你的母亲实在是一个灵魂善良的好女人，我们的冤仇在她临终前的一瞬完全化解了，我们结成了姐妹，她的女儿就是我的女儿。"易兰珠倒在飞红巾怀中，叫了声："妈妈，你不嫌弃我，我就做你的女儿！"飞红巾听了这声"妈妈"，心中如一股暖流流过，把易兰珠搂得更紧更紧，在她耳边低声说道："兰珠，我是你爸爸生前最好的朋友，你知道吗？"易兰珠嗯了一声道："那我见着你就如见着爸妈一样。"

飞红巾心中一阵悲苦，尘封了的记忆又像毒蛇一样咬着她的心。廿余年前她是南疆各族的盟主，率领族人抵抗清兵，牧民们还特别为她编过一首歌，"我们的英雄哈玛雅，她在草原之上声名大"就是那首歌的开首两句。可是这位叱咤草原的女英雄，却一再受着感情的折磨。她和杨云骢志同道合，本来可以成为极好的爱人。不料在一场大战争中失散之后，再碰头时，杨云骢和纳兰明慧已订鸳盟，难分难舍了。飞红巾第一个爱人是个歌手，为了他暗通敌人，她亲手把他杀掉，碰到杨云骢后，她以全副的生命爱上了他，不料他却又爱上敌人的女儿，但他和那个歌手是完全不同的人，她不能杀他，又禁不住不爱他，后来她听到纳兰明慧和多铎成婚，再想去找杨云骢，而杨云骢的死讯已传来了，这种感情的折磨，使她一夜之间头发尽白！南疆各族抗清失败之后，她隐居天都峰廿年，在寂寞的岁月中，对杨云骢的思念愈甚。只要属于杨云骢的东西，她都有深沉的感情，如今得到了杨云骢的女儿，她是再也不肯让她失掉了。

她给易兰珠讲她父亲的事迹，讲他们两人当年并肩作战的英雄故事，讲她自己的悲伤和寂寞，她说："女儿啊！我再也不能失掉你了，你答应永远在我的身边，什么人来叫你你都不走吗?"易兰珠劫后余生，心如槁木，张华昭的影子虽掠过她的心头，但对着飞红巾的泪光，这影子也倏地消灭了，她忍不住，抱着飞红巾道："妈妈，我答应永远不离开你!"

张华昭哪里知道飞红巾已用感情控制了易兰珠，他随着凌未风大力拍门，久久不见人应，不禁怒道："飞红巾到底是什么居心，这样不讲情理？再不开门我就打进去!"

张华昭话声未了，石门倏地打开，飞红巾现出身来，冷冷问道："你说什么?"凌未风赶忙答道："我们特来拜谒前辈。"飞红巾冷笑道："不敢当，只怕你们要来拜谒的不是我!"桂仲明应声说道："你既然知道，为什么不许兰珠姐姐出来?"冒浣莲急忙扯他一下。飞红巾傲然对凌未风道："他是什么人？这样没规矩!"桂仲明还想说话，却给冒浣莲止住。冒浣莲柔声说道："兰珠姐姐和我们情同手足，我们不远万里而来，还求前辈准许我们见她一面。"

飞红巾不接冒浣莲的话，却转过头对凌未风道："你还记得你说过的话吗?"凌未风愕然道："我说过什么话?"飞红巾道："在京中我和你说过，我若救得出易兰珠就不准你管，有这句话吗?"凌未风想不到她把开玩笑的话当真，桂仲明忽然骂道："好不害羞，是你一个人救的吗？你凭什么把她管住，她又不是你的女儿!"飞红巾傲然说道："她就是我的女儿!"凌未风瞪了桂仲明一眼，示意叫他不要多话。

张华昭悲愤填胸，亢声说道："就是你的女儿我也要见，我有话要和她说。"飞红巾喝道："你是她的什么人？不准你见你就不能见!"凌未风再也忍受不住，忽然迈前一步，用低沉的声调问道："易

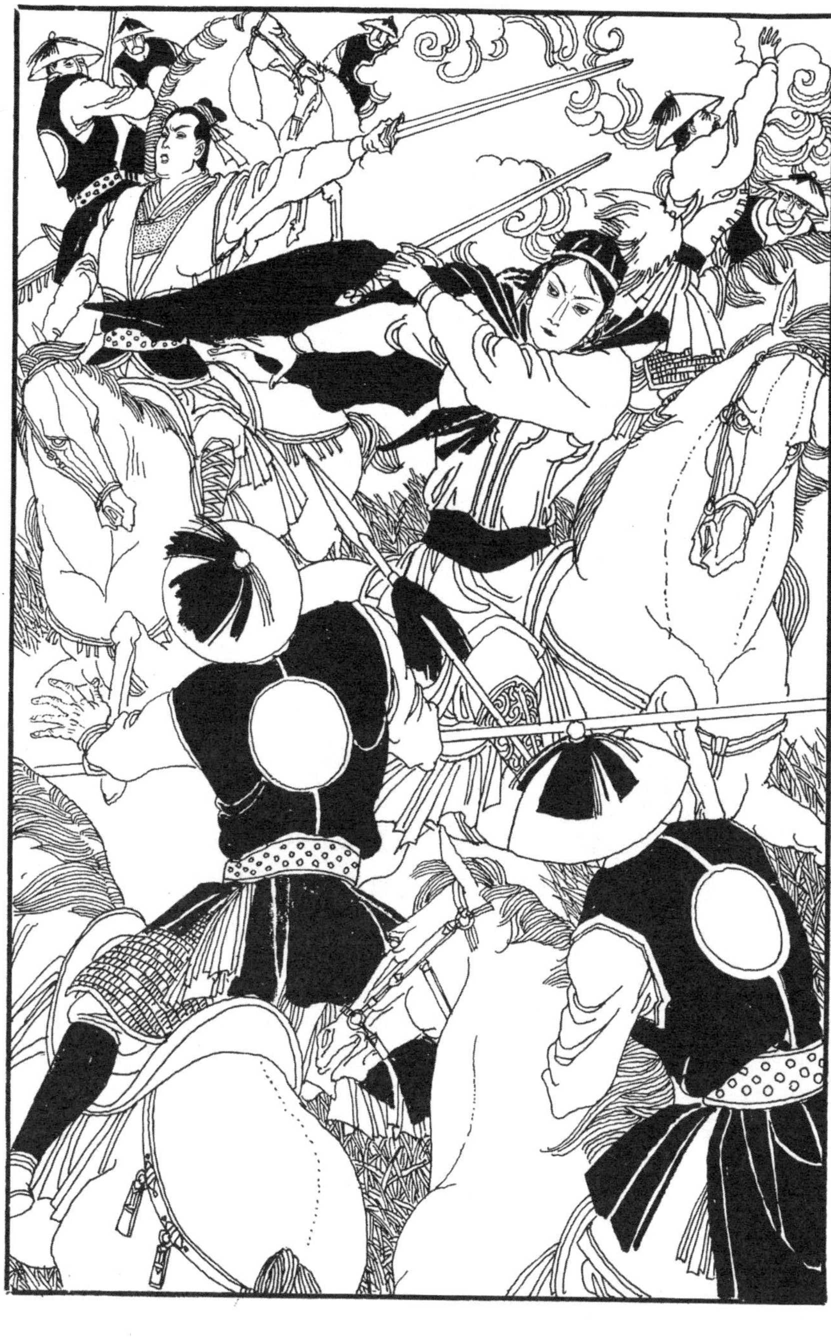

这位叱咤草原的女英雄，却一再受着感情的折磨。她和杨云骢志同道合，本来可以成为极好的爱人。不料……

兰珠是我从小把她抚养大的，我虽然不敢做她的父亲，但我对她却实有了父女之情，你准不准我见她呢？”

飞红巾怔了一怔，也低声说道：“好，你们退后十步，我叫易兰珠在门口见见你们，让她自己说，她愿留在这里还是愿随你们去。”凌未风无奈，和同来三人依言退了十步。飞红巾手掌拍了三下，一个少女轻轻地走到门前。张华昭大声叫道：“兰珠姐姐，我来了！”飞红巾抽出长鞭，指着张华昭道：“不准上来。”

易兰珠目光呆滞，叫了声：“凌叔叔！”两行清泪簌簌落下。飞红巾赶忙拉着易兰珠问道：“他们要接你出去，你愿意去么？”易兰珠低缓地说道：“我愿意在这里陪你！”飞红巾推她下去道：“好了，这就行了，你回去歇歇吧，你的神色很不好呢！”易兰珠如中魔咒，竟然转身入内，张华昭大声叫道：“兰珠，兰珠，不要回去！”凌未风也大声叫道：“兰珠，你的爸妈虽然都死了，但你爸爸的志愿你还没有替他完成呢！你是你爸爸的女儿！只杀了多铎还不能算是替爸爸报仇。”飞红巾砰的一声把门关上，把易兰珠关在里面，她自己却站在墙头，高声说道：“凌未风，你可以回去了。”

桂仲明怒气冲冲，右手一振，倏地打出三枚金环，分打飞红巾三处大穴，想把飞红巾打倒，破门而入。飞红巾长鞭一卷，把三枚金环全都卷去，冷笑说道：“我念在你是晚辈，不和你计较，你再胡来，我就要还敬你了！”冒浣莲用力拉着桂仲明，凌未风上前三步，要与飞红巾理论，正闹得不可开交之际，忽然有一个苍老的声音起自身旁。

那苍老的声音喝道：“谁敢在天山撒野？”凌未风吓了一跳，定睛看时，只见一个满头白发的老婆婆，不知什么时候，竟然来到了他们中间，凌未风恭恭敬敬地行了个礼，说道：“家师晦明禅师遣弟子参见白老前辈。”白发魔女哼了一声，问道：“你的师父好？”凌未风凄然道：“家师日前圆寂，特来报知。”白发魔女一阵心酸，叹道：“从今而后，再也找不到对手研习剑法了。”凌未风不敢作声，过了一会，白发魔女又问道：“你们真是特意来见我的？”凌未风道：“是啊！还有卓师叔留下的锦匣，要献与你老人家。”白发魔女面色大变，叱道：“你敢在我面前说谎，我住在南高峰，你又不是不知，你来天都峰作甚？卓一航有东西给我，也不会叫你们拿来，哼，你敢戏弄于我？”凌未风正想辩解，飞红巾抢着道：“师父，他们联同来欺负我，要抢我新收的徒弟。”白发魔女忽地冷笑一声，凌未风、桂仲明、冒浣莲、张华昭四人，同时觉得一阵眼花，似有人影疾在身旁穿过，凌未风身子陡然一缩，闪了开去，耳中依稀听得有人叫一声“好”！转瞬间微风飒然，白发魔女又已在场中站定。白发魔女两手拿着三口宝剑，冷笑说道：“凌未风，你朋友的兵刃我拿下了，念你是晦明禅师的弟子，我不再惩戒你们了。你们给我滚下山去！”说罢携飞红巾入内，说道：“不要再理他们。”砰的一声，把石门关上。

凌未风这一惊骇非同小可，白发魔女竟于瞬息之间，连袭他们四人，除了自己之外，桂仲明等三人的兵刃竟全部给她收去。这真是武林绝顶功夫，怪不得她敢两次去找晦明禅师比试。

凌未风深知白发魔女脾气古怪，不敢逗留，带领三人翻下天都峰，坐在山脚叹道：“触犯了这女魔头，易兰珠只怕不能再见着了。”张华昭神情颓丧，如痴如呆。桂仲明心痛失了宝剑，也说不出话。

过了一阵，冒浣莲忽然拍掌说道：“凌大侠，不必灰心，兰珠姐姐和我们的兵刃还可以回来，只是要张大哥冒一冒险。”张华昭道：“我有什么用？打又打不过人家，求情她们又不理睬。”冒浣莲笑道：“难道我还会叫你和白发魔女打架？你仍然捧着锦匣，携同仙花，当作没有这回事似的，三步一拜，独自拜上南高峰去。白发魔女包管会叫飞红巾将易兰珠放回给你。”张华昭愕然道：“你真有把握？”冒浣莲道：“我戏弄你作什么？而且除了如此，也无其他法子。”凌未风一想，懂得了冒浣莲的意思，点点头道：“还是你机灵，刚才我们都莽撞了。”桂仲明大惑不解，瞧着冒浣莲出神。冒浣莲“嗤”的笑出声来，用手指戳他一下，在他耳边悄悄说道：“傻瓜，比如我有些体己话要和你说，我会说给许多人知道么？”

冒浣莲机灵绝顶，白发魔女的心思她一猜就猜对了。白发魔女与卓一航少年情侣，后来因事闹翻，他们曾经有过一个密约，所以白发魔女听说卓一航有遗物给她，面色大变。但想起那个密约，卓一航绝无同时派几个人来的道理，因此又以为是凌未风故意调侃她。

且说凌未风等四人离了天都峰行去。到了山麓，冒浣莲道："好了，你一个人上去吧。我们在这里等你，你下来时发响箭为号就行了。"张华昭道："白发魔女只怕还未回山。"冒浣莲道："你不必管她回不回山，上去找她，总有好处。"

张华昭一人攀藤附葛，独上高峰，还要三步一拜，辛苦非常。南高峰景致又和北高峰不同，山上冰河甚多，张华昭行了两天，已接近原始冰河，冰河远望如白色的大海浪，从幽谷里流泻而下，行至近处才看清楚那些"浪头"都是高可五六丈的大冰柱，起伏层叠，有的似透明的宝塔，有的似巨大的手掌，形形色色，千奇万状。张华昭一来有凌未风所给的碧灵丹，二来入天山多日，也已渐渐习惯山中气候，虽然奇冷彻骨，还能抵受得住。

沿冰河上行，过一如瀑布状的冰坎，面前豁然开朗，有一片长达几百丈的大冰坂，冰坂尽头矗立一座高约百丈的冰峰，独出于群峰之旁，有用坚冰所造的屋子，光彩离幻，内中隐有人影。

张华昭此际已在南高峰之上，那冰峰乃是峰顶的积雪堆成。张华昭心想这冰屋想来就是白发魔女所造的了。他跪下行了大礼，只听得苍老的声音道："我饶恕你了，你进来吧！"

张华昭心想："白发魔女真是怪物，住在这样的地方。"只见屋中点着无数蜡烛，烛光与冰墙辉映，耀眼欲花，坐在当中的正是白发魔女，张华昭正想参拜，忽觉一股大力将自己托起，白发魔女将自己按住，开声问道："你真是卓一航差遣来的么？"

张华昭取出锦匣，锦匣上用丝带系着两朵花，一白一红，周围虽用彩绸罩着，异香仍是透人鼻观。白发魔女双目放光，问道："这两朵花是摘来的吗？"张华昭恭恭敬敬答道："是弟子所摘，奉卓老前辈之命，送给你老人家。"白发魔女将两朵花取下，却仍放在丝囊中，并不拿出，喟然叹道："七十年前的一句戏言，难为他还记得如此清楚。我今日刚好满一百岁，还要这优昙花来做什么？"张华昭瞠然不知所答，看着那满屋子的烛光，心想："原来今天是她百岁大寿。"正想措辞道贺，却见白发魔女闭目静坐，面色沉暗，便不敢插言。

白发魔女悠然存思，茫然若梦，七十年前旧事，都上心头。

七十年前，白发魔女还只是廿多岁的少女，可是却已名震江湖，是西北的剧盗；卓一航则是个贵家公子，他的祖父是个卸任总督，告老还乡时曾被白发魔女拦途截劫，并伤了卓一航的一位同门。也是合当有此“情孽”，后来他们竟因“不打不成相识”，而至彼此倾心。可是卓一航到底是显贵之后，爱意只是存在心中，不敢表露，更不肯入伙做强盗，白发魔女一怒而去。再过几年，卓一航已经成为武当派的掌门弟子，那就更加阻难重重了。他们经过几度悲欢，几番离合，最后一次，白发魔女上武当山找他，武当派的长老囿于宗派之见与门户之念，要把白发魔女驱逐下山，白发魔女性烈如火，动手伤了卓一航的一个师叔，卓一航迫于无奈，也出手伤了白发魔女。经过这场大变，卓一航伤心欲绝，几乎发疯，终于辞掉掌门，远赴回疆，追踪白发魔女（他们两人之间的恩恩怨怨，详见拙著《白发魔女传》）。

但卓一航虽经大变，还是颜容未改，白发魔女却不然了，那晚动手之后，心念全灰，一夜之间，头发尽白。她是最爱自己的面貌的，白发之后伤心不已，索性到天山隐居，什么人都不愿意见了。

两人就是因这样一再误会，以致后来虽同在天山数十年，却总是避不见面。最后分手时，卓一航曾对她说道：“你为我白了头发，我一定要尽我的力，为你寻找灵丹妙药，让你恢复青春。”他知道白发魔女最爱自己的容貌，远在他们第一次见面时，白发魔女就说过“红颜易老”的说话，那时卓一航就开玩笑地对她说过，愿替她找寻头发不白的妙药，想不到竟成语谶，如今她徐娘未老，竟已白发满头，所以最后分手时，他又旧话重提。又谁料得到这个许诺，竟然成了他数十年来未了的心愿！

此际白发魔女对着两朵优昙花痴痴出神，几十年间事情，电光石火般地在心头闪过，她真想不到卓一航对她如此情深，生前一句戏言，死后仍然办到。她睁开眼睛又叹口气道：“这两朵花你还是拿回去吧！”随说随打开锦匣，抽出一张锦笺，只见上面写着一首七律：

“别后音书两不闻，预知谣诼必纷纭，

只缘海内存知己，始信天涯若比邻；
历劫了无生死念，经霜方显傲寒心，
冬风尽折花千树，尚有幽香放上林。”

这首诗正是卓一航当年受她误会之后，托人带给她的。当时她火气正盛，还咀嚼不出其中滋味，如今重读，只觉一片蜜意柔情，显示出他的深心相爱。这首诗首两句是说分别之后不通音讯，他已预测到一定有很多谣言了；三四两句说，只要彼此真心相爱，只要是知己尚存在世间，那就算人在天涯，也不过如隔墙邻舍一样；五六两句则表示他生死不渝的真情，说是越经过劫难，越经历风霜，相爱的心就越发显现出来；最后两句说纵许劫难像冬风一样，吹折了千树万树爱情的花朵，可是美丽的爱情花朵，仍然是放着不散的幽香！这些话当时读还不觉怎么，现在几十年过去了，卓一航死了，她也满一百岁了，卓一航的诗恰恰做了时间的证人，证明在这几十年间，卓一航的心事正如他所写的诗一样，一点也没有变。

白发魔女将锦笺折起，放入怀中，静坐冰室之中，凝望天山外面的云海，久久，久久，不发一言。张华昭禀道：“白老前辈，还有什么吩咐?”白发魔女如梦初醒，吁口气道：“辛苦你了，你有什么事情要我办的么？我能做得到的，一定替你做。”张华昭道：“我想请老前辈帮忙，叫飞红巾把我的兰珠姐姐放出来。”白发魔女道：“哪个兰珠姐姐？啊！是那个女娃子是不是?”张华昭点点头道：“我和她已结同心，不愿如此生分!”白发魔女想起自己一生，点头叹道：“我们上一辈所错过的东西，你们小辈的是不应该再错过了。飞红巾若要收徒弟，天下有的是聪慧的女儿，她不应该要你的兰珠姐姐。”说着自笑起来，在头上拔下一根碧玉簪，交给张华昭道：“我这几天不想下山，你拿这根玉簪去见飞红巾，就说是我要她放的好了。”张华昭大喜叩谢。白发魔女又将那日所收去的三口宝剑拿出来，叫他带回去交还桂仲明他们。交托完毕，白发魔女道：“你远道而来，我没有礼物给你，传你一套轻功吧。”说罢随手一带，张华昭只觉腾云驾雾般地给她一手带出石屋之外，简直连她身形怎样施展也看不清楚。张华昭大喜，急忙谢恩。白发魔女演了一套独创的轻功，放慢招式，叫他仔细看清，再传授了口诀，张华昭练了半天，熟记心头。白发魔女道："行了，你以后自己练习吧！"正是：

八十年来如一梦，天山绝顶授轻功。

欲知后事如何？请听下回分解。

第二十二回　边塞逃亡　荒漠奇缘逢女侠
草原恶战　武林绝学骇群雄

白发魔女若有所思，半晌说道：“这两朵花我用不着了，你不如拿去送给飞红巾吧。”张华昭想起飞红巾也是白发盈头，这两朵花她正合用。

第二日一早，张华昭拜别白发魔女下山，走了两日到了山麓，放起响箭，过了片刻，凌未风与桂仲明、冒浣莲从山坳转出，冒浣莲一见就大声喊道：“怎么样，我不骗你吧？”张华昭喜孜孜地将经过说了，众人齐都大喜，凌未风手上拿着一根黑黝黝的拐杖，在岩石上敲击，笑道：“我们这趟再去找飞红巾，看她敢不敢留难？”张华昭这才注意到他手上的拐杖，笑道：“这拐杖真好玩，是木头的吗？”凌未风道：“你说好玩就送给你好了，它比钢铁还硬呢！我这几天采集了许多天山神芒，顺便削下了天山特有的降龙木，弄成了这根拐杖。”张华昭道：“我只学过剑法，可没学过用棍棒鞭杖等兵器。”凌未风道：“你就依无极剑法来使这根杖好了，只怕它比你手中的青钢剑还更好呢！另外我再教你几路拐杖点穴法。”张华昭这两日机缘凑巧，学了白发魔女的独门轻功，又得了降龙宝杖，十分高兴。

凌未风等一行四人再回到天都峰，凌未风上前拍门，又是久久未有人应。凌未风皱眉道：“飞红巾怎么这样不讲情理，不理不睬。”张华昭道：“我手上有她师父的玉簪，就闯进去见她吧！”凌未风又叫了几声，仍然未见答应，心中也不免有点恼怒，挥手说道：“也只有闯进去了！”桂仲明巴不得凌未风说出这话，双掌用力，在石门上一推，登时把石门推开，凌未风道：“桂贤弟不可莽撞，我们虽是破门而入，还得以礼求见。”带领众人走入屋内，只见飞红巾盘膝坐在蒲团之上，动也不动，就宛如古代遗留下的一尊石像。她对外面的纷扰，竟似视而不见，听而不闻。

凌未风放轻脚步，走近蒲团，低声唤道：“飞红巾，我们奉令师之命来看你。”过了许久飞红巾才轻启双目，吁声说道：“你们来了？易兰珠走了！世事如梦，一切空无，你们还要什么？”这威震草原的女英雄，如今竟似一个垂危的病人，眼睛消失了光彩，话语软弱无力，白发飘拂，身躯颤抖。凌未风打了个寒噤，张华昭叫道：“兰珠姐姐真的走了！”飞红巾道：“是的，你赢了，她不愿伴我同受空山岑寂，她要去找寻你们，她偷偷地走了，嗯，偷偷地走了！”她指一指右边的墙壁道：“你看！那上面用宝剑划了几行字。”张华昭读道：“恩仇未了，心事难消，愿娘珍重，后会非遥！”失声叫道：“她真的走了！”飞红巾又闭上双目，挥挥手道：“你们走吧，谁也别理我了！”

凌未风凝望着飞红巾，心中无限难过，忽然他大声叫道：“飞红巾，你看看，这是什么？”飞红巾不由得睁开眼睛，凌未风倏地从张华昭手中，抢过了那根降龙宝杖。递到飞红巾面前，叫道：“飞红巾，你要用拐杖了！这根给你！”飞红巾讶道：“什么？”凌未风大笑道：“你不行了，你不中用了，没有拐杖，你路也走不动了！”飞红巾勃然大怒，自蒲团上一跃而起，戟指骂道：“凌未风，你有多大本领，胆敢小觑我？划出道儿来，我和你大战三百回合，看到底是谁行谁不行了？”

张华昭等骇然震惊，凌未风神色自若，朗声说道：“飞红巾你别动怒，你自己想想我有没有说错你！你为什么神志颓丧？就是因为你失掉了你的拐杖！”飞红巾瞪大眼睛，喝道：“胡说八道，你疯了么？”凌未风激动地叫道：“我不疯，疯的是你！你要把易兰珠当作你的拐杖，没有她你就连走也不能走啦！我真替你羞耻，你这草原上的女英雄，要倚靠一个女孩子做你的拐杖！你是这样脆弱，脆弱到自己没有勇气生活下去？可是易兰珠不是木头，她有生命，她懂得思索，她有感情，她不能够做你的拐杖！你明白吗？飞红巾，你也得试试自己站起来，不靠拐杖来走路啦！”

飞红巾给凌未风一阵数说，面色颓败，红了又青，青了又红。冒浣莲心中暗暗赞叹道：“凌大侠真行，不是这样一针见血地道破她，也医不了她的心病！”

廿年前的英气雄风，蓦然回来了，飞红巾热血沸腾，似乎要突破身体的躯壳。自失掉杨云骢之后，她的确感到非常空虚，好像失掉了生活的支柱，她的武艺是越来越高，可是她的精神力量却越来越弱，过去那种敢于独往独来，披荆斩棘的雄风忽然消逝，她把自己囚在天都峰上，独自忍受痛苦的煎熬，到忍受不来时，就把易兰珠抢过来，用易兰珠来替代杨云骢在她心头的地位，给她以生活的勇气。她什么也不理，只想要易兰珠陪着她，在精神上扶持她，“是啊！我的确是把易兰珠看成我的手杖了！”飞红巾心灵激荡，内心的声音在责备着她。她忽然大声叫道：“凌未风，你说得对！但需要拐杖的飞红巾死了，现在站在你面前的是不要拐杖的飞红巾。走！我陪你们下山去，我替你们把易兰珠找回来！我要到我的族人中去，让他们知道廿年前的飞红巾复活了！”

凌未风把拐杖掷给张华昭，鼓掌欢呼，张华昭从怀中取出那两朵优昙花献上去道：“这两朵花是卓老前辈留给令师的，令师不要，说叫我送给你。”飞红巾闻得一缕幽香，更是神清气爽，笑道：“这是什么花？”凌未风道：“这是优昙花，据说可令白发变黑，功逾首乌。”飞红巾摇了摇头道：“我也不要它。我的心年轻就行啦，何必要把白发变黑？我要留着这满头白发，做一个纪念，这白发会提醒我，我曾经衰老过，一个需要拐杖的女人！”她笑得非常爽朗，心湖明净如天山的冰河！

再说易兰珠那日自凌未风与张华昭等去后，思潮浪涌，彻夜无眠，张华昭对她的蜜意柔情，固然令她徘徊不已，而凌未风那番说话，劝她继承父亲的遗志，更如当头棒喝、暮鼓晨钟，她想来想去，觉得飞红巾虽然可怜，但自己这样陪她在空山中度无聊的岁月，也不过是两个可怜人相聚一处而已。“我还年轻，我的生命就让它像蜡烛一样，在空山中烧灭了吗？不，我不愿意！”易兰珠突然从心内喊出来，几个月来心头上那个死结解开了，她迅速作了决定，离开飞红巾，去找凌未风和张华昭，她悄悄地在壁上题了几行字，就下山去了。

易兰珠在天山长大，熟识道路，她取道达坂城沿白杨河岸前往南疆，走了二十多天，忽觉气候渐热，一片沙漠横亘面前，她知道再往前走，就是回疆著名的“火洲”吐鲁番了，《西游记》中的火焰山，就是在这个地方。易兰珠避开正面，从吐鲁番西面绕过。一日正行路间，忽然阵阵热风，刮地而来，霎忽黄沙滚滚，一片烟雾，像沙漠上突然卷起一张遮天蔽地的黄绒毡幕。易兰珠急忙躲在一个小丘后，屏息呼吸，时不时用手拨开堆积的浮沙，过了许久，风沙才息！易兰珠探出头来，忽见小丘的那一边，站着四条大汉。都是满身黄土，狼狈异常！一个瘦小的汉子正向他的同伴问道：“东洛，我们迷了路，你可认得路吗？”那个叫做“东洛”的人戴着一件大兜风，把两只耳朵与半边面孔全都遮着。抬起头来，望了一阵，叫道：“苦也！沙漠风暴，地形变换，我也认不出路了。好在我们的水囊没有丢，只好拼命朝最热的地方走去，走到吐鲁番，我就识路了。”另一个人说道：“这个鬼天气，一时酷冷，一时酷热，像这般炎热，我们那点水只怕不到两天就会喝完，如何过得火焰山？”易兰珠闻声触起，一摸自己装盛天山雪水的水囊，却不知什么时候被沙石刮了一个小洞，水全都漏干了。

易兰珠这一急非同小可，在土丘后一跃而出，叫道：“过路的大哥，你们要去哪里？我认得路！”易兰珠虽然满身黄土，但却掩不住清丽的容颜，四条大汉陡见沙漠之中出现如此美丽的少女，全都呆了。那瘦小的汉子喝道：“你是什么人，为什么单身在大漠上行走？”易兰珠心中生气，大声说道：“你管我做什么？我替你带路，你把水囊的水分一点给我，大家都有好处，你们若不愿意就拉倒。我自己会去找水，你们也尽管走你们的路。”一个肥头大耳的汉子叫道：“着呀，有这样漂亮的姑娘带路还有什么不好？姑娘你渴了吗？来，来！我这就给你喝水。”易兰珠瞪了他们一眼，心想这四人似乎不是什么好人，但自己一身武艺，却也不怕他们。当下朗然说道：“咱们彼此患难相助，你别乱嚼舌头！”她大大方方地把胖子递过来的水喝了两口，挥挥手道："好了！走吧！"

这四个人全是大内高手，那瘦小的汉子是"铁笔判官"成天挺，那个披着大兜风的却是邱东洛。邱东洛给凌未风削了两只耳朵，怕被旁人看见耻笑，所以长年四季都披着兜风。另外两个则是成天挺的副手，一个叫做郑大锟，一个叫做连三虎。

康熙是一个好大喜功的皇帝，平定了吴三桂与李来亨之后，便想拓土开疆，统一蒙藏。他又听说李来亨虽然死了，他的弟弟李思永却不知下落，有可能逃入回疆，因此他图谋回疆蒙藏之心更急，成天挺等四人便是他派入回疆的武士，任务是探听边情与侦查李思永的下落。

易兰珠一点也不知他们的来历，泰然自若地与他们同行，邱东洛一路瞧着她，神情颇为怪异，胖子郑大锟忽然笑道："邱大哥，你不是素来不喜欢娘儿们的吗？怎的今天给小狐狸迷着了！"易兰珠勃然大怒，忽然前面黄尘滚滚，有两骑马飞驰而来。成天挺道："咦，这两人骑术怎如此了得？"话声未了，那两骑马已到面前。马上人一跃而下，一个是白衣书生，一个是红衫少女，一红一白相映成趣。易兰珠又惊又喜。这红衣少女乃是白发魔女的关门弟子武琼瑶，凌未风与桂仲明在拜谒晦明禅师之时，所见的就是她。

武琼瑶原是终南派名宿武元英的掌珠，凌未风、刘郁芳等人大闹五台山之时，就是在武元英的家里集会，因此武琼瑶认得凌未风与冒浣莲。而凌冒二人却绝想不到她也会在天山，仓卒之中，两人都认不出红衣少女就是她。

当日大闹五台山之后，群雄分散，武元英父女原是留在山西的，后来因为风声日紧，在山西站不住足，辗转到了回疆。武元英带武琼瑶上天山谒见晦明禅师，不料刚到半山，就碰见白发魔女，白发魔女一见武琼瑶就喜欢了她，伸手便要武元英把女儿送给她做徒弟。武元英不知她的来历，她微微一笑，把崖石随手抓下一块，捏成粉碎，笑道："终南派与武当派甚有渊源，你难道连白发魔女的名头也没听过吗？"武元英一听才知面前的老婆婆，便是与前一辈武当派掌门人卓一航有过纠纷的白发魔女，他听师长说起，白发魔女当年为了卓一航，曾打败武当五老的围攻，连卓一航的师叔都给她伤了，武功之高，世所罕见！只是推算年代，她已是百岁之人，武元英真料不到她还活在世上。

武琼瑶平日也听父亲说过白发魔女的故事，如今一听这巾帼中并世无二的女人，愿收她做徒弟，大喜叩谢，先自肯了，只是武元英依依不舍。白发魔女道："我只要她跟我三年就行了，我教徒弟与别人不同，我教三年当得别人教三十年，过了三年，我就放她回来跟你。"

白发魔女暮年收徒，武琼瑶又聪明又淘气，非常懂得哄她欢喜，白发魔女把她宝贝得了不得，把独门剑法悉心传授于她，用药物之力，给她培元固本，果然在三年之中，把她调教得非常出色。除了功力稍差之外，论剑法不在飞红巾之下。武琼瑶也常到天都峰找飞红巾游玩，因此认得易兰珠。

那白面书生正是李思永，他在清兵围剿之下，拼死冲出，傅青主、刘郁芳、石天成父女、韩荆等人仗着一身武艺，也都脱出身来。只有韩荆的盟兄弟朱天木、杨青波却不幸战死。李思永和傅青主等十多骑，自四川西走，辗转到了回疆，这一日骤遇沙漠风暴，李思永骑的是一匹黄骠骏马，未曾走过沙漠，给风沙所吓，长嘶狂奔，疾逾闪电，离群走散。李思永虽然是一身武艺，却不懂得应付风沙之法，焦急间，忽然斜刺里一骑马冲来，一个红衣少女与他擦身而过，牵着李思永的衣袖道："快躲在马腹之下，顺着风跑！"李思永正感风沙刮面，两眼难睁，浑身气力也渐消失，被少女提醒，一翻身倒悬马腹，和少女并辔飞驰，过了许久，风沙才息，两人翻上马背，李思永向她道谢，问道："姑娘师门，可肯赐教？"红衣少女娇笑道："什么师门呀不师门，我一点也不懂。"李思永道："姑娘骑术精绝，那一定是懂武艺的了！"红衣少女笑道："我们在草原上讨活，不懂骑马还行么？至于什么武艺，那我可全不懂了。"红衣少女娇小玲珑，明艳照人，吐气如兰，婀娜作态，李思永不觉心醉，以为她真是草原牧民的女儿，竟瞧不出她身怀绝技。那红衣少女问道："公子这般发问，想必是精通武艺的了！"李思永道："学过几手粗浅的功夫。"红衣少女道："我要到吐鲁番附近的叶尔羌去，公子懂得武艺那好极了，能不能陪我走一程呢？我真害怕！"李思永奇道："怕什么呢？草原上有强盗吗？"红衣少女道："强盗倒是没有。只是最近有许多满洲武士跑到咱们的草原来乱闯，为非作歹，比强盗还凶。"李思永怒道："若我碰着他们，一定把他们的狗腿打折！"红衣少女道："他们很厉害啊，公子成吗？"李思永道："这些武士十个八个我还对付得了。姑娘不要害怕，我和朋友们准备到南疆的莎车，要经过叶尔羌，我就陪姑娘到那里去好了。"李思永不知清廷派到回疆的都是一流好手，他只以为是一般武士，所以毫不放在心上。那红衣少女正是武琼瑶，她沿路发现成天挺他们的踪迹，已暗自跟了一程，知道他们武功颇高，不敢单独动手。听了李思永的话，微微一笑。她下山之后，先见过老父，这次便是奉老父武元英之命去迎接李思永、傅青主他们的，她虽没见过李思永，可是临行前曾问清相貌，九成料到这白面书生是李思永，心想武林中人都称赞李公子文武全才，她倒要逗他一下。

武琼瑶有一搭没一搭地逗李思永闲话，问道："我们天山一带，以前有一个杨云骢大侠帮我们打过清兵，你知道吗？"李思永笑道："杨大侠早就死了，我认识他的师弟凌未风。"武琼瑶道："李公子的武艺比他们如何？"李思永又笑道："凌未风的剑法独步海内，我如何比得上？姑娘，武功这东西奥妙得很，我也说不清楚。"武琼瑶故意说些孩子气的话，逗李思永谈论武艺，李思永真的把她当成不懂事的女孩子，和她谈得很开心。两人不知不觉之间，走了一大段路，和邱东洛等人在沙漠蓦然相逢。

易兰珠骤见武琼瑶，又惊又喜，正想招呼，武琼瑶忽然打个招呼，纵声笑道："哎哟！沙漠上出现天仙了，你叫什么名字？怎长得这样美啊！"边说边去拉易兰珠的手。易兰珠也是机灵的人，虽然不知她葫芦里卖什么药，但却懂得她的意思，不愿在陌生人前相认。于是也拉她的手笑道："姑娘可真叫我开了眼界了，好在这里不是开'叼羊'大会，否则男孩子们都要骑马追你了。""叼羊"是回疆各族流行的一种游戏，男女互相骑马追逐，女的追到男的，可以用鞭抽打他，有两句诗道："姑娘骑骏马，长鞭打所欢。"所说的就是这种"叼羊"游戏。武琼瑶和李思永并辔奔驰，状若追逐，所以易兰珠故意用话取笑她。武琼瑶倒不在乎，李思永则满面通红了。他进入回疆，懂得“叼羊”的意思，心想：“怎么草原上的女孩子，口这样没遮拦，胡乱拿人取笑。”李思永本来是个光明磊落的英雄，一向没有男女之见，可是他对武琼瑶暗里动情，连他自己也未觉察，不知不觉之间，就显得比平时敏感许多。

再说邱东洛以前在云南抚仙湖滨，曾和李思永见过一面，他左边那只耳朵就是那次给凌未风割下来的。三年不见，李思永并没有什么改变，邱东洛两只耳朵被割，面上又被凌未风划了两刀，长年披着兜风，李思永一眼却看不出他是谁来。

邱东洛认出李思永，又惊又喜，心想：“真是踏破铁鞋无觅处，得来全不费功夫！他真的逃到回疆来，又撞在我的手上，真是上天保佑，叫我立此大功。”但他知道李思永武艺不比寻常，单打独斗，还不惧他，只是一打起来，必定是性命相搏，要擒他却不容易。当下用了他们圈内的暗语，告诉成天挺等人知道：这白面书生就是李思永，叫他们暗中准备，严密戒备，一声令下，就要把他活捉。武琼瑶听他们说黑话，只是嘻嘻地笑。

易兰珠见邱东洛偷偷盯着李思永，心想这人真怪，看人如此没有礼貌，也睁大眼睛看他。邱东洛目光和她碰个正着，忽然记起一人，大声问道：“你是杨云骢的什么人？”易兰珠傲然答道：“关你什么事？”李思永突然跳起，大声喝道：“这厮在凌未风剑下侥幸逃生，还敢在此作恶。”李思永聪明过人，记性极好，他虽因邱东洛面貌变异认不出来，但一听声音，却蓦然记起。邱东洛在抚仙湖边向凌未风挑战时，话说得很难听，李思永当时在旁细听，对他的口音有很深刻的印象。

邱东洛还未答话，成天挺双笔已嗖地拔出，在李思永面前一站，纵声笑道：“李公子，幸会，幸会！公子十万大军，一朝瓦解，辗转万里，沙漠逃荒，这真是何苦来哉！不如随我们进京，归顺今圣，皇上定会开恩，给公子一官半职。”李思永面色倏变，两柄流星锤也自腰间解出，按他的性格，本就不耐烦听完成天挺的说话，但他顾着旁边“不懂武艺”的武琼瑶，担心混战，会令她无辜受伤，当下眉头一皱，朗声说道：“你们都是冲着我来的，是不是？”成天挺嘻嘻笑道：“李公子料得不错。”李思永傲然说道：“既然如此，不必多费唇舌，你们就都上来动手吧。话说明在先，这两位姑娘都不是和我一路，你们既只是冲着我来，就不应为难她们，我若输给你们，甘愿束手就缚！”成天挺翘起拇指，叫道：“好，李公子快人快语，就是这样办吧，由我一人领教公子流星锤好了，若承让一招半招，那公子可得随我们进京，不得反悔！”当下招呼邱东洛道：“喂，你和那位姑娘说些什么呀，有这么多话说？过来做个证人吧。”也不知邱东洛刚才说了什么，易兰珠怒道：“你敢辱骂我爸爸！”宝剑出手，刷的一剑刺去，邱东洛一跃避开，高声叫道：“天挺兄，我们另有过节，她是我仇人的女儿！”易兰珠也叫道：“使流星锤的那位大哥，我领你的情了！你打你的，我打我的！”

成天挺见易兰珠那一剑出手很快，颇感诧异，遥对武琼瑶打个招呼道：“你是不是也要动手，你们三人，我们也出三人好了！”武琼瑶摇头道：“哎哟，我不懂打架的！”李思永道：“你快走吧，咱们后会有期。”武琼瑶娇笑道：“我不懂打架，我却喜欢看打架，又有刀又有剑还有铜锤，哈，一定很好看呀！”她不但不走，反而安安稳稳地坐了下来，托着香腮观战，笑道：“谁搅乱我看打架，我就把他的脸抓破！”李思永心里骂道：“真是个傻大姐。”但此时情势危急，性命相搏，也顾不得她了。成天挺双笔一立，大声道：“公子，请赐招！”左笔斜飞，右笔直点，分点李思永的命门要穴，李思永大吃一惊，想不到沙漠之中，竟然碰着清廷侍卫中的一流高手！

那一边，易兰珠、邱东洛动了兵刃，也是各自吃惊，邱东洛左刀右剑，招数繁复古怪，片刻之间，连攻了十多招。易兰珠哼了一声，暗道，瞧不出狗腿子倒有几分本领，断玉剑扬空一闪，蓦地进招。“当”的一声，把邱东洛的刀尖截断。邱东洛知道碰到了宝剑，连退几步，倏地冷笑一声，刀锋一转，剑尖斜挑，自侧面欺身而进，风雷刀剑，招招狠毒。易兰珠兀然不惧，天山剑法，霍霍展开，银光裹体，闪电惊飙，在刀剑夹击中，连守带攻，二尺八寸的短剑，剑剑不离敌人要害。易兰珠年纪虽轻，已得天山剑法的神髓，更加上飞红巾又以白发魔女的独门剑法相授，在“天山七剑”之中，只有她是独具两家之长，可惜的是火候未够，气力也较差，要不然两个邱东洛也抵挡不住。

武琼瑶坐在旁边观战，暗暗点头赞叹，易兰珠和她年纪差不多，论辈分比她低半辈，但剑法精妙，却是各擅胜场。邱东洛两手使两般兵器，仗着怪异招数，与经验老到，虽暂时支撑得住，但看来易兰珠必可得胜。

李思永那边，形势却大不相同。成天挺的武功与楚昭南在伯仲之间，两支判官笔神出鬼没，专点敌人三十六道大穴，倏而又当五行剑使，点打戳击扎刺，变化无穷，李思永武功虽高，比起来却稍有逊色。幸而他的流星锤灵活非常，利于远攻，又能近挡，收发迅疾，就如活动的暗器一般，成天挺也有几分畏惧。两人各展奇门兵器，乍进乍退，倏合倏分，不多一会，已拆了百多招，成天挺杀得性起，双笔翻飞，李思永被他迫得收紧流星锤的铁索，舍掉远攻之利，改为防守。武琼瑶大为焦急，想出手相救，又以说话在先，且李思永是个成名人物，若自己助他以二敌一，还怕他真个不悦。

成天挺那两个副手，见成天挺占了上风，高兴非常，他们却看不出邱东洛处在下风，只道这场厮杀稳胜无疑，看见武琼瑶焦急神情，竟然拿她取笑，郑大锟和连三虎都是好色之徒，两人一唱一和，一个说："喂，红衣小姑娘，他是你的情郎吗？你这个情郎不行，还是再拣过一个吧！"一个说："你真不懂惜玉怜香，她正心痛着呢！小姑娘，我来安慰你。"连三虎不知死活，前来调笑，武琼瑶冷笑一声，说道："我有话在先，谁搅乱我看打架，我就抓破他的脸！你再走近一步，我就不客气了！"连三虎嬉皮笑脸，说道："我不信你这样凶。"迈前一步，话声未了，忽然一股劲风，直扑面门。尚未看清，两眼已给抓瞎。武琼瑶身法快极，一抓抓下，两颗眼珠取到手中，把手一扬，将连三虎的眼珠当成铁莲子打出，郑大锟惊叫一声，未曾合口，已给眼珠打进口中，一股血腥味道好不难受——说时迟，那时快，武琼瑶又已到了他的面前！正是：

草原奇女子，谈笑戏凶顽。

欲知后事如何？请听下回分解。

第二十三回　诡计多端　毒酒甜言求秘笈
艰难几度　痴情密意获芳心

郑大锟反手一掌，武琼瑶已抓到他的面上，郑大锟扭头侧面，保全了眼珠，面皮却被抓破了。他那一掌用的是排山运掌的功夫，刚劲非常，谁知未中敌人，先受了一抓，所发的掌力自然减弱许多，武琼瑶左手一抓，右掌和他碰个正着，只听得“蓬”然一声，郑大锟直给摔出两三丈外。幸他功力比连三虎高得多，一个“鲤鱼打挺”，翻了起来，独门兵器虬龙鞭也已解出，忍着疼痛，似疯虎般扑上拦截！

武琼瑶身法何等快疾，郑大锟站起身时，她已抢到成天挺与李思永之间，青钢剑骤然出手，一招“乘龙引凤”，把成天挺的判官笔黏至外面，解了李思永之危，嘻嘻笑道：“我说过不许你们扰我看打架，你的手下偏不听话，我虽不懂打架，也要和你打了。李公子你替我去收拾那个胖子，这个病夫你留给我。我气力小，正好打他。”

郑大锟生得方面大耳，肥肥胖胖，成天挺则生得又矮又瘦，但成天挺的武功比郑大锟那却不知要高明多少。武琼瑶乃是让李思永借此下台。

成天挺给称为“病夫”，纵声狂笑，双笔如风似的，“倒转乾坤”，猛奔武琼瑶丹田穴扎去，骂道：“小丫头有多大本领？叫你见识病夫手段！”武琼瑶见敌招来得奇快，把剑一挡，给震得虎口发热，急忙脚尖一点，平地飞身，轻如掠燕，青钢剑扬空一闪，成天挺忙用个“凤点头”，藏头缩颈，身形一矮，陀螺般疾转过来，一招“举火燎天”，双笔又迎着青钢剑截去，武琼瑶刷刷刷一连几剑，左右分刺，剑花错落，银光飘瞥，成天廷碰不着她，反给她迫得连连躲闪。武琼瑶纵声笑道：“哎哟，原来你也是不懂打架的！”成天挺给她气得说不出话，但劲敌当前，不能不沉下气来，一面封闭门户，一面伺机反击。

成天挺乃是清宫中数一数二的好手，轻功虽然比不上武琼瑶，实力却要比她高一筹，一对判官笔又稳又狠，武琼瑶还不敢真个和他相碰。她仗着白发魔女的独门剑法，忽虚忽实，声东击西，只是在消耗成天挺的气力。两人恶战，一个是勇如猛狮，一个则捷若灵猫，各施绝技，各擅胜场，打得个难分难解。成天挺这才暗暗吃惊，想不到一个年轻的少女，剑法如此厉害！

易兰珠一见武琼瑶出手，分外精神，她本来已占了上风，剑招一紧，越发如长江大河，滚滚而上，不可抵御。剑光霍霍，剑气纵横之中，邱东洛惊叫一声，蒙着耳朵的兜风已给削落，武琼瑶一面抵御成天挺，一面注视李思永和易兰珠，一见邱东洛的披风跌落，哈哈笑道：“看呀，有个没耳朵的丑八怪！”邱东洛又气又恼又没办法，虚进一招，飞身便退！

易兰珠听凌未风说过邱东洛的事，冷笑一声：“哪里走！”飞身扑上，手中剑一提一翻，青光闪处，已到背后，邱东洛反手一刀，没有挡着，五只手指，已给削断，易兰珠顺势一推，剑锋向下一划，邱东洛右腿又给斩掉。易兰珠这两招快如闪电，她自已也料不到白发魔女的独门剑法如此凶狠，得手之后，发现敌人痛得在地上打滚，心中不忍，急补一剑，将他了结，说道：“我在襁褓之中，你就想害我。凌叔叔为了保护我，几乎给你砍死。现在你吃我一剑，须怪我不得。”一脚把敌人尸首踢开，提剑上来观战。

那郑大锟虽然也是清宫侍卫中的高手，却敌不住李思永的两柄流星锤，耳听邱东洛哀号之声，更是心惊胆战，虬龙鞭起处，“玉带缠腰”呼的一声，向李思永拦腰扫去，以进为退，明是抢攻，实欲撤退，李思永料知敌意，流星锤迎着虬龙鞭一兜，两般外门兵器撞个正着，流星锤的铁索将虬龙鞭绕了几匝。李思永大喝一声“起”，奋力一挥，将郑大锟摔上半空。

成天挺恶斗武琼瑶，兀是不分高下。李思永与易兰珠围上来看，成天挺冷笑喊道："你们都上来吧，我死也死得英雄！"武琼瑶呸了一声，笑道："你连我都斗不过，还吹什么大气。"刷！刷！刷！连环三剑，斩腰截肋点胸膛，厉害非常，成天挺凝神抵敌，一双铁笔，使得龙飞凤舞，毫无破绽，李思永看得目瞪口呆，他领教过成天挺的本领，不由得不由衷佩服武琼瑶了。成天挺打了一会，见李思永和易兰珠并不帮手，心情稍定，双笔斜飞，一招"大鹏展翅"猛地攻出，武琼瑶剑走中宫，分心刺进，哪知成天挺经验老到，这招竟是诱招，双笔方出，立即圈了回来，只听得"叮当"一声，火星四溅，武琼瑶正待换剑进招，成天挺已脱出圈子，猛地向李思永扑去，武琼瑶怒喝一声："哪里走！"剑随身走，和易兰珠两翼扑上。

成天挺这一着乃是攻击敌方较弱的一点，李思永骤不及防，已给成天挺冲到，流星锤刚刚出手，敌人的铁笔已到胸前，李思永霍地向右晃身，成天挺已先抢至右方上首，伸手一推，兜个正着，喝声"去"！李思永腾云驾雾般给他抛了出去，正正对着武琼瑶，武琼瑶慌不迭地掷剑落地，双手来接。李思永忽觉给人抱住，胸前一堆软绵绵的，还有缕缕甜香，沁人心肺，急忙挣脱下地，成天挺已趁机飞跑了。

易兰珠顿足道："可惜，可惜！"李思永满面通红，向武琼瑶道歉道："我本事不济，反成了你的累赘，姑娘不要生气！"武琼瑶噗哧一笑，说道："李公子你太谦了！"

李思永想起在路上说的话，十分羞愧，搭讪说道："我真是有眼无珠，料不到姑娘一身绝技！"武琼瑶抿嘴一笑，问道："同行了大半天，你还未将名字告诉我呢！"李思永见她力毙清宫卫士，料她必是同道中人，也就不再隐瞒，将名字说了。易兰珠叫出声来，道："啊，原来是李公子，凌叔叔时时提到你！"李思永急忙问道："姑娘剑法似乎和凌未风同出一门，不知姑娘和他怎样称呼？"易兰珠道："他是我爸爸的师弟！"李思永又惊又喜，说道："令尊是我生平最敬佩的人，我在四川，接张青原飞骑传报，知道姑娘被困天牢，非常着急，恭喜姑娘脱险，不知凌大侠在此地否？"易兰珠面色沉沉，说道：“我也正在找他！”

武琼瑶拍掌笑道：“李公子，我早料到是你，果然不错。我的爸爸吩咐我来接你们，果然一接就接着了！”李思永“啊呀”一声叫了起来，说道：“令尊想是‘威镇三边’的武元英，武庄主？”武琼瑶道：“你猜得不错！”武元英和傅青主是生死之交，傅青主和李思永在进入回疆之前，已派人预先传报，请武元英集合西北各地入疆的天地会友，为李思永布置一个落足之点，重创基业。李思永久闻武元英义薄云天，恨不得早日相见。

武琼瑶道：“傅伯伯为何尚未见到？”李思永登高一望，见回头路上，远远隐有炊烟，正在惊疑，忽见有几道微弱的蓝火，在高空一闪即灭，急忙跳下来道：“不好了，他们一定是受人包围了！那蓝色火焰是刘郁芳的蛇焰箭！”武琼瑶在清宫卫士遗下的马匹中，选了一匹斑马给易兰珠，三人连骑向炊烟起处疾驰而去。

且说傅青主、刘郁芳等人，在风沙过后，不见了李思永，甚为焦急。石天成道：“我在回疆多年，还认得路，附近的大城是焉耆，我们且先到焉耆，等候李公子。若还等不见，我们就径到武元英所住之处，叫他派人帮忙寻找。”

一行十多骑，由石天成带路，走了一会，忽见后面尘头大起，石天成道：“怎么这样晚了，还有人要通过沙漠去打猎？”草原上的游牧部落，常常结队而出，或猎取野兽，或找寻草地放马，所以石天成这样猜测。傅青主凝神眺望，叫道：“似乎是清兵！咱们快走！”话犹未了，那彪人马的先头几骑已如飞冲至，为首的人竟是楚昭南。傅青主大吃一惊，青钢剑倏地出手。楚昭南忽然向刘郁芳一指，说道：“你把她的剑抢来！”一个清癯老者，麻衣大袖，形状古怪，也不见他作势腾跃，脚步一转，疾地便到刘郁芳面前，双手抓下。傅青主大喝一声，一剑刺去，又准又疾，不料一剑捌空，那怪人已绕到刘郁芳身后，傅青主第二剑卷地扫去，已给楚昭南横剑挡住。这时只听得刘郁芳和那怪人都大叫一声！

石天成喝道：“辛龙子你好大胆！”傅青主耳听刘郁芳叫声，猛地撇开楚昭南，大袖一展，照那怪人头面一拍，手中剑疾如闪电，在袖底刷地刺出，这乃是傅青主的平生绝技，名为“飞云袖底剑”，长袖和剑都是武器。那怪人仗着怪异的身法，弯身在袖底钻过，石天成和石大娘双双扑到，石天成双脚齐起，连环踢出，石大娘五禽剑法，兜头劈下，那怪人一矮身躯，陡然向后纵去，忽觉手腕麻疼，傅青主的长袖俨若灵蛇，乘他避石天成夫妇的绝招之时，呼地卷来，那怪人虽然武功极强，也挡不住三个一流好手的夹击，手腕给衣袖一卷，一口剑竟给夺出了手，楚昭南猛地一纵，将剑抢在手中，石大娘一剑上刺，楚昭南在半空打个筋斗，斜侧落下，哈哈大笑，举手一招，背后那彪人马，如潮涌至，纷纷冲杀过来！

这怪人正是石天成的师弟，卓一航的衣钵传人辛龙子，他得了达摩一百零八式的真传之后，一心想觅宝剑；楚昭南这时正奉皇命随大将呼图努克领兵入疆，楚昭南在天山之时和辛龙子原是好友，辛龙子跑来找他，请他代为物色一把好剑。楚昭南灵机一动，说道："我那柄游龙剑乃是晦明禅师镇山之宝，天山宝剑之一，你是见过的了。我可以送给你，但你要靠自己本领去取。"辛龙子怪眼一翻，说道："楚昭南，你想考较我么？游龙剑是你的命根，我并没问你要呀，我要抢也只抢别人的。你莫非疑心我向你打主意？好哇，你既这样出言辱我，我倒真要和你比试一下了，看我有没有本领抢你的剑？"楚昭南满面堆欢，赶忙笑道："辛大哥，你不知原因，且慢发怒，我那柄游龙剑给人抢去了。你若有本领抢回，我自乐得送你使用。"辛龙子奇道："谁人敢抢你的宝剑？"楚昭南道："凌未风！"辛龙子面色一暗，默然不语，他领教过凌未风的厉害，自问没有把握在凌未风手中把宝剑抢过来。楚昭南又笑道："我已查得清楚，那柄剑凌未风又转送给一个女人，那女人就是以前浙南的女匪首刘郁芳。"辛龙子摇摇头道："没有听过这个名字。武功强不强呀？"楚昭南道："你三十年未入关内，自然不知道了。刘郁芳本领虽然不弱，但却不是你我对手。"辛龙子道："那你为什么不自己去抢回来？"楚昭南道："我的手下已经查探清楚，刘郁芳和一帮人从四川到回疆来，我正要带人去兜截他们。这帮人中却有几个好手。"辛龙子大笑道："我虽三十年未入关内，却不信世上还有第二个凌未风，管他有多少好手，你我二人总不会畏惧，好，一言为定，我把宝剑抢来之后，我就去找凌未风再决高下。"辛龙子那日在天山和凌未风比试过后，自知掌法无法胜他，立心想用达摩剑法，再和凌未风比试。

楚昭南以剑为饵，把辛龙子收归己用之后，一日探听得李思永等正向吐鲁番行来，急选一千精骑，带了几名大内卫士，与辛龙子等半途拦截，恰巧碰到大风沙，傅青主等人到了临近之时，方才发现，于是展开了一场沙漠恶战。

辛龙子身法快极，一出手便夺刘郁芳的宝剑，刘郁芳是无极剑高手，武功原自不弱，本来不至于三招两式，便给人抢去兵刃，但不料她反手一掌没有打着，石天成已是认出师弟，惊叫起来，刘郁芳怔了一怔，宝剑已到敌人手中。

楚昭南召集精骑，快马冲来，傅青主大袖一挥，率众人飞骑逃跑，辛龙子凝身不动。楚昭南叫道："他们那里还有宝剑呀，再抢一把吧！"石天成性烈如火，在马背上回头骂道："辛龙子，你是不是想叛师卖友？咱们武当派的戒条你都忘了吗？"辛龙子入门在石天成之先，只因石大成年纪比他大，而且是带艺投师（他本是川中大侠叶云荪的得意弟子），因此卓一航不依入门先后为序，要辛龙子尊石天成为兄。辛龙子本来就并不把这个师兄放在眼内，而且石天成在卓一航门下，不过九年，学到的只是"九宫神行掌"和"鸳鸯连环腿"两种绝技，而他却在卓一航门下三十多年，尽得师门心法，最近又学会了达摩一百零八式，不但以卓一航的衣钵传人自居，而且以武当派的掌门人自命，还梦想成为天下第一剑客，他如何肯听石天成的"教训"？石天成不说还罢了，一说他就飞掠过来，两眼一翻，怪声笑道："你在师父门下学了两手功夫，就敢妄自尊大？你出了师门之后，廿多年来不曾回过天山，是谁终生服侍师父？你敢抬出师父来教训我？"

他口中发话，手底也不缓慢，双掌翻翻滚滚直打过来，石天成勃然大怒，在马背上一跃而下，右掌向外一挥，左拳一个"冲天炮"上击下颚，辛龙子哈哈一笑，身形微晃，双指忽然向石天成右胁点来，想把师兄点倒，开个大大的玩笑。石大娘救夫心急，马背上腾身飞下，一招"龙门鼓浪"，青钢剑疾如风发，直刺辛龙子背心，石大娘乃是叶云荪的爱女，数十年来专学本门的五禽剑法，极为精纯，远在石天成之上，辛龙子一听剑风，便知来势甚劲，躬腰向前一窜，刘郁芳的奇门暗器锦云兜也呼地向他抛去，辛龙子横击一掌，用掌风将锦云兜震歪，身形只是稍微缓了一缓，只听得嗤的一声，衣袖已给石大娘利剑刺穿。辛龙子急忙一个“盘龙绕步”，滑了开去，破口大骂，石大娘还待前追，楚昭南的人又已围上，傅青主大叫一声：“快退！”长剑起处，斩了几名兵士，率众人冲出缺口，两方都是马快人强，在沙漠上风驰电逐，傅青主、韩荆、石天成夫妇等一流高手，一面拨打敌人的冷箭，时不时也发暗器拒敌。

沙漠之上，风驰电逐，石天成向前一指，对傅青主道：“那边有个烽火台，我们进去暂避一会，养好精神，晚上再杀出来！”众人在风暴之后，大多困顿，要挡一千精骑，实不可能，光是逃跑，久了也必被追上。傅青主道：“只好如此！”众人发一声喊，抢入堡垒。烽火台是像金字塔形的堡垒，为历代驻军所筑，有事之时，在上面的戍卒，燃起烽火，可以互相照应。那座堡垒，只有七八名戍卒，不过片刻，全被摔出堡外。众人关好石门，在烽火台的上层据守。

楚昭南等率众赶到，把烽火台团团围住，烽火台高五丈有余，不是轻功极好的，纵跃不上。楚昭南和辛龙子虽然可以，但上面有傅青主、石天成夫妇和韩荆等人，都是一流高手，两人上去，力必不敌，因此暂时成了僵持之局。楚昭南笑道：“围它三天，他们不累死也饿死。”把一千精兵分为三批监视，搭好帐幕，自去休息。

辛龙子跟了进来，翻着怪眼，向楚昭南讨剑。楚昭南笑道：“咱们说好的，是你抢来才能给你，对不对？”辛龙子道：“不是我抢来的，难道是你抢来的吗？”楚昭南道：“你虽然从刘郁芳处抢来，但却给敌人反夺出手，不是我施展轻功，抢先接着，还不是落入敌人手中？辛大哥，这把剑怎么说也是我师父赐给我的，咱们多年老友，自小就在天山一同玩耍，算我领你的情，你就让我收回了这把剑吧。你要宝剑，包在我身上，我知道有好多宝剑，将来我帮你一同去抢。”辛龙子无法，只好答应。

再说李思永、易兰珠、武琼瑶三人向炊烟起处疾驰而去，约一个时辰，赶到堡垒外面，三人见清军把堡垒团团围住，说声：“苦也！”武琼瑶道：“杀进去把他们救出来如何?”李思永沉吟半晌，说道：“傅青主等若不走散，一千数百清兵也围他们不住，只怕其中还有高手。”计议未定，巡逻兵早已发现，数十名清军，骑马冲来，武琼瑶发暗器“戳魂钉”打伤了五六人，易兰珠宝剑起处也斩了数名，可是清军越来越多，终于把三人围在一个小丘之上。李思永舞起流星锤，清兵一近，便被打得头崩额裂；武琼瑶的“戳魂钉”也异常厉害，专打人身穴道，只可惜不能及远。清兵在离开十多丈处围住，用弓箭猛射，李思永和武琼瑶飞锤舞剑，扫荡飞箭，易兰珠用宝剑划开砂石，挖成一道窄窄的壕沟，三人躲在里面，不时用接到的流矢反击，清军见三人这样厉害，一面围住，一面回去禀报。

草原日落，新月乍升，武琼瑶忽然惊叫道：“不好了，清兵之中，果有高手！”

李思永探头看望，只见一个清癯老者，如喝醉酒一般，身形歪歪斜斜，脚步踉踉跄跄，跌跌撞撞，直奔过来。李思永怔了一怔，竟不知是哪一门的身法。眨眼之间，这人已冲上小丘，武琼瑶一抖手，三枚“戳魂钉”，如流星飞出，那人大袖一拂，只听得铮铮几声，三枚飞钉，给他拍得互相激荡，飞堕地上。李思永的流星锤呼地抛出，那人一侧身躯，伸出双指一夹，狂笑声中，李思永突感手上一轻，流星锤的铁索已给夹断。

奔来的人正是辛龙子，他以半截流星锤作兵器，横扫过去，易兰珠娇叱一声，短剑一扬，把铁索再斩断一截，锤头跌落地上。身形疾进，“云龙三现”，一招三式，青光如练，剑花错落，闪电般迎面射来，辛龙子喝声：“好！”身子凭空拔起一丈多高，斜侧一落，武琼瑶手起一剑分心刺去，哪料剑锋堪堪刺到，人影忽然不见！好个武琼瑶，见危不乱，腰如柳枝，折地一弯，青钢剑划了一道圆圈，银虹环扫，剑光掌风中，辛龙子疾退数步，易兰珠已是拔出宝剑，上来助攻。

辛龙子狂笑道：“哈！哈！又是一把宝剑！”合着双掌，在剑光中欺身疾进，照易兰珠华盖穴劈去，易兰珠向后一退，全身自左向右一旋，一招“白鹤梳翎”，宝剑猛向敌人腕肘疾劈，以攻对攻，十分凶险，辛龙子微噫一声，身形一挫，脚底下暗一换步，身躯霍地一翻，闪到易兰珠背后，双拳齐出，用了达摩拳中最凶犷的“连环七星锤”，照易兰珠的后心猛击。就在这电光石火之间，武琼瑶的青钢剑忽如飞鹰盘空，搂头旋扫！辛龙子霍地回转身来，双臂左右一分，掌风发出，把武琼瑶的剑震歪，喝道：“你从哪里偷学来白发魔女的剑法?”武琼瑶随白发魔女不过三年，其时辛龙子早已在骆驼峰坐关，彼此都不知道。

武琼瑶道：“你管不着!”刷！刷！刷！连环三剑，迅疾异常，一招紧似一招，辛龙子身形滴溜溜地随着剑锋乱转，武琼瑶竟自连他的衣角也扫不着！但他见武琼瑶剑招如电，也着实惊心，不敢冒进。易兰珠身轻如燕，飞掠过去，辛龙子躬腰疾闪，易兰珠回手一剑，“神龙掉尾”！向他脑后刺到。辛龙子避得开时，易兰珠和武琼瑶已两剑相联，首尾呼应，把辛龙子迫落壕沟！

就在这窄窄的壕沟中，辛龙子展开了武林中仅见的怪异身法，也就是失传了数百年的达摩秘技，闪展腾挪，在方寸之地盘旋如意，易兰珠武琼瑶双剑交击，竟自伤他不着，但他数度想反扑上来，也不能够！武易二人，一得白发魔女真传，一得天山剑法精髓，除了功力稍差之外，全都是最上乘的剑术，辛龙子也仅能闪避，无法反击。

说时迟，那时快，清兵已趁势扑上小丘，李思永一人挡得东来顾不了西，正自手忙脚乱，武琼瑶见状，回身疾扫两剑，把两名迫近的清兵斩伤，李思永抢了一杆大枪，远挑近打。可是就在武琼瑶分身应付清兵之际，辛龙子已跃了上来，掌风霍霍，凌厉无前，易兰珠的短剑竟自封闭不住！

再说傅青主等人在堡垒之中过了半夜，养好精神，石天成领头冲出，清军分班监视，早有防备，发一声喊，箭如雨落，把众人射退，傅青主与韩荆打个招呼，脱下长衫，蓦地展开“铁布衫”功夫，上下翻飞，就如两面盾牌一样，将弩箭激荡得四面飞射，石大娘翩然掠出，剑招疾发，一下子扑入清军阵中，只听得一片呼叫之声，当者辟易。可是清军都是精选的劲卒，并不溃乱，几名大内卫士，疾忙赶来截击，混战中，群雄把清军节节杀退，但还是未能冲出包围。

石天成杀得性起，双掌翻飞，把一名大内卫士击得横飞出去，随手一捞，将一名清军抓在手中，横扫直击，近身的兵士，心内发慌。傅青主与石大娘一左一右，奋力冲开一条血路，正自杀得沙尘滚滚，呼叫喧天之际，楚昭南仗剑杀来，石大娘勃然大怒，迎面一剑，楚昭南横剑上封，瞬息之间，石大娘就一连攻了三剑，楚昭南暗暗惊奇，料不到这老婆子的剑法如此厉害，一个“搂膝绕步”，反圈到石天成背后，寒光一闪，游龙剑“玉女穿针”，朝肩后“风府穴”便刺，石天成挫腰一转，双足疾发，楚昭南一击不中，翩然如鹰隼穿林，从石天成右侧绕出，身随剑走，剑随身转，猛地翻身挺剑，又朝韩荆的面门刺来，韩荆举龙头拐杖奋力一挡，叮当一声，杖头给斩去一截，楚昭南也给震得虎口发热。

楚昭南片刻之间，连袭三名好手，傅青主大怒，猛然喝道：“盯着他！”运剑如风，追踪急上，石大娘、韩荆左右包抄。楚昭南大吃一惊，疾忙后退，清兵为要卫护主帅，只得跟着后退，群雄以擒贼擒王的战法，紧紧迫着楚昭南，冲开了一条血路！

傅青主等且战且走，忽闻附近又有呐喊厮杀之声，抬头一望，正好听得一声娇喊：“傅伯伯，快来，快来！”竟是好友武元英的女儿武琼瑶，再仔细一看，李思永和易兰珠也在那里，又惊又喜，拼命冲出，楚昭南率众回头截击，顿时又成胶着状态。武琼瑶等三人，给辛龙子和清军围在小丘，形势十分不利。

混乱中，韩荆忽然奋不顾身，一支龙头拐杖使得呼呼风响，拼命向楚昭南戳去。韩荆自投向义军之后，李来亨兄弟因他是李定国的旧人，以老前辈待他，非常敬重，韩荆想起自己几乎误入歧途，又是惭愧，又是感激，此刻见李思永陷入重围，宁死也要救出李思永。

韩荆的天龙杖法，招招都是杀手，两名卫士，赶来拦截，他竟然全不防卫，肩头中了一刀，前胸中了一箭，都置之不理，拐杖一指，一名卫士给点中穴道，倒地不起，手腕一翻，又把另一名卫士的天灵盖击碎，直如一头受伤的疯虎，浴血前冲。楚昭南大怒，游龙剑疾如风发，银光匝地，斩足截腰，韩荆兀然不惧，龙头拐杖在剑光中直截进去，只听得一阵金铁交鸣之声，龙头拐杖断为几截，腰胁也给剑尖划破皮肉，但楚昭南也给他击中一掌，叫出声来。群雄见韩荆如此拼命，个个奋力杀上。楚昭南身形一缩，快似风车，用天山剑法狠辣招数，斜里一扫，喝道："你想送死!"哪知韩荆竟然不避不闪，反迎上去，只听得波的一声，楚昭南的剑插入了他的胸膛，而他也一杖打中楚昭南胫骨，楚昭南扑地一滚，翻了出去，韩荆血如泉涌，倒在地上。傅青主将他抱起，韩荆叫道："你们快去救李公子!"竟然死在傅青主怀中。

傅青主目中蕴泪，一口剑使得凌厉无前，楚昭南受了韩荆一掌一杖，元气大伤，正自调匀呼吸，不敢拦截。群雄一会儿便冲上小丘，辛龙子迎面一抓，傅青主身移步换，一剑斜劈，武琼瑶、易兰珠左右急攻，石大娘一招"掌击长空"更是迅捷非凡，后发先至!辛龙子身形疾转，忽然惨叫一声，身形疾起，俨如掠波巨鸟，从易兰珠头顶飞出，傅青主等也不追赶，和李思永会在一处，见他们三人都毫发无伤，这才放下心来。

石大娘叹道："这人的武功真是我生平罕见，他肩头已给我扫了一剑，还能够飞身逃出，确是劲敌。只可惜他误入歧途。"石天成暗暗诧异，他虽然未得师门真传，但看辛龙子的身法，却完全不是师父所教，众人都不知他是什么路数。

傅青主将韩荆放下壕沟，将他埋了。李思永恭恭敬敬地叩了三个响头，抓起长枪，说道："我们冲出去。"忽见清兵两边分开，又是一队人马赶来。为首一个老者，须眉如雪，手使两柄长剑，身法极快，成天挺跟在他的身后，虽然疾跑，却总是有七八步距离。傅青主怵然一惊，说道："这人是谁?武功看来还在楚昭南之上。"话声未了，那老者已冲上来，双剑左右一剪，把傅青主的剑几乎绞得脱手飞出，但傅青主是一派宗师，剑法非同小可，趁势一送，解了来势，唰的一剑刺出，也是迅捷异常。那老者正是长白山派的祖师风雷剑齐真君，傅青主接了一招，知道对方功力极高，心念一动，无极剑一招"迎风扫柳"，将齐真君右手长剑黏着，大袖一拂，施展平生绝技，又将齐真君左剑裹着，石大娘刷的一剑刺来，齐真君手腕一沉，使个"凤点头"，让过石大娘的剑，双剑刚刚撤回，哪料石大娘左一剑右一剑，剑招越展越快，齐真君给迫得团团乱转，待至腾剑格挡时，已吃她一连攻了七八剑。

成天挺如飞赶至，正碰着傅青主一剑刺出，他双笔“横架金梁”，向上一挡，只听得叮当一声，火花四溅，双笔竟给荡开，但他身形竟是纹丝不动。傅青主暗赞“好功力”，无极剑划了半个弧形，用了十成气功，慢慢划去，成天挺只觉一股极大压力推来，立足不稳，连退几步，但双笔仍是发招，虽败未乱。

那边厢齐真君稳了身形，双剑呼呼展开，隐隐带着风雷之声，招数又变化繁复，虚实莫测，石大娘功力到底稍逊一筹，五禽剑法虽然迅捷无伦，却如碰着了铜墙铁壁，无法进攻，但齐真君用足了气力，才阻遏得她的攻势，亦是不觉暗暗惊奇，想不到在受挫于凌未风之后，又一连碰着两个好手。

石大娘迭遇险招，知道久战不是他的对手，这时清兵围了上来，还杂有许多维人，石天成、易兰珠等人正据小丘作战，武琼瑶看见石大娘处在下风，一剑飞来助她一臂。武琼瑶使的是白发魔女的独门剑法，一招“冰川倒泻”剑锋自上而下，稍一颤动，便是寒光点点，冷气森森，径自逼来。齐真君双剑一封，被迫退守，石大娘剑法何等快捷，趁势一剑，从齐真君肩头擦过，齐真君一剑挡住武琼瑶，反手一剑，再把石大娘迫退。但她们二人联手，已是把齐真君围在剑光之中。

再说凌未风与飞红巾下山之后，一直寻找，凌未风、飞红巾和许多牧民相熟，那日听说一个少女向吐鲁番前进，一问相貌，正是易兰珠。张华昭心中大喜，向飞红巾再三道谢。飞红巾道：“我不会再拦阻你了，你应该多谢你的凌叔叔。”两人一笑，加快脚程，朝吐鲁番行去。

走了一阵，忽然碰着大风沙，飞红巾在草原长大，知道厉害，放眼找寻掩蔽之地，忽见不远之处，有一座大帐幕，飞红巾带众人叩帐直入，只见帐中点着一支大牛油烛，地上躺着一个中年男子，旁边有一男一女守护。飞红巾看了一眼，忽然叫起来道：“你们两人不是麦盖提和曼铃娜？”那女的凝神细看，也叫起来道：“飞红巾，你怎么变成这个样子？”三人狂喜流泪，互相拥抱。地上躺着的那个男人，睁开双眼，嘶声说道："飞红巾，是你吗？你要替我报仇！"飞红巾跳起来道："呀，伊士达，你也在这里！"

飞红巾招手叫凌未风过来，说道："这两人是你杨师兄的盟弟，当年他们三人曾横渡塔克拉玛干大沙漠，从北疆来到南疆。"（详见拙作《塞外奇侠传》）麦盖提道："你就是杨大侠的师弟凌未风吗？"凌未风点点头道："你们和杨师兄是八拜之交，那也就是我的兄长。"说罢拜将下去，麦盖提急忙还礼，伊士达突然以肘支地，挣扎起来，断断续续地说道："凌未风，我想见你许久了，现在才见着，可惜已经迟了。我这里有把宝剑，是你师兄当年给我的，现在我用不着了，你拿去替我报仇吧。"说罢双眼一翻，就此一瞑不视。

杨云骢、飞红巾和麦盖提、伊士达四人，当年都是生死的交情，麦伊二人乃是哈萨克族有名的勇士，杨云骢战死，飞红巾隐居，麦盖提和伊士达在草原流浪。曼铃娜是一位牧羊姑娘，和麦盖提是青梅竹马的友人，后来和麦盖提结婚，三人常在一起。

飞红巾忍着眼泪，对麦盖提道："二十年来，我离开你们，实在感到惭愧。"麦盖提道："飞红巾，你回来了，那就好了，你给我们增添不少勇气。"飞红巾道："是的，和大伙儿在一起，什么苦难都忍受得住。伊士达死了，我们会踏过他鲜血染红的泥土，替他报仇的。"

帐幕外大风中麦盖提用低沉的声调诉说伊士达的死事。麦盖提道："飞红巾，你还记得那个达喀尔族的酋长孟禄吗？当年他为了杨大侠和纳兰秀吉女儿的事，曾诬蔑杨大侠是奸细，谁知他才是奸细。清廷最近派人和他联络，叫他游说南疆各族，投顺朝廷。我们三人一点也不知道此事，到了南疆的喀尔沁草原，仍然到他那里作客。正巧清廷派了一个使者来，那使者是个须眉皆白的老者，据说是什么长白山派的祖师。孟禄聚集一向听他话的三族十二部落的酋长会谈，不料其中却有七个部落不愿投顺，伊士达尤其义愤填胸，大声斥责孟禄，因此又有两个部落脱离了孟禄，九个部落的酋长和他们带来的人一起离开，伊士达还想再劝孟禄回头，孟禄突然变脸，把伊士达斩了一刀，我们两人拼命救他脱险，孟禄怕其他的人抱不平，不敢追赶。我们将伊士达救出之后，不料又遇着了风沙，想不到他身经百战，不死在敌人手中，却死在‘自己人’的刀下。”

凌未风默默向伊士达致敬，就用伊士达给他的剑挖开沙土，将伊士达埋葬。麦盖提道：“这把剑是杨大侠当年在西藏天龙派手中抢过来的。天龙派的天蒙禅师带十八名弟子包围他，给他缴了十九把兵刃。”凌未风见这把剑寒光夺目，看来不在游龙剑之下，本来想还给麦盖提的，突然心中想起一事，改变主意，把剑留下。这时风砂已息。凌未风霍然起立，说道：“风暴过去了，我们向前走吧！”

无巧不巧，他们所走的方向，可正是李思永、易兰珠等人被围困的地方。而此际，在清兵的阵营里，也正发生着一件意想不到的事。

楚昭南吃了韩荆一杖一掌，伤势不轻，仗着内功深湛，调匀呼吸，又服了用天山雪莲所制炼的碧灵丹，运气一转，一股暖气从丹田直升上来，自觉功力比前高了许多，暗自欣慰，但一想起凌未风却比自己还高，又不禁暗暗丧气，正想再去视察战情，忽见辛龙子气急败坏地逃下来，右肩一片鲜血，大吃一惊，急忙问道：“你怎么了？”辛龙子怒道：“你还问哩？都是你叫我去抢什么宝剑，哪知敌人个个都是高手，我竟然给一个老乞婆刺了一剑！幸好只是轻伤，要不然真会把这几根老骨头埋在沙漠。哼，我再也不理你了！”边说边撕开肩上麻衣，敷上了金创圣药。楚昭南道：“我们几十年朋友，你就不帮我一点忙，真的要走？”辛龙子道：“我要回天山练剑，谁耐烦跟你做官。”说罢一拂麻衣大袖，转身便走。

楚昭南忽然叫道：“辛大哥，且慢！”辛龙子回头道：“你别想再留我了！”楚昭南道：“我不是想留你，只是你吃那老乞婆刺了一剑，你知道那老乞婆是什么人吗？她是你的师嫂，她的剑用毒药浸过，剑伤虽不厉害，十二个时辰之内，你必毒发无救！”楚昭南全是胡说八道，但辛龙子却信以为真，果然似觉肩头有点麻痒，面色大变，慌张说道：“这怎么好？”楚昭南笑道：“所以我要请你多留一会，我有解药，但要用热酒送服，我就叫人给你取热酒来。”说罢催一个随身卫士，赶去烫一壶酒。

你道楚昭南打什么鬼主意！原来他见辛龙子出手，怪异非常，远非在天山之时可比，就连他的师父卓一航，似乎也不及他，而他的掌法身法，更不像武当派的，心中大疑，所以想套问他。当下说道："辛大哥，我的解药虽然可以给你解毒的，但你这身武功，是不是还能保全，我就不知道了。呀，那老乞婆也真毒，受了她的毒剑所伤，恐怕也会慢慢衰弱。辛大哥呀辛大哥！若是你成了废人，做兄弟的剑法不是他们对手，只怕想替你报仇也不能够！"

辛龙子一听，恍如晴天霹雷，含恨说道："我若真的成了废人，就把剑法传你，教你成为天下第一剑客，比你的师父还厉害！"楚昭南心中大喜，面上却不露出痕迹，淡淡说道："做兄弟的一定尽心替你医治，原不望你有什么报答。只是恕我问你一句，在天山之时，你的剑法好像好像……并不，并不怎样……这回又未见你使剑，难道你是新近练成剑法，还没机会施展吗？"辛龙子翻着怪眼道："怎么你不信我？我这两年得了达摩一百零八式的真传，达摩剑法也未必在你的天山剑法之下！"楚昭南是武林中顶儿尖儿的好手，自然知道达摩剑法失传的故事，这一喜非同小可，自思若学了达摩剑法，融两派剑法之长，那真是天下无敌了。

说话之时，卫士已将热酒取到，楚昭南将一包药粉，弹在酒中，叫辛龙子饮下，辛龙子不疑有他，一口就吞完了。过了片刻，只觉眼前金星乱冒，腹痛如绞，楚昭南大叫一声："倒也！"一把就抓过来。辛龙子猛吃一惊，忽然一声大吼，身形一闪，双掌呼的一声，把楚昭南打倒地上，楚昭南在地上打个盘旋，游龙剑卷地扫来，辛龙子叫道："楚昭南，你好狠！"一纵身，出了帐幕，飞奔而去！

楚昭南在热酒中下了毒药，以为辛龙子必被毒毙，急于要抢他的达摩秘笈，哪料辛龙子功力极高，虽中了毒，却能忍住，猛然醒觉，闪电般地反击过去，楚昭南猝不及防，竟然吃他打倒。但辛龙子也知道楚昭南武功和自己不相上下，这番一击而中，原是邀天之幸，哪敢恋战，因此急急落荒而逃。清兵见他是主帅好友，自是不敢阻挡。

凌未风等人行了半日，忽闻远处有厮杀之声，正待拍马追赶，忽见辛龙子衣裳破裂，如飞奔来，凌未风在马背上一跃而起，拦在辛龙子面前，喝道："好，我不找你，你倒敢来找我，我们再战三百回合!”凌未风只道他要带领清军来捉拿自己。辛龙子如疯虎一般连劈数掌，叫道：“好，你们师兄弟都不是好人，我辛龙子命丧你们手中，天下英雄也要笑话你们!”凌未风凝神运气，拆了几招，辛龙子忽然咕咚一声，倒在地上，毒药发作，他的气力也已耗尽，凌未风的掌并未打中他，他已自己倒下了。

凌未风一听话中有话，急忙将他扶起，问道：“怎么样？我有什么见不得人之处?”辛龙子挣扎说道：“哼，楚昭南用毒药暗算我，你又乘我临危来迫我，我偏偏不叫你们称心如意!”取出达摩秘笈，双手便撕。凌未风伸掌一拍，将秘笈拍落，一看他已面色淤黑，急忙取了一粒碧灵丹，塞入他的口中，辛龙子还待挣扎，给凌未风在下巴一捏，不由自主地张开嘴巴，把那颗药丸骨碌碌地吞进去。过了许久，辛龙子放了几个臭屁，胸中舒坦许多，面色渐渐好转。

辛龙子睁大眼睛，怔怔地看着凌未风。凌未风道：“好了，你所受的毒已给解了。”辛龙子内心感激，却不道谢，翻着怪眼说道：“你果然和你的师兄不同，只是我还要与你比剑。”凌未风笑了道：“不忙，待你完全康复之后，我一定奉陪。你且带我去找楚昭南那厮。”桂仲明上前叫声：“师叔。”辛龙子哈哈笑道：“你妈妈的剑法很好，你这个师侄也还不丢师叔的脸。好，瞧你凌叔叔的分上，我认你了。你的爹妈现在给人围着，我们先去救他们出来!”

李思永和傅青主等会在一起，实力大增。齐真君给石大娘、武琼瑶缠住，风雷双剑，虽然厉害，却也占不了便宜。成天挺给傅青主的无极剑法杀退，只是清兵和维人重重包围，又有三个一流高手压阵，群雄也是冲不出来，只能据守小丘，近用剑刺，远用箭射。

炎日西逝，凉月东升，沙漠气候变幻极大，饶是在“火洲”吐鲁番的附近，晚上也是苦寒袭人。清兵在沙漠上烧起野火，照耀得明如白昼。刘郁芳望着遥远的天山，隐隐看见雪山冰峰，高出云表，在夜空中闪闪发光。

刘郁芳微感凉意，搂着易兰珠道：“火洲附近，晚上还是这样寒冷，天山之上，更不知是何等酷寒呢!”易兰珠笑道：“我是自小在天山长大的，姐姐是江南人一定过不惯的。”刘郁芳想起了凌未风，心想他若真是自己少年时候的那个朋友，则他为了自己，远走异乡，挨受天山的酷寒，江湖的险恶，则他气恨自己，也真怪不得他，心里一酸，喟然叹道：“若有一日我也能上天山看看就好了。”武琼瑶傍着李思永，按剑监视清兵，忽见刘郁芳若有所思，诧然问道：“刘大姐，你想些什么呀?”刘郁芳默然不答，李思永忽然大叫道：“你们快看又是什么人来了!”只见清兵阵脚大乱，齐真君带领维人上去阻截。

火光中刘郁芳看得分明，为首的人竟似凌未风模样，傅青主说道：“咦，奇了，怎的这样凑巧，凌未风真的来了!”凝神看时，只见凌未风只带着几个人，已和齐真君交上了手，李思永道：“清兵人多，凌未风虽然武艺高强，只怕也冲不进来。不如咱们冲下去和他会合吧!”群雄正想行动，忽然齐真君拔步飞逃，他所带的维人大声呼叫，拥着凌未风，竟然倒戈反杀过来，清军登时大乱!

原来凌未风和飞红巾赶到战场，齐真君一剑飞前，手下几百维人卷将过来，凌未风长剑一挥，将齐真君双剑格开，飞红巾忽然一拍凌未风肩头，叫道：“退下!”长鞭一指，大声叫道：“你们还认得我吗?我是飞红巾!”齐真君疾刺两剑，飞红巾身形闪动，并不还招，继续叫道：“你们听我命令，把这老贼杀掉!”

年老的维族战士们狂喜叫道：“是飞红巾!”年青的战士们虽然不认得，却都听过飞红巾的大名，霎时间欢声动地，刀枪剑戟齐向齐真君身上戳来，齐真君一剑劈翻两人，飞红巾的长鞭已啪的一声，打到他的背后，齐真君拔步飞逃，凌未风挥剑急上。

维人的首领是孟禄的儿子孟山，孟禄归顺清廷，选了一千骑兵，由他率领，跟随清廷的特使齐真君回去迎接清兵，走到中途，和楚昭南带来的禁卫军会合的。此时小丘上群雄纷纷冲下，孟山领兵去堵截飞红巾，大声弹压。不料维人见是飞红巾，大半不听他的说话，他只得带着心腹逃命，战场形势，顿时改观，维族骑兵和清军劲卒互相搏杀。

辛龙子抢入乱军之中，正碰着楚昭南落荒而走，大喝一声：“哪里走!”楚昭南突觉劲风斜吹，辛龙子双掌呼地打到。楚昭南侧身一闪，刷的一剑刺出，辛龙子一拳扑空，再度进招，楚昭南身随势转，剑撩掌劈，狠辣异常，辛龙子空手抢进，究有顾忌，两人闪电般地拆了几招，成天挺和众卫士已然赶到。凌未风急忙仗剑赶来，辛龙子在围攻之下，肩头又给楚昭南刺了一剑，凌未风展开天山剑法，银光点点，飞洒而来，楚昭南刚挡得一剑，背心却中了辛龙子一掌，急忙拔足飞逃，凌未风长剑翻飞，护住了辛龙子，问道："你的伤势怎样？"辛龙子道："不要管我，你去追那厮吧！"凌未风见他肩头血染，知是伤得不轻，说道："有飞红巾他们追击，一定会打赢的。"强拖着他退下。这时忽然听得易兰珠呼叫之声，桂仲明正跑过来，凌未风道："你照顾师叔。"提剑勇闯，辛龙子也想跟去，只是周身骨痛，桂仲明持剑给他开路，却不许他厮杀。

原来张华昭瞧见易兰珠在乱军之中冲杀，心头狂喜，拼命冲去。楚昭南和成天挺等飞逃，迎面正碰着傅青主、易兰珠和武琼瑶，三口寒光闪闪的利剑，截着去路，楚昭南知道厉害，斜刺一冲，侧面又是石天成夫妇拦住，楚昭南暗叫一声苦也，忽见张华昭跑来，心中大喜，扭转了头，一招"极目沧波"，反手一剑，闪电般地刺到张华昭胁下，张华昭全神贯注易兰珠，猝不及防，身形一缩，手腕已给他左手三指扣着脉门，一把甩将起来，石大娘刷的一剑刺到，楚昭南狞笑道："叫你们刺！"把张华昭左右一荡，易兰珠大叫起来，石大娘急忙收剑，楚昭南等领众人已冲过去了！

凌未风纵跃如飞，大声叫道："把人放下！"刘郁芳从侧面杀出，奇门暗器锦云兜突然当头一罩，楚昭南霍地避开，忽觉手腕一阵麻痛，凌未风手臂一伸，双指直点他的面门，手掌一松，张华昭倏地倒落地上。凌未风急忙扶起，刘郁芳与易兰珠双双过来。武琼瑶抚剑大笑，楚昭南却已逃出去了。

易兰珠愕然问道："武姐姐，你笑什么？"武琼瑶道："他中了我的白眉针，有他一生好受的了。"白眉针是白发魔女的独门暗器，细如牛毛，所以称为白眉针。这种暗器虽不足制敌人死命，却是狠辣非常，入了人体，极不容易取出，真是有如附骨之蛆。楚昭南所中的两枚白眉针，都陷入骨头关节之中，以至功力渐减，这是后话。

楚昭南与成天挺等一逃，清兵全部溃退。飞红巾勒马不追，回头一望，见张华昭执着易兰珠的手，互相凝视，战场上的一切纷扰，他们都好像是视而不见，听而不闻。飞红巾笑盈盈地走了过来，易兰珠忽见飞红巾出现，心头一震，颤声说道："姆妈，不是我想离开你……"飞红巾接声笑道："兰珠，我也不想离开你，所以我也出来了，让我们大家都在一起，像一家人那样快快活活过日子。"易兰珠眼泪夺眶而出，抱着飞红巾道："姆妈，我真的感激你，你待我比亲生的女儿还要亲。"飞红巾道："你不只是我一个人的女儿，也是凌叔叔的好侄女和他们的好朋友。"说着特别指了张华昭一下，易兰珠羞得垂下头来。张华昭忽然惊呼道："你怎么有这么多的白头发了！"一阵风过，易兰珠的头发给风吹开，白发混在黑发之中，有如繁霜堆鬓，飞红巾喟然叹道："我们师徒三代，竟然都是未老白头！"张华昭心念一动，执着易兰珠的手道："不要紧，我给你医！"从怀中取出锦匣，缕缕清香，沁人心肺。

易兰珠性最爱花，一见两朵优昙仙花，一红一白，不觉心醉。张华昭又解下盛水的葫芦，递过去道："兰珠姐姐，我要你把这两朵花吃了！"易兰珠笑得如花枝乱颤，纤指戳向张华昭面颊，低声说道："真孩子气！这样好花，吃了不糟蹋吗？"张华昭道："一点也不孩子气，我求你把它吃下。"飞红巾道："你就把它吃下吧，在天山时，你不是也喜欢弄些雪莲来泡茶吗？"易兰珠见他们都说得那么"正经"，颇为奇怪，她本来爱极这两朵花，也喜欢吃鲜花花蕊，抚弄一回，把两朵花都嚼碎下咽，只觉齿颊留芳，她舐舐舌头道："真好吃！还有吗？"张华昭笑道："你吃上了瘾来了。我可没有花再给你吃了。"飞红巾笑道："想再要这两朵花，可要等六十年后了。"易兰珠愕然不解，飞红巾也不向她说明。

李思永看着张华昭喂花给易兰珠吃，低声吟道："十八年来堕世间，吹花嚼蕊弄冰弦，多情情寄阿谁边？"这是纳兰容若的名句，纳兰词那时流行全国，几乎妇孺能诵。武琼瑶赧然一笑，瞧了他一眼，低声道："李公子，怎么样？是羡慕别人呀？还是妒忌别人呀？"李思永面上绯红，见武琼瑶眼中似含有无限情意。他低声说道："有你在旁，我用不着羡慕，更用不着妒忌呀！"这霎那间，武琼瑶面也红了！

这个时光，刘郁芳也正和凌未风互叙契阔。凌未风见刘郁芳清瘦许多，黯然无语。刘郁芳道："我以为不能再见着你了！"凌未风强笑道："我答应过你和你同上天山，此愿未偿，我们如何会不再相见？"

群雄会集之后，武琼瑶带路前行，傅青主问道："你的爸爸可好？"武琼瑶道："就是他叫我来接伯伯的呀！"傅青主和武元英是生死之交，和故人相见在即，十分喜悦。正说话间，忽见前面尘头大起，又有百余健马冲来，傅青主蹙眉道："难道楚昭南那厮还敢回来？"纵眼看时，只见领着这队人马的竟是一个孩子，傅青主甚为奇怪，武琼瑶已大声叫道："弟弟，弟弟！"那个孩子一个筋斗从马背翻下，扯着傅青主的袖子，叫道："傅伯伯，你不认得我了吗？"傅青主哈哈大笑道："成化，你长得这么大了，你带这么多人来做什么？"武成化是武元英的儿子，曾跟傅青主学过水袖接暗器的功夫。那时他只有十一二岁，现在已经是十四五岁的大孩子了。

武成化双眼红肿，连连扯着傅青主道："傅伯伯，你快去看我的爸爸，他昨晚受人暗算了！"傅青主跳起来道："有这样的事？"武元英是终南派的名宿，武功甚强，想不到在西北边荒之地，竟有人能暗算他。武琼瑶非常着急，急忙催弟弟快说。武成化道："昨晚三更时分我正熟睡，忽然听得爸爸大声呼喝，我跳起来，只见两个贼人从你的房间里钻出来……"武琼瑶道："在我的房间里？"武成化道："是呀，从你的房间里出来，爸爸大怒，展开金背砍山刀，就和他们动上手啦，其中有一个人说话阴声怪气的，形貌体态都像女人，你说怪不怪？另一个却是老头子。我一把棋子撒去，没有打着，忽然爸爸大叫一声，跳出圈子，这时杨叔叔也来了，那两个贼人也跑了，爸爸扯开衣服，胸膛黑了一大块，今天还不能起床。他听得天地会兄弟的报告，知道百多里外的沙漠有大队人马厮杀，所以派我带人来看，看傅伯伯们是否被围住了。"武元英在三年之前，和天地会的两个首领华紫山、杨一维辗转入疆，在草原上建立村落，武成化口中说的两位叔叔就是他们。武成化说罢，这两个人便即上来谒见他们的总舵主刘郁芳，再拜见傅青主。桂仲明拉着冒浣莲道："冒姐姐，听这位小弟弟所说，似乎是人妖郝飞凤也来到回疆了。他的武功如何伤得了武庄主？"冒浣莲点点头说道："说话阴声怪气，形貌体态都似女人的怪物，那一定是郝飞凤了，小弟弟，他手中使的是不是一把铁扇子?”武成化道：“是呀！两个人使的都是铁扇子!”傅青主催马快走，对凌未风道：“敢情是那个老怪物也来了。”正是：

江南来老怪，塞外现人妖。

欲知后事如何？请听下回分解。

第二十四回　漠外擒凶　石窟绝招诛怪物
草原较技　天山神剑伏奇人

凌未风猜到几分，心头一凛，问道："哪个老怪物？"傅青主道："铁扇帮的帮主尚云亭。"凌未风道："闻说这老怪物颇有独门武功，软的硬的全都不吃，黑道白道全不买帐，虽然混账，却还不是顶坏的人，如何会同人妖郝飞凤在一起？又如何会去找武元英的晦气，这却真是出奇！"

众人快马加鞭，百多里路，不过半天就赶到了，村庄上的人急忙迎接，武大娘喜道："傅伯伯来了，成化的爹有救了！"傅青主与武琼瑶进入内室，只见武元英面色淤黑，气若游丝，见了故人，嘴唇微动，却说不出话来。傅青主仔细验视，替他把脉，说道："不碍事，不碍事。"急忙替他放血，并推拿有关的穴道，然后取出一块药饼，给他嚼碎吞了。过了片刻，武元英面色好转，叫道："好狠毒的老东西！"在床头下取出一枝黑色的毒箭，说道："不是我这几根老骨头还熬得住，可见不着你了！"武元英一向在西北，而尚云亭则在江南，两人从未见过面。武元英道："昨晚我斗那两个贼人，老贼的武功虽强，我还挡得住他。他那把铁扇，起初施展的也不过是点穴功夫，不料到了后来，越斗越急，我的刀尖碰在他的扇上，蓬的一声，就飞出了几枝毒箭，暗器原来是藏在扇子内的。"尚云亭的毒箭，本来见血封喉，幸在武元英几十年功夫，非比寻常，这才熬得到傅青主到来。傅青主心中暗叫"好险"！刚才他说的"不碍事"，只是安慰武琼瑶的，现在见武元英已真的不碍事了，这才松了口气。

傅青主不许武元英多说话，叫武琼瑶侍候他休息，自出外堂。武大娘和天地会的弟兄早宰了几只肥羊，备好水酒款待。众人等一路上吃的都是干粮，嘴里早淡出鸟来，大块肉，大碗酒，吃得很是高兴。武大娘悄悄地对傅青主道："傅伯伯，你瞧那两个贼人还会不会来？"傅青主道："我就担心他不来！"想了一会，叫武大娘唤武琼瑶出来，叫她和易兰珠不要携带武器，到村里村外走了一转，又对武大娘道："嫂子，请恕我无礼，我想请嫂子开设灵堂，门口挂白，假装办丧事。"武大娘道："为什么？"傅青主轻声说道："引敌人来呀！这两个怪物，尤其是那个人妖，我早就想把他除了！"武大娘和丈夫一向豁达，进去和他说了，武元英哈哈笑道："我这条命也是傅老哥子救的，我还有什么忌讳？要装假就要装得像一点，叫琼儿逐户去报丧。"

傅青主替武大娘安排完毕，叫武琼瑶和易兰珠在原来的房间睡觉，自己和石天成则在邻房，石大娘和武大娘同住，凌未风在外面巡视。布置得非常周密，不料一连两晚，敌人都不来。傅青主道："我看敌人一定会来的，不能松懈。"果然第三晚的下半夜，敌人真个来了，武琼瑶几乎着了道儿。

铁扇帮的帮主尚云亭和人妖郝飞凤远来回疆，其中却有一段缘故。他们是给孟武威和石振飞迫得远走高飞的。孟武威的儿子孟坚那次给纳兰相府保镖，几乎挫折在郝飞凤手上，因此自北京大劫天牢之后，孟武威就携子下江南，并约得石振飞相助，把铁扇帮的垛子窑挑下，尚云亭败给石振飞的蹑云十三剑，郝飞凤也几乎给孟武威的铁烟杆打死，尚云亭仗着一身精纯的武功，输了一招，就脱出身来，掩护郝飞凤逃走。后来委实在江南站不住了，这才遁到漠外。

却说凌未风在外面把风，三更过后，毫无动静，无聊得很，抽出伊士达临终时送给他的那一把宝剑来，这把剑古色斑斓，寒光透射，式样和中土的剑又有不同，他把玩了一会，忽见村头人影一闪，把剑一横，就奔上前去，前面来的乃是三个番僧，凌未风怔了一怔，心想尚云亭和郝飞凤自己虽没见过，但总不会是番僧吧？正想发问，为首的番僧忽然咦了一声，走了上来，翻着怪眼问道："你这厮从何得到这把宝剑？"凌未风道："这把剑与你有何关系？"番僧冷笑道："你可知这把剑的来历？"凌未风道："什么来历我可不管，我只知道它是杨云骢的东西！"番僧哼了一声道："杨云骢的东西？杨云骢是个强盗，他若不是死在江南，我会把他的骨头挖出来打三百鞭！"凌未风最敬爱自己的大师兄，闻言忍着一股怒气，问道："你莫非就是天蒙禅师？"番僧得意笑道："原来你也知道老佛爷的名字，那么你也该知道这把剑是我的东西了。你乖乖送上，老佛爷可饶你一条小命，要不然，哼，教你找杨云骢去！"凌未风心想，天蒙禅师当日率门下弟子围攻自己的师兄，给师兄缴去他的宝剑，送给伊士达，说起来这番僧怪不得谁。只是现在已过了廿多年，不知他是好是坏，若然他已改过，那么清兵入侵在即，蒙藏回疆的人都应齐心抗敌才是，不值得为了一把剑而得罪他。正踌躇间，那番僧又喝道："你给不给？你是什么人？敢抗老佛爷之命！"凌未风道："我就是杨云骢的师弟！"番僧板着脸孔问道："我只知杨云骢有一个师弟楚昭南，怎么现在又钻出一个来了？你若是杨云骢的师弟，那么你也得听你现在的师兄的说话。"凌未风扬眉问道："你说什么？"天蒙禅师哈哈笑道："你还不知道吗？那你准是假冒的了！楚昭南带官兵到了回疆，派人入藏向我赔罪，替他死去的师兄求饶，叫我帮他平定蒙藏，他答应给我找回宝剑，若找不回，就把他的游龙剑送我哩！这把剑既在你手中，那还有什么可说！"凌未风忽然圆睁双眼，喝道："我本不想要这把剑的，现在却偏不给你，有本事你就来取！"

天蒙禅师喝道："徒儿，替我把这狂徒拿下！"两个少年番僧左右扑上，凌未风兀立如山，四只拳头同时打到身上，只听得"蓬蓬"两声，跌倒的不是凌未风，却是那两个少年番僧！天蒙禅师虎吼一声，忽然脱下大红僧袍，迎风一抖，似一片红云直罩下来。凌未风见来势凶猛，身移步换，避过来势，一手抓着袍角，只觉如抓着一块铁板一般，知道天蒙的武功也已登峰造极，暗运内力，一声裂帛，撕下了半边僧袍，天蒙禅师那半截僧袍已横扫过来，左掌呼的一声也从袍底攻出，凌未风身子陡然一缩，只差半寸，没给打着，天蒙禅师骤失重心，晃了一晃，凌未风腾地飞起一脚，天蒙禅师居然平地拔起两丈多高，手中僧袍，再度凌空扑击！

天蒙是西藏天龙派开山祖师天龙禅师的师弟，自廿多年前输给杨云骢之后，回到西藏，潜心再苦练了廿年，功力远非以前可比，竟然和凌未风打了许久，未露败象。

再说武琼瑶和易兰珠同住一室，午夜过后，尚未见动静，武琼瑶道："傅伯伯这个计策又怕不行，敌人未必会来。"易兰珠道："还是小心防备的好。"武琼瑶道："外面有凌大侠把风，敌人若来，只怕未进入庄内，就给他收拾了，还轮到我和你动手吗?"她累了三晚，不觉打起瞌睡。易兰珠却仍打点精神，仗剑防守。过了一阵，忽然有股香气从窗外吹进来，令人昏昏欲醉，易兰珠大叫一声不好，窗外已飞进两个人来，为首的人阴声怪气笑道："哈，哈，两个花姑娘都在这里!"易兰珠刷的一剑刺出，郝飞凤举扇一挡，铿锵一声，铁扇已给斩断，几十支梅花针飞射出来，易兰珠舞起宝剑，一片铮铮声响，把梅花针都激得反射回去，郝飞凤绝未料到易兰珠如此厉害，手忙脚乱，尚云亭大袖一挥，梅花针全给震落，身形起处，竟如苍鹰扑兔，向武琼瑶抓去。

练武的人，最为警醒，武琼瑶刚刚入睡，一闹就醒过来，只是迷迷糊糊，竟没气力，尚云亭扑地抓到，危急中武琼瑶忽想起白发魔女的独门绝招"无常夺命"，就地一滚，纤足飞起，踢尚云亭腿弯的"白市穴"，尚云亭身子一缩，武琼瑶已滚过一边，易兰珠一剑自后刺到，尚云亭反手一拿，五指如钩，向易兰珠的手腕抓到，易兰珠剑如飞凤，一转手腕斜刺出去，尚云亭步似猿猴，铁扇起处，又已指到易兰珠胁下，易兰珠只觉脑痛欲裂，剑法虽然精妙，却敌不住尚云亭，只好连连闪躲。尚云亭见易兰珠吸了迷香，武功还是如此了得，不禁骇然。郝飞凤乘机去抓武琼瑶，忽然窗外一声冷笑，郝飞凤咕咚一声，倒在地上，尚云亭扬手一挥，一圈金光反射出去，大声叫道："贼婆娘敢施暗算?"

石大娘回身一闪，尚云亭飞箭般地穿出窗去，石大娘的五禽剑当头压下，尚云亭喝声："打!"铁扇一点石大娘手腕，石大娘冷笑一声，回剑横扫，瞬息之间，进了四招，尚云亭大吃一惊，飞身便逃。暗角处，蓦然又转出一个儒冠老者，长须飘飘，尚云亭举扇横拨，那老者剑招极慢，但却有极大潜力，尚云亭扇搭剑身，正想来个“顺水推舟”，上削敌人握剑的手指，不料铁扇竟给敌人的剑黏住，休说上削，连移动都难，尚云亭急运足十成内力，向外一探，左掌也使了一招擒拿手，才解了敌势，一晃身，斜跃下落，这儒冠老者乃是傅青主，和石大娘联袂追下。

尚云亭脚方点地，飞红巾早已在楼下等候，长鞭呼呼，向铁扇卷来。尚云亭仗着精纯的武功，拆了几招，兀是觉得吃力，手指一按铁扇上机括，几枝毒箭，流星闪电般地飞出，飞红巾回鞭一扫，短剑一荡，把毒箭全部打落，尚云亭又跳出垓心，正想夺门而出，忽然一声大喝，一个红面老人，人未到，脚先到，双足连飞，一顿鸳鸯连环腿，把尚云亭又迫回来，这人乃是石天成。

尚云亭一看四面八方，全是生平罕遇的高手，横扇当胸，哈哈笑道：“你们以多为胜，我尚云亭头颅只有一颗，你们要取，我绝不皱眉。”傅青主、石大娘、飞红巾、石天成四边站定，不理不睬。一个阴恻恻的声音突然响自耳边，“你别卖狂，你只要能接我三招，我就放你出去，决不留难！”声音很小，却是字字清楚，尚云亭纵眼一看，只闻声而不见人，方自惊诧，忽然耳边又听得怪声喝道：“你这双狗眼，连我都看不见。”语声方停，场中心已多了一个瘦小的老人。这老人正是辛龙子，他人既矮小，又仗着怪异的身法，突然钻出，令尚云亭大吃一惊。

尚云亭横行江南几十年，自然是个识货的大行家，知道辛龙子内功深湛，就只那手“传音入密”的功夫，人在远处，而声却直达别人耳边，这样精纯的功力，还真是见所未见。只是尚云亭也有几十年功力，虽然自知比不上辛龙子，但心想：“只过三招，你无论如何也打不倒我。”当下朗声喝道：“你这话当真？”辛龙子道：“谁和你开玩笑？你数着，第一招就要打得你扑地！”尚云亭突觉眼前人影一晃，辛龙子长袖飞扬，宛如半空伸出来的怪手，直扑他的面门，左肘又撞他胸膛，脚尖又踢他膝盖。这一怪招，同时连攻对方上中下三处方位，对方除了使“燕青十八翻”的“滚地堂”功夫外，实在无可逃避。尚云亭无暇思索，滚地一翻，一个鲤鱼打挺，又翻起来，只听得那阴恻恻的怪声，又在耳边响道：“第二招要打得你团团乱转！”

尚云亭尚未定神，忽见辛龙子左手握拳，右手伸指，左足足尖微起，以金鸡独立之势，立在自己的侧面，拳对胸膛，指向胁下，足尖又成“十字摆莲”之势，可以踢裆挑腹，只要一动，敌立可制自己死命，只好凝立不动，处处无备而处处有备，以上乘武功护着全身。辛龙子忽然冷笑一声，胸膛一挺，作势欲扑，尚云亭只道他要发动攻势，急忙足尖一旋，团团乱转，以八卦游身掌法，应付敌人的全面攻势。除了这一法子，实在也无法抵御。哪料辛龙子只是作势，并未前扑，待他旋转之势稍缓，猛然喝道：“第三招要你摔出门去！”双掌一撤，迅如奔雷，掌风人影中，尚云亭大叫一声，平地飞出数丈，但他也临危显了一手绝招，暗运内力将铁扇震裂，数十枝毒箭，齐向辛龙子飞来，辛龙子猝不及防，不由得也是一惊，急忙使个“一鹤冲天”之势，飞身攀上屋梁，尚云亭夺门狂奔，傅青主、飞红巾紧紧跟踪追出。

再说凌未风和天蒙恶斗，功力悉敌，旗鼓相当，斗了许久，兀是未分胜负。凌未风身法一变，把半截僧袍紧紧收束，舞成一根杆棒，将最近这次重上天山所学得的剑法，施展出来，居然是劈刺撩抹，悉依刀剑路数，那僧袍束成的杆棒，拿在他的手里，真如拿着一柄宝剑。战到分际，忽听得一声裂帛，凌未风的半截僧袍，将天蒙手中的半截僧袍卷着，用力一绞，天蒙的僧袍，变成片片碎布，凌未风一掌劈去，天蒙惨叫一声，回身便逃，凌未风正待追击，忽觉背后风声飒然，无暇追敌，反手便是一掌，背后的人“哎哟”叫了一声，而凌未风也觉来人功力，甚为纯厚。

这人正是舍命求生的尚云亭，他受了凌未风一掌，全身麻软，逃出几步，傅青主已然赶到，骈指一戳，将他点倒地上，而天蒙禅师已带了两个徒弟飞逃了！

凌未风向傅青主道声“惭愧”，他因恶战天蒙，竟放了尚云亭混入庄内，甚觉尴尬。傅青主笑道：“两个贼人都擒着了，凌大侠何必耿耿于怀。”说罢把尚云亭押回庄内。

石大娘等坐在堂中，正在审问人妖郝飞凤，傅青主双掌按在尚云亭肩上，厉声喝道：“你到西北想干些什么？为何混入武家庄？从实招来，否则我双掌用力，把你的琵琶骨捏碎，先把你的武功废了!”

尚云亭认得傅青主是无极剑的大师，叫道：“傅青主，你不必迫我!”又看了身受五花大绑的郝飞凤一眼，长叹一声道：“总是这个孽障害我!”用力一嚼舌头，狂叫几声，喷出一口鲜血，在地上翻腾一阵，竟自死了!

傅青主微微叹息，急忙伸手一捏郝飞凤的下巴，郝飞凤哇哇大叫，牙齿全给捏碎，和血吐出，傅青主使了这手辣刑，为的是防止郝飞凤也学尚云亭的样子自杀。

郝飞凤痛极叫道：“你们把我杀了吧!”傅青主在他颈项一拍，喝道：“你说不说?”郝飞凤惨叫一声，语音含糊，可是还分辨得出他说什么，他说：“我给石振飞和孟武威逼到塞外，是天蒙禅师叫我们来的。”凌未风道：“是天蒙禅师叫你来的?叫你来做什么?”郝飞凤看了武琼瑶一眼，垂首不语，武琼瑶粉面通红，心头火起，拍的一掌，把郝飞凤的天灵盖震得粉碎。

凌未风笑道：“武姑娘，也难怪你发脾气，只是太便宜了这厮。”在尸身上一搜，果然搜出天蒙给他的一封信，叫他得手之后，持信去见楚昭南，原来楚昭南也知道武元英在草原上建起村庄，只以“癣疥之患”，不想亲自料理，所以叫天蒙禅师顺道去毁灭武家庄，而天蒙禅师又和逃到塞外的尚云亭勾结上了，要他们先探虚实。郝飞凤色胆包天，第一天在武家庄外探视，见着武琼瑶，不等天蒙禅师到来，就和尚云亭扑入庄内采花，几乎给武元英砍死，仗着尚云亭的毒箭，才能逃脱。第二次和天蒙会合之后，再分批来犯，不料又遇到许多高手，终于丧命。

凌未风沉吟半晌，说道：“楚昭南四处邀人，看来清兵大举入侵之期不远，我们须得好好准备。”飞红巾昂头笑道：“我明天就遣人邀约南疆各族酋长，听李公子的调遣。”李思永拱手说道：“女英雄东山复出，那好极了，我愿尽绵力，以作前驱。”凌未风笑道：“你们不必互相推让了。大家累了这么多天，还是明日再说吧。”辛龙子翻着怪眼道：“你们都是忙人，忙着什么劳什子的国家大事，我却是闲云野鹤，对你们的事情毫无兴趣。我要回天山采金炼剑，恕不奉陪了。”凌未风将他一把拉住，说道：“辛大哥，你要回去，也不忙在今宵，明日兄弟还有要事奉告。”辛龙子道：“念在你曾救过我的命，我依你的话，要我多管尘世俗事，那我可不干。”

一宿易过。第二日晨曦稀微，易兰珠就在村庄外的草地徘徊。她下山之后，内心充满激情，回疆的大草原是她父亲当年驰骋之地，她父亲的一生就是在草原上度过的，因之她对回疆的大草原也有着说不出的一种深厚感情，就好像对她的父亲一样。她一早起来，就是想等待凌未风，向他倾诉她对父亲的怀念，和对草原的感情。

易兰珠正在凝思，忽然发现草原上还有另外的一个人在独自徘徊，她跑了过去，那个人抬头叫道：“兰珠，你这样早！”这人乃是张华昭，飞奔着迎面而来，到了易兰珠跟前，忽然停了下来，呆呆注视，易兰珠奇道：“你傻了么？看些什么？”张华昭叫道：“兰珠，你的头发，你的头发！”

易兰珠手抚青丝，愕然问道：“我的头发怎样了？”张华昭喜得跳起来道：“一根白头发都没有了！”拉着易兰珠到泉水边一照，只见满头乌黑，发光鉴人，易兰珠半晌说不出话来。张华昭拉着她的手赞道：“兰妹妹，你真美！”易兰珠忽悠然叹道：“管它白发黑发都与我无关，白发不足忧，黑发亦不足喜，我是跟定飞红巾的了！”

张华昭奇道：“你不是曾逃出深山，不愿受她拘束的吗？”易兰珠道：“你一点也不懂得我，也不懂得飞红巾。现在的她已经不是以前的她了，我和她现在都不是在深山之中，而是在草原之上呀！我现在尊敬她，就如尊敬我的凌叔叔一样。”易兰珠经过了这场大变，又受了凌未风的激励出山，对张华昭的爱心虽然没有死掉，可是她的爱情已经被另外一种强烈的感情盖过了，这感情就是对于草原的感情，她要继承她父亲的志愿，为草原上的牧民解救苦难。理想燃烧着她的心，对死去的父亲那种深沉的怀念占据了她的心，爱情反而退到次要的位置，此刻她还没有心情谈情说爱，对白发黑发的事情，更不放在心上了！

张华昭默然无语，慢慢他理解了她的心情，拉着她的手轻轻说道：“兰妹妹，我懂得的，我的父亲给清兵杀死的时候，我的心中也是充满着复仇的火焰，一点也不想到其他。但是，我们永远在一起，也并不妨碍我们的事业呀！”易兰珠面现红霞，挣脱他的手说道：“别闹了，你看凌叔叔他们来了！”

凌未风和辛龙子并肩走到草原，不一会傅青主、石天成他们也来了，凌未风点点头道：“兰珠，你早！”看着张华昭笑了一笑，忽见张华昭黯然无语，觉得很是奇怪。

辛龙子道：“凌未风，你约我出来有什么事？请快说罢。”凌未风突然从腰间解下一把宝剑，递过去道：“你看这把剑如何？”辛龙子细细赏玩，弹剑长啸，说道：“这是西藏天龙派的镇山宝剑呀，你如何得到？”凌未风笑道：“原来你也知道这把剑的来历，你喜欢这把剑吗？”辛龙子淡然说道：“若果在天蒙贼秃的手中，也许我会抢他的。在你的手中，我不会强抢的。”凌未风哈哈笑道：“你既然喜欢，我就送给你！”辛龙子愕然道：“真的？”凌未风道：“一把宝剑有什么稀奇，我生平从不用宝剑，也未尝受过挫败！”辛龙子怪眼一翻，将宝剑挥动几下，说道：“哈，凌未风，你怕我不受宝剑，故意激我，好，我接受你的好意，但还是要和你比剑！”凌未风道：“好呀！咱们点到为止，胜败不论。”

桂仲明拿来一桶石灰，凌未风取出他平常惯用的青钢剑，在石灰中一插，反身跃出，说道：“来吧！”易兰珠武琼瑶十分奇怪，只有傅青主拈须微笑。

凌未风知道辛龙子武功极高，新近又学了达摩剑法，若非恩威并施，不能将他收服，因此送他宝剑之后，仍践前言，要和他比剑。傅青主老于阅历，自然猜到凌未风心意。易兰珠和武琼瑶却在暗暗着急，她们见识过辛龙子的武功，以她们两人联剑合攻之力，兀自敌不过辛龙子的，如今辛龙子宝剑在手，如虎添翼，只怕凌未风抵挡不了。两人暗暗捏一把汗，站在斗场的外围，准备一有危险之时，立刻抢救。

辛龙子横剑当胸，与凌未风相对而立，双目凝视，久久不动。众人方觉奇怪，忽然辛龙子往地上一坐，剑尖倏地上挑，凌未风沉剑一引，辛龙子闪电般地在地上打了几个盘旋，除了有限几人，别人根本不知道他什么时候又站了起来，傅青主伸出舌头对石大娘道，达摩剑法真个神妙，只这一伏一起的时间，他已接连使了十几手怪招，若非凌未风，也真难抵挡得住。

再看斗场时，形势又变，辛龙子活像一个醉汉，脚步踉踉跄跄，时而纵高，宛如鹰隼凌空；时而扑低，宛如蝶舞花影，一把宝剑东指西划，看来不成章法，其实每一招都暗藏好几个变化。凌未风施展出天山剑法中的“须弥剑法”，攻守兼备，一柄青钢剑飘忽如风，意在剑先，悠然而来，寂然而去，使到紧处，真是攻如雷霆疾发，守如江海凝光。达摩剑法虽然怪绝，却是伤不了凌未风分毫。

辛龙子斗到酣处，忽然一声怪叫，剑法再变，斗场中四面八方都是辛龙子的身影，那柄宝剑寒光电射，剑花错落，就如黑夜繁星，千点万点，洒落下来，凌未风的身形，已被剑光裹住，连傅青主也看得不大清楚，不知道他是如何防御的了！

不说旁人替凌未风担心，辛龙子却是倒吸一口凉气。凌未风看来似是被困着，其实却是用最上乘的剑法，着着反击！辛龙子只觉面前如布了一面铁壁铜墙，攻不进去，宝剑指处，都被一股极大的潜力挡了回来，还不时要用上乘武功，解去凌未风青钢剑的黏力。似这样斗了一百多招，把旁人看得眼花缭乱，忽然凌未风在剑光中如星丸跳跃，辛龙子猛纵起来，一圈银虹，环腰疾扫，易兰珠、武琼瑶惊叫一声，双双抢出，石天成比她们更快，双掌一错，已抢在前头，大叫：“辛龙子，你这孽障，胆敢伤害凌大侠！”语声未停，忽见凌未风笑吟吟地站在面前，辛龙子却如斗败的公鸡一样，斜立在凌未风三丈之外，抱剑说道：“凌大侠真好剑法，我输了！”石天成惊愕得说不出话来，仔细看时，只见辛龙子的衣服上，有许多白点，这才恍然大悟，这些白点，全是凌未风用剑尖上的石灰点上去的，若然凌未风真个把辛龙子当为敌人，辛龙子早已丧命在三尺青锋之下了。

凌未风也抱剑当胸，笑吟吟地说道：“辛大哥真好剑法，斗了三百多招，才偶然失了一招，做兄弟的十分佩服。”易兰珠的天山剑法已有八成火候，见凌未风只不过赢了一招，在这样短促的时间内，就能够在辛龙子身上留下几十处记号，也是骇得说不出话来，想不到本门剑法的神妙，一至如斯！

辛龙子既是佩服又是尴尬，正在落不了台，石天成喝道：“大丈夫恩怨分明，你有恩不报，有仇不报，算哪一门侠义道！”辛龙子陡然转身，将剑向上一举，朗声说道：“师兄，我承教了！凌大侠武艺无双，我要报恩也无从报起，我只有随着凌大侠，但愿仗他之力，报了楚昭南的暗算之仇，我就回转深山。”石天成仍是怫然不悦，恼恨辛龙子太过糊涂，正想发话，忽然草原上数骑飞来，到武元英跟前，倏地翻身下马，报道：“清军已大举入疆了！”

这几个人都是武元英差到边界探听消息的，他们在边境的烽火台上遥见清兵大队开来，连忙飞骑回报，傅青主沉吟道：“大军行程迟缓，沿途又定有牧民队伍向他们袭击，最少还要十天半月，他们才能攻到这里。”飞红巾道：“十天之内，我保管能把南疆各族聚集起来。”武元英道：“只是孟禄那边，却是心腹大患，孟禄是喀达尔族的老酋长，和南疆的哈萨克族都定居在喀尔沁草原，在那草原上还有十多个部落，而以喀达尔和哈萨克两族的人最多。虽然孟禄只得三四个部落拥护，但他势力最大，清军一旦进来，他会裹挟其他各族服从他的。”凌未风慨然说道：“我和哈萨克人最熟，我们师兄弟两代，都帮哈萨克人打过仗，我愿到喀尔沁草原走一趟。先和哈萨克人联络，然后把孟禄收服过来。”众人听了，都说太过危险。武元英道：“那边是孟禄的势力，你单枪匹马，恐怕会受暗算。”凌未风笑道：“我一生经历过无数危难，何惧一个孟禄。何况我还有哈萨克族的朋友。”辛龙子应声说道：“我是哈萨克人，廿多年前，我曾做过一件很对不起本族的事，当时不知道错，现在是知道了。我愿随凌大侠前往，一来可报凌大侠恩德；二来也可稍赎前愆。”众人见辛龙子愿往，齐都大喜，心想两个都是绝世武功，应该不至于出事，事情就这样决定了。

当晚，凌未风和刘郁芳静静在草原漫步，刘郁芳幽幽说道：“才一见面，你又走了！”凌未风强笑道：“我总会回来的。”刘郁芳道：“但你却一直不愿说真话。”凌未风道：“我的过去已经埋葬了，你为何一定要知道我的过去？”刘郁芳道：“可是我心头上的那个童年朋友，却还没有死掉！凌未风，你真的这样残酷，不愿把当年真相告诉我吗？”草原上饿狼夜嗥，胡笳远闻。凌未风轻轻地推开刘郁芳的手，悄悄地道：“我再重复我过去说过的一句话，在临死之前，我一定会把真相告诉你的!”正是：

历尽沧桑心未换，疑真疑幻费疑猜。

欲知后事如何？请听下回分解。

第二十五回　牧野飞霜　碧血金戈千古恨
冰河洗剑　青蓑铁马一生愁

清兵入侵的消息，似旋风一样地掠过草原，草原上的人们，特别是草原上的青年们，一见面就谈论这个消息，愤怒的火焰，在他们的心头燃起，谁想压熄这个火焰，谁就将被火焰烧死。

在喀尔沁草原，人们不敢公开谈论，可是每当草原日落，晚霞余绮，羊群休息之后，青年牧民在草原上漫步闲游，便时不时三五成群，走到僻静之处，窃窃私议。这些人之中，竟有着孟禄的女儿孟曼丽丝和哈萨克的青年酋长呼克济。

呼克济的父亲是杨云骢的朋友，当呼克济还是小孩子的时候，曾给楚昭南捉去作为人质，后来全靠飞红巾和杨云骢将他救回（事详拙著《塞外奇侠传》），因此在喀尔沁草原上的各族部落中，呼克济是主战最力的人。可是孟禄的势力太大了，还有清廷派来的武士帮助他，因此呼克济也只好把复仇的火焰压在心中，不愿向孟禄当面透露。

这日黄昏，呼克济和孟曼丽丝在草原上的一条小河边漫步，孟曼丽丝的脸给晚霞染上一层红晕，两只大眼睛像天上的星星闪动，眼光中有兴奋也有忧郁。呼克济道："你父亲昨晚派长老来提亲啦，今天晚上，他就要召开各部落酋长的大会啦！"孟曼丽丝幽幽说道："我知道啦！这两件事情联在一起，不是好事！"呼克济笑道："我不是傻子，我也知道他的用意。他知道我喜欢你，以前暗中阻挠，现在却派人提亲，还不是想我今晚赞同他的主张吗?"孟曼丽丝黯然说道："所以我一点也不喜欢，我的父亲越老越糊涂，竟然要做引狼入室的大罪人，我看他将来死无葬身之地！我做女儿的也不知道怎样救他。”呼克济紧紧握着她的手，欢然说道：“孟曼丽丝，你真是我的好妹子。今晚你的父亲不会成功的，他有清廷的武士，我们这里也来了两个异人。”孟曼丽丝诧然说道：“异人？为什么我一点也不知道是什么异人？我就怕各部落的酋长，今晚会在他势力之下低头，更加重了他的罪孽！”呼克济道：“什么异人，今晚你就知道了。”孟曼丽丝娇嗔道：“这样神秘？连我也不告诉。”呼克济笑道：“让你也惊讶一下嘛！”孟曼丽丝道：“那么你是智珠在握，稳操胜算了！”呼克济道：“全是那两位异人给我出的主意。”孟曼丽丝道：“那么怎样处置我的父亲？”呼克济递过一包药粉，在孟曼丽丝耳边轻轻说了几句，孟曼丽丝道：“也只好这样了。”

晚霞消逝，草原上新月升起，各部落的酋长、长老和有地位的人都聚集在帐幕环绕的一片草场上。孟禄带着甲兵，身旁还有两个老者和四名清廷武士。大草原上鸦雀无声，孟禄睥睨作态，环顾全场，十分得意，朗声说道：“朝廷大军，已破关直入，所至之处，如汤泼雪，不日便将到此，诸君作何打算？”各部落酋长不发一言，视线纷集在哈萨克年轻酋长呼克济身上。呼克济支头微笑，有人知道孟禄对呼克济提亲消息的，更是猜疑。塔山族的年轻酋长忍不住起来道：“清兵入关后三十余年，对回疆亦曾屡次用兵，端赖各族一心，矢志抵抗，清兵只敢占伊犁等几个大城，我们在草原上还可牧羊放马。如果不战而屈，甘受奴役，对我们的祖先也对不起！”孟禄冷笑道：“你有多大年纪，妄敢谈战！廿多年前，草原上的女英雄飞红巾集南疆各族之众，还敌不过清军，她的军队瓦解，她自己也逃入深山，再不敢出来现世。今日入关的清兵，十倍于昔，而我们的人才，还没有人比得上昔日的飞红巾。试问以此边鄙一地，将寡兵微，如何去抵抗王师！”塔山族的酋长热血沸腾，大声说道：“我们是宁为玉碎，不为瓦全！”孟禄嘻嘻冷笑，身边两个清廷武士，走过来道：“这位英雄着实令人佩服，咱们交交。”塔山族的酋长紧握拳头，准备反击。呼克济一笑起立，遮在塔山族酋长前面，举杯说道：“咱们来这里商讨大计，不是打架来的。好好喝酒，再听孟老酋长的高见。”塔山族的酋长瞪了呼克济一眼，孟禄眉开眼笑，招回两个清宫武士，说道："我也没有什么高见，古语说得好，普天之下，莫非王土，率土之滨，莫非王民。清军入关，中原华夏之区，尚望风投顺，我们边疆僻地，岂可与之抗争？我们还是歃血为盟，保土安民，等候迎接王师吧。再说朝廷也特别尊重我们，派了两位名满天下的使者，来到我们这荒野之区，各位还有什么说的！"说罢，施了一礼，请身旁两位使者站起，两位使者都是须眉如雪的老人。孟禄恭恭敬敬地介绍道："这位便是长白山派的教祖，名闻天下的'风雷剑'齐真君！这边这位是西藏天蒙禅师的师弟天雄上人，也是塞外数一数二的武林人物，各位一定知道他的名字！"

天雄心高气傲，性子最急，扫了各酋长一眼，走至草场中央，草场中央有一个大石鼓，用粗藤系着一头西藏野牛，是孟禄准备拿来歃血为盟用的。天雄叱咤一声，腾起一脚，石鼓向天飞去，在半空中裂为几块！野牛脱了羁绊，野性大发，倏地向人多处冲来，各酋长猛不及防，纷纷骇叫，齐真君微微一笑，伸出两只指头，在野牛颈上一搭，那野牛痛极狂嗥，四膝跪下，齐真君骈指一戳，牛腹当堂洞穿，鲜血喷出，孟禄持大钵装盛，装了满满三钵。要知西藏野牛，皮质坚厚，可御弓箭，齐真君只轻轻一插，便告洞穿，这真比刀剑还厉害十倍！

各部落酋长几曾见过如此神力，大都瞠目结舌！孟禄得意洋洋，将牛血和酒，在每个酋长之前放了一盅，朗声说道："请尽此盅，共图大事。"各酋长虽是震骇，却仍端坐不动，孟禄大怒，正想发作，孟曼丽丝忽自旁掩出，笑盈盈地对孟禄说道："爸爸，你好糊涂，该是做主人的先喝呀！你喝了，女儿再劝伯伯叔叔们喝。"

她捧起一盅血酒，在熊熊的野火上一暖，递给父亲。孟禄一饮而尽，将酒盅一摔，哈哈大笑，说道："丽儿，劝酒！"塔山族的酋长眼喷怒火，瞪了哈萨克的年轻酋长呼克济一眼，啐道："哼，你爱的好姑娘！"

呼克济仍是微笑不语，孟禄向他一指，叫道："呼克济，你先喝！"呼克济倏地起立，说道："孟老酋长，我有两位客人，想见识满洲英雄的神技！"天雄纵声笑道："好呀，你们这些蛮子，不挨一顿好打，也不心服!”孟禄含嗔说道：“呼克济，你还是不肯喝酒?”呼克济笑道：“喝寡酒有什么意思？还是看热闹之后再喝吧!”天雄早脱下大红袈裟，跳出场心，大声叫道：“你那客人何在?”

呼克济微一招手，身边倏地站起两人，也不见怎样作势，却已到了场心。一人解下遮面的“兜风”，面上有一道刀痕，十分瞩目，另一人则是矮小清瘦的老头儿，毫不当眼。两人刚才默默地杂在人堆之中，孟禄只道他们是呼克济的从人，毫不在意。这一亮相，令他猛吃一惊，大声叫道：“咦，凌未风!”场中有过半酋长也认得凌未风，齐都欢呼起来。齐真君面色青白，只有天雄还未见识过凌未风的本领，仍然睥睨作态，立掌胸前，大声叫道：“你就是什么凌未风吗？你想和洒家单打独斗，还是想两人齐上?”

凌未风冷冷说道：“我们两人，想见识你们六个人的本领，看你们有多大本事，敢在这里飞扬跋扈，称强道霸？你们六人一齐上，我们就两人接住，你若一个来，就随你在我们两人之中，挑一个对手，喂，齐真君，你也来呀，你高兴挑哪一个?”齐真君硬着头皮道：“你何必在这里多事？别人怕你，老夫却不怕你。”其实他正是害怕得紧。凌未风冷冷一笑道：“不怕就上来吧!”齐真君迟迟疑疑，正想脱身之计，有两个清宫新招纳来的一等卫士，来自江南，尚未知凌未风的名头，暗恼齐真君那么大的威名，在凌未风面前，却显得那么畏缩。这时齐真君已是清宫侍卫的统领，天雄上人尚是新近拉来的客卿，两个卫士心想，若不把这什么凌未风当场降伏，不但折尽大内卫士的威风，只恐连天雄都瞧他们不起。两人一样心思，不约而同地飞纵出场，冲过来道：“好，让我们兄弟先接这场!”凌未风冷冷问道：“你们想选哪一个对手?”

两名清宫卫士，冲向凌未风，不约而同地齐声喝道：“找你!”长笑声中，凌未风身形骤起，双臂箕张，向外一展，一招“铁锁横舟”，第一名敌手连身形尚未看清，手腕已给拿住。凌未风步法轻灵，倏然转身，将擒住的卫士猛然摔出，第二名敌手刚刚攻到，“啊呀”一声，闪避开时，凌未风早已和身扑上，那名卫士突觉劲风贯胸，如中巨斧，给凌未风用金刚大力手法折碎胸骨，登时惨叫一声，血染草场!

凌未风以迅雷不及掩耳的天山掌法，举手投足之间，连毙两名大内卫士，在场人等，全都呆了。天雄上人连退几步，凌未风又陡然喝道："怎么样？你要和谁对手？"

天雄惊魂稍定，强摄心神，心想，凌未风的武功，看来已臻化境，确是不易抵挡，但不信世间尚有第二个似凌未风的人。自己深得天龙掌法精髓，在武林中也是有数人物，不如避开凌未风，挑战那个瘦小的老头儿。

凌未风又催道："想好了没有？"天雄道："凌未风你刚斗过一场，我再斗你，胜之不武。我先和你的朋友比试一场，待你歇息过后，我再奉陪。"凌未风哈哈笑道："和你们对手，等于和小孩子玩耍，有什么累的？不过，你要见识我这位朋友的本领，那只好由他来教训你了！他的手底比我更辣，你等着瞧好了！"

天雄正想发话，忽听得背后有人阴恻恻地说道："臭和尚，你吹什么大气？你要怎样动手呀？"天雄吓了一跳，回头看时，不就正是自己看着不起眼的那个老头儿！凌未风一笑退下，辛龙子喝道："留神，接招！"天雄眼神一花，拳风已到面门，天雄含胸吸腹，一招"神龙掉尾"，左掌起处，势如卷瓦，横拨敌人手腕，这本是天龙掌法中的杀手，不料辛龙子滑似游鱼，矮小身躯竟从他掌底钻过，呼的一掌，掴在他的面上，天雄大叫一声，喷出一口鲜血，吐出两颗门牙！

天雄几十年功夫，也自有相当造诣，输了一招，猛然醒起，足跟一转，双掌翻飞，身随势转，端的是把周身封得风雨不透，"天龙十八掌"共十八路，每路包括九个变化，总共是一百六十二手，一正一反，相生相克，变化循环，悉仿龙形，撒开势子，也是一派犷厉，手脚起处，全带劲风。两人走马灯似的乱转，把众人看得眼花缭乱！天雄禅师斗了一会，正想抽空进招，辛龙子已把他的掌法路数摸熟，而他却还不知道辛龙子的掌法是何派何家？猛攻几招，招招落空，忽然胁下被人掏了一把，又酸又痒，转得身来，颈背又被人捏了一把，反手一掌，却连敌人的衫角都捞不着。辛龙子仗着怪异的身法，把他戏弄得啼笑皆非，下台不得。众人只见辛龙子在掌风中倏进倏退，哈哈大笑，而天雄禅师则连连怪叫，犹如一头负伤的蛮牛！

辛龙子施展武林怪技，像逗弄小孩子一样地戏耍天雄禅师，齐真君一旁凝神注视，又喜又惊。喜者是他无意之中，得睹武林绝学，心内的疑团渐解。原来他以前吃韩志邦几记怪招，拔去胡子，引为平生的奇耻大辱，但因韩志邦那几手只是零碎的片段功夫，他怎样揣摩也揣摩不出道理来。如今看了辛龙子的怪招，想起以前韩志邦的手法，心中方始豁然贯通，知道他们两人都是出自同一家数。惊者是虽然看出一些道理，但越看越觉出它的复杂深奥，真是武林中仅见的功夫。自己若出尽全力，也许可抵御这种怪招，但却绝无把握取胜。他想凌未风的功夫已这样厉害，再加上这个怪物，那是万万不能抵挡。

正当众人全神贯注场心之际，齐真君忽然飞身跃起，其他两名卫士愕然一惊，尚未醒悟，凌未风大声喝道："哪里走！"两名卫士才醒起齐真君原来是畏惧先逃，急忙离座飞奔，哪里还来得及。凌未风双手一扬，三道乌金光芒，早已电射而出，射齐真君那支，因为距离过远，射到时力度较弱，给齐真君反剑拨落，那两名卫士，却是无法躲避，给天山神芒自背心直贯前心！场中心辛龙子也忽然一声怪啸，一把抓着天雄禅师的袈裟，倒提起来，他急于要追齐真君，随手把天雄禅师往外一摔，不理他的死活，便追上去。

凌未风忽然叫道："辛大哥，穷寇莫追！"辛龙子愕然止步，只见孟禄手舞足蹈，如中疯魔，大叫大号，跑出场来。各族酋长一拥而上，把他擒住。孟曼丽丝哭道："我的爸爸这几天得了大热病，心智迷糊，我本来劝他今晚不要召开什么劳什子的会的，他偏不听。"各族酋长本来对孟禄十分愤恨，原想把他擒住之后，就要公议处决，但一摸他额头手足，果然滚热，他们草原部落的规矩，重病之人，不论他犯了什么大罪，也不能当场审问处刑。堪恰族的酋长叫道："先把他看管起来。"孟曼丽丝道："我爸爸怎样也是一族之长，由我看护他吧。"塔山族的酋长道："哼，由你看护。你和你爸爸还不是一鼻孔出气。"呼克济排众而出，说道："你们别冤枉好人，她是听我的话才来的。"各部落酋长因见凌大侠是他请来，刚才的嫌疑尽释，正想说话，草原上忽火把通明，喀达尔族的战士四处涌现，大声叫道："孟禄重病，我们拥孟曼丽丝姑娘做我们的领袖，与各族同抗清兵！"孟曼丽丝微笑接受了欢呼，各部落酋长齐都大喜。孟曼丽丝道："我们的族人和你们一样，都是热血男子。我爸爸的主意，我早就反对，我们族人这次愿联盟抗清，就是我这几天安排好的。"塔山族的酋长告个罪道："那么是我错怪姑娘了。"孟禄忽然大叫一声，喷出一大口鲜血，咕咚倒地。

原来孟曼丽丝刚才捧血酒给父亲喝时，长袖低垂，暗中弹下一些白色的药粉。这药粉乃是草原上的异草炼成，性极燥热，服后全身发滚，就如患了大热病一般。这种配药之法乃是呼克济从族中最年老的牧人那里学来的，他传给孟曼丽丝，叫她如此设计救父。孟禄老奸巨猾，听女儿指他有病，立刻将计就计，装得真的像个热狂的人，其实，神志还是清醒的。到了后来，一见族人都拥护她的女儿抗清，众叛亲离，又愤又怒，气得吐血，弄假成真，真的变成病人了。

孟曼丽丝宣布加盟之后，自扶孟禄回帐幕休息。喀尔沁草原的各族各部落推呼克济做盟主。凌未风十分高兴，举杯笑道："我还要讲一个好消息给你们知道，刚才孟禄说飞红巾躲在深山，不敢出来，这不是真的！飞红巾现在已经复出，重做南疆各族的盟主，我们就是她派来的使者！"众人又是一阵欢呼。呼克济紧握着凌未风的手，感激得流下泪来，高声说道："凌大侠，廿多年前，你的师兄杨云骢和飞红巾女侠救了我的命，现在你又来救出我们族人。飞红巾再出来那好极了，我们喀尔沁草原的各族各部落，愿遥受她的节制。"当下和凌未风喝了一盏血酒，算作正式加盟。

再说孟曼丽丝把父亲扶入帐后，用雪水给他解消药力，孟禄潸然泪下，叹道："女儿，你人大心雄，鸟儿长上翅膀，要拣高枝飞了！"孟曼丽丝急道："爸爸，这是哪里话来，只要你诚心悔改，向各位伯伯叔叔谢罪，女儿包保他们不会难为你。"孟禄苦笑一声，忽然说道："你们有凌大侠帮助，还要你爸爸作甚？"孟曼丽丝道："凌大侠还要回到南疆，他哪能在我们这儿停留？只怕他明后天就要走了。再说，多一个人就多份力量，何况爸爸还是廿年前的抗清英雄？"孟禄道："只恐别人不是这么看法！"孟曼丽丝正想反复开解，孟禄已闭上眼睛，说是疲倦欲眠，叫女儿不要吵扰他了。

不料第二天一早起来，孟禄竟然私逃去了。孟曼丽丝又急又气，她父女情深，一时糊涂，不敢将孟禄逃跑的事说出来，甚至连呼克济也不敢告诉。第三天凌未风和辛龙子向她辞行，她感到十分尴尬，只是恳请凌未风给她问候飞红巾。

时序推移，这时已是深秋时分，草原上碧空如洗，气候虽然寒冷，却是令人心旷神怡。凌未风干了这桩大事，更是十分愉快，一路上教辛龙子唱草原的民歌。从喀尔沁草原回到吐鲁番附近，要经过天山支脉的慕士塔格山，这山虽没有天山的高入云表，但也险峻异常。山脉是许多冰山雪岭所构成，从这些冰山雪岭上流下了数不尽的冰河，好像许多姿势不同的银白色的舞龙，镶在雪山峡谷，爬行在峰峦山坳之间，构成无比壮丽的景色！

凌未风纵目冰河景色，对辛龙子赞叹道："天山上虽有冰河，却还不如这里的壮丽。"辛龙子道："我们哈萨克人有一个古老的传说，传说有一位美丽的少女，她的情郎到关内去，一去不回。她攀上慕士塔格山痴痴凝望，头发变成了冰柱，眼泪淌成了冰河！"凌未风道："我们汉人也有望夫山之类的传说。可见不分种族，儿女的情怀都是相同的。"

凌未风给辛龙子的话挑起愁思。怅惘良久，忽然问道："辛大哥，你也有过爱慕你的少女么？"辛龙子翻着怪眼，木然不答。过了一会，才叹口气道："这座山我廿多年前曾到过的，那时我的师父为了躲避白发魔女，有一回就避到这山上来，害我找得好苦。我看了师父的情形，心都凉了，就算有天仙似的姑娘，我也不敢招惹。"凌未风喟然叹道："你真聪明！"前尘往事一幕幕地从心头翻过：钱塘江大潮之夜，少年情侣的颤声呼吸；石窟中玉手敷伤，重逢后的又恨又爱；水牢里伤心话旧，那凄凉幽怨的眼光……凌未风蓦地打了一个寒噤，心底里叫道："刘郁芳，你在哪里呢？"

辛龙子怪眼睁得更大，奇怪凌未风那么好的武功，竟会耐不住寒冷，在冰河冷气侵袭下打起寒噤，他好意地问道："怎么样，你着了凉了？"凌未风茫然不觉，辛龙子一掌拍去，喊道："你中了邪么？"凌未风跳了起来，愕然道："我……我，我怎么会中邪？"辛龙子正想再问，忽然脚下一阵震动，急拉着凌未风往高处跃去。叫道：“不好，是雪崩了！”霎那间，山沟里响起巨大的雷鸣声，万山回应，震耳欲聋，磨盘大的冰雪从悬岩上滚塌而下，声势极为惊人！天山和慕士塔格山等高山，山巅积雪，常沿着山坡向下滚动，是为雪崩。若然正当其锋，任多大本领的英雄好汉也会给雪块冲落山谷，活活埋掉。幸得凌未风和辛龙子都甚有经验，又有极上乘的轻功，在满山雪块飞滚中腾挪闪避，居然毫发无伤。

过了许久，雪崩才渐渐停息，凌未风方透过口气，忽又听得阵阵哀号声。辛龙子拉着他跃出山坳，哀号之声越来越大，而且此起彼落，显然有不少人受雪崩压顶之灾。辛龙子道：“奇了，怎么会有这么多行人？”凌未风急道：“咱们快去看看，能救得多少就是多少。”跑出山口，往下一望，只见山谷中无数清兵，断手折足，挣扎呼号。凌未风这一惊非同小可，忽听得对面山峰上有人叱咤呼喝，辛龙子道：“看呀！那边有人斗剑！”凌未风抬起头来，一声清脆的呼救声，随风飘到：“凌未风，是你吗？快来呀！”

凌未风一听，比刚才所惊尤甚！睁眼看时，只见刘郁芳站在一块危岩之上，楚昭南正似猿猴般地纵跃上去！

凌未风叱咤一声，天山神芒抖手飞出，楚昭南身形闪展，宝剑撩劈，闹得手忙脚乱，好容易才避过天山神芒的连环攒射，凌未风和辛龙子疾如飞鸟，赶了过来。楚昭南大喝一声：“与你拼了！”据在岩石之上，居高临下，奋力挡住凌未风，另外两名卫士，又从危崖的另一边跑上，刘郁芳频频呼唤，但楚昭南占着地利，凌未风急切之间却攻不上，只得大声喊道：“你挡住一阵，我就来了！”

凌未风稍定心神，周围一看，只见辛龙子也赶了过来，在山坡上斗得正烈！拦着他的正是长白山派的祖师，风雷剑齐真君。另一堆人则在围攻一个白发老人和一个红衣少女，白发红颜在刀光剑之影中左冲右突，老人大叫“辛师弟”，少女则呼唤“凌大侠”。凌未风心稍宽慰，暗道：“原来是石天成和武琼瑶！他们两人都是武艺高强，谅不会败在敌人之手！”运剑如风，迫楚昭南让了一步，再放眼看时，又不禁大吃一惊，围攻石天成和武琼瑶的竟是七八个喇嘛僧，其中就有和自己恶斗过的天蒙、天雄两师兄弟。看情形，西藏天龙派的高手，除了掌门的天龙禅师外，竟是倾巢侧出，再放眼看时，还有七八个大内卫士，正分成两拨，一拨去围攻辛龙子，另一拨却向自己这面扑来！凌未风暗叫一声“苦也”！“抽撤连环”，刷！刷！刷！疾刺数剑，抢上了岩石，反身一个旋风疾舞，迎上了来攻的几门兵刃！

原来刘郁芳正是找凌未风来的。她自凌未风去后，心中悬悬。到第三日，飞红巾已和南疆各族酋长联络上了，清兵到了一地，都是先筑碉堡，因此行军迟缓，还在数百里外。清军战略，非常显明，是想仗着优势兵力，稳扎稳打，蚕食全疆。飞红巾对着这种战略，无法可施，十分忧急。傅青主道：“我们兵力薄弱，要想强攻，绝对不行。但他们以碉堡战术，也未必制服得了我们，草原广大，有如茫无边际的海洋，我们就如游鱼一样，在碉堡中间穿来插去，草原上处处是我们的人，我们耳聪目灵，他们若来追捕，势大我们就避开它，势弱我们就吃掉它。”飞红巾叹息道：“那么，这是一种无尽期的作战了！”傅青主道：“以弱抗强，只能这样，我们若把草原变成一个大泥淖，让他们越陷越深，他们也不能长期停留下去！”战略一定，大家倒不心急了，战事一时也爆发不起来。刘郁芳苦念凌未风，暗里和武琼瑶商量，想和她一同到喀尔沁草原去接应凌未风。武琼瑶性子好动，和刘郁芳交情又好，一口答应，愿为她带路，两人向飞红巾请求，飞红巾见目前无事，而且她也挂念凌未风，一求便允。

再说那石天成，他自误杀师兄，历尽忧患之后，心中自责，每图立功自赎。听说刘郁芳和武琼瑶要到喀尔沁草原，他也愿意同行，刘郁芳是想去接应凌未风，而他则是想去找辛龙子。如今他只有这一个师弟了，这个师弟虽然怪僻糊涂，他也只能把光大本门的希望全都寄在他的身上了。尤其因为他有过几乎误入歧途，以至错杀师兄的沉痛经验，因此他特别挂心辛龙子，他想以“过来人”的身份，现身说法，叫辛龙子醒觉过来，不要只是潜心学艺，而不顾人间的善恶是非。

至于楚昭南却是随着大军远征回疆的。大军的统帅成亲王格济武艺不强，但却是个精通战略的人，他一面以碉堡战术，逐步推进，一面叫楚昭南率数百精骑，奇兵突出，以夜间的急行军，在草原边缘衔枚疾进，避过飞红巾的营地，深入喀尔沁草原，清军的如意算盘，是想以这队精骑帮助孟禄控制草原各族，令回疆各族分崩离析。这样内外夹攻，南疆各族的抵抗就可以毫不费力地各个击破。

楚昭南将到慕士塔格山之际，忽见齐真君带着十几个喇嘛，迎面而来。问讯之下，始知凌未风和辛龙子也到此地，喀尔沁的各族已经奉哈萨克的酋长做领袖，不要孟禄了。齐真君说："幸得天雄上人早已邀集同门，赶来此地。我们受挫之后，一过慕士塔格山，就和他们会合了。只是我们自忖人数还少，不想马上攻击他们。"楚昭南哈哈笑道："这回凌未风插翼难逃！我算他事成之后，必赶回南疆，我们埋伏在慕士塔格山中，等他入网！"

无巧不巧，刚到慕士塔格山口，石天成等三人也正策马驰来，一场混战，石天成等三人险些被擒，忽然山顶雪崩，除了十多个武功较高的喇嘛，以及楚昭南、齐真君等一班卫士外，数百清军，都给满山乱滚的大雪块冲下深谷。雪崩声中，各人自顾不暇，战斗暂停，刘郁芳在纷乱中爬上一座危崖，石天成、武琼瑶两人，一面出手攻击天龙派的喇嘛，一面闪避那满山乱滚的雪块。两人都是绝顶武功，到雪崩停止之时，他们已击毙了五个喇嘛，两个卫士。而这时凌未风和辛龙子也已经现身了。

冰河映日，剑气腾霄，两边人分成四处厮杀。刘郁芳高据危崖之上，左手锦云兜，右手青钢剑，远攻近挡，敌住了三名卫士；凌未风在山腰处，独战楚昭南与另外四名卫士，运独步海内的天山剑法，咬牙死战；石天成连环腿起双掌翻飞，在众喇嘛中施展他九宫神行掌的绝技；而辛龙子则以武林绝学的达摩剑法，恶战齐真君！

辛龙子亮出宝剑，精神抖擞，怪招骤展，顿时银光遍体，紫电飞空，满身剑花错落，怪啸声中，一名卫士的头颅飞上半空，洒下血腥红雨，齐真君大喝一声，双剑一圈，剑光和剑光一撞，金铁交鸣，直荡开去，辛龙子只觉手腕一阵酸麻，剑身一沉，解开来势，而齐真君也是虎口发热，左手长剑给截了一段。两人功力正是旗鼓相当，齐真君方闪了一招，辛龙子已是刷！刷！刷！一连三剑，剑风直逼面门！齐真君下盘功夫极稳，双剑一攻一守，在间不容发之间，挡开辛龙子的连环攻势，趁势也还了一招。辛龙子怪叫道："好呀，三招换一剑，亏你身为一派祖师，还敢恋战下去?"武林中成名高手相斗，输了一招，便该服输。而今辛龙子连发三招，齐真君才还了一剑，显然已输了招。只是此次两边交锋，乃是性命搏斗，哪里还会讲什么江湖规矩？齐真君闷声不响，双剑霍霍展开，隐隐带着风雷之声，辛龙子强攻猛扑，他竟然一步不让，脚跟钉在地上，剑尖似山，剑光如练，剑招虽慢，却是具见内力深厚，非比寻常！

齐真君本来无法抵挡辛龙子的怪招，但辛龙子在喀尔沁草原戏弄天雄之时，他在旁观望，潜心揣摩，仗着五十多年的功力，居然能化险为夷。又仗着有三个大内高手相助，这才堪堪打了个平手。

酣斗声中，围攻着石天成、武琼瑶的喇嘛僧忽然纷纷大喝，天蒙禅师托地跳出圈子，向同门吩咐了几句，挥舞着一根镔铁禅杖，恶狠狠地加入了齐真君这堆，喝道："何物妖邪？快还我镇山宝剑!"禅杖扫处，呼呼声响。辛龙子忽然向着禅杖冲去，天蒙一招"老树盘根"，满拟把辛龙子双脚打断，不料铁杖打空，辛龙子一口浓痰，正正唾在天蒙面上，耳边听得一声嘲骂："呸，不要脸!"天蒙禅杖一翻，已是不见人影。耳边又听得齐真君苍老的声音叫道："守离宫，走坎位，不要慌乱!"天蒙面上热辣辣的作痛，袖子一抹，已见鲜血，他给辛龙子唾了一口浓痰，就如中了颗铁莲子一般！

其实天蒙还不知道，若非齐真君及时出手，他早已丧命于辛龙子三尺青锋之下。辛龙子一见天蒙禅师使了一招，就知他的武功勇猛有余，精纯不足，使出达摩一百零八式的武林绝学，一个"金蟾戏浪"，在刀剑禅杖环击之下，钻了过去，仗着怪异身法，到了天蒙背后，天蒙尚且懵然不知，齐真君见形势危险，一个"盘膝拗步"，长剑往外斜递，身剑相合，一缕青光，也自追到了辛龙子身后。辛龙子无暇击敌，反手一剑，解开了齐真君暗袭的威胁，到天蒙禅师的禅杖落下，他已圈到齐真君的右侧去了。天蒙依着齐真君所教，脚踏八卦方位，在坎位进招，这才见着辛龙子的身形，他在间不容发之际，刚好能够避了开去！

天蒙功力，在清廷这边仅次于齐真君、楚昭南、成天挺等有限几人，也是一等一的好手，依着齐真君所教，守稳门户，抡起禅杖，呼呼轰轰，前后左右都是一片杖影，威力亦甚惊人，辛龙子的宝剑还真不敢和他相碰。齐真君风雷双剑，挡着正面，更是沉稳雄健。三个大内高手，则从两侧配合钻攻。辛龙子武功再高，也抵敌不住五名一流好手。这一战打得沙飞石走，流冰滚动，恶斗了三百多招，辛龙子已是汗湿麻衣，呼吸紧促，只能仗着怪异的身法，在周围兵刃夹击中，挪腾闪避，偷空进招了！

石天成、武琼瑶那边形势较好，但也占不了便宜，石武二人合斗六名喇嘛，两名卫士，而两名卫士之中，有一个是仅次于楚昭南的成天挺，他的一双判官笔，各长一尺八寸，专打人身三十六道大穴，石武二人，不能不小心提防。好在石天成几十年来，专练两门绝技，鸳鸯连环腿专攻敌人下盘，九宫神行掌则专门伺隙擒拿敌人兵刃，一众喇嘛，未曾见过这种战法，不敢过分迫近。至于武琼瑶的剑法，乃是白发魔女的真传，只论辛辣险狠之处，比天山剑法尤甚，只有成天挺敢和她正面进招，其他喇嘛都是稍沾即走。但这六个喇嘛，都是天蒙的师弟，功力也自不弱，更兼他们同出一门，天龙剑法练习有素，六个人如同一体，此进彼退，辗转攻拒，布下了天龙剑阵，饶是石武二人，各有独门武功，高强技艺，也被他们困在垓心。

但恶斗得最激烈的还是凌未风那一边，协助楚昭南的四名卫士，都是大内十名内的人选，比协助齐真君的那三名卫士，又高出一筹！楚昭南的游龙剑又已取回，仗着宝剑之力，也是着着进迫。凌未风心悬战友，连走险招，几被楚昭南所乘。斗了一百来招，兀是未能冲出，楚昭南大声嘲笑，叫凌未风弃剑投降。他道：“凌未风，你挫折在师兄手内，有什么要紧？赶快投顺，免被刀剑分尸。”凌未风一声虎吼，手中剑“力划鸿沟”，向下一扫。剑光闪处，吧吧吧吧，一片连响，把几名卫士的兵刃全都荡开，连人带剑，几似化成一道白光，直向楚昭南冲去，楚昭南不敢和他拼命，向后一仰，连退几步。

凌未风剑法凌厉无前，紧紧钉住，对其他四名卫士的兵刃，只凭着听风辨器之术，趋闪躲避，转眼之间，连发十几招辣招，把楚昭南迫到下首，又跳上一块岩石，居高临下，再挡敌人的围攻。他是想要抢占有利地形，逐步地移上悬岩，先解刘郁芳的急难！

刘郁芳那边，形势最是危险，她独据危崖之上，前无退路，下有追兵，环攻她的三名卫士，全非庸手。幸她的内家无极剑法，讲究以柔克刚，以巧降力，配上她的奇门暗器锦云兜，居高临下，拼死苦斗，敌人急切之间，还攻不上来。只是，虽然如此，敌人仍是一步步地迫上。斗了一百来招，三名卫士，先后都已上到峰顶，把刘郁芳困在垓心，刘郁芳失了有利地形，更见吃力，剑招展处，只能在周围八尺之内，苦苦封闭门户，毫无还击之力了。

凌未风连连抢攻几次，逐步上移，和刘郁芳已然相望，刘郁芳大声叫道："凌未风！咱们到底见着了！"凌未风叫道："嗯，我就来！"楚昭南冷笑道："哼！原来你还有个心上人在这里！好，就让你做鬼也风流！"剑招一紧，一剑快似一剑，他仗着四名卫士协助，不须防守，竟把天山剑法中最凶辣的攻招全使出来，凌未风额头见汗，冲了两次没有冲出。把心一横，生死置之度外！展开了拼命的招数。一柄青钢剑突如神龙戏水，忽似飞鹰盘空，进如猛虎出柙，退若狡兔避鹰，楚昭南疾攻几剑，都给他连消带打，反刺过来，拿捏时候，妙到毫巅，厉害之极！楚昭南倒吸一口凉气，想不到他的剑法已到了出神入化之境，比上次相遇，又精妙了许多！但想凌未风虽然凶犷绝伦，到底不是铁打的人，自己合五个高手之力，虽不能取胜，谅也不会落败，他这样强攻猛打，不须多久，气力必定耗完。主意打定，打个暗号，剑招一变，用天山剑法中攻守兼备的须弥剑法和四名卫士，联成一线，首尾呼应，布成了铁壁铜墙，只和凌未风游斗！

楚昭南打的主意不错，但他却不知道凌未风得了晦明禅师的拳经剑诀，又悟了许多武功的窍要。以前凌未风和楚昭南所领悟的剑法，完全一样，但现在他一见楚昭南使出最深奥的须弥剑法，就知道他尚未到家！这倒不是晦明禅师有什么偏心，也不是剑诀上留下几手未教，而是因为最深奥的剑法，常于窍要之处，可意会而不可言传。楚昭南只是得了师父所授，而凌未风则是对拳经剑诀潜心苦学，豁然贯通，在最深奥的地方，所得最大。若楚昭南另用其他剑法，凌未风一时还不能将它破去，如今楚昭南使出须弥剑法，正合他意，他忽地一声冷笑，青钢剑扬空一闪，突如银龙入海，不过数招，就把楚昭南的剑法破去。楚昭南正想换招，肩头已中了一剑，大吼一声，跳出圈子。凌未风反臂刺扎，疾如闪电，“波”的一声，把身后一名卫士刺了个透明窟窿！他冲出缺口，和刘郁芳的距离越来越近了！

楚昭南眉头一皱，一招“东风折柳”，宝剑卷地扫去，凌未风纵身一跃，利剑斜挑，又刺伤了一名卫士，楚昭南蓦地长身，手上已握了一把碎石，大叫一声：“散开。”竟以“反臂阴镖”的手法，向刘郁芳洒去。刘郁芳的锦云兜迎门一挡，一大把碎石，给她荡得四面纷飞，但楚昭南发暗器的劲道奇大，锦云兜的碎金刚丝网也给震破了十几个小洞，不能再用来勾锁兵器了，这一来刘郁芳的威力大减，给右翼的卫士一剑把包头青巾削落，几遭不测，凌未风大吃一惊，那一剑虽未刺中刘郁芳，却“刺中”了他的心头。他身子陡然一震，楚昭南一剑自后刺来，他闪躲稍慢，给剑尖划伤了一处皮肉。凌未风舌绽春雷，一声暴喝，反手一剑，把一名卫士拦腰斩断，这时忽听得辛龙子连声怪啸，惨厉之极！

辛龙子独战齐真君、天蒙禅师和另外三名大内卫士，以一人之力和五名一流高手厮拼，而且齐真君的功力和辛龙子又正是半斤八两，旗鼓相当！辛龙子仗着达摩秘技，怪异招数，苦斗了三五百招，汗如雨下，身法渐渐迟滞，齐真君风雷双剑虎虎迫来，辛龙子连受三处剑伤，怒极狂嗥，天蒙禅师以为有机可乘，呼的一杖，“迅雷击顶”直向他头颅打落。哪料辛龙子虽是强弩之末，余势未衰，左手捏着剑诀，斜斜向外一推，右手剑“白鹤啄鱼”，直点天蒙胸膛，天蒙立起禅杖，一个翻身，“乌龙盘树”，横扫辛龙子中路，杖风人影中，怪啸与狂呼杂作，辛龙子以迅雷不及掩耳的手法，一抓抓在天蒙的胸膛上，立时五指洞穿，禅杖脱手飞去！齐真君双剑劈来，辛龙子已是跄跄踉踉地从双剑缝中钻了过去！

石天成闻得辛龙子怪啸之声，关心过甚，在辛龙子肉搏天蒙之时，他也拼死肉搏一众喇嘛，突然跃出，一掌斫在侧翼喇嘛的手腕上，第二个喇嘛一剑刺来，将他的肩胛穿洞，他竟不闪避，九宫神行掌招数丝毫不缓，五指擒拿，把侧翼的喇嘛挥舞起来，反身一脚，又把刺伤他的那个喇嘛活活踢毙，这一来无龙剑阵登时大乱，石天成高呼酣斗，冲过成天挺的封锁，去援救师弟辛龙子。

辛龙子本已力竭筋疲，一见师兄拼死来援，大为感动，奋起精神，一个怪招把齐真君迫退几步，回身一剑，用个“回龙归洞”，一翻一卷，右面攻上的那名卫士，登时惨叫一声，左手五个指头，全吃剑锋割断，痛彻心脾，扑通倒地，一直滚下冰河。石天成和身扑上，双掌一分，“大摔碑手”照准一名卫士的“太阳穴”劈去，那名卫士使个“野马分鬃”，身躯刚转得一半，已给石天成一脚踢翻，也滚下了冰河。齐真君怒极气极，右剑一招“风卷残云”，敌着辛龙子的怪招，左剑“刷”地直刺到石天成肋下，狠疾异常！

石天成回身拗步，齐真君的长剑贴肋而过，石天成反手一掌击去，齐真君也缩腰回肘撞来，两人都大吼一声，托地后退，辛龙子乘势补上一剑，把齐真君肩头刺伤。

忽听得石天成凄厉叫道：“师弟，我不行了，你要好好光大本门！”辛龙子骇然回顾，只见石天成面色惨白，摇摇欲坠，这霎那间，辛龙子心头无限难过，想起自己自恃得了师父衣钵真传，不把师兄放在眼内，甚至连师兄也不想认，而今师兄却舍了性命来救自己！辛龙子顾不得追击齐真君，回身来救师兄，不想剩下的那名大内卫士，手舞混元铁牌，又从旁边狠狠扑上，辛龙子愤怒非常，猛吼一声，一剑劈去，把卫士的铁牌击得飞上半空，伸臂一抓，把那名卫士抓了过来，活活摔死，再想回身，忽然觉得双臂酸麻，脚步虚浮，眼前金星乱冒，原来刚才自己动了真气，拼命一击，气力竟已耗尽，辛龙子长叹一声道：“不想我今日命毕于此！”他害怕齐真君乘势反击，将他凌辱，正想自尽，忽见齐真君也站在一边凝身不动，似在喘息运气，辛龙子心念一动，急忙双脚钉地，也调息呼吸，运武当秘传的吐纳之法。这时辛龙子和齐真君面对面地站着，相距不过数步，但两人都似斗败了的公鸡，互相睁着一双怪眼盯住，面上神色，非常恐怖！

原来刚才石天成吃齐真君撞中胸膛，而齐真君的肋下也给石天成击了一掌，竟是两败俱伤！但齐真君的功力要比石天成高出一筹，吃了一掌，虽然折断了两根肋骨，却还能够咬牙苦抵，石天成给他捶肘一撞，登时把横练的铁布衫功夫也撞破了。当他嘱咐辛龙子要光大本门之后，已是百骸欲散，倒在地上，不能动弹，而齐真君虽然稍好，但事伤之后，又给辛龙子补上一剑，也是精气涣散，像辛龙子一样，都已无力继续拼斗了。

两人相持了一会，辛龙子气力稍稍恢复，齐真君也慢慢举起长剑，满面狰狞之色，白发如针，根根直竖。辛龙子怪叫道："好，你伤了我的师兄，我纵死也不能给你逃出我的剑下！"宝剑一横，也是缓缓地移动脚步，迎上前去。正在此时，忽听得远方一声清脆的叫声，接着似是凌未风的大声叱咤，而近处武琼瑶忽然锐声叫喊，似一只白鹤飞下冰崖！

原来在刚才辛龙子连中三处剑伤，怪声呼唤的时候，凌未风正在和楚昭南死战，闻声一震，深怕辛龙子惨遭不测，折了最有力的帮手，回头一望，不觉剑招稍缓。高手比剑，哪能分神，楚昭南一招"倒卷星河"，宝剑从凌未风头顶削过，凌未风身躯一矮，举剑上迎，背心已中了一个卫士的铜锤！幸他功力非凡，中了一锤，踉踉跄跄地奔出几步，还能趁势一剑，剑锋直取楚昭南的魂门穴。

楚昭南"怪莽翻身"，往回一转，游龙剑"金雕展翅"，骤往凌未风的剑身上崩砸，喝道："撒手！"用足十成力量，凌未风青钢剑疾往下沉，随即往外用腕，一招"沛公斩蛇"，剑锋下斩楚昭南双足，冷然说道："叛贼看招！"楚昭南的反臂剑尽管迅如电火，到底未能碰着凌未风的兵刃。凌未风的青钢剑疾收疾发，楚昭南剑招使老，无法利用宝剑所长，肩头一动，腾身跃起，凌未风翩如巨鹰，也从斜刺冲出，这时距离刘郁芳已不到十步了。

楚昭南抢先一步，又据了一块岩石，居高临下，挡着凌未风的去路，游龙剑劈剁撩挡，光芒四射，两个卫士又来抡锤舞戟，前后夹攻。凌未风已清清楚楚看到刘郁芳那又惊惶又喜悦的神情，只就是这数步之隔无法冲过。

刘郁芳见凌未风就将来到，精神大振，一柄青钢剑舞得滴水不入，把三名卫士拦在周围八尺之外。凌未风挺剑一冲，楚昭南斜身进剑，凌未风正想冒险冲过，背后呼呼风响，那名卫士的铜锤堪堪砸到后心。凌未风勃然大怒，反手一捞，捞着锤头，大喝一声：

"去!"把那卫士骤然扯了起来，掷下冰河！但楚昭南也趁此时机，俯身又抓起一块石块，用力一捏，变成无数石弹，打个招呼，围攻刘郁芳的三名卫士霎地散开，楚昭南用"满天花雨"的金钱镖手法，一把石弹洒将过去，距离既近，力道又大，刘郁芳的青钢剑挡格不住，身上中了几颗石弹，大叫一声，脚步一松，竟然从危崖上跌了下去，人在半空，犹自尖声叫道："凌未风，你现在还不说实话吗?"

凌未风摔死那名卫士之后，转过身来，刚好见着这惨烈的画面，刘郁芳的语音摇曳长空，震荡心魄！凌未风急极骇极，不理生死，一个"俊鹘摩云"，凭空跃起数丈，从楚昭南头顶飞掠而过，他的青钢剑在半空中尚使了一记辣招，剑尖在楚昭南头顶三寸之处，斜斜掩刺，楚昭南忙于躲避，竟然无暇伤他！

凌未风一掠而前，大声叫道："我就是那个孩子，在杭州长大的那个孩子呀!"可是刘郁芳已听不见了，他冲到岩边，依稀见着刘郁芳的衣裙在半空飘荡！凌未风正想跟着跃下，前后左右几般兵器，已同时刺来！围攻刘郁芳的那三名卫士和楚昭南已然会合一处，要把这绝世武功的大侠，迫下悬崖。学武的人，碰在极度危险之时，本能地会躲闪反击，凌未风突使出天山剑法的神技，"大漠流沙"，青钢剑倏地飞扬，寒光万点，真如台风扬沙，迫得卫士们睁不开眼，一名卫士受了剑伤，楚昭南也迫退两步，凌未风反身跳出垓心！

和楚昭南夹攻他的那名使双戟的卫士，刚刚赶上，双戟一探，"激荡风雷"，向凌未风迎面插去，凌未风骤觉金刃劈风之声，猛然把前冲之势煞住，陀螺似的，一个"靠山背"闪了回来，接着"拨云见日"，左手向后一挥，砰的一声，掌缘竟震在方天画戟的熟铜吞口上，那名卫士，吃他这一掌，震得虎口热辣辣的，连右臂也一阵麻木，歪歪斜斜，直跌出去，收势不住，竟然也从悬岩之上，似断线风筝的直跌下去！

凌未风掌劈剑戳，转过身来，又接上楚昭南和另外三名卫士。他心痛如割，本想跳下悬岩，去寻刘郁芳的尸体，但一想死者已矣，不如替她报此血仇。楚昭南扬手又是一把石弹，迫得甚紧，凌未风痛怒成狂，忽然仰天长啸，青钢剑化成一道银虹，连人带剑，回身冲去，剑风激荡，石弹乱飞，哪有一颗打得到他身上？楚昭南不由大惊，忙命三名卫士，协同自己，联剑防守，免得被他冲下悬崖。

刘郁芳跌下悬崖之际，武琼瑶正自把那班番僧杀得手忙脚乱。天龙剑阵，给石天成击毙两人之后，阵势已破，武琼瑶剑招催紧，施展白发魔女秘传的杀手。一片寒光，上下翻飞，有如奔霆骇电，剩下的那六名番僧，未及联防已给武琼瑶杀得头昏眼花，着着退后。六名番僧之中，天雄禅师是天蒙师弟，辈分最高，在一班师侄之前，不甘被一个年青少女，杀得如此狼狈，仗着自己练过大力金刚手的功力，右剑“白鹤梳翎”，斜切出去，左掌随后，在长剑掩护之下，一招“金豹探爪”直递出来，要抓武琼瑶胸部，哪料一抓抓空，武琼瑶身形忽然不见，侧面砰砰两声，武琼瑶已抓起一名喇嘛，往前一荡，正正撞在另一名喇嘛身上，两人一齐仰翻倒地，滚在天雄禅师的足旁，狂嚎呼痛，天雄一脚踏去，正正踏在一名番僧的头颅之上，出其不意，吓了一跳，武琼瑶就趁他一窒的当儿，剑花一绕，天雄猛觉颈际一凉，左边一只耳朵，已和身体分家，痛得他一声怪叫，托地向后一跳，恰恰和另一个师侄撞个正着，双双堕下冰河。成天挺在沙漠上曾领教过武琼瑶本事，此际只求自保，双笔带攻带守，封着门户。武琼瑶正合心意，不理成天挺，片刻之间，把剩下的三名番僧全部了结，正想对付最强的成天挺，猛见对面山峰，刘郁芳跌了下来，大吃一惊，她和刘郁芳虽然相处的时日不多，却是相交颇厚。她仗着白发魔女的独门轻功，径自冒险跃下，跃下之际，还反手打出银针暗器，将成天挺手腕打伤。成天挺见多识广，知道这种毒针的厉害。急忙闭着穴道，静坐地上，拣起一把利剑，剜肉取针，连齐真君和辛龙子在旁边拼死恶战，也顾不得了！

辛龙子听得凌未风大叫之后，跟着又看见武琼瑶从山头飞下，不禁大骇。微一疏神，齐真君风雷双剑已分心刺到，辛龙子咬牙大怒，喝道：“不是你死，便是我亡！”一晃身连避两招，然后用个“秋水横舟”之势，向左一封，再和齐真君拼死恶战。两人都已筋疲力竭，好不容易，休息少许，才稍稍恢复元气，这番苦战，双方都是险象环生，杀得神智昏迷。辛龙子只觉脑涨欲裂，自知无法再战，但又不能不战，猛地咬牙，想道："我纵死也不能让他苟活。"吸了一口气，振起精神，两臂一抖，使个"白鹤冲天"，拔起两丈多高，在半空里倏地一声怪叫，舞起丈余长短一朵剑花。齐真君万料不到辛龙子在久战之后，尚能用此恶招，正要右手回剑，一个"玉带围腰"，向后截去，哪知眼前一暗，人影已经飞来，猛觉左肩头上，砰的一声，中了人家一脚，痛入心肺，连"哎哟"两字，还未喊出，右胁下陡的一麻，"白海穴"又着了敌人指戳。原来辛龙子知道齐真君剑法精妙，飞身扑下来时，用剑佯攻，冷不防一脚蹬在他的肩头上，趁他身躯一晃之间，骈中食指，向他"白海穴"一戳，戳个正着。齐真君扑地便倒。

辛龙子得意狂笑，叫道："师兄，我替你报仇了！"一剑劈下。哪知齐真君十岁学剑，至今已七十多年，七十多年功夫，非比寻常，虽然力竭筋疲之后，又受重伤，但临死挣扎，犹自十分厉害！竟用"卧虎翻身"之势，腾地一腿，直向辛龙子裆下踢去，辛龙子拔身欲起，已来不及，齐真君左腿直蹬，右腿横扫，嘭嘭两声将他踢倒。辛龙子宝剑一掷，使出达摩剑法中的最后绝招"白虹贯日"，宝剑"波"的一声，插入齐真君胸膛，自己也翻翻滚滚，一大口瘀血吐了出来，把雪地都染红了！

那边厢，凌未风与楚昭南也到了生死立判、强存弱亡的地步。那三名原先围攻刘郁芳的卫士，挡不住凌未风凌厉的剑法，连连后退，楚昭南大声喝道："围着他，缠死他！不要松动！"他见凌未风面上，已滴下黄豆大的汗珠，知道他也到了强弩之末的时候了。那三名卫士被楚昭南一再催迫，不敢逃跑，只好再翻身拼命。凌未风想起刘郁芳就是被他们三人迫下悬岩的，一见他们回身再战，顿时双瞳喷火，奋起神威，青钢剑一引，将楚昭南的宝剑引过一边，身子一躬，左掌一个"单掌开碑"向一名卫士劈去，咔嚓一声，把他的颈项打折。楚昭南一个旋身，疾发两剑，凌未风足跟一旋，让楚昭南的剑锋在耳边削过，他一转身，一个"龙形飞步"，又绕到另一名卫士身旁，左掌向外一挥，他这一掌含着百步神拳的真力，那名卫士急忙用个"鹞子钻天"向上一升，可是哪里还来得及？"砰"的一声，已给掌锋扫中右胯，在空中打了个滚，坠下了无底的冰河！

还剩下一个卫士，魂魄不齐，不理楚昭南的吆喝，抽身便退，凌未风猛吸一口丹田之气，连人带剑舞成一道白光，飞掠过去，这一手正是天山剑法中登峰造极的功夫，名唤“流星赶月”，只见白光一闪，如箭离弦，那名卫士，如何挡得？登时给凌未风一剑自后心直透前心！

一场恶战，凌未风连毙七名大内高手，呼吸紧促，全身滚热，冰河冷气，阵阵袭来，不觉一连打了几个寒噤，头脑涨闷，楚昭南刷！刷！刷！连刺数剑，凌未风着着退后，竟给他迫至悬崖边缘！楚昭南料他油尽灯枯，心中狂喜，纵声狞笑，叫道：“凌未风，你也有了今日！”游龙剑剑锋一指，直取凌未风咽喉！

不料，凌未风闻言瞿然醒起，大声喝道：“叛贼，你想在我手上讨得好去？”剑把猛翻，呼地圈转身来，青钢剑疾发如风，反撩敌人腕底，带挂腰胁，一招两式，虚中套实，把楚昭南攻势轻轻解了。楚昭南大吃一惊，给他反转来迫退几步，仗宝剑的威力，挽起一个剑花，护着胸腹，剑招一变，使出天山剑法的防身剑术，紧紧封闭门户。

凌未风本将精气涣散，给楚昭南一激，想起刘郁芳给他迫死，不知哪里来的气力，精神陡振，一招紧似一招，剑光霍霍，剑剑直指楚昭南要害！

这时，慕士塔格山上，唯闻朔风怒号，流冰裂响，楚昭南带来的十几名大内卫士，和天蒙禅师带来的八个天龙派高手，几全部死亡！只剩下成天挺一人在冰河之边打坐，调匀呼吸，疗治毒针之伤。凌未风和楚昭南都不知自己的人打得怎样。只觉空山岑寂，杳无人声，心中都暗暗发慌，凌未风生死置之度外，虽然心悬战友安危，剑招却是丝毫不缓，楚昭南大叫几声，毫无回应，冷汗沁肌，宝剑一封，猛地向后跃去，哪料他身形一动，头顶剑风飒然，他伸剑一格，只见凌未风已赶过前头，挺剑截着了他的退路！楚昭南汗毛倒竖，大声叫道：“凌未风，咱们不论如何，都是同门一脉，今日冰河之战，所有的人都已死亡，只有你我幸存，何必还要苦拼下去？不如各走各的，免致两败俱伤！”凌未风不理不睬，青钢剑迅如掣电，扬空一划，直点敌手脉门，楚昭南一个盘旋，游龙剑一荡一圈，败里反击，凌未风叱咤一声，欺身直进，剑锋已在楚昭南手腕上划了一道口子，楚昭南负痛狂嗥，黄豆大的汗珠点点滴下，狂叫道："凌未风，你真不念同门之情?"凌未风手腕一翻，喝道："叛贼看剑!"刷的又是一剑刺去，楚昭南剑交左手，一招"乘龙引凤"，奋力挡开，凌未风剑走连环，攻势绵绵不绝！楚昭南又给他迫退几步，险象环生，头面青筋毕现。

凌未风进一步，楚昭南退一步，渐渐又迫到了悬崖之边。论这时的形势，凌未风原可早把楚昭南杀掉，但凌未风想要为刘郁芳报仇，想照样地把楚昭南迫下悬岩，因此便如灵猫戏鼠，步步追迫，楚昭南大急，游龙剑连走险招，拼命抢攻，凌未风冷笑一声，嗖地一伏身，利剑疾如闪电，对准咽喉，直刺过来，这剑又准又深，楚昭南虽明知再退几步，就要跌下悬岩，但若不退，当场就被利剑穿喉，迫得退后一步，用剑一封。凌未风霍地收招，虎目一睁，剑诀一领，刷地又是一剑，探身直取，剑扎胸膛，楚昭南往后又退了一步，用剑一架。凌未风这一回却不收招，剑尖一沉，反手一变招，旋身刺扎，借这甩臂回身之力，第三剑斜肩带臂，狠狠扫来，楚昭南不敢硬接，伏身一旋，窜后数步，猛觉左足足跟踏空，半身已挂在悬岩之外，急急凝身，凌未风青钢剑倏地一指，剑尖闪闪，堪堪点到楚昭南的心窝！

楚昭南闭目待死，忽听凌未风"哎哟"一声，利剑堕地，楚昭南睁眼一看：只见凌未风身子抖个不住，脸上肌肉收缩，现出极痛苦的神情。楚昭南犹自不敢妄动，再看凌未风抖得更甚，膝盖下弯，看看就要倾倒，楚昭南大喜过望，反身跃出，一掌击去！凌未风竟毫无抵抗，给掌力震倒地上！

原来凌未风因少年时候，独上天山，在冰天雪地之中，受寒气侵蚀，患了一种怪病，常常突然会发生痉挛（抽筋）。后来武功日益深湛，痉挛症已不常发了，可是偶然还会突如其来地发作，像以前他在吴三桂的水牢中，就曾发作过一次，这次在冰河之旁，苦战一日，用力太甚，出汗过多，寒气又浓，竟然在最后关头，痉挛症突然发作，绝世武功，竟自无能为力！

楚昭南扑身上前，用重手法把凌未风的"晕眩穴"封住，纵声狂笑，随手在冰崖之边折下山藤，将凌未风捆得结结实实，这种山藤坚韧异常，纵许凌未风醒来，也要经过一阵挣扎，而一挣扎一定又会被楚昭南发现，再施辣手，所以楚昭南是有恃无恐。

这时楚昭南也已腰酸骨软，眼睛发黑，休息了一会，忽听得成天挺尖声叫唤，楚昭南挟着凌未风走去，只见成天挺也是面色惨白，神情狼狈。楚昭南惊问道："你怎么样了？"成天挺一见楚昭南捉了凌未风，不禁大喜，精神一振，答道："我中了女贼的一口毒针，幸得我内功尚深，运气行血，现在已无事了。你呢？怎么居然捉着了凌未风？"楚昭南得意洋洋，笑着说道："我本来是他的师兄嘛，他的那套剑法，如何斗得过我？"成天挺将信将疑，连声道贺，楚昭南笑道："我们虽折了数百精骑，十余高手，捉到了他，也抵得过了！"

楚昭南与成天挺游目四顾，只见流冰殷红，尸横遍地，间有断断续续的微弱呻吟声传入耳鼓。楚昭南正想叫成天挺搜索一下，看敌我双方死伤了多少人，若发现有负伤未死的敌人，还可再补他一剑。忽听得山谷下隐隐有马蹄声，成天挺跳起来道："恶斗一日，我已累得要死了，若来的是敌人，我们如何吃得消？还是快点走吧！"楚昭南虽然嘴硬，其实也是筋疲力倦，无能再战。张望一下，见冰河之边，辛龙子、石天成、齐真君三人满身浴血，他跑去每人踢了两脚，三人哼都不哼一声，显见死了，楚昭南在辛龙子身上搜了一阵，空手抽出，忽然把凌未风点醒，嗖地拔出剑来，剑锋一挥，把凌未风右手的拇指削掉，疯狂叫道："叫你终生不能使剑！"成天挺骇然相视，楚昭南昂头狂笑，对成天挺道："辛齐二人死掉，凌未风又成残废，从今而后，当今天下，没有人的剑法再比得上我了！"成天挺不觉心寒，想道："凌未风、辛龙子也还罢了，齐真君是自己人，他居然也幸灾乐祸！"凌未风痛彻心脾，却哼也不哼，哈哈笑道："凭你的剑法，便想横行天下？哼，那是做梦！"楚昭南瞋目叫道："你说说看还有谁比得上我？"凌未风道："师父的拳经剑诀，我早收藏好了，我传给谁，谁便要胜过你！"楚昭南心念一动，想起辛龙子以前对他说过在天山骆驼峰遇见凌未风的事，想道："哼，原来他一到回疆，便上天山，取到了师父的遗书。"他伸手要搜凌未风，凌未风“呸”的一声，一口浓痰突然喷出，楚昭南一声狂呼，左眼眼珠，竟给浓痰射碎，血流满面。

凌未风在重伤大病之中，内功居然还是如此深湛！楚昭南愤极一戳，又把凌未风的晕眩穴封着。成天挺道：“何不把他杀掉?”楚昭南一面扎伤，一面摇了摇头。这时山谷下已有马嘶之声。楚昭南挟着凌未风腾身便起，叫道：“快走!”与成天挺二人施展轻功，翻山逃跑。

辛龙子、石天成二人伤重昏迷，其实未死，给楚昭南踢了两脚，悠悠醒转，彼此相望，不觉哭出声来，辛龙子在地上慢慢移动，挨近师兄，伸手将他抱着，断断续续地说道：“师兄，我知错了!”石天成道：“知错便好。”他们师兄弟俩一向隔膜，而今临死拥抱，又是辛酸，又是欢喜，石天成道：“我是无论如何不能活了，你若能侥幸逃生，请代我还两个心愿，一个是将我的骸骨拾去葬在剑阁之上，和我师兄桂天澜，葬在一处。另一个是望你指点一下桂仲明。”辛龙子自知也不能活，但为了不使师兄失望，勉强点了点头，石天龙双眼一闭，含笑而逝。辛龙子内功深湛，一时尚死不掉，侧耳四听，只听一阵马嘶之声，不久又渐渐静寂。辛龙子叹口气道：“即算是草原马帮，也只能在谷中行走，绝上不来。而且我如此重伤。便有灵芝仙草，也难救治。还等什么?”他剧痛攻心，忽然眼睛一亮。正是：

问君何事萦怀抱，有愿难偿目未瞑。

欲知后事如何，请听下回分解。

第二十六回　品茗谈心　喜有良朋消永夜
因词寄意　永留知己在人间

辛龙子眼睛一亮，原来是看见齐真君的尸体就横躺在自己身边，自己那柄宝剑，尚插在他的胸膛，露出半截，耀眼生辉。辛龙子爱剑如命，一生寻求宝剑，不想一得宝剑，未满一月，便遭大劫。此际，他见了自己的宝剑，不觉苦苦挣扎，在雪地上又慢慢地移动自己的躯体，滚到齐真君的旁边，抓着剑柄，慢慢地把它拔了出来，深情地看了一眼，长叹叫道："凌未风呀，我辜负了你所赠的宝剑了!"把剑尖贴着胸膛，正想自尽，忽然有人叫道："凌大侠，凌大侠!"辛龙子手指一松，宝剑落地，冰崖旁边闪出一个人来。辛龙子惊喜叫道："韩志邦，原来是你!"

韩志邦是从西藏来的。当清军侵入回疆之后，蒙藏本已严密戒备，后来见清军在回疆推进，极为缓慢，两个多月，尚未进至伊犁，不觉松懈下来。不料清军在侵入回疆之时，已暗中分出一支奇兵，由皇子允禵率领，突然攻入西藏，把达赖活佛俘虏了，另立新的达赖。韩志邦和西藏喇嘛的感情极好，在清军迫近拉萨之时，冒险逃出，到回疆去讨救兵。这日，黄昏时分，经过慕士塔格山，见山谷中满坑满谷都是清军尸体，有些未死的还在悲惨呻吟，不觉毛骨悚然，爬至山腰，蓦然听得辛龙子在大叫凌未风，两人相见，几乎疑是恶梦。

韩志邦见辛龙子通身血红，奄奄一息，骇然问道："辛龙子，你怎样了?"取出随身携带的金创药，便待给他揩血敷伤。辛龙子呻吟叫道："你不用理我了，把那柄宝剑捡起来!"韩志邦哪里肯依，一定要替辛龙子治伤，辛龙子睁着怪眼骂道："我临死你还不听我的话，快、快、把那柄宝剑拿过来，趁我还有三分气在，如迟就不及了。"韩志邦无奈，将剑捡起递去，辛龙子并不接剑，又吩咐道："你双手捧剑，平放头顶，跪下来，跪下来！"韩志邦诧极问道："为什么？"辛龙子道："我要你宣誓归入武当门下，我今日替去世的师尊收徒！"韩志邦见辛龙子双眼圆睁，直盯着自己，知道若不答应，他死不瞑目，只好跪下。辛龙子精神一振，听了韩志邦宣誓皈依之后，吁口气道："师弟，你为人朴讷诚实，本门戒律我不必说了，以后自有人告诉你。现在你把宝剑给我。"接过宝剑，在剑鞘中抽出一张丝绢，上面写满文字，还画有图式。辛龙子道："这是我手抄的达摩一百零八式的副本，还有我的体会心得，都写上去了。正本我埋在骆驼峰的石窟中，这本副本我已译成汉文。达摩秘笈本来是你发现的，但你以前不是本门中人，所以我暂借去。"韩志邦这才恍然辛龙子要自己入武当门的用意，忙再跪下叩谢。辛龙子运一口气，强自支持，叫韩志邦在冰崖之下、冰河之边，借着冰雪的光辉，看清文字，他口讲指划，给韩志邦讲解这武林不传之秘。

辛龙子讲完之后，已是气若游丝，犹自挣扎问道："你懂了么？"韩志邦其实并不很懂，但见辛龙子如此苦楚，不忍叫他再讲下去，略一踌躇，点点头道："多谢师兄，我全懂了。"辛龙子摇了摇头，继续说道："你若不懂，我特准你拿秘本去请教凌未风。只是他今日生死如何，我也毫不知道！"韩志邦骇极问道："什么，凌大侠和你都中了敌人暗算了？"辛龙子只剩最后一口气，不答韩志邦的问话，连着往下说道："还有桂仲明和张华昭二人，也应当入我武当之门，他们就算你的徒弟吧！"桂仲明是石天成临终拜托辛龙子指点的，至于张华昭则是因为取得了优昙仙花，由卓一航遗命要辛龙子教的。韩志邦还待问时，辛龙子对宝剑一指，说道："给你！"怪眼一翻，溘然长逝！

韩志邦取了宝剑，在冰河中洗抹干净，正想挖一墓穴，将辛龙子埋葬，忽见幽谷下火把宛若长龙，慢慢向上移动。韩志邦心想，自己是讨救兵来的，这队人马，若是敌人，被他们上得山来，自己插翼难逃，看来公谊私情不能兼顾，只好让辛龙子被流冰所埋了。他滴了几滴眼泪，怅触一代怪侠，如此收场，翻过山坡，急急向南进发。

谁知这队人马，既不是草原马帮，也不是清军兵士，乃是哈萨克年轻酋长呼克济所带的人。孟禄逃走之后，孟曼丽丝起头瞒他，当晚她整夜失眠，心中总像被一条小毒蛇吞啮似的，十分难过。

孟曼丽丝忽然醒过来道："我们草原上有句成语：对所爱的人隐瞒，就像把污泥撒下甘泉，天下最美的东西也变了味。这成语说得对呀！我为什么要瞒着所爱的人？若告诉了他，能把我的爸爸追回来，也是一件好事。"第二日一早，她就去告诉呼克济，呼克济带人搜索，进入慕士塔格山，只见山谷中横七竖八堆着无数清兵尸体，大吃一惊，正待细看，忽听得银铃似的少女声音叫道："你们是些什么人？是马帮吗？"冰河脚下，一个红衣少女，怀抱一人，似精灵般地冉冉升起，呼克济和孟曼丽丝都看得呆了。

孟曼丽丝迎上去道："姑娘，我们是哈萨克的战士，你又是什么人？这么多清兵是谁杀的？"那个红衣少女大喜跳跃，叫道："哦，哈萨克的战士！那你们一定知道凌未风的了？"呼克济道："凌未风，那怎能不知？他是我们一族的恩人！敢问女侠和凌大侠可是相识？"红衣少女嫣然笑道："我们都是凌大侠的好朋友，我叫武琼瑶，我手中抱着的叫刘郁芳……"武琼瑶生性顽皮，见呼克济和孟曼丽丝态度亲热，笑着接下去道："她和凌未风就像你们两人一样要好！"孟曼丽丝杏脸飞霞，呼克济则刮目相看，急忙问刘郁芳伤得怎样？

刘郁芳可真伤得不轻，她被楚昭南和卫士们迫下悬崖，本来万难逃命，幸她手上有奇门暗器锦云兜，张在空中，飘飘荡荡，减低了下堕的速度，恰好那锦云兜又刚受楚昭南石弹震裂，钢须歪斜凌乱，堕到半山，勾着一株虬松，登时止了下堕之势，但人已昏迷不醒了。

武琼瑶运白发魔女的独门轻功，先觑准一点，落下十余丈，脚不沾尘，用脚尖一点实地，换势又跃下十余丈，这样看来，也和半空飞堕一样。刘郁芳在半空飘飘荡荡地降落，武琼瑶看得分明，紧紧追蹑，终于救了刘郁芳一命。

当下武琼瑶将当日恶战的情形，告诉了呼克济。这位年轻的酋长热心得很，一面派人爬上山去找寻凌未风，一面邀请武琼瑶住到他的营地去，好替刘郁芳治伤。武琼瑶自然是求之不得。

再说飞红巾和傅青主他们，自凌未风去后，心中悬悬，但战情一天天紧张起来，清军突然急速推进，大军像风暴般横扫过草原，飞红巾执行既定的策略，化整为零，流散在广阔无边的草原，当大军经过的时候，傅青主和飞红巾在一座高山之上观望，只见旌旗蔽空，万马奔腾，军容甚盛，傅青主蹙眉说道："清军中大有将才，今回的统帅绝不在多铎之下。"飞红巾扬鞭笑道："我们也不输他，且先把条长蛇的尾巴切了！"待大军过了十之七八，突然集中兵力将它切断，打了个漂亮的胜仗。但那股清兵强得很，虽败不乱，坚守待援。磨了好几天，清军后援续到，又只好放走他们。不过亦已把他们消灭了大半。

大军过后，消息传来，报道清兵突分两路，一入蒙古，一入西藏，入西藏的且是皇子允禵率领。傅青主喟然对飞红巾道："我们这次打个胜仗，但他们这次却打了个更大的胜仗，他们明明知道这一带是南疆各族集结之地，经过时理也不理，故意让长蛇的尾巴给我们截断，和我们缠打，蛇头仍疾驰去了！"飞红巾一想，果然中了敌人的圈套，有点懊恼，傅青主却笑道："他们纵有将才，就全局来说，却无法挽回败亡命运。"飞红巾点点头道："没老百姓帮助的军队，迟早都会失败，我懂得你的话了。"

两人正在闲话，忽见冒浣莲和桂仲明并辔驰来，冒浣莲在马背上高声叫道："傅伯伯，傅伯伯，你猜这次清军的统帅是谁？"傅青主讶道："我怎么会猜得着？你这小鬼头这样说，一定是得到什么风声了！"桂冒二人是飞红巾差去察看一个清军驻扎过的营地的，因此，飞红巾也连忙问道："你们在清军的营地里发现什么东西了？"

冒浣莲拉着飞红巾便走，并对傅青主道："傅伯伯，你也来看看，看我的猜测对不对？"四人策马登山，看山腰上清军驻过的营地，只见截壁连营，犄角相依，犬牙交错，深有法度。傅青主道：

"调度大军，如臂使指，安营行军，中规中矩，这位统帅称得上是大将之才了！"冒浣莲道："只怕统兵的不是将军！"伸手一指对面石壁，傅青主等凑过去看，只见上面刻着几行擘窠大字，当是写了之后，叫石工刻的，那几行字写得龙飞凤舞又有清逸之气，傅青主是书法名家，也不禁赞出声来，冒浣莲读道：

"试望阴山，黯然销魂，无言徘徊。见青峰几簇，去天才尺；黄沙一片，匝地无埃。碎叶城荒，拂云堆远，雕外寒烟惨不开，踟蹰久，忽冰崖转石，万壑惊雷！　　穷边自足愁怀，又何必平生多恨哉？只凄凉绝塞，蛾眉遗冢，销沉腐草，骏骨空台，北转河流，南横斗柄，略点微霜鬓早衰。君不信，向西风回首，百事堪哀！"

冒浣莲读完之后说道："傅伯伯，你看这首沁园春词，是不是纳兰容若的风格？"傅青主道："哀感顽艳，凄惋又有豪情，当今之世，也只有纳兰容若才能写得如此好词。"冒浣莲道："我也深有同感！此词绝塞生情，边城寄感，随军征战，而隐隐有反战之思，不是纳兰，谁敢填此？"傅青主拍掌赞道："你真聪明，猜得对了，统兵的不是将军，而是皇帝！"飞红巾道："你们谈诗论词，我是一窍不通，怎么你们会从这一首词而猜到统兵的是皇帝？"傅青主道："纳兰容若是相国公子，又是一等侍卫，若非康熙御驾亲征，他怎会随军到此边荒之地？"飞红巾哼道："就是皇帝老儿亲来，我们也不怕他！"傅青主道："怕，我们当然不怕，只是康熙亲率大军，可见他对边疆的重视，我们想正面对抗，那是绝不可能的了。"桂仲明和飞红巾一样，也是不解诗词，见冒浣莲对壁凝思，忽然想起纳兰容若拉她的手的往事，心中颇为不快。

四人正说话间，忽见草原远处，飞来两骑快马，紧紧追逐，两马一交，前面的人就回身拼命，再过一阵，看得更是分明，只见后面那骑，乃是个红衣少女，剑光闪动，不离前面那名骑士的背心，两人大声叫嚷，似是互相斥责，忽然双双落马，在草原上斗起剑来，那红衣少女剑法精绝，疾似狸猫，矫若猿猴，剑光起处，卷起一片精芒冷电，前面那名骑士是个中年汉子，剑法甚怪，脚步跄跄踉踉，如醉汉狂舞，竟是辛龙子的怪招家数。飞红巾一声大喊，策马冲下山去，大声叫道："师妹，住手，都是自己人!"傅青主也紧随着叫道："韩大哥住手，我们都在这儿!"

那两人正是武琼瑶和韩志邦。原来武琼瑶和呼克济爬上山去搜索，只见横尸遍地，辛龙子和石天成的尸体也在其内，不禁大恸，当下将两人的骸骨收拾好了，和呼克济回到喀尔沁草原的营地，刘郁芳悠悠醒转，执着武琼瑶的手流下泪来，第一句话就问凌未风怎么样了，武琼瑶告诉她并没发现凌未风的尸体，她才稍稍安心，但听了石天成和辛龙子的死讯，又觉十分难过。武琼瑶安慰了她一阵，看她外伤虽重，但还不至于死，于是拜托呼克济和孟曼丽丝好好照料她，立即告辞，快马赶回，一来是要向飞红巾报告消息，二来是要请傅青主去施救。

其时韩志邦已先走了一程，但他的骑术不及武琼瑶高明，路途也没武琼瑶熟悉，中途为了要躲避清军，寻觅小路，又耽搁了一些时候，将要回到飞红巾的驻地时，便被武琼瑶追上，武琼瑶见他手上拿的那把宝剑，正是凌未风送给辛龙子那一把，不禁大疑，只道韩志邦乃是走脱的清廷卫士，杀害辛龙子的凶手，上前喝问，韩志邦结结巴巴，不善说话，武琼瑶性子急躁，一言不合，就动起手来，韩志邦新学怪招，尚未成熟，挡不住武琼瑶辛辣的剑法，一边打一边逃，若不是幸好碰上飞红巾，险些就要伤在武琼瑶的利剑之下。

武琼瑶和韩志邦各将当日的情形说了，飞红巾和傅青主都不觉潸然泪下，桂仲明更是痛哭失声，不久石大娘也知道了噩耗，想着这一生的坎坷遭遇。恩爱夫妻，廿年离散，好容易冰消误解，而今又分隔幽明，那份伤心就更不必提了。她欲哭无泪，遥望远方，良久，良久，忽然抚剑叹道："他这样的死，也还值得！他的师兄九泉有知，也该谅解他了!"韩志邦再说出石天成临死拜托辛龙子的说话，韩志邦道："我的武功远不如桂贤弟，但辛龙子既转托了我，我就替他收徒，互相研习达摩秘技吧。至于石老能辈的骸骨，将来桂贤弟再带到剑阁去和桂老前辈合葬。"

当下傅青主略作安排，就和韩志邦、武琼瑶、易兰珠、桂仲明、冒浣莲、石大娘等六人一同出发，留下李思永、武元英、杨一维、华紫山、张华昭等人帮助飞红巾。

傅青主等快马赶到喀尔沁草原，刘郁芳养息几天，伤势已渐好转，得傅青主给她医治，果然药到回春，不消几天，刘郁芳身体上的创伤已完全医好，可是心灵上的创伤却反加重起来。因为凌未风下落未明，至今仍是毫无消息。易兰珠也因此精神憔悴，郁闷难以言宣。但见刘郁芳伤心，她只能抑着哀伤，为她开解。易兰珠说道："我的叔叔绝世武功，料想有惊无险。"刘郁芳凄然说道："只怕敌人太多，将他害了。"又道："若他未死，为何还不回来?"易兰珠百般慰解，她总是郁郁不欢。冒浣莲眼珠一转，忽然拍掌说道："我们何不去找纳兰公子，请他打探一下凌大侠的消息?若果凌大侠是被清军俘虏，他一定会知道的。"刘郁芳道："百万军中，你如何能够进去?何况他是清帝宠臣，又如何肯告诉你?"冒浣莲道："我改装作牧羊姑娘，傅伯伯陪我去。"傅青主道："纳兰公子不是常人，若见着了，也许可以得到一些消息。"桂仲明满怀不悦，但一转念这是为了凌未风的事，也便不做声了。

傅青主医术精湛，他自制有"易容丹"，能改变人的脸型面貌。(这其实也没有什么神秘，只是一种高明的化装术而已，不过在他们那个时代，还是被人目为神奇的。)两人擦了"易容丹"，形貌仍然保持原来的轮廓，但不是很熟的人已看不出来了。刘郁芳握着冒浣莲的手，感激得说不出话来。韩志邦看在眼中，心中也有许多感触。

且说纳兰容若这次出征，原非所愿。他这些年来专心研究易经和唐代以下的经学书籍，正在编一部大书，已定名为《通志堂经解》，他是想以此为"名山事业"的，不料康熙却拉他到绝塞穷边，去打回人、藏人。他眼见清军横越草原，杀害了无数牛羊，带给草原上的牧民无穷灾难，心中很是不忍，可是他身为贵族，又不能公然叛逆，精神上苦闷异常。这日他已随大军进到柬勒，距离藏边不远了，立马高原，只见漫天飞雪，大地如堆琼砌玉，山头如倒挂银蛇，不觉一片苍凉之感，想起自己爱妻死后，已无知心之人，欲白首穷经，又被迫随军征战，长叹一声，回到营中，提起狼毫，随手在锦笺上写道：

“非关癖爱轻模样，冷处偏佳；别有根芽，不是人间富贵花。　　谢娘别后谁能惜，漂泊天涯，寒月悲笳，万里西风瀚海沙！”

再填上词牌名“采桑子”，在词名下注道：“塞上咏雪花。”想道：“我也像塞上的雪花一样，偏爱冷处，不喜繁华。可是我虽别有根芽，却偏偏生作人间富贵花。这也真是造化弄人了！”他填好新词，想找人欣赏，却又不禁四顾茫然，心中自叹：“爱妻和姑姑死后，想找个人谈心也难了。”不知怎的，忽然想起冒浣莲来，“不知这位精通音律，妙解诗词的江湖奇女子，如今流浪何方？”不觉又提起笔来，填了一首《浣溪纱》道：

“谁道飘零不可怜，旧游时节好花天，断肠人去自经年。一片晕红疑着雨、晚风吹掠鬓云偏，情魂销尽夕阳前！”

掷笔长叹，想起去年夏秋之交，和冒浣莲同赏荷花的情景，不觉神驰！正在此时，忽听得营门外一阵喧哗鼓噪……

纳兰容若出来观看，见兵士围着一个老人和一个少女，在那里争吵，营帐远处羊群正在逃散，那老人和少女，都是哈萨克人打扮，老的短须如戟，状颇粗豪，但细看之下，粗豪中却又隐有儒雅之气，那少女长眉如画，瓜子脸型，眉清目秀，颇有江南少女的风韵。兵士们嬉皮笑脸地向那少女调笑，纳兰容若上前喝止，究问情由，那少女道：“我们的羊群给你们兵爷的战马冲散了，我还没向他们索赔，他们反而把我拉到这里。”纳兰容若皱皱眉头，料想必是士兵见她貌美，故意扰弄她的，清军劫掠牛羊，残害百姓都是常事，何况冲散羊群。纳兰容若对清军纪律之坏，甚感痛心，正想叱责，但见那少女侃侃而谈，疑心大起。草原上的妇儿见到清军，如羊遇狼群，避之唯恐不及，如何敢这样与人理论？因此欲言又止，反诘问那少女道：“你是哪里的人？大军驻扎之地，如何容得你在此放羊？”那少女“哎哟”一声叫起来道：“偌大一个草原，不许放羊，难道叫我们喝西北风？”纳兰容若面色一沉，那年老的牧人急忙说道：“我的闺女不懂说话，将军你多包涵则个。羊群我们也不愿要了，你放我们走吧。”纳兰容若故意板起脸孔说道：“不成，非罚不可！”军士们见纳兰公子非但不加责备，反而袒护他们，大为高兴，但又怕纳兰公子真的责罚那个少女，于是七嘴八舌地叫道：“罚她吹段笛子吧，她吹得真好听！”纳兰容若见少女手中拿着一支短笛，微笑说道：“是吗?”兵士们道：“刚才我们还看见她一面放羊，一面吹着笛子唱歌呢！”纳兰容若面色一端，煞有介事地道：“好，这次从轻处罚，就罚你吹一段笛子！”牧羊少女撅着嘴儿，老人道：“儿啊，你就吹一段吧！”少女拈起笛子，赌气说道：“好！吹就吹！”手指一按，吹出一段激愤清越的调子来，老人唱词相和，纳兰容若一听，听得呆了，她吹的竟是自己日前写在石壁上那首《沁园春》，从“试望阴山，黯然消魂，无言徘徊。”一直吹到“向西风回首，百事堪哀！”

这首词是纳兰容若半月前驻军南疆时写在石壁上的，他不解少女如何能够看到？即算看到，怎么这样快就到此地？难道是专诚来找自己？心中满布疑云，存心再试一试她，摇摇头道：“这支吹得不好，罚你另外清唱一支。”兵士们轰然道好，少女扭不过，眼波流转，敛襟一福，唱起来道：“瞬息浮生，薄命如斯，低回怎忘?记绣榻闲时，并吹红雨，雕栏曲处，同倚斜阳，梦好难留，诗成莫续，赢得更深哭一场……”纳兰一听，更是惊奇，这首词乃是他悼亡词中呕心沥血之作，也正是去年在相府的大花园中，初见冒浣莲时，自己叫歌女所唱的那首，当时冒浣莲还是男子打扮，听歌之后，就和自己倚栏谈词，临流赏荷，纳兰容若心魂一荡，盯了这少女一眼，身材果似冒浣莲的轮廓，可是脸型相貌，却又不同，正在惊奇，少女眼珠滴溜溜地向自己一转……

纳兰容若蓦然想起冒浣莲那对明如秋水的眼睛，心念一动，再仔细看时，觉得那少女身材好熟，竟隐隐似冒浣莲的轮廓。他大感惊奇，于是斥散士兵，带这两“父女”进入帐内。

冒浣莲昂然不惧，随纳兰走进清营。纳兰容若独据一个帐篷，虽在行军之中，也布置得非常雅洁。他屏退卫卒，请傅青主和冒浣莲坐下，微笑说道：“大漠穷荒，知音难觅，今日一会，令人心折，但拙词浅陋，不值一歌再歌，请姑娘于饮水词外再谱一调如何?”冒浣莲盈盈一笑道：“公子何前倨而后恭?”将短笛递给傅青主吹和，轻启朱喉，歌道：

“季子平安否？便归来，平生万事，那堪回首！行路悠悠谁慰藉？母老家贫子幼。记不起从前杯酒。魑魅搏人应见惯，总输他覆雨翻云手。冰与雪，周旋久。　　泪痕莫滴牛衣透，数天涯依然骨肉，几家能够？比似红颜多命薄，更不如今还有。只绝塞苦寒难受。廿载包胥承一诺，盼乌头马角终相救。置此札，君怀袖。”

这首《金缕曲》是纳兰好友顾梁汾所作，其中含有一段动人的故事。康熙初年，纳兰的另一位朋友吴汉槎被充军到关外的宁古塔，顾梁汾乃是他的知交，特为此填了两首《金缕曲》寄给纳兰容若，望他援救，冒浣莲歌的就是其中之一，这两首词悲深感切，纳兰容若看了大为感动，就代向父亲求情，把吴汉槎救了回来，冒浣莲而今歌此，其中大有深意。

纳兰容若聪明绝顶，闻歌会意，慨然说道：“姑娘有什么亲朋，无辜被捕了么？”冒浣莲道：“公子可愿援手？”纳兰道：“要看他是何等样人？若是像吴汉槎那样的名士，我也愿‘乌头马角终相救’的。”冒浣莲道：“吴汉槎是狂傲书生，我的朋友却是一代奇侠。”纳兰动容问道：“谁？”冒浣莲笑道：“曾令当今皇上寝食不安的凌未风。”纳兰容若悚然一惊，定了眼睛，迫视冒浣莲和傅青主，冒浣莲嫣然笑道：“老朋友都认不得了么？”纳兰容若惊喜交集，不觉握着冒浣莲双手，颤声问道：“是浣莲姑娘么？怎么相貌都变了？这位又是谁人？”冒浣莲道：“这位便是当今的神医国手傅青主。”纳兰容若放开了冒浣莲，又紧握傅青主的手，连道仰慕。傅青主除了医道高明，又是书画名家，诗文也好，算来还是纳兰的前辈。纳兰注视许久道：“我与傅老先生神交已久，在宫中也见过前辈的画像，容我冒昧一问，怎么相貌也与画像不大相同？”冒浣莲插口问道：“宫中为何有傅伯伯的画像？”纳兰笑道：“还有你的呢！你们那晚在清凉寺一闹，皇上立刻叫丹青妙手画了你们的颜容，到处搜捕你们，你们还不知么？”

傅青主笑道：“老拙就是预料有此，所以略施小技，将本来面目变了。”纳兰容若大为钦佩，赞道：“先生医术，真有夺鬼神造化之能，冒浣莲姑娘的相貌，想也是老伯施术更易的了。”冒浣莲点点头道："如果要恢复原来面目，只需一盆清水就行了。"纳兰容若摇手道："还是不要恢复的好。"冒浣莲再问起凌未风之事，纳兰容若道："我也不知道呀，待我见着皇上时，再替你们探问吧。但我也要劝你们，不要再在回疆闹下去了。我与你们一样都讨厌干戈，清军洗劫草原，我也极为内疚，只是天命难违，小大不敌，又何苦再令生灵涂炭？"冒浣莲拂袖说道："公子此言差矣，公子博览群书，岂不闻'宁为玉碎不为瓦全'之语？清军无故入侵，草原上的牧民又岂能不起而反抗？"纳兰容若黯然不语，良久，良久，才开声说道："今日我们只论友情，不谈国事，好吗？"他的内心甚为矛盾痛苦，一方面同情冒浣莲他们，但另一方面他又不能叛离皇室，所以只好避而不谈。

正说话间，忽听得帐外远远有喝道声，纳兰容若惊道："皇上来了！"傅青主道："我们要不要暂避？"纳兰容若再看了他们一眼，说道："不必，皇上不认得你们的。"揭开帐幕，康熙带着几个卫士缓缓走进。傅青主和冒浣莲迫于无奈，随纳兰容若跪下迎接。偷眼一瞧，卫士中有一个正是禁卫军的副统领张承斌，也就是当年带兵围武家庄的人。

康熙见纳兰帐中有两个陌生人，也颇惊讶。纳兰急忙奏道："无聊得紧，请一个牧羊姑娘来唱唱她们塞外的曲儿。"康熙见冒浣莲面目秀丽，别有会心，笑了一笑，指着傅青主道："这人又是谁？"纳兰道："是这个姑娘的爹爹，他在草原行医，颇懂得医塞外的一些奇难杂症。"康熙道："你就是欢喜结交这些九流三教的奇人，好，只要你高兴，我也可以破例地准你留他们在军中居住。"纳兰容若谢过皇恩，康熙又道："这人既懂医术，朕就让他试试去医十四贝子和博济将军。他们两人冻疮发作很是厉害，喂！你懂得医冻疮吗？"傅青主道："那是草原上很平常的病，只要用草原上的一种野草熬汁外敷，用不到三天，就可医好。"康熙道："好呀！那你就去吧！"叫一个侍卫引他下去，在纳兰耳边悄悄说道："你瞧，朕对你好不好？"他以为纳兰喜欢这个牧羊姑娘，所以借故把她的爹爹调开，好让纳兰单独和她亲近。纳兰容若满面通红，却是做声不得。

康熙哈哈笑道："朕御驾亲征，扫穴犁庭，直捣穷边，拓土开疆，国威远播，你熟读经史，你说在历代明君之中，朕是否可算一个?"纳兰道："陛下武功之盛，比之秦皇汉武唐宗宋祖，不遑多让。若能佐以仁政，善待黎庶，必更青史流芳。"康熙哈哈笑道："到底是书生之见，咱们入关未满三十年，自当先严后宽，若不临以军威，安得四夷慑服?"谈了一阵，康熙始终不提起凌未风之事，帐外朔风怒鸣，远处胡笳悲切，天色已渐黄昏，康熙向纳兰要了几首新词，便待离去。纳兰容若忽然说道："皇上留下张承斌与我如何？我想请教他几手武艺。"纳兰容若文武全才，词章之外，骑射也甚了得。康熙笑道："你今日还有如此闲情么?"把张承斌留下，带领其他卫士离开了纳兰的帐幕。

纳兰容若其实并不是想学什么武艺，他知道张承斌与楚昭南之间颇有心病，所以故意把他留下，康熙走后，他撩张承斌道："你在大内有廿年了吧?"张承斌道："廿七八年了，先帝登位还未满三年，我就来了。"纳兰又道："你现在还是禁卫军的副统领?"张承斌道："是呀，我做副统领也快近十年了!"纳兰漫不经心地说道："楚昭南倒升得很快。"张承斌道："那是应该的，他武功既强，又屡立大功，我们这些先帝的旧人都比不上他。"话虽如此，却颇见激愤之情。纳兰微笑道："是吗？怎么不见他呢?"张承斌又道："他做了统领之后，弟兄们折损很多，但一将功成万骨枯，也没有什么说的。"纳兰道："楚昭南最喜争功，我不喜欢他。其实嘛，做首领的人应该宽厚一点，这点，你比他强多了。"张承斌喜形于色，跪下磕头道："还望公子栽培!"纳兰扶他起来，张承斌又道："最近他和成天挺带了十几名一等卫士出差，除了他们两人，其余全部死光，只捉到一个敌人。"纳兰道："啊！那么敌人一定很厉害了。捉到了谁呢?"张承斌道："就是以前大闹天牢的那个凌未风。"说罢，看了冒浣莲一眼，冒浣莲故意低头卷着手绢玩。纳兰微笑道："这个牧羊姑娘可不知道你什么风风雨雨，你但说无妨。"张承斌道："折损了这么多人，皇上还是嘉奖他!"纳兰道："怎么我不见皇上提起，那个凌未风杀掉了吗?"张承斌道："皇上这些天来忙于调动大军，分占蒙藏，今天才空闲一点。想是见公子有客人，所以不提起了。凌未风有没有杀掉，我也不知道。听说皇上交给楚昭南处置，又听说楚昭南还舍不得杀他。”纳兰奇道：“他们本来是相识的朋友吗？”张承斌道：“岂止相识，还是师兄弟呢。听说就是因此，他要迫凌未风交出师父的拳经剑诀。”纳兰道：“为什么楚昭南不押他到这里来？”张承斌道：“皇上派他去帮十四贝勒。”纳兰容若听到此处，随便又问了几手武功，便端茶送客。

张承斌去后，天已入暮。皇上忽然派人送了西藏的龙涎香和宫女的锦衣来。纳兰容若大窘，对着冒浣莲，面红直透耳根。

皇帝送来这些东西，显然是把冒浣莲当作纳兰容若新收的妃子。冒浣莲神色自若，佯作不知，待侍卫去后，微微笑道：“良朋相遇，焚香夜谈，也是人生一大快事。”纳兰容若见冒浣莲心胸开朗，自责心邪，笑道：“姑娘不睡，我也不睡好了。”

两人剪烛焚香，品茗夜话。纳兰容若道：“姑娘真重友道，为凌未风冒此大险。”冒浣莲道：“全靠公子帮忙。”纳兰容若道：“楚昭南奉派给十四贝子允禵做帮手，那么现在是在西藏了。允禵帐下武士颇多，只怕不易营救。”冒浣莲道：“尽力而为，成不成那只好委之天命了。”纳兰又道：“可惜我不能帮你什么忙。”冒浣莲道：“你替我们探出消息，我们已是感激不尽。”

正事说完之后，两人谈诗论词，十分投合，帐外朔风怒号，帐中却温暖如春。纳兰容若听冒浣莲细谈家世，又是怜惜，又是羡慕，说道：“父死别，母生离，剩下你一个孤女，浪迹天涯，也真难为你了。”冒浣莲道：“惯了，也就不觉得了。其实我也并不寂寞，有傅伯伯，还有许多好朋友们在一起。”纳兰叹道：“所以我说你比我有福。”他想起死去的爱妻，再看眼前的玉人，心魄动荡，蓦然想起冒浣莲所说的“好朋友”之中，想来也有那“傻小子”在，不禁问道：“你那位……那位，我记不起名字了。没有与你同来？”冒浣莲娇笑道：“他叫桂仲明，他傻得很，我不放心他，不敢要他同来。”话语中充满无限柔情，纳兰容若如沐冷水，强笑道：“桂兄知你这样关心，不知如何感激？”冒浣莲笑道：“若使两心为一，那已无需感激了。”纳兰容若敲了一下额头，笑道：“该罚，该罚，我这句话真如词中劣笔，道不出挚性真情。”冒浣莲忽然说道：“多一个知心的人就少许多寂寞，你还是该早点续弦。”纳兰容若道：“曾经沧海，只怕很难再动心了。”冒浣莲笑道：“我虽未结婚，但我想夫妇之间，只求有所适合，便是美满姻缘，不必强求样样适合。比如我和桂仲明，同是江湖儿女，我喜欢他的戆直纯真，他虽不解诗词，我也并无所憾。以你的身世，尽可找得温柔贤淑的闺秀，何必过分苛求?”纳兰勉强点了点头，说道：“谢谢姑娘关心。”

夜渐浓，两人谈得也越亲切。纳兰容若闻得缕缕幽香，醉魂酥骨，忽然说道：“我去年在京中与你同赏荷花，过后时觉幽香。只道今生不能再闻了。谁料又有今晚奇逢。”冒浣莲何等聪明，眼珠一转，扭转话题说道：“公子是当代词家，我有幸得与公子长谈，若不献词求教，岂不辜负今宵之会?”纳兰容若大为高兴，拍掌说道：“姑娘冰雪聪明，填的词一定是好的了。”展开词笺，提起笔来，说道：“你念吧，我给你写。”

冒浣莲念道：

“最伤心烽火烧边城，家国恨难平。
听征人夜泣，胡笳悲奏，应厌言兵。
一剑天山来去，风雨惯曾经。
愿待沧桑换了，并辔数寒星。
此恨谁能解，绝塞寄离情。

莫续京华旧梦，
请看黄沙白草——
碧血尚阴凝。
惊鸿掠水过，波荡了无声。
更休问绛珠移后，
泪难浇，何处托孤茎，
应珍重，琼楼来去，稳泛空溟。”

纳兰容若一面写，心儿一面卜卜地跳，写完之后，苦笑说道：“这首词原来是你特别送给我的?”冒浣莲点了点头，纳兰容若卷起词笺，低声说道：“谢谢你的好意!”

冒浣莲这首词表现了真挚的友情，但其中却又含有深意，上半阕表达了厌恶战争，但为了国仇家恨，又不能不冒着暴风雨去抗争的思想感情。到“愿待沧桑换了，并辔数寒星”两句，便谈及自己对纳兰容若的友谊态度，意思是：我们现在仍是处在不同的两个敌对集团，除非是世界变了，清兵退出关了，我们的友谊才能自由生长，那时候才能和你无拘无束地在星光下并辔驱驰。而现在呢？却是不可能的事。这种战争造成的友谊障碍，实在是人生的一大恨事。可是这种恨事，又有几人能够了解呢？

下半阕自“莫续京华旧梦”起，一直到“应珍重，琼楼来去，稳泛空溟”止，更是直接答复纳兰容若刚才的话了。纳兰容若缅怀京华旧事，恋恋于昔日谈词赏荷的好梦。冒浣莲告诉他道：京华旧梦是难于续下去了，你看目前的情况吧，清军掠过草原，在黄沙白草之上，碧血尚自凝结，没有消尽，在这样两方交战之中，那种好梦又如何能够再续下去？我们这段友谊，只好请你比作“惊鸿掠水”，过了便算了。至于我呢？你不必为我担心，我虽然是个孤女，但却并不像神话中的绛珠仙草，离开了天河之后，要用眼泪来浇才能生长的。不，我还没有那样脆弱。倒是对于你，我却希望你自己珍重，你在帝王之家，正如在“琼楼”高处，可能不胜寒风呢，我倒愿意你能够把持得定，好像在太空中行驶的船只，虽然没什么人帮助你，你也能把稳了舵。

这首词情词恳切，真挚纯洁的友谊远超于一般私情眷恋之上。纳兰容若两眼潮湿，心灵明净，自觉亵渎了冒浣莲珍贵的感情。在烛影摇红中，紧握着冒浣莲双手，轻轻说道：“天快要亮了，我送你出去吧！”正是：

脉脉此情谁可语，永留知己在人间。

欲知后事如何？请听下回分解。

第二十七回　矢志复仇　易兰珠虔心练剑
师门留恨　武琼瑶有意试招

“天快要亮了，你也该歇歇了！”在喀尔沁草原上，韩志邦也这样地对桂仲明说。

冒浣莲和纳兰容若长谈待晓之夜，桂仲明也是彻夜无眠。这些天来，韩志邦奉辛龙子的遗命，把达摩一百零八式的副本，和他共同研究，桂仲明根基很好，对武功的领悟也远胜常人。不消几天，已超出韩志邦之上。

这一晚桂仲明把达摩秘技，式式演习，反复揣摩，渐觉心领神会。韩志邦屡次劝他去睡，他都置若罔闻，一忽儿在地上打坐冥思，一忽儿又跳起手舞足蹈。韩志邦虽然武功不高，也知他练功已到了紧要关头，正在探索达摩秘技的关键窍要，不敢打搅，在一旁怔怔地看着他。草原上夜寒沁骨，韩志邦渐觉不耐，忽听得远处鸡声，曙光微现，韩志邦看桂仲明时，只见他又趺坐地上，俨如老僧入定，动也不动。韩志邦正想叫他，忽然他大声叫道：“得了！得了！”倏地跳起，拔出腾蛟宝剑，按达摩剑法飞舞起来，顿时银光遍体，紫电飞空，韩志邦虽然通晓达摩秘技，也看得眼花缭乱，桂仲明舞到急处，忽然一顿，又慢下来，只见他东一剑，西一剑，好像毫不用力，漫不经心，但内行人看来，却是几达到心剑合一的上乘功夫，真有流水行云，挥洒自如之妙。韩志邦深深佩服，不觉叹道：“武艺一道，真得有缘！”话声未了，忽听得有人接声赞道：“好剑法！”桂仲明身子一旋，倏地收剑凝身，说道：“兰珠妹妹，你好早啊！”

易兰珠微笑点头，忽地拔出短剑，说道：“桂大哥，你给我喂喂招。”桂仲明一阵踌躇，原来他以前在纳兰相府的花园，误打误撞，曾和易兰珠斗过，那时他是略占上风。现在得了达摩剑法精髓，武功又不知比以前高了多少。但正因为刚刚领悟，只恐自己还不能完全控制，而达摩剑法又狠辣异常，担心一时错手，伤了易兰珠，那可不好意思了，所以他迟迟疑疑，不敢即答。易兰珠好似窥破他的心意，剑锋一领，微笑说道：“你不妨先用五禽剑法和我过招，若觉我比以前稍有进境，那你再用新学成的武林秘技如何?”

桂仲明无法推辞，只好答应，刚说得声：“请进招!”易兰珠已刷的一剑，刺到胸前，桂仲明宝剑斜压，易兰珠瞬息之间，已连发三剑，桂仲明撤剑防守，大感惊异，辗转攻拒，拆了三五十招，桂仲明守得甚为吃力。只觉比对楚昭南之时，似乎更感困难。虚晃一招，剑法一变，把新学成的达摩剑法，施展出来。霎时间怪招浪涌，变化无穷，如剥茧抽丝，绵绵不绝，易兰珠道声“来得好”！短剑一翻，在剑光中穿来插去!

两人越斗越快，桂仲明舞到沉酣淋漓之际，腾蛟宝剑，随意所之，忽疾忽徐，一举手一投足，便觉剑光缭绕，有风飒然。易兰珠衣袂飘飘，随着桂仲明的剑锋滴溜溜地转，无论桂仲明的剑招，如何怪异，她总能拿捏时候，不差毫发，挡在头里。不知不觉之间，桂仲明的达摩剑法快将用完，还是刚刚打成平手。易兰珠娇叱一声，剑招忽紧，身如星丸跳掷，一口短剑回环飞舞，霍霍迫来。桂仲明悚然一惊，料不到易兰珠进境如此神速，心念一动，把昨晚冥思默索的心得，全用出来，不按达摩剑法次序，随意拆散开来，加上五禽剑中原有的精妙招数，创成了独具一格的上乘剑法，带守带攻，把易兰珠挡住，又是斗得个半斤八两，铢两悉敌。一口长剑，一口短剑，如玉龙夭矫，半空相斗，韩志邦在旁边看来，只见万点银星从剑端飞舞而出，又像万朵梨花，从空撒下，遍体笼罩，哪里还分得出哪个是桂仲明，哪个是易兰珠。余势所及，周围的白草黄沙，都随风颤动飞扬，草上的积雪，也给震得纷纷飞舞，盘旋天空，雪花剑花满空交织，幻成奇彩。韩志邦看得目定口呆，到了后来，连两人头上缤纷飞舞的是剑花，是雪花，也分辨不出了。刚叫得一声“好”字，忽听得“当当”两声，火花乱射，倏地两道白光迎面射来，韩志邦一矮身时，已是风定声寂。桂仲明和易兰珠敛手站在自己的面前，笑嘻嘻道："我们斗得忘形，吓着了韩叔叔了。"

你道易兰珠剑法何以如此神奇？原来在桂仲明潜心研习达摩剑法之时，她也在潜心研习天山剑法。凌未风在上次离开她时，就将晦明禅师的拳经剑诀交给了她保管。易兰珠火候未到，原想待凌未风归来之后，有暇之时，再请他传授奥妙精华之处，不料凌未风冰河遇险。易兰珠矢志救他，用绝大的虔心毅力，苦苦学剑，十几天来，连张华昭也一面不见，真所谓精诚所至，金石为开，过了几个不眠之夜，居然给她无师自通，摸索出天山剑法的奥秘，豁然贯通，再加上飞红巾亲授的白发魔女独门剑法，融化会合，顿觉灵台明净，以前所碰到的武学难题都一一迎刃而解。凌未风在师父交给他的拳经剑诀上，又新添了一章他自己的心得，专论怎样应付达摩剑法的。所以易兰珠和桂仲明比剑，非但毫不吃亏，而且在剑法上还略占上风。只是以功力而论，易兰珠还稍逊桂仲明一筹，所以打来打去，打成平手。

比剑之后，桂仲明颇有点沮丧，觉得苦心学技，精通了达摩剑法之后，也只不过如此。不料易兰珠已抢着称赞他道："桂大哥，你现在已可以做一派的宗师了！"

桂仲明惶然说道："兰珠妹妹，你怎的嘲笑起我来了。"易兰珠道："我虽然年轻识浅，自幼跟随凌叔叔，对各家各派剑法略知一二，如今看来，将来能与天山剑法匹敌的，只有你所揣摩出来的剑法了。不瞒你说，我这些天来，对本门剑法，也还用了一些功夫，自信已比前高了许多，不料和你一比，还是不能取胜。"桂仲明这才转沮丧为喜悦，冲口说道："浣莲姐姐若看到我们今朝这场比剑，一定非常高兴。"易兰珠噗哧笑道："是呀，她看到你有如此进境，一定会夸奖你！"桂仲明面上一红，远处张华昭叫道："兰珠！兰珠！"易兰珠笑道："现在我可以见他了。"扭头便跑。桂仲明傻笑着对韩志邦道："韩叔叔，不怕你见笑，我总觉得配不起浣莲姐姐，所以我在剑法上要特别用功。"韩志邦看他们两对小儿女如此恩爱，不觉微感辛酸。

韩志邦曾苦恋刘郁芳十余年，后来知道了刘郁芳之情别有所钟，经过了一段时期心灵的痛苦，这才渐渐平静下来。

他敬重凌未风，他甚至暗中曾为凌未风、刘郁芳二人祷告。他并不是不爱刘郁芳，他的爱是比以前更深了。可是，这已经不是想“占有”的爱，而是挚望所爱的人得到幸福的那种无私之爱了。

他离开了桂仲明，惘惘然地去敲刘郁芳的房门，刘郁芳开门见他，颤声问道：“怎么样？有了凌未风的消息了？”这些天来，刘郁芳总是把自己关在斗室之内，任何人都知道她忍受着痛苦的煎熬，可是，却没有谁能够慰解她。韩志邦看着她苍白的脸容，默默地伸出了他的手，刘郁芳低声说道：“计算日程，傅青主他们就快要回来了……”韩志邦道：“刘大姐，我不懂得说话，但我若一知道凌大侠的消息，我向你发誓，我要把他带回你的身边。”刘郁芳伸出手来，让他握了一会儿，终于说道：“志邦，你永远是患难中的好朋友!”

这时候，凌未风也正想念着刘郁芳，他也结识了一班新的患难中的朋友。他被关在西藏拉萨的布达拉寺迷宫。布达拉寺本来是达赖喇嘛驻锡之地，现在却变成了允禵的侵藏军总部。允禵为了奉行康熙的怀柔政策，除了另立新的达赖之外，其余寺中的喇嘛，仍然留着，但清军的武士已遍布寺内。寺中的迷宫道路曲曲折折，允禵到后又命巧匠增加门户，变更道路，弄得十分复杂。迷宫中重门叠户，全是清军的特选武士守卫。凌未风就关在迷宫中心的密室里。

凌未风在那里激起了极大的波澜，一个很难令人相信的奇事发生了。他虽然拇指被割，面有刀疤，但就是这样丑陋的人，全身却似充满了一种特殊的魅力。看守他的卫士们，都被他这种奇异的魅力所吸引着。凌未风的英雄故事，本来像传奇一样，久久以来，就深印在他们的脑海里。如今凌未风竟然和他们呼吸相闻，朝夕与共，这自然引起了一场轰动。他们起初还只是怀着好奇的心理，去接近凌未风，渐渐就被他英雄的气质、英雄的谈吐所“迷”着了。尤其一些年轻的卫士们，更是从心底里尊敬他。

在年轻的卫士中，有两个人特别接近凌未风，一个叫做周青，一个叫做马方。周青是世袭武士，他的祖父还是顺治初入关时，摄政王多尔衮所网罗的武士之一，后来因为替摄政王干了一件秘密差事，事成后被摄政王毒死灭口。马方则是回人，浪荡江湖，无以为生，铁扇帮的帮主尚云亭，在回疆遇见他，把他荐给了楚昭南。

凌未风在别的卫士口中，探出了周青祖父的死事，也探出了马方的来历。不消多久，便和两人成了心腹之交。有一晚轮到周青守卫，凌未风和他谈起江湖好汉的行径，周青听得津津有味。凌未风有意无意地提起了周青的祖父，忽然说道："武林中以道义为先，朋友宁愿两胁插刀，自己的人绝不会互相残杀。给皇帝老儿当差，虽然有功名利禄，却是朝夕都得提心吊胆，既怕皇帝诛戮，又怕同伴陷害。有血性的男子也真难长做下去。像令祖那样英雄，到头来还不免横死。"周青对祖父的事，隐隐有所知闻，听凌未风那么一说，跳了起来，忙问道："你怎么知道的？你的消息可真？"凌未风依直说了。周青流泪道："我祖父的事，我也曾影影绰绰有所风闻，只是我自小就是卫士，一向都以为效忠皇上，是做'奴才'者天经地义之事，你来了，令我茅塞顿开，原来在江湖上，人与人之间，是这样赤诚相对的。"说完之后，火爆爆地就想帮助凌未风逃走，凌未风急忙劝止，叫他静待时机。

又有一晚，是马方当值。凌未风细谈回人所受的苦难，又说起尚云亭和人妖郝飞凤是怎样的为江湖所不齿。马方面红耳赤，羞愧之念油然而生，自此也被凌未风收为心腹。

楚昭南将凌未风关到迷宫的密室之后，时时来迫他要拳经剑诀，到知道拳经剑诀确实不在他的身上时，又要他重写出来。凌未风的舌头厉害极了，楚昭南每次来都给他骂得狗血淋头，而且凌未风绝不胡骂，一件件一桩桩，都是楚昭南干过的坏事。把他怎样背叛师门，陷害师兄，暗杀同伴的事都抖了出来。听得卫士们惊心动魄，楚昭南苦恼极了，既想逼他写出拳经剑诀，又怕他的毒骂，到了后来，知道要迫他写是很难的了，渐渐就起了杀机。

可是当楚昭南正要下杀手的时候，有一小队人马，已横过草原，穿入西藏，偷进拉萨，伺机援救凌未风了。

在桂仲明和易兰珠学成剑法后的第七天，冒浣莲和傅青主回来了。说出凌未风尚在人间的消息，大家都非常高兴。但听说凌未风被关在布达拉宫，周围有允禵的重兵防守，大家又都忐忑不安，只恐比当初大劫天牢还要困难。易兰珠道："无论怎样危难，我们都要去救的了。"哈萨克的青年酋长呼克济道："这个当然，凌大侠是我们一族的恩人，为了他，我们赴汤蹈火，都不敢推辞。只是也得盘算一条比较稳妥的计策，只几个人去，恐怕无济于事。"傅青主拈须笑道："那么就烦你选三百通晓技击的死士，随我们一道去。"刘郁芳道："人多易于被发觉，我们怎冲得过藏边的大军封锁？"傅青主道："若在十天之内，赶到藏边，也许还有办法通过。迟了我就不敢担保了。"众人忙问缘故，傅青主笑道："山人料到今日之事，早已做了一番手脚了！"原来当日傅青主在御营之中，被康熙叫去，替一个贝子试医治冻疮，一试便好，康熙十分高兴，请他传下药方。傅青主十分"卖力"，不但写下药方，还采集草药，研成数百包药粉，留给边境的戍卒。医治冻疮的药方并不假，可是研成的药粉之中，傅青主却加多了一种厉害的草药，擦后初时并无异状，而且患者还颇觉舒服，可是过了几天之后，冻疮却会复发，而且比原来的还厉害十分。傅青主算了日期，估计在十天之内赶到藏边，就正是那班戍卒冻疮大发的时候。

再说纳兰容若自冒浣莲去后，情思惘惘。一日听得营帐外远远传来了战鼓之声，康熙皇帝怒容满面地进来说道："容若，前日来的那两父女是奸细！"纳兰容若跳起来道："怎么见得？"康熙道："适才前卫的指挥派遣快马来报，有一股马贼想冲过封锁，绕过草原，他们出动数千戍卒兜捕，不料兵士们十九生了冻疮，而且发作得极为厉害，数千戍卒，苦战之下，竟挡不住，要我们赶派人去。"纳兰容若"啊呀"一声叫了起来，惶恐说道："微臣该死，竟然给奸细混了进来，请皇上处罪。"康熙道："不知不罪，我也不怪责你。你受了此次教训，以后少交来历不明的人。"纳兰容若唯唯称是。康熙又得意笑道："幸亏我的神策营保养得好，根本没有用到那人的药粉，现在已派了出去了，料那一小股马贼，逃不出神策营的铁掌。我倒想看看，这些马贼可是吃了老虎的心、豹子的胆？居然这样胆大包天！"纳兰容若听了，不由得暗暗吃了一惊。神策营是禁卫军中的精锐，由皇帝亲自统率，端的非同小可。纳兰容若眼珠一转，说道："出动到神策营去围捕马贼，定能手到擒来。皇上若有兴致去看，我们一同观战如何?”康熙一时兴起，连声道好，和纳兰选了两骑御马，在侍卫簇拥下，驰向边境。

神策营人强马壮，从大营驰到前线，十余廿里路，用不到半个时辰。傅青主他们正自突围，神策营一涌而上，四面散开，犹如在草原上铺了一张大网，向中央慢慢收束，将傅青主等三百健儿围在垓心。康熙和纳兰容若赶到之时，只听得杀声震天，剑影刀光，交战得十分激烈。

康熙和纳兰容若立马土丘，指点观望。康熙变色说道：“这不是寻常的马贼!”神策营的统带个个都是武功精湛的人，数十统带率领三千铁骑，虽然把敌人重重困住，但那帮“马贼”冲到之处，却如波分浪裂，不过片刻，康熙已亲眼见到几个统带丧命刀剑之下。看了一阵，康熙又噫了一声，把手一指，对纳兰容若说道：“你看，那个老儿!”纳兰依言看去，只见傅青主一马当前，一柄长剑，风翻云涌，转眼之间，便杀翻几人。康熙道：“这老儿不就是前天那个草头医生?”纳兰一看，只见冒浣莲也杂在乱军之中。纳兰心想，他们虽然都是武林高手，只是寡不敌众，时候一久，必定支持不住，眉头一皱，对康熙说道：“那个少女原来也是马贼。”康熙这时也看见冒浣莲，正想说话，纳兰容若忽然纵马出去，大叫道：“气煞我也！不将贼子生擒，誓不为人!”康熙急叫：“别冒险，快回来!”纳兰快马嘶风，早已冲进阵中去了。

神策营官兵忽见纳兰公子飞马冲来，个个愕然。张华昭傍着易兰珠，杀得头昏眼花，对着纳兰容若一剑刴去，纳兰奋力一架，险险落马，易兰珠手肘一撞，把张华昭撞过一边，张华昭这才看清是纳兰容若，“啊呀”一声叫了起来。冒浣莲驰马过来，纳兰提刀劈去，冒浣莲轻轻一闪，纳兰容若低声说道：“把我擒去。”又是一刀向冒浣莲怀中抢入，桂仲明虎吼起来，冒浣莲一舒玉手，把纳兰手腕刁着，挟了过来，瞪目横了桂仲明一眼道：“你这傻瓜！给我退下。”桂仲明依稀认得纳兰容若，叫道：“哼！我们都以为你是好人，原来你也替皇帝老儿卖命!”冒浣莲给他气得啼笑皆非，低声说道：“快叫傅伯伯来!”

神策营士兵见纳兰公子一照面就被敌人擒去，这一惊非同小可，纷纷来救，易兰珠短剑飞舞，砍翻几个，傅青主急忙赶来，在冒浣莲手中接了纳兰容若，长剑架在他的颈项，厉声对清兵说道：“住手，不然我就将这人剁了！”

神策营将士知道纳兰公子是皇上最宠爱的人，如何还敢动手？禁卫军的副统领兼神策营的总管带张承斌纵马过来，高声叫道：“有话好说。且慢动手！”傅青主扬眉笑道：“张副统领，别来无恙？”张承斌一愕，傅青主道：“五台山下武家庄之会，副统领还记得么？老朽便是江南傅青主！”张承斌一看，见傅青主形容全改，但知他医术神妙，也不以为异，当下拱手说道：“傅老先生有何见教？”张承斌早年也是江湖人物，为人比楚昭南稳重得多。所以当年围武家庄时，还和武元英以礼相见。他知傅青主捉了纳兰容若之后，必定有所要挟，索性一开口便把话说明，等候对方开出条件。

傅青主双眸炯炯，竖起拇指说道：“张大人也是江湖的大行家，咱们不敢多求，只烦纳兰公子送我们二百里路！”张承斌道：“此事我不敢作主，请各位稍待须臾，待我禀过皇上如何？”走出战地，将傅青主的话对康熙说了。康熙皱眉道：“叫他把容若放回，我们让他们过去便是了！”张承斌快马回报，傅青主冷笑道：“假若张大人可以作主，那么咱们交人借路，倒也爽脆。只是此番乃皇上作主，请恕直言，咱们实在信不过皇上，请问，假若我们此刻放纳兰公子回去，皇上下旨，要你再率兵士来追，你是奉旨还是抗命？”张承斌不敢置答，再回报皇帝。康熙恨得牙痒痒的，却是无法可施。当下说道：“也罢，容若少不更事，算他们造化。只是若他们将容若带出三百里外，不放他回来又怎么办？”张承斌叩头禀道：“那老儿名唤傅青主……”康熙嗯了一声，插口道：“哦，傅青主？我知道！他不是这个样子！”张承斌道：“他有变容易貌的本领。”顿了一顿，康熙斥道：“你吞吞吐吐想说什么？”张承斌道：“这人在江湖上颇有名望，说一是一，说二是二，谅他不致失信！”康熙面色倏变，哼了一声，想道：“他们信不过我，你倒信得过他们！”张承斌俯伏在地，瞧不见康熙面色，又禀道：“奴才愿随公子前去，再护他回来。”康熙只好答应，叫他和另外四名侍卫陪去，傅青主也答应了。康熙经此一役，颇为不快，班师回朝之后，就借故将张承斌杀掉，那是后话。

当下神策营健卒尽撤，张承斌和另外四个卫士，陪着纳兰作为人质。只是他们被隔开跟在后面，纳兰则换过骏马，和傅青主、冒浣莲等走在前头。桂仲明傻乎乎地对纳兰道："以前我们做你的园丁，现在你做我们的囚犯，刚好扯直，哈哈！"傅青主拉了桂仲明一把，悄声说道："你当纳兰公子真的被我们擒着吗？他是想救我们才故意来的呀！"冒浣莲也戳了他一下，嗔道："你这人几时才能学得聪明？"

桂仲明呆了一阵，这才恍然大悟，紧握纳兰容若的手，傻笑说道："你真的是个好人！"纳兰见他一派浪漫天真，暗暗为冒浣莲欢喜。

走了两日，三百里路程已过，纳兰悄然说道："送君千里，终须一别。我与各位相知在心，愿彼此珍重。"傅青主吩咐众人下马，席地而坐，取出酒与肉脯，替纳兰饯行，桂仲明自冒浣莲回来后，一直未有机会为她表演剑术，这时兴起，解下腾蛟宝剑，笑对纳兰说道："我舞一趟剑与公子解酒。"剑花一挽，登时将武林失传的达摩剑法施展起来！

群雄中除韩志邦与易兰珠外，其他均未见过，啧啧称奇！正舞到酣畅之处，迎面三骑快马，闪电奔来，忽然勒住，傅青主颇感惊奇，马上三人，一个是中年美妇，一个是五十多岁的汉子，短须如戟，还有一个却是白须飘拂的老道。这三人相貌清奇，神光内蕴，显然都有精湛的武功，傅青主正想招呼，这三人看了一阵，忽然打个眼色，老道与汉子双双向桂仲明冲来，那中年美妇，身手更是矫捷，倏地一纵，一剑就向纳兰容若插下。

傅青主猝不及防，长袖一扬，使出流云飞袖的绝招，卷向敌人皓腕，右掌呼的一声，从袖底掩击出来，美妇人凌空一个筋斗，翻到傅青主背后，刷的一剑，丝毫不缓，继续刺来。傅青主这一瞬间，青钢剑也已出手，反手一剑，将敌人剑锋黏着，拉过一边。美妇趁势一送，剑锋又奔下盘。傅青主暗暗诧异，先不喝问，回剑与她相斗，斗了一阵，美妇人噫了一声，说道："你是无极派的高手，为何却自甘下流！"傅青主连解三剑，微笑说道："你是武当派高手，为何说话这样无礼!”美妇人怒道:“你戴汉人衣冠，却保护鞑子，羞也不羞?”转瞬之间，又刺了几剑。

那边厢桂仲明也和两个敌手，杀得难分难解。那白须老道功力深湛，桂仲明剑尖触处，只觉一股大力反击过来，那短须如戟的汉子，剑法也极精妙。桂仲明仗着达摩怪招和腾蛟宝剑，才堪堪打成平手。那两人辈分很高，给一个后生小子敌住，又惊又恼，双剑左右展开，着着进迫，桂仲明觉两人功力，竟似不在齐真君之下，斗了一阵，额头已是见汗。

易兰珠见敌人个个武功高强，傅青主以一敌一，还略占上风，桂仲明以一敌二，竟是露出败象，不假思索，短剑一翻，就向那老道刺去。老道长剑一卷，没有卷着，易兰珠的剑招，已如长江浪涌，滚滚而上。斗了三五十招，那老道已被迫后退。易兰珠正待追击，老道横剑一封，潜运内力把易兰珠震出两步，高声叫道:“你这女娃子是白发魔女的什么人?”

傅青主长袖一挥，把那中年美妇也迫出两步，接声说道:“三位武当派高手请了!敢问你们与卓大侠是如何称呼?”白发老道见傅青主如此功力，不敢怠慢，拱手说道:“卓大侠是我们师兄，转请尊驾大名。”傅青主报了姓名，三人都吃了一惊，奇怪名满天下的一派宗师、神医傅青主，却与满洲贵官同在一处喝酒。傅青主又指着易兰珠道:“她是晦明禅师的再传弟子，又是女英雄飞红巾的干女儿，故此也得了白发魔女独门剑法的真传。”老道赞道:“怪不得剑法如此凌厉，我与晦明禅师缘悭一面，今日得见他的嫡传剑法也算大开眼界。”

这三人是从湖北来的。那白发老道名唤玄真，是卓一航师叔黄叶道人的弟子，现在是武当派的掌门，那中年美妇名唤何绿华，是卓一航另一位师叔白石道人未出家时生下的女儿，那五十多岁的汉子乃是她的丈夫，她今年也近五十，只因驻颜有术，所以看来尚是美艳动人。卓一航数十年前曾是武当派掌门，年纪比师叔们小不了多少，却比师弟们年长许多。卓一航自抛弃掌门位子，隐居天山之后，武当门下还时时想迎他回来，廿多年前，杨云骢还在回疆的时候，何绿华就曾独上天山找寻过卓一航，而且曾因此加重了白发魔女的误会。

卓一航死后许久，武当门下才知信息。后来又听西藏喇嘛僧传出，达摩秘笈已重现世间。这达摩秘笈乃是他们武当派失传的镇山宝典，凡是武当门下，都奉有遗命找寻。因此掌门人玄真亲率师弟师妹，远至西藏，准备访得下落后，再上天山把卓一航的骸骨迎回武当山安葬，不料到西藏不久，清军大举侵入，布达拉寺也被允禵占作总部。三人不知边境已被封锁，废然南返，谁知无巧不巧，途中碰见桂仲明舞剑，他们认得五六个招式，正是他们武当远祖靠记忆传下来的达摩剑式，又见纳兰容若和清宫卫士也在那儿，因此不问皂白，立刻动手。另一方面，玄真也是想试试达摩剑法的威力。

两面把话说开，玄真知道傅青主一派宗师，素来不打诳语，他虽不肯揭露纳兰身份，但这样维护纳兰，其中必有道理，也不便再加追究。纳兰知道这三人要上天山，微微笑道："边境大军云集，锁得水泄不通，道长剑法虽高，只恐不易闯过！"玄真瞋目怒道："我们三人拼血溅黄沙，最少也能杀百数十个胡狗！"张承斌面色大变，纳兰却不以为忤，仍然笑道："两败俱伤，这又何必？如道长不以为嫌，在回程时，我带诸位过去便算了。你们认是游方道士，不会有什么事的。"傅青主悄悄对玄真道："这位是好朋友，我劝道兄还是领他的情吧！"玄真大感惊异，他见纳兰丰神俊朗，气度不凡，不觉减了几分敌意，当下不再言语。傅青主正想举手道别，玄真忽然指桂仲明道："这位小哥，暂请留下。"桂仲明怒道："什么？凭什么给你留下？"冒浣莲忽悄悄地在他耳边说道："他们是你的师叔，休得无礼！"桂仲明一怔，尴尬已极。这才想起自己学了达摩秘笈，已算武当弟子，只好过来，向玄真等唱了一个喏，叫声"师叔"。玄真诧道："你是卓一航的关门弟子吗？"桂仲明摇摇头道："不是！"说了之后，自觉不安，又点点头道："也算得是！"玄真皱眉道："这是怎么说法？"韩志邦在旁道："他是辛龙子遗命要我代卓大侠收徒的！"玄真瞪了韩志邦一眼，说道："你又是什么人？你是本门的弟子吗？"韩志邦也摇了摇头，冒浣莲急忙过来解说，好不容易，说了半天才说清楚，玄真非常不快。他们武当一派，素重尊卑之分，不料今日初会，两个师叔竟自合战师侄不下，而桂仲明又毫不以尊长之礼相见，好像并不想承认他是师叔一样。玄真当着傅青主等人之面，不便发作，问道："你是不是另有要事？"桂仲明笑道："当然有要事啦，不然谁还冒险远到西藏？"玄真绷着脸道："那么给你一个月期限，你事情完后，就到天山骆驼峰来，将你师父的骸骨迁葬。"桂仲明愕然不知置答，玄真板着脸道："我虽不才，忝任武当掌门，你是本门弟子，应该懂得规矩。"傅青主急替桂仲明解围道："他还是初出道的雏儿，年轻率直，道兄是他本门尊长，谅也不会见怪。到期我叫他到天山去听道兄教训便是了！"桂仲明这才傻乎乎地说道："师叔你不必客气，现在来不及，将来你好好教训。"玄真哼了一声，举手便向傅青主道别。

纳兰容若与冒浣莲分别，十分不舍，当着众人，不能表露，强自抑压，无限悲酸。回马之后，一路黯然，张承斌等不敢发问，何绿华虽是女流，生性豪爽，喜开玩笑，当下逗纳兰道："喂，你这小哥儿愁什么呀？"纳兰眼泪潸然而下，在马背上曼声吟道：

"身向云山那畔行？北风吹断马嘶声，深秋远塞若为情。一抹晚烟荒戍垒，半竿斜日旧关城，古今幽恨几时平？"

"万里阴山万里沙，谁将绿鬓斗霜华，年来强半在天涯。魂梦不离金屈戍，画图象展玉鸦叉，生怜瘦减一分花。"

众人中何绿华颇解诗词，一听之下，顿然一惊，急忙问道："莫非你就是满洲词人纳兰容若？"张承斌冷冷道："你也知道我们公子的大名？"玄真怒道："你们胡人中，只有此人还勉强算是好人。你算什么？"手肘一撞，把张承斌撞下马来。卫士们大怒，纳兰容若与何绿华急忙两边劝止。

纳兰容若一行人等，回到清军驻地，前哨戍卒，急忙飞骑回报，纳兰容若对玄真道："你们可以去了！"玄真等三人上马去后，再过片刻，大营中已派出神策营健卒，迎纳兰回营，伴纳兰回来的四个卫士，打个眼色，另约了五六个同伴，跨上骏马，向南驰去。张承斌知道他们气那老道不过，此去必然是想留难他们，也不作声，还替他们在纳兰之前遮掩。

玄真等驰出十余廿里，已出边境的封锁线外，忽听背后铁蹄得得，马铃叮当，回头一望，只见十数骑健马，如飞追到。玄真冷笑一声，拔剑在手，为首的卫士喝道："恶道留下!"玄真反手一剑，又疾又准。登时把那名卫士胳膊刺伤。众卫士一涌而上，把三人围了起来，这些卫士，虽然也是大内高手，却如何敌得他们？战了片刻，又有三人中剑落马，余人落荒逃走。玄真长啸一声，得意之极，捻须说道："就让他们走吧!"话声未了，忽然那些卫士，自马上倒撞下来。玄真吃了一惊，只见山岗乱石丛中，走出一个红衣少女和一个白面书生。那少女格格地笑个不停，说道："这位道爷，剑法精彩极啦，可惜还不够狠!"玄真眼珠一翻，冷冷问道："这样说来，姑娘一定是个大行家了？"红衣少女一笑不答，却指着那几名卫士道："我替你们把敌人全歼灭了，你们谢也不谢一声，倒考较起我的剑法来了!"玄真是一派掌门，如何吃得这口闷气，利剑一提，朗声说道："我们的剑法不行，以致敌人漏网，惭愧得很。既承你姑娘指点，我老道不知好坏，还想请教几招。"那白面书生瞧了红衣少女一眼，似颇疑惑，红衣少女笑道："你不必管，看看热闹吧。"长剑一指，笑道："请恕小辈无礼。"玄真道："发招吧!"玄真心中，虽因红衣少女适才潜用暗器，举手之间，便将五名卫士一道击落，有所心惊，但他自恃几十年功力，又是武林正宗的掌门，还真不把红衣少女放在心上。他是立心试招，想惩戒惩戒这狂妄的"小辈"。

他不知道，这红衣少女也是立心试招的。原来这一男一女，乃是李思永和武琼瑶。傅青主等从喀尔沁草原动身后，飞红巾在吐鲁番得知消息，甚为担心。武琼瑶最喜热闹，便求准师姐，带李思永也赴回疆。李思永是江湖上的大行家，又是一等将才，配上武琼瑶熟悉塞外的情形，两人一路行来，平安无事。李思永随时随地，观察山川形势和清兵的布置，心中暗暗画下将来用兵的蓝图。两人在漫长的旅程中，情感也日益增进。

这日将近边境，李思永见远处炊烟大起，战马嘶鸣，悚然惊道："边境必有大军封锁，如何是好？"武琼瑶道："草原广阔，边境未必处处都有大军防守。"李思永沉吟片刻，和武琼瑶同上山坡眺望，忽见十余清军武士，追赶一个老道，李思永奇道："这老道不知是何等人物，竟能通过边境？"再看下去，又见一个中年美妇与一个粗豪汉子，和老道在一起同抗敌人，更感惊异。

看了片刻，武琼瑶悄悄说道："我知道这三人的来历。"李思永道："这三人都是一等一的武林高手!"武琼瑶笑道："还是武当的前辈哩。待我助他们一臂，然后再耍耍他们。"李思永道："你为什么总是这样顽皮?"武琼瑶笑而不答。

这次武琼瑶倒不是故意淘气，原来武琼瑶在白发魔女门下三年，知道师父和武当派的一段恩怨。武琼瑶甚替师父不值，心想师父和卓大侠本来是大好姻缘，偏偏他的什么本门尊长要出来横加干涉，以至师父几十年郁郁空山，闷气难伸。所以别人都觉得白发魔女性情怪僻，只有武琼瑶和她的师姐飞红巾懂得师父的真情。

武琼瑶和李思永半山观战，李思永道："武当剑法果然厉害!"武琼瑶笑道："赋得稳捷二字，狠辣还差得远哩!"果然战到后来，有五个卫士居然漏网，武琼瑶一笑，一把九星定形飞针，将五个卫士都打下马来。

再说玄真给武琼瑶一激，请她发招，武琼瑶道声："有僭!"左肩一晃，玄真只道她要攻自己右胁，上半身往右微偏，一偏剑锋，挥利剑往外一封，哪料武琼瑶乃是诱招，左肩一晃，却不发招，待玄真剑到，才猛喝一声："去!"左手剑诀斜往上指，右手剑锋"白鹤亮翅"猛然一撩，刷地截斩玄真脉门。白发魔女的剑法最为狠辣，这一招尤其使得惊险绝伦，只争瞬息先后，玄真万料不到这女娃子剑招如此老辣，幸他人老招熟，全身攒力，大弯腰，斜插柳，借势一转，才堪堪避过武琼瑶的剑锋。武琼瑶青钢剑闪闪含光，跟踪急袭，玄真脚踏八卦方位，一口剑紧紧封闭门户，武琼瑶剑尖所触之处，都有劲风反扑过来。武琼瑶知他功力极高，已用上乘剑法护着全身，心想："可不能让他喘息!"刷！刷！刷！连环进剑，行前忽后，攻左忽右，全是进手的招数。玄真只要稍露空隙，立刻便有血溅黄沙之险！何绿华夫妇看得惊心动魄，武琼瑶却也暗暗叫苦。原来论剑法是她的辛辣，论功力却是玄真深湛。若然久战不下，最后只怕仍要败给这个老道!

两人一守一攻，险招迭见。武琼瑶一招快似一招，一式紧似一式，旁观的何绿华夫妇虽明知玄真不会落败，也禁不住暗暗惊心!

这时玄真已看出武琼瑶的来历，甚为气恼，心想：“哼，原来又是白发魔女的门人，怪不得要故意较考老夫！”为了本门声誉，恨不得一举把她击败。可是白发魔女的独门剑法，委实狠辣非常。玄真哪敢轻举妄动。再斗了五六十回合，仍然占不了便宜。玄真虽然自恃自己功夫在她之上，久战下去，必定可占上风，可是对方胜在年轻，锐气正盛，要决胜负，不知要战到何时？而满军就在十余里外，万一追来，岂不是两败俱伤？因此心里也暗暗叫苦！

何绿华夫妇也是如此想法，但玄真是掌门师兄，若然在他尚处下风之时，即劝两方停战，他面子上必挂不下，而且也丢了武当派的面子。正迟疑间，两人斗得十分激烈，武琼瑶剑诀一领，一个“龙形一式”，身随剑走，剑随臂扬，“鸷禽扑兔”，刷地一剑对敌人腰腹扎去。玄真仗几十年功夫，突使险招，一掣剑柄，横身转步，似将闪躲，却突然不后退而反进攻，竟探身献剑，卷地一扫，喝道：“看剑！”哪料武琼瑶剑术又快又狠，玄真未及进招，武琼瑶的剑已挟一缕寒光，猛然刺到，玄真喝她“看剑”，她也喝玄真“撤剑”，就在此际，只听得一阵金铁交鸣之声，两人的剑都脱手飞出！

原来玄真这剑，用足十成力量，但武琼瑶剑招先到，玄真若不撤剑，手腕必定斩断，玄真气红了眼，把心一横，长剑一震，猛地掷去，其疾如矢，武琼瑶用剑一格，竟挡不住那股劲力，手中的青钢剑也给震飞，两口剑在半空中迸出一溜火花，陨星般地向草原落下！

这两招快如闪电，何绿华、李思永同时纵出，何绿华拉着玄真，大叫“师兄住手”！李思永也拉着了武琼瑶大叫“琼妹住手”！玄真气喘喘地瞪着双眼，不发一言。何绿华、李思永同时说道：“两位功力悉敌，不必比了！”玄真拾起长剑，李思永正想劝武琼瑶上前赔罪，玄真已跨上马背，大声说道：“巾帼英雄，老朽佩服！一月之后，在天山骆驼峰相见如何？”不待武琼瑶回答，两腿一挟，骏马嘶风，绝尘而去！何绿华夫妇道声“得罪”，也跟着师兄去了。

武琼瑶拾起利剑，笑道：“这牛鼻子脾气真大！”对李思永说明原委，李思永也笑道：“他们武当派人虽得罪你的师父，但你也太淘气了！”眼睛一溜，看到地上的卫士尸体，又抚掌笑道：“我想到边境脱身之计了。”剥下两个卫士的盔甲号衣，叫武琼瑶扮成男子，向边境驰去。这一去也，有分教：

英雄大集会，血战喇嘛宫。

欲知后事如何？请听下回分解。

第二十八回　心愿难偿　一纸断肠愁绝塞
情怀依旧　十年幽梦禁迷宫

李思永和武琼瑶乔装清军武士，果然骗过了封锁边境的前哨戍卒，马不停蹄，赶到拉萨。两人商量怎样去找傅青主等人，武琼瑶道："我的爸爸和西北天地会渊源很深，我也知道他们会中的切口和暗号。四年前我们父女和天地会的大头目杨一维、华紫山等来到回疆，有一部分天地会的会友散入西藏，料想拉萨城中，也有他们的分舵。拉萨地方不大，我们多在酒楼菜馆穿插，也许可碰见他们。就是碰不着，我们也可留下暗号，叫他们来找我们。"

这日，两人到拉萨最大的一家酒馆喝酒，时交正午，客人甚多，两人找得一张雅座，要了一壶竹叶青，细斟浅酌。武琼瑶一时兴起，对李思永道："我和你比赛喝酒如何？"李思永酒量甚豪，笑道："有事在身，你喝醉了如何是好？"武琼瑶嘴巴一呶，轻声说道："怎见得一定是我喝醉？"李思永一听，料得她是想炫耀内功，也轻声说道："这里耳目众多，你可不要胡乱卖弄。"

武琼瑶道："你放心，我保管不会给人瞧破就是了！"李思永见过武琼瑶精妙的剑术，也想知道她的内功造诣如何，见她高兴，便道："那么咱们就平赌吧。"武琼瑶道："赌什么呢？"李思永道："谁输了，就得答应听对方的一句话。"武琼瑶道："好，依你！"

两人一杯一杯地豪饮起来，饮了一会，不知不觉就喝光了三壶竹叶青，李思永渐渐不胜酒力，看武琼瑶时，只见她头上隐冒热气，汗如雨下，知道她正用上乘内功把酒迫发出来。塞外苦寒，西北牧人经常饮酒解寒，酒量要比中原的酒客大得多。这时酒楼正有不少人在豪饮，因此李思永也就不以为意。但武琼瑶是女扮男装，只恐她饮得太多，露出女儿体态，反正自己也已有了八成酒意，便低声说道："好，我认输！"武琼瑶心花怒放，眼波流转，笑道："那么咱们结账回去吧。你得听我的一句话了！"李思永正想把酒保唤来，忽见隔座一人，眼灼灼地看着他们，暗道："不好！"急忙结账下楼，走到街上，偷偷回顾，只见那人也跟在后面。李思永悄声对武琼瑶说了。武琼瑶道："好，给他点苦头吃吃！"李思永道："不行，此人非友即敌，不能胡乱动手！"走入一条僻静的小巷，一辆牛车迎面而来，街道狭窄，两人侧身闪避，刚刚让过牛车，那人已到了背后，佯作躲闪牛车，忽然身子向前一扑，朝李思水背后压来，李思永暗运内力双臂向后一张，想把那人迫退，哪料来人膝盖一顶，李思永腿弯酸软，几乎跌倒。武琼瑶反手一点，那人咕咚一声，倒在地上，一个鲤鱼打挺，又翻了起来，武琼瑶正想喝问，那人忽然说道："你们可认得凌未风么？"

李思永道："你是谁？"那人焦急之状，形于辞色，又追问道："你不必管我是谁，我只问你，你可是凌未风的朋友？"武琼瑶道："是又怎样？"那人道："凌未风危在旦夕，你们若是来救他的，可得赶快！"李思永道："你如何知道？"那人笑道："我就是看管他的人，将来行刑时，也许还要我做刽子手呢！我可真不愿亲手杀他！"李思永面色倏变，道："你这话可真？"那人道："我为什么要骗你？"李思永道："那么你赶快回去见凌大侠，今晚亥时，咱们在西禅山相见。"

那人乃是允禵新收的回族武士马方，他和周青成了凌未风的心腹之后，无时不想救他。可是人少力弱，毫无办法。凌未风时常和他作长夜之谈，因此凌未风的朋友他们也耳熟能详。马方久在江湖行走，阅历甚多，这日在酒楼上见到李思永和武琼瑶豪饮，暗暗称奇，李武二人，相貌文弱，分明是中原来的，但酒量却不在他们之下，这便引起了马方的注意。再仔细看时，那白面书生的相貌，甚似凌未风描绘的李思永，试一探问，果然不错。

马方去后，武琼瑶道："你何不约在他在寓所相见？"李思永道："此人的话，不可不信，却也不可全信。"两人边走边谈，武琼瑶忽握着李思永的手，微笑说道："李公子，你刚才赌酒输了，可要依我一件事了！"李思永道："依你，你说！"武琼瑶低鬟一笑，说道："你爱回疆的草原吗？"李思永道："不到回疆，不知中国之大，无际草原，极目难尽，令人胸怀开阔，我喜欢极了！"武琼瑶捏了李思永手心一下，悄声说道："那么我要你终生住在草原，永远陪着我，行么？"李思永心魂动荡，喜上眉梢，低声说道："我正是求之不得！"原来李思永廿年戎马，久作一军主帅，甚少想到儿女私情，和武琼瑶结识之后，虽然两心爱慕，但总不敢把爱意表露出来。两人同行半月，武琼瑶早已期待他说出爱字。不料在这方面，李思永比女孩子还要害羞，因此今日武琼瑶借着酒意，道出心事。两人在幽静的长街倚偎而行，李思永只觉兰麝幽香，中人欲醉，千言万语都不知从何说起了。两人手挽手行了一会，武琼瑶抿嘴笑道："到了，你还尽往前走作甚？"李思永抬头一望，寓所就在眼前，不觉哑笑。

两人进入寓所，打开房门，忽听得一个低沉的声音问道："你们现在才来？"李思永一望，只见床上坐着一个老人，正是他们日夕盼望的傅青主。武琼瑶道："傅伯伯，我爸爸问候你，你是怎样摸来的啊！"傅青主道："我们的人看到你们的暗记，我就一个人摸来了！"李思永急忙问道："傅伯伯带了多少人来？"傅青主叹了口气，说道："人倒是带来了不少，但布达拉宫防守森严，凌未风又不知关在何处，我们若是冒险夜袭，只恐未打进去，凌未风已给杀掉了。"李思永道："如有内应，可能成功。"傅青主眼睛一亮，急忙问道："你在清军的武士中，可有熟人？"李思永道："熟人倒没有，但却有人与我们接过头。"当下把马方的事说了。傅青主沉吟半晌，说道："既然如此，不妨与他一见，但也得提防有诈。今晚我与几个弟兄到西禅山接应你们。"大家约好时间暗号，傅青主先自去了。

傅青主这几百人潜入拉萨之后，分居在各处，傅青主住在一个藏族的牧民家中，刚刚踏进寓所，刘郁芳就迎了出来，面色沉暗，低声说道："韩志邦走了！"傅青主奇道："他到哪里去？有什么书信留下吗？"刘郁芳道："什么都没有。"傅青主皱起眉头，想了一阵，说道：“韩志邦不是贪生怕死之辈，他这一走，想是另有原因。”刘郁芳黯然无语，韩志邦这些天来，竭诚地慰解她，已经成为她患难中最好的朋友了。她想起十多年来，对他的冷漠，不觉有些歉意，只恐他又像上次在云冈那样，一时发了傻劲，就不别而行。傅青主见她郁郁不欢，急忙将李思永与清军武士接过头的消息告诉她，这才使她转悲为喜。

当晚亥时，李思永和武琼瑶依时在西禅山相候，等了许久，还不见马方的踪迹，不觉大疑。将近子夜，风雪交加，武琼瑶道：“不如回去吧!”李思永嗯了一声。忽见一条黑影向山顶跑来，武琼瑶练过梅花针，眼力极好，说道：“大哥，这人不是马方!”李思永定睛看时，那人越跑越近，马方是年过四旬的中年人，那人却是一个廿多岁的小伙子，李思永道：“他只是孤身一人，你在旁监视，待我问他。”说话之间，那人已到跟前，把他们和马方约定的暗号说了，忽然摊开手掌，说道：“这是凌大侠给你们的信。”李思永恐防有诈，暗用擒拿手法，三指扣住他的脉门，在手掌上一瞧，只见上面写着：“来人是我好友，请与他细商劫狱之法。”正是凌未风的字迹。手指一松，来人笑嘻嘻地道：“我从未见过江湖的英雄豪杰，如今识了凌大侠，又识了你们，真是生平快事。你这手擒拿法很不错，是哪一派的呀？啊！说了许多，我还未告诉你，我叫周青，和马方是最好的朋友。”李思永见他天真可爱，甚为惊奇：这样毫无江湖经验的青年人，居然也是清宫中得到信任的武士，令他大惑不解。他却不知周青乃是世袭的武士。

周青又道：“马大哥今日恰巧当值，所以由我替他践约。”边说边从怀中取出一张羊皮地图。李思永看了，不由得大喜过望!

那羊皮上画的是布达拉宫的门户道路，在凌未风所住之处，圈了一个红圈圈。周青道：“这是马大哥和我暗中画下来的，迷宫中千门万户，道路纷歧，有些连我们也不清楚，这图只是凭我们记忆所及画的。你们记熟之后，后天晚上，请派高手前来，我们当在里面接应。”

周青去后，傅青主哈哈大笑，从暗黝处走了出来，挑起拇指道：“凌未风真成！居然连监守他的敌人都给他收服!”当晚即拟好了夜袭喇嘛宫的计划，李思永和武琼瑶第二天也搬去和傅青主同住。

再说凌未风被关在迷宫之中，已近一个月，他在狱中也并不空闲，他利用每一个机会，和监守他的武士谈话，给他们讲江湖上的英雄事迹，有时还指点他们的武艺。另一方面，他每一个长夜，都冥心探索武学上的奥秘，非但天山剑法融会贯通，而且他还归纳了平生的心得，创造了许多新奇的招数。他自觉比以前成熟了许多。“我虽然没有了右手的拇指，但只要我不屈死于狱中，我还一样的可以教人使剑。”他经得起苦难的考验，为自己倔强的生命而感到骄傲。

这一晚，他和傅青主约定的时刻到了。在黑沉沉的深夜中，突然起了轰天的巨响，周青匆匆地跑了进来，打了一个眼色，凌未风大喝一声，运力一挣，身上的镣铐寸寸碎裂，反手一掌，把房中的石桌打得粉碎，旁边看守的几个武士惊得呆了，周青尖叫着假装被凌未风追逐而惊惶，假戏真做，时间配合得恰到好处。

傅青主率领众人，按着地图，杀进迷宫，清兵虽然人多，可是来的个个都是高手，又是在深夜之中，突然袭到，清军不可能都聚在一处，竟给他们杀进了外三门。刘郁芳大叫凌未风，内三门忽然倏地打开，楚昭南戎装佩剑，立在当中，哈哈笑道：“你们不远千里而来，就请进来喝杯水酒吧！”易兰珠纤腰一摇，飞燕般地斜掠过去，短剑一刺，楚昭南横剑一封，疾地又退入了另一道门户，张华昭、桂仲明双双抢进，傅青主叫道：“小心！”但众人已拥着自己同进。楚昭南扬声叫道：“傅老头儿，咱们再比一比剑。”武琼瑶一把银针打去，楚昭南哈哈大笑，双足一蹬，身子向后射出，进入了另一道门户。李思永道：“不要忙，咱们按图杀进，这个贼子终走不掉的，现在不要中他的诡计！”话声未了，忽然周围的门户一阵旋转，众人再也辨不清方向，只觉重门叠户之内，处处隐伏甲兵。李思永叫声苦也，流星锤舞得呼呼风响，把一扇门板打碎，里面十多个卫士一拥而出，杀了一阵，倏又四面散开，或隐入小门复壁，或从蜘蛛网般的甬道逃散。片刻之后，又是不见人影，只听得楚昭南得意的笑声。

凌未风追至大堂，渺不见人，正自生疑，四周门户，忽然打开，数百卫士，同时杀出。凌未风神威凛凛，大声喝道："楚昭南，有胆的敢来与我决一死战！"卫士们踌躇不前，周青一时错愕，也止了脚步。楚昭南越众而出，忽然厉声叫道："先把周青擒下！"两名禁卫军统领，分抢上来，凌未风双臂一振，抓着了前面那名统领，喝一声"去"！奋力摔出，撞个正着，将后面那名统领也打翻了。手腕一带，把周青带起，奔向左面侧门，门内有几名卫士镇守，发一声喊，全都散了！

凌未风托着周青，往墙头一窜，刚刚踏上，忽觉背后金刃劈风之声，刷地人剑俱到！凌未风移身转步，将周青往墙头外一推，说道："你自己逃命！"说时迟，那时快，楚昭南的游龙剑已刺到他的胁下。凌未风身形往后一撤，脚点墙头，后退无路，匆忙中斜身往左一闪，楚昭南变招奇快，剑尖一颤，又从右侧点到。凌未风猛然反手一掌，呛啷一声，楚昭南的剑被击出数丈开外，这一掌正是凌未风糅合天山掌法与达摩掌法独创的一个怪招，楚昭南猝不及防，着了道儿！可是他也是久经大敌，凌未风一掌击出，他已知道无法躲闪，来不及撤剑，却先腾起一腿，凌未风左掌劈出，右掌跟着一按，两人同时进招，嘭嘭两声，凌未风着了一脚，楚昭南吃了一掌，同时跌下了墙头。

凌未风身未起，脚先飞，坐在地上一个"十字摆莲"，把附近的两名武士，踢出三丈以外，楚昭南已拾起了游龙宝剑，分心刺到。凌未风怒道："我不用剑也能教训你这个反贼！"左拳右掌，欺身直进，楚昭南的游龙剑呼呼劈风，竟然劈不到凌未风身上，卫士们散在四周，却不上前。原来楚昭南自以为有剑在手，必定不会输给凌未风，所以事先叫同伴不要帮他。而许多卫士也不愿与凌未风为敌，乐得袖手旁观。

转瞬之间，两人已拼斗了二三十招，楚昭南兀是占不到半点便宜。凌未风展开了疾攻速决的战法，空手入白刃，硬抢楚昭南的宝剑。楚昭南咬实牙根，剑诀一指，刷刷数剑，力猛招闪，不料凌未风身法快极，一闪即攻，伏身探步，双指倏地戳到楚昭南面门，楚昭南斜身旁栽，连窜数步，堪堪避过。几个心腹死士顾不得他要单打独斗的前言，一涌而上，楚昭南退入角门，忽然哈哈大笑，叫道：

"凌未风，让你逃，你也逃不出去！"把手一招，所有卫士都跟着他隐入重门叠户之中。凌未风四顾茫然，在迷宫中左穿右插，闹了半天，始终找不到出路！

这时傅青主等被围在外三门，逐步深入，也是左穿右插，兀自找不到出路，迷宫中四面埋伏一齐发动，各处要冲，都有清军仗着弓箭挠钩，阻住路口，刷刷刷发出箭来，傅青主大喝道："鼠子敢尔！"反手一剑，在石柱上劈了一道裂痕，一转身，嗖嗖嗖，如燕子掠空，向人多处反扑过去，桂仲明、易兰珠两口宝剑左右开路，当者辟易！清军发一声喊四散奔逃，群雄连闯几处，只是拣人多处闯去，转了半天，傅青主叫道："不好，快停！"指着身旁石柱，柱上剑痕宛然，转了半天，竟转到原来的地方来了！

傅青主道："为今之计，只好暂时按兵不动，免得白费气力。"群雄围成了一道圆圈，首尾相连，抵御乱箭。又僵持了半个时辰，李思永叹道："想不到一生戎马，却不明不白死在这里！"武琼瑶忽道："刘大姐，你有没有带蛇焰箭？此地风高物燥，放火烧它！"李思永想："我们不知出路，只恐怕放火之后，自己反被困在火海。"傅青主老谋深算，也是搔首无策。正焦急间，西边角门，有人大声吆喝，一个青年武士，如飞跑出，清军武士纷纷叫道："周青，你发疯了吗，乱跑什么？"傅青主一声长笑，突然拔身一纵，连人带剑，舞成一道银虹，半空飞下，左手一抓，恰如巨鹰扑兔，把周青一把抓起，右剑一荡，将追来的武士，扫得翻翻滚滚，这一瞬间，桂仲明、易兰珠也已如飞掠到，两道剑光，左右横伸，有如斩瓜切菜，顿时砍翻了十几廿人，清军发一声喊，又四散奔逃去了！

原来周青被楚昭南喝破之后，得凌未风之助，越墙逃命，其他清军武士，尚未知道他已反叛，竟给他混至外面，和傅青主等人会合了。

傅青主救了周青之后，心中大喜，问道："你认得路？"周青道："且试一试。"根据自己所知，指点众人向生门杀去，四面乱箭密集如雨，楚昭南突然现身，扬声喝道："周青，你屡受国恩，竟敢反叛！"张弓搭箭，嗖的一箭射来，傅青主把周青往左一带，长剑一格，那枝箭歪了准头，向旁飞去，"嚓"的一声，竟没入了石柱之中。周青大骇，楚昭南箭发连珠，嗖嗖两箭，接连射出，桂仲明扬手两圈金环，挟风呼啸，打落了连珠箭，却是余力未衰，在空中呼呼旋转，过了一阵，才跌落清军阵中。楚昭南大为惊奇，想不到这个“小辈”，别来未久，功力竟然精进如斯！他按动机关，打开甬道的一道暗门，甬道上的大门忽然打开，清军武士在蜘蛛网般的甬道上四处游走，时不时发出冷箭。周青带众人转了几转，忽然叫起苦来，对傅青主道：“门户转换，道路纷歧，我认不出路了！”布达拉迷宫，原是红衣喇嘛所造，允禵到后，又按八阵图形，添设门户道路，周青所识的只是其中一部，并非全部奥秘，所以仍给楚昭南困住。

傅青主定了定神，只听得重门深户之中，鼓角之声，此起彼落，想是清军调集精锐，来和自己缠斗，正自心急，忽然甬道右面一个角门，清军中突然奔出一个蒙面人来，楚昭南在甬道中的大铁门内扬弓一指，高声喝道：“将他擒下，格杀不论！”四名心腹武士如箭离弦，倏地追上，傅青主距离过远，无法援救，愕然注视，这四名武士都是禁卫军中有数的高手，楚昭南以为必然手到擒来。一名武士，手抡飞爪，当头抓到，那蒙面人倏然伏身，“吧”的一个扫堂腿，使飞爪的一个踉跄，栽出几步以外，跟着的那个武士，摆钩镰枪拦阻，也是忽地“嗳呀”一声，翻身栽倒！第三名武士功夫最强，提鞭大叫，飞舞而前，蒙面人一个“鹞子翻身”，反冲过来，那名武士措手不及，双鞭才展，已是给他点着了“膻中穴”，那名武士“哼”了一声，双鞭堕地，蒙面人将他举起，一个旋风急舞，将后面那名武士也扫出一丈开外。楚昭南大叫：“放箭！”蒙面人将擒着的那名武士，倒提手中，舞动起来，奔跑如飞，清兵投鼠忌器，只有几人稀稀疏疏地放出几枝乱箭，蒙面人早已旋风一般地跑入了傅青主那一群人中了。

蒙面人举手投足之间，击倒四名武士，傅青主固然极感诧异，楚昭南更是暗暗吃惊，这人穿的是禁卫军服饰，楚昭南却怎样也想不起自己手下有这样本领高强的人物，不禁一阵心慌。不知自己人中，隐有多少奸细？

蒙面人将手中武士向甬道上一摔，傅青主抢步迎上，那蒙面人低声道：“小弟是韩志邦！”傅青主又惊又喜，韩志邦又道：“我知道旧迷宫的出路，新添的门户道路我就不知道了。”傅青主无暇细问缘由，急忙叫他和周青见面，商讨脱身之计。

原来韩志邦发誓要救出凌未风，暗中出走，寻访多日，找到了被允禵驱逐出宫的一些喇嘛，那些喇嘛和布达拉宫的喇嘛，仍是互通声气，而被允禵新立的大喇嘛，正是当年护送舍利子的宗达完真。韩志邦当年机缘凑合，无意为西藏喇嘛抢回圣物，被迎到拉萨，当作恩人款待，所以若有所求，无不答应。韩志邦想法偷会了宗达完真，靠他的帮助，先是扮成了喇嘛，隐在布达拉宫，至傅青主等被困之时，他又偷了一套禁卫军的服饰，一直混到迷宫的外三门，仗着怪招奏功，把四名武士击倒。这时和周青互说所知，冒浣莲静心倾听，在周青原来画的羊皮图上东画西画，不久竟把迷宫的出路参透。

韩志邦道：“清军锐气已折，我们先杀出去吧。”傅青主吁了口气道：“也只好如此了。”冒浣莲陪着桂仲明开路，率先扑向生门杀出，楚昭南不知他们已参透迷宫道路，勒令武士，不准硬拼，企图困死他们，桂仲明等龙蛇疾走，如汤泼雪，连闯过几道门户，到了外三门，清军惊觉，待再围上来时，哪里还拦阻得住？群雄就如十几头猛虎，自外三门一直杀出了布达拉宫！

再说凌未风转了半天，找不到出路，外面又没人接应，又倦又饿，楚昭南和一群武士倏地出现，楚昭南顾盼自豪，得意笑道：“凌未风本领通天，也脱不了我的手掌，看他已呈倦容，谁替我把他擒下？”武士们有些是震惧凌未风的神威，有些则对他由衷敬爱，不愿与他交手，面面相觑。楚昭南神情不悦，正想发作，武士群中蓦然跃出四人，三名是楚昭南的心腹，还有一人则是马方。凌未风一声长啸，反手一掌，迅如奔雷，照一名武士手腕劈下，那名武士也是高手，陡地闪身进招，哪知凌未风掌法神妙，一劈一按，掌心一震，把那名武士打翻，另两名武士双剑齐上，骤缩骤伸，如毒蛇吐信，分刺凌未风左右肩胛，凌未风猛然一扑身，往下杀腰，“扁踩蛮牛”，砰的一脚，踹中一名武士的右胯，“扑通”如倒了半堵墙，摔倒地上！凌未风身形骤长，暴喝一声，另一名武士骇然一惊，不由自己地退出两步。马方双拳齐发，扑面打来，凌未风见他眼睛一霎，料知用意，猛然一窜，嘭的一掌，打在马方肩上，身子一偏，前胸也结结实实中了马方一拳，摇摇欲倒，地上的两名武士，趁势用脚一勾，凌未风翻身扑地，马方等四名武士一齐扑上，四人八手，将他按住，凌未风双臂一振，四人按捺不住，给他翻了起来。正在吃惊，凌未风忽然长叹一声，双臂低垂，说道："拿铁索来缚吧！"三名武士大喜，知他说话算数，向同伴要过铁索，将他缚个结结实实。

楚昭南见四人面青唇肿，马方伤得更重，呕出血来，楚昭南暗道："这个回子，倒还卖力！"当下将凌未风昏眩穴点了，叫人请成天挺过来，命成天挺亲自看守凌未风，并在他耳边低低地吩咐了几句话。

原来马方和周青是对好友，周青反叛，马方诚恐被疑，所以急急上前，和凌未风对敌，凌未风也猜出他的用意，反正自己跑不掉，乐得卖个人情，但楚昭南也是个大行家，不能被他看破，所以用外重内轻的手法，将马方打得呕血。

成天挺把凌未风押回迷宫的密室，从怀中摸出一包药粉，撬开凌未风牙关，冲开水给他灌下，凌未风悠悠醒转，只觉浑身无力。

成天挺灌凌未风吃的是大内圣药，专为摆布武功高强之人用的，吃了之后，如中烈酒，昏眩无力，更兼成天挺按着双笔，守在旁边，凌未风纵有通天本领，也难逃了。要知成天挺的本领，与楚昭南在伯仲之间，即在平时，他也可以与凌未风缠斗数十回合，何况在凌未风服药之后。

再说傅青主等回到寓所之后，再商营救之策，傅青主道："如今迷宫道路已明，索性干它一场大的，把拉萨城内我们的人都调集起来，也可有两三千人。"李思永道："兴师动众，只恐攻进去时，凌大侠已经受害。"众人商议未定，刘郁芳十分颓丧，独自入房去了。

第二日早晨，刘郁芳尚自愁肠百结，卧床未起。忽听得有人在窗外弹了几下，武琼瑶压低了声音说道："刘大姐，楼下有一个人要看你。"这些天来，别人和刘郁芳说话时，都不自觉地采用了这种说话声调，来表示他们心中共同的悲痛。

在楼上那间小小的客室里，刘郁芳看见一个白布缠头的汉子笔直地站在房间中央，傅青主在旁低声说道："这位好汉名叫马方，是监守凌未风的卫士。"

马方定神望着刘郁芳，问道："你就是天地会的总舵主刘大姐吧？我给你带来了一封信。"

"一封……信?"刘郁芳有点发抖，把手放在桌上稳定自己。

马方颤声说道："这是凌大侠咬破指头冒险写的，但我来了之后，可是不能给你带信回去了。"

刘郁芳拿着那封信，默默地站了一会儿，然后在窗子边深深地吸了一口新鲜的空气，打开了信，只见信上的血字歪歪斜斜，可以想见写时手指的颤抖，而且有几处字迹也已经模糊了。刘郁芳默默念道：

> 琼姐：
>
> 今夜乃弟毕命之期。毕命之前，当以事实告你。廿年前，与姐钱塘观潮，姐尝戏曰："若你如潮之有信，纵在兵荒马乱之中，死别生离，地老天荒，余亦必待你归来也。"嗟乎，此一戏言，竟成事实。姐姐不必为当年之误会伤心，姐之真情，已如钱塘之潮，足涤十倍之误会而有余。姐亦不必为弟伤心，一凌未风死，十凌未风生，志士义人，犹如春草，芟之不尽，烧之重生也。所惜者唯天山赏雪之约，只能期之来生矣！
>
> 穆郎绝笔

纸上的字迹突然模糊得像一片云雾，她又一次地失去了他——又一次失去了他！她茫然地伸着两手，好像天山的冰峰正压在她的心上——信笺落到地上了！

"琼"是刘郁芳的小名，而"穆郎"则是凌未风的小名，他的真名叫做梁穆郎，祖先是西南来的移民，所以取"珠穆郎玛峰"中的二字给他命名。

铅一样的沉重绝望的感情将刘郁芳压住了，她倚在窗前，寂然不动，面色惨白，有如幽灵。众人凝望着她，不敢说话，在这时候，一切安慰的言语，都是多余的了。武琼瑶一只手轻轻搭在她的肩上，凄然地给她整理凌乱的云鬓。

傅青主悄悄地将马方拉过一边，问道：“凌大侠今晚可有危险？”马方不安地搔了搔头，说道：“这场事发生之后，楚昭南害怕极了，比在冰河恶战给凌未风追迫还要害怕！楚昭南在这场事中看得出来，许多武士不愿与凌未风为敌，没有什么比内部的离心更令人可怕的了！我听得他和成天挺商议，为了这个缘故，今夜子时，就要把凌大侠悄悄处决，免得他在牢狱中也‘蛊惑人心’。”傅青主垂下了头，额上的皱纹也似在轻轻跳动，显然他是陷在深深的思索之中去了。

在死一样的静寂中，韩志邦突然跑了进来，他已听到关于凌未风的恶讯，急着来找刘郁芳，一进了门，马上为那种静穆哀伤的气氛所震骇，禁不住将刘郁芳一把拉住，用急促而颤抖的声调问道：“刘大姐！我的天！你怎么啦？嗯，你流了泪？我记得你是从来不哭的呀！凌大侠的事，我……我……”

刘郁芳蓦然抬起了无神的眼睛，激越地说道：“真的是他呀，是他，是他！我廿年前，和他在钱塘江边看潮的那个大孩子呀！”她摆脱了韩志邦的手，弯下身躯，拾起那张沾满血泪的信笺，匆匆塞进袋里，柔软无力地说道：“志邦，你去吧，我现在什么也不想说了！”

韩志邦不敢说话，只凄然地咬着自己的嘴唇，他禁不住又一次地泄漏了自己的真情，这是自和刘郁芳重见之后，一直就压制着的真情。然而她连注意都没有注意到！蓦然他又想起几年之前，他曾怀疑过凌未风以“新知”而间“旧交”之事，不禁面红直透耳根。原来凌未风竟然是她儿时的好友。

韩志邦悄悄地又退了出去，傅青主在沉思，其他的人围拢着刘郁芳，没有人注意到他。正是：

心事难言谁可解，十年苦恋镜中花。

欲知后事如何？请听下回分解。

第二十九回　无限深情　舍己为人甘替死
绝招雪恨　闯关破敌勇除奸

韩志邦匆匆地跑到了附近的一间喇嘛寺中，问大喇嘛道：“你有金创药吗?”大喇嘛道：“有的，你要来给朋友敷伤吗?”韩志邦连声催道：“快点给我!”西藏喇嘛的金创药功效甚大，韩志邦要了过来，跑进他寄寓过的小房内，将小喇嘛推了出去，蓦地关起房门，抽出辛龙子送给他的那把天龙派的镇山宝剑来！对着墙上那面发光的铜镜，凝视了一阵，剑锋向上，倏地嗖嗖两剑，在面上划过，划了两道深深的创口，鲜血汩汩流下，禁不住痛得叫出声来！大喇嘛对韩志邦的行动本就觉得奇怪，这时来到房外，听到里面呻吟之声，急忙一脚踢破房门，“哗”的一声叫道：“志邦，你怎么了?”韩志邦宝剑当啷一声跌落地上，大喇嘛赶忙上前将他抱住，叫道：“你疯了吗?”韩志邦取出金创妙药，大喇嘛给他敷上，过了一阵，韩志邦这才苦笑说道：“你马上带我去见活佛!”大喇嘛莫名其妙，韩志邦低声说道：“请你看在舍利子的分上，照我的话去做，不要发问。”大喇嘛见他神志清醒，不类疯狂，迟疑了一会，合十说道：“居士是我们的大恩人，敢不遵命!”取过一件黑毡大衣，给韩志邦披上，拖着他悄悄地从后门走出。

再说凌未风自知毕命期近，虽是旷世英雄，也禁不住有所牵念。“我太残酷了，不应该那么对待琼姐的!”他想起杭州少年时游乐的日子，想起钱塘江大潮之夜，想起横过云贵高原时刘郁芳凄怨的眼光，不知怎的，蓦然又想起韩志邦那诚恳老实的模样，一个念头突然从心中掠过：“我为什么不在死前给他们撮合呢?”他思索着有没有机会再写一封血书，托知心的卫士在他死后带出。四周黑黝黝的，只有四个角落发出烛光。他抬起了头问成天挺道："什么时候了？"成天挺笑道："还有一个时辰，就是午夜，凌未风，你临死前有什么遗言要我给你带出去吗？"成天挺是清廷的死士，凌未风冷笑说道："你告诉楚昭南，像他一样为胡虏作鹰犬的人，若不及早回头，死无葬身之地！"成天挺笑道："看，你把你的师兄恨得那样，你的师兄倒还惦记着你呢！他在你临死之前，还准活佛来给你祷告，按藏民的风俗，火化你的尸骸。你听，外面的脚步声，他们此刻已经来了，嗯，比原定的时间还要早哩！"

允禵新立的活佛宗达完真，黄昏时分专诚去拜访允禵，他说布达拉宫是喇嘛教的圣寺，若然在里面处决人犯，一定要得到他们的同意，并应准他们去做祷告。允禵知道楚昭南今晚要在迷宫将凌未风悄悄处决，颇为惊讶宗达完真消息的灵通，但转念一想，在这些小事上倒不妨尊重他们的习惯，也便点首答应了。迷宫中到处都有武艺高强的卫士把守，看守凌未风的更是一等一的大内高手成天挺，谅也不会出什么乱子。

凌未风听成天挺说起有喇嘛来替他祷告，皱眉说道："大丈夫死则死耳，何必如此多事？"继而又想，当年抢舍利子时，自己也曾出过一把力，和那些大喇嘛也颇有交情，他们来替自己作死前祈祷，正好趁此机会请他们把血书带出。正思量间，两个黑影已一闪而入，为首的正是宗达完真。

成天挺按着双笔，欠身作礼，说时迟，那时快，宗达完真侧面的喇嘛，蓦然一跃而前，手指一戳，已把成天挺的穴道封闭，兜风一揭，露出面目，凌未风惊叫道："韩大哥你怎么变成了这个样子！"

成天挺在地上圆睁双眼，又气又怒，却是动弹不得。按说成天挺的武功比韩志邦高出许多，无奈他全无防备，而韩志邦又学成了达摩秘笈，怪招使出，连齐真君初遇时也要吃亏，更何况成天挺。

韩志邦将成天挺缚在椅上，仍面向着凌未风。拔出宝剑，把凌未风身上的镣铐全部斩断，低声说道："凌大侠，你随活佛出去吧！"

凌未风仔细一想，了然于心，摇摇头道："韩大哥，谢谢你。枉费了你的心血了，我不能走出去！"韩志邦急道："为什么？"凌未风道："到处都有卫士把守，我不想连累你们！"韩志邦把黑毡兜风脱下，说道："我留在这里，你出去，戴上兜风，他们不会知道你是谁的！"凌未风毅然说道："不成，韩大哥，那不成！我岂能容你替我去死！"韩志邦道："你比我有用得多，你该留着，让我去死！"凌未风怒道："你要我做不义之人，自己苟活，却要朋友替死！"韩志邦咬着牙根，不发一言，忽然双指一戳，点了凌未风的哑穴，凌未风药力未解，浑身无力，绝顶武功也用不出来，只好任他摆布。韩志邦给凌未风披上大衣和兜风，将他交给宗达完真，俯首说道："活佛，一切都拜托你了！"宗达完真弯腰吻了韩志邦的足跟，滴泪说道："韩义士，你才是真正的活佛！"转过身驱，半拖半拉，把凌未风带出了迷宫。

韩志邦趺足坐在胡床之上，面对着成天挺，时不时有值班的武士经过密室，探头内望，韩志邦身材和凌未风差不多，面上又有刀痕，室内光线又很微弱，卫士们毫不在意地巡过便算，谁也没有发现。

韩志邦万念俱寂，在黑暗中静待最后的时辰，忽听得门外的值班武士说道："楚统领，时辰还未到呀，你来得这样早！"门外楚昭南的声音说道："我要他几时死便几时死，你管得着？"边说边推开了房门。楚昭南是想作最后一次的努力，迫凌未风说出拳经剑诀的下落。韩志邦双拳紧握，指头骨节，格格作响。

楚昭南推开房门上，叫道："成天挺，你出去！"成天挺不言不动，楚昭南跨进两步，正待发问，韩志邦身形骤起，拳风劈面，楚昭南陡然一缩，胸口已结结实实受了一拳，烛光摇曳中，楚昭南看出敌人不是凌未风，这一惊非同小可，喝道："你是谁？凌未风哪里去了？"喝声未停，金刃劈风之声又自背后袭到，韩志邦身形奇快，拔剑进招换位，都只是一刹那间之事，楚昭南轻轻一闪，腰胁又给韩志邦双指戳了一下，一声怒吼，游龙剑金银铮然出手，听风辨器，反手一剑，暗室中火花蓬飞，韩志邦直给震到墙边，才煞得住身形。楚昭南旋过身来，看得真切，一声狞笑，扑上前道："哈，韩志邦，你也敢来找死！”游龙剑一摇，倏地直奔韩志邦咽喉刺去！

韩志邦仗着达摩怪招，打了楚昭南一拳，又点中他的穴道。无奈功力相差太远，楚昭南又是武林的大行家，入房之时，发觉迹象有异，已把全身穴道闭着，韩志邦一拳双指都如击败革，手腕反给震痛。这时见楚昭南狠狠刺来，心念一动，呼地从旁边抢出，宝剑斜挑，招数却不用老，楚昭南回剑封迫，他又抢到右首去了！

楚昭南何等机灵，知道韩志邦是想仗着怪异的身法来和自己游斗，心想：韩志邦只是癣疥之患，不必理他。看样子凌未风大约逃出未久，若给韩志邦缠着，岂不走了大敌？当下虚晃一剑，向门口奔去，大声叫道：“凌未风逃了，赶快搜捕！”韩志邦一声不响，刷的又是一剑，楚昭南突觉冷气森森，剑锋指到胁下，想起韩志邦使的也是宝剑，迫得回剑防守，剑锋一碰，又是一溜火花，两口宝剑，都没有伤损。

楚昭南勃然大怒，看来非把韩志邦杀死，就不能出去。游龙剑一翻一卷，展开了天山剑法中的精妙招数，狂风暴雨般地紧紧追迫，大声喝道：“韩志邦，你真的不要命了！”韩志邦傲然说道：“我就是不要命，你也别想再追着凌未风！”楚昭南剑走连环，点刺劈撩，真是翩如惊鸿、矫若游龙，韩志邦仗着怪招，在剑光中钻来钻去，楚昭南一时间却也奈何他不得！恶叫一声，运起内力，将剑一抖，剑风四荡，四边墙角的烛光全部熄灭，但剑花错落，光芒四射，暗室中剑气纵横，反比以前明亮，韩志邦只觉四面八方，都是楚昭南的影子，自知无法逃命，反而大声狂笑，持剑猛冲。楚昭南觅得破绽，一剑疾刺，自韩志邦前心直穿进去，韩志邦宝剑落地，血如泉喷，犹自狂笑道：“刘大姐，我对得住你了！”楚昭南宝剑抽出，飞脚把韩志邦尸身踢翻，跃出密室，忽听得轰隆一声，外面火光冲天，武士们纷纷向外三门涌出。

楚昭南奔出中门，火光中只见傅青主等挥剑杀入，众武士堵截不住，连连后退，楚昭南振臂叫道：“不要慌乱，困死他们！”退入角门，下令放箭！不料敌人竟似熟识迷宫道路，左穿右插，直追进来，楚昭南押着阵脚，亢声叫道：“大军就要到来，他们一个也走不掉，我们要拼命挡住！”傅青主纵声长笑，把手一招，内外健儿纷纷杀入，火箭乱飞，火头四起，楚昭南放眼望去，只见迷宫中到处都是敌人，也不知傅青主从何处调集得这么多勇士！

傅青主这次拼着作一死战，把拉萨城中的天地会党徒、哈萨克勇士等可以调集的人都调集起来，总计有三千多人，冒险杀入布达拉宫。他们不单单是想援救凌未风，而且想给允禵一个打击。黑夜中允禵不知敌人虚实，不敢接战，在卫士保护下逃出布达拉宫，传令大军，堵截四面城门，让楚昭南和他的一队禁卫军在宫中和敌人缠斗。

允禵逃出了宫，楚昭南却不知道。镇守布达拉宫的禁卫军只有二千，如何挡得住傅青主所率领的三千死士，厮杀了半个时辰，禁卫军死亡累累，布达拉宫烟雾弥漫，梁摧栋折，傅青主大声喝道："楚昭南，快把凌未风交出，不然叫你死无葬身之地！"楚昭南一听，暗道："原来凌未风不是他们救出的。"眼珠一转，接声叫道："你们先退出去，咱们好好商量。要不然我就先把凌未风杀了！"李思永怒道："你死在临头，还敢要挟！"扬手一枝蛇焰箭，蓬的一声，在楚昭南身侧炸裂开来。

楚昭南哈哈笑道："你真的不要凌未风了？"大声叫道："王栋、张材，进去把凌未风首级取来！"刘郁芳面色大变，对傅青主道："师叔，就把凌未风的命换他的命吧！"傅青主知道楚昭南诡计多端，诚恐先退出去，反中他的陷阱，一阵踌躇，楚昭南又大叫道："你们退至外三门，我就把凌未风放出，两边收兵。要不然，你们就只能见凌未风的人头了。好，现在我数三声，数到第三，你们还不答应，就莫怪我下毒手！一！二！……"刘郁芳大为着急，楚昭南略停了一停，"三"字尚未出口，忽然有几名喇嘛疾地从一座烧塌的房中冲出，为首的穿着大红僧袍，大声叫道："凌未风早已逃出迷宫了！"楚昭南大怒，把手一挥，乱箭如雨，那名喇嘛武功颇为了得，挥动禅杖，冲出箭雨，傅青主等急上前救应，楚昭南抢过一张五石强弓，嗖，嗖，嗖！连发三箭，那名喇嘛，打落一箭，避过一箭，却给第三箭射穿喉咙，冲到傅青主跟前，颓然倒下。

傅青主一看，原来就是以前和楚昭南同上五台山的红衣喇嘛，那时楚昭南初叛吴三桂，被红衣喇嘛识破，楚昭南一不做二不休，在五台山谷，要将红衣喇嘛击杀，幸好凌未风救了他的。不料他今天仍是丧在楚昭南箭下。红衣喇嘛在傅青主跟前倒下，犹自嘶声说道："凌大侠已脱险了。你们不要放过这个贼子！"把手指一指楚昭南，溘然长逝。

傅青主剑锋一指，桂仲明、易兰珠双剑飞舞，拼命杀上，武士们纷纷走避，楚昭南虚晃一剑，往后便逃，桂仲明奋力一跃，腾蛟宝剑刺到背后，楚昭南挥动游龙剑，往桂仲明的剑上一搭，用力一接，陡然翻了上来，桂仲明剑诀一领，叮当一声，冲开剑花，刷！刷！刷！一连三声，朝敌人猛刺。楚昭南吃惊于他的剑法精进如斯，但仗着火候老到，虽惊不乱，游龙剑猛然一绞，解了桂仲明攻势，轻飘飘飞身一窜，冲烟直上，登上一座正在燃烧的房子，拼命奔逃，火光中突然人影一闪，一道青光，冲开烟雾刺入，楚昭南回剑一格，跳过第二间屋面，尚未站定，背后冷气森森，一口宝剑又已堪堪袭到，楚昭南反手一剑，腾身涌起，跳落地面，那条人影也跟着下落，楚昭南一看，原来却是易兰珠！

楚昭南一见是她，心里稍宽，想道："这女娃子不是我的对手，但这个时候，倒不好和她缠斗。"用手一按壁上机括，两边墙壁裂开，中间现出暗门，楚昭南一闪而入，正想再接机括，蓦觉锐风劲扑，冷气袭人，未敢回头，先行斜跃，剑锋一转，将敌剑挂开，扬声骂道："易兰珠，你侥幸逃脱，还敢再来找死！"易兰珠粉面凝霜，口角噙着冷笑，一言不发，断玉剑扬空一闪，飞云掣电般，欺身直进，楚昭南双肩一纵，斜飘出去，左掌在墙上一抵，两边墙壁又再复合，脚尖用力一蹬，又斜跃出数丈，回头狞笑道："易兰珠，今日你休怪师叔手辣！"易兰珠蓦觉眼前一暗，楚昭南的宝剑已反劈过来，微微一晃，剑锋向外一展，把来势化开，趁势跃出三步，凝身待敌。

楚昭南避进的地方，乃是迷宫中的暗道，另一头直通宫外，这条暗道极少人知，楚昭南原是想借此逃命的，不料易兰珠身法奇快，竟紧随身后，追了进来。楚昭南心念一动，登时改变主意，想先把易兰珠生擒，作为人质，然后再逃出宫。易兰珠是刺杀多铎的凶手，擒着了她，则虽走脱凌未风，皇上怎么也不会怪责。他利禄熏心，在暗道中反向易兰珠进迫！

这时暗门已闭，甬道中黑黝黝的只觉人影幢幢。易兰珠从未试过在黑暗之中与人斗剑，虽说她也学过听风辨器的功夫，到底不及楚昭南经验丰富，连挡几剑，十分吃力，楚昭南一声狂笑，身形一晃，略走偏锋，剑光绕处，刷地便奔易兰珠左肩刺来，易兰珠躬腰一窜，一招“龙门鼓浪”，宝剑疾如风发，避招进招。楚昭南暗吃一惊，右腕倏翻，“金雕展翅”，反手一剑，便劈易兰珠右臂，两剑相交，银光激射，易兰珠短剑斜挥，一霎那间进了三招，楚昭南吸胸凹腹，随着剑风直晃出去，心里暗暗嘀咕。易兰珠终是火候稍欠，连环三剑，刺不着敌人，不敢冒进，短剑一圈，正待变招，楚昭南猛然翻身现剑，一招“玉带围腰”，截斩腰肋，易兰珠迫得将短剑一挡，银光激射中，蓦见楚昭南面带惧容，而易兰珠也给他震出几步，手腕酸痛。

楚昭南扬声叫道：“兰珠，说什么我都是你的尊长，你放下剑来，我断不会伤你！”易兰珠仍是一声不响，黑暗中只见她一双明如秋水的眼睛，发出冷冷的光芒。楚昭南凛然一惊，心想：不过一年，这妮子的剑术怎的竟有如此进展！莫非师父的拳经剑诀，已到了她的手中？正自沉吟，易兰珠脚尖一点，腾身掠起，忽然一招“飞鸟投林”，半空杀下，楚昭南挺腰一剑，截斩易兰珠双足，这招是天山剑法中的杀手，十分厉害，满以为易兰珠身子悬空，定躲不了，哪知易兰珠就在半空中，连人带剑转了个大圆圈，剑光闪处，“白虹贯日”，又向楚昭南刺来，楚昭南更是吃惊，料不到她把天山剑中追风剑法的绝招，使得出神入化，拔身一跳，堪堪避开，而易兰珠也已飘身落地，短剑一挥，又再狠杀起来。

这时易兰珠对黑暗已渐习惯，凭借着两把宝剑发出的光芒，认定敌人身形，狠狠攻击。她的剑使得迅捷无伦，楚昭南被迫得以快打快，两口宝剑，飞云掣电般在暗室中相斗，只见剑花错落，冷电精芒，随着吞吐进退的剑尖冲击，斗到急处，宛似千万条银蛇乱掣，和在白天相斗，竟差不了多少。楚昭南瞎了一眼，反给逼得眼花缭乱，看不清剑点，又急又怒，再扬声喝道：“你真的要拼命？”易兰珠仍是一声不响，挥剑疾攻！楚昭南怒道：“难道我会怕你！”剑招一变，使出天山剑中最深奥的须弥剑法，带守带攻，专找易兰珠的宝剑，斗了三十来招，易兰珠手腕一震，短剑又被楚昭南碰着。易兰珠的断玉剑和楚昭南的游龙剑同是晦明禅师采五金之精所炼，剑质一样，双剑碰击，两无损伤，可是易兰珠是个少女，气力却远逊楚昭南；楚昭南一招得手，长剑一抖，寒光闪闪，劈面刺来。易兰珠剑走轻灵，一个“拗膝搂步”，飘风般圈到楚昭南右侧，剑招倏变，断玉剑向上一撩，反挑敌人右臂，楚昭南好不狠毒，仗着招熟力沉，拿捏时候，待易兰珠剑锋刚沾衣裳之际，蓦然身子向前一扑，“弯弓射虎”，分开左右，右剑猛刺，左掌平伸，剑刺掌劈，同时攻到，易兰珠的剑招使到，叫声不好，蓦地使出白发魔发女独门剑术，短剑卷空，猛然一振手腕，剑锋倒转，竟从反侧向楚昭南分心刺到，楚昭南不识这招，一剑搠空，急忙吸胸凹腹，晃身飘出。心里更为惊疑，易兰珠这招乃天山剑法所无，却又如此辛辣！

易兰珠喘息未定，楚昭南浓眉一竖，长剑挥了半个弧形，噼啪有声，仍用须弥剑中的精妙招数，狠狠杀入。要知须弥剑法攻守兼备，乃晦明禅师精心所创，专为对付和自己本领差不多的人用的。刚才楚昭南过于贪功，以致险而反遭败绩，这番再战，分外小心，易兰珠试几招白发魔女的辣招，分毫也攻不进，楚昭南扬声喝道：“你是天山门下，本门剑法不加深究，反去学邪魔外道，好不知羞，还不弃剑投降！”眨眼之间，疾劈几剑，白发魔女的剑法，最适宜于奇兵突袭，若论到精微变化，却还不及天山剑法，易兰珠未及换招，断玉剑又给楚昭南的剑格了一下，登时再给震退数步，楚昭南大声喝道：“乖侄女！你还不认输吗?”

易兰珠突然冷冷说道：“叫你见识本门剑法的精妙！”把虔心苦练、妙悟通玄的剑法施展出来，忽虚忽实，忽徐忽疾，变化倏忽，不可捉摸。这时易兰珠已知道敌我双方优劣所在，而自己妙悟的本门剑法，也越使越熟，心定神闲，不怕楚昭南老奸巨猾，招熟力沉，一柄短剑使得出神入化，以剑法的精妙，抵消功力的不足，楚昭南无法震飞她的宝剑，迫得咬牙苦守。易兰珠剑招越展越快，攻如雷霆疾发，守如江海凝光，挥洒自如，真如流水行云，恰到好处。楚昭南倒吸一口凉气，连连退守，易兰珠喝道：“这才是本门的剑法，你懂得了吗?”楚昭南又气又怒，却不敢答话，只是紧紧封闭门户，想仗着功力深厚，和易兰珠对耗。易兰珠又是一声冷笑，于漫不经意之间，又杂以白发魔女的辛辣剑法，突施袭击，她把两种最上乘的剑法混合来用，除了功力稍低之外，和凌未风已差不多一样。楚昭南如何抵挡得了？心内暗想：“三十六着，走为上着!”游龙剑猛然一冲，明是进攻，实是走势！易兰珠突然一声清咤，短剑一旋，疾地倒卷上去，剑风震荡中，楚昭南一声大叫，连人带剑，向上一拔，窜起两丈多高，“云里翻身”，真似燕子一般，向前直掠出去。易兰珠把身一躬，也像弩箭般飞射而来，如影随形，紧接扑到，剑掌齐飞。楚昭南武功着实高强，虽受挫败，仍能反击，身未着地，已是反手一剑，将易兰珠短剑荡开。但虽然如此，右胁仍被易兰珠掌风扫中，易兰珠这掌是借着楚昭南去势，向前“顺水推舟”一送，和太极拳中的“借力打力”，有异曲同工之妙，楚昭南身不由己，腾云驾雾般地直飞出去，竟然“啪”的一声，摔倒地上，幸他功力深厚，跌下时候，四肢用力向上一提，“金蝉戏浪”直跳起来，易兰珠搂头一剑，又给他一剑格开。易兰珠给他连挡两剑，锋刃相交，却并不感到如前吃力，剑光飘瞥中，只见楚昭南襟上鲜血点点，原来他的右肩被刺伤，左手也给斩去两指，易兰珠自己却还未知道。

楚昭南负伤之后，又被穷追，反身再斗，以死相扑，剑挟劲风，招招狠辣，这一来易兰珠倒不敢过分进迫，楚昭南狂呼怒号，长剑挥劈，俨如一头受伤的狮子。易兰珠凝神静气，在黑暗中细辨敌人身形，进退趋避，辗转斗了五六十招，楚昭南恶气渐消，易兰珠乘机连使白发魔女独门辣招，左一剑，右一剑，上一剑，下一剑，转瞬之间，楚昭南又连受几处剑伤，怒吼声声，再拼死反扑，易兰珠捷似灵猫，十分溜滑，楚昭南扑到东，她躲向西，楚昭南扑到南，她躲向北，楚昭南又气又急，头脑昏乱，如何扑得着她。再过一会，楚昭南已是再衰三竭，易兰珠运剑如风，短剑倏翻，楚昭南狂叫一声，左臂已给斩断，游龙剑突然倒转，向心窝一插，厉声叫道：“大丈夫宁死不辱，你要杀我，那是休想!”楚昭南心高气傲，目空一世，不料却被自己的晚辈所败，自知必死，仍然死要面子，死不认输，自杀身亡，临死尚不悔悟；真是可笑可怜。易兰珠到底女孩子心软，叹口气道："奸贼呀奸贼，你若早能辨清是非，何至如此！"把他的游龙剑拔出，插进剑鞘，佩在身上。侧耳一听，外面寂然无声，放眼一望，陡长的甬道，黑沉沉的不知通向何方。索性放步向前走去。

且说桂仲明被几个武士绊着，追不上楚昭南，大怒之下，腾蛟宝剑一阵乱挥，把几个武士全都杀死。傅青主率群雄追上，已不见了易兰珠。桂仲明道："她单身追楚昭南去了！"傅青主十分担心，说道："这妮子也真冒险！"桂仲明挥剑说道："我们把清军武士杀尽，不愁找不着她！"傅青主忽然将他的手臂一拉，扬声叫道："大家都是汉人，何苦为胡虏拼命，我们网开一面，你们快逃！"禁卫军武士见他们的首领楚昭南尚自逃逸无踪，而且布达拉宫大火熊熊，再不逃时，势必陷身火海，也就不再恋战，发一声喊，四散奔逃。傅青主道："我们分批搜宫，趁火势尚未燎原，赶快把易兰珠寻出来。不论寻得与否，天明前都要至宫外会齐。"

刘郁芳虽然听得喇嘛传语，说是凌未风已平安脱离，但心中到底不无牵挂，得马方所绘的地图，与张华昭、周青等人一路按图索骥，迅速直扑迷宫中央。曲折迂回，走了一阵，周青忽地悄声说道："这就是囚禁凌未风的密室，我们进去看看。"密室尚未着火，门户又是大开，刘郁芳随着周青闯进，室内有人问道："凌未风捉回了吗?"刘郁芳挺剑一冲，脚下忽觉有物绊着，同时有劲风扑到，刘郁芳伸剑一挡，竟被震出几步。周张二人双上迎敌，刘郁芳腾身脱开，门窗外火照射进来，只见地上一摊浓血，血泊中躺着的竟是韩志邦！面上划有两道刀痕，胸口被剑刺穿一个大洞。刘郁芳魂飞魄散，想起韩志邦日前的话，心中了然。知道他以自己的性命换了凌未风的性命，霎时间剧痛攻心，欲哭无泪。但耳边听得金铁交鸣之声，却不由得她不霍然一省："此刻还不是我悲伤的时候！"定睛看时，只见周青和张华昭已是给成天挺杀得只有招架之功，毫无还手之力。

原来成天挺被韩志邦点了穴道，仗着武功深湛，暗中运气行血，过了一个时辰，早已解开了。张华昭挥动凌未风赠他的降龙宝杖，硬接敌招，成天挺铁笔"横架金梁"，往上一托，张华昭虎口发

易兰珠运剑如风，短剑倏翻，楚昭南狂叫一声，左臂已给斩断，游龙剑突然倒转，向心窝一插，…… 楚昭南心高气傲，目空一世，不料却……

痛，成天挺也觉对方兵器坚硬异常，怔了一怔，周青已是退而复上，刘郁芳亦已从侧面助攻。成天挺是清宫大内一等一的高手，力战三人，绰有裕余，但宫内火光冲天，杀声震地，他不知外间虚实，确是不敢恋战，双笔斜飞，冲开一条出路，拔足飞奔。三人中刘郁芳武功较高，不假思索，施展轻功，随后急追。张华昭叫道：“刘大姐，穷寇莫追！”刘郁芳只道韩志邦是成天挺杀的，满怀悲愤，竟毫不顾虑成天挺武功比她高出许多，一心只为良友报仇，对背后喊声充耳不闻。

跑了一阵，成天挺铁笔在墙上一点，暗门出现，刘郁芳不假思索，也跟着进去。成天挺哈哈大笑，随手转动机括，把暗门关上。他正是想诱刘郁芳进来，好擒着她作为人质。

黑暗中成天挺铁笔一冲，刘郁芳用无极剑中“乘龙引凤”的招数，把判官笔黏至外门，成天挺左笔一抬，双笔一夹，把刘郁芳的青钢剑夹住，喝声：“撒手！”刘郁芳虎口酸麻，青钢剑应声堕地！急急往前一跃，成天挺伸笔一探，黑暗中认穴点穴。刘郁芳突然反手一扬，一道蓝光在甬道上空嗤的一声爆炸开来，成天挺吓了一跳，急忙飘身闪过。刘郁芳的蛇焰箭是武林中一种独门暗器，含有硫毒，着物即燃，见伤即钻，深入皮肤，十分厉害。甬道狭窄，趋避艰难，成天挺武功虽高，也心存戒惧。两人在甬道中追逐，刘郁芳被迫到急时，就是一枝火箭，成天挺或展轻功避过，或运掌风打灭，仍是穷追不已。

两人在甬道中越进越深，蓦然间，刘郁芳发现蛇焰箭已经用完，心中大急，成天挺又已追至背后，她反手一扬，叫声：“看箭！”成天挺本能地往旁一闪，却不见火光飞出，哈哈笑道：“刘郁芳，你还有什么伎俩？还不赶快投降！”黑暗中蓦地有人接声叫道：“刘大姐，是你吗？”成天挺铁笔往外一穿，已到刘郁芳背后，忽然手腕一震，“叮当”一声，判官笔竟被荡开，来人持着一把寒光闪闪的宝剑，黑暗中星眸炯炯，似是一个少女。

刘郁芳大喜叫道：“你是兰珠妹妹？”成天挺武功深湛，黑暗中亦可辨物，这时也认出了轮廓，喝道：“你这女飞贼好大胆！你不怕再坐一次天牢？”一晃身，躬腰猱进，左手判官笔斜点面门，易兰珠微一侧脸，成天挺这招本是虚招，左手一撤，右手判官笔往外一穿，倏地横身，照易兰珠的中盘“云台穴”便下重手！易兰珠一闪闪开，短剑往下一沉，斜削肩臂，顺斩脉门，这是白发魔女的独门辣招之一，成天挺蓦觉冷气森森，大吃一惊，陡然往后一滑，抡双笔旋身盘打，好不容易才将这招化开。易兰珠一面发招，一面问道：“刘大姐，你没受伤吧？”刘郁芳道：“没有。这人是杀死你韩叔叔的凶手，不要放过！”易兰珠一记辣招把成天挺迫开，把游龙剑解下，掷给刘郁芳，道：“这是楚昭南的游龙剑，你拿去用！”

刘郁芳急忙问道：“楚昭南那贼子怎么了？”易兰珠淡然说道：“我把他杀掉了！”她说得甚为平静，好像并不是什么了不起的事情。成天挺听了，却如晴天霹雳！稍一定神，心里将信将疑，暗道：这女娃子剑法虽属不凡，却如何能把楚昭南杀掉？还抢了他的宝剑。易兰珠口中说话，手底却是丝毫不慢，骤然一个“鹞子翻身”，双臂“金雕展翅”，宝剑下斩敌人中盘，手法迅疾无伦。成天挺身经百战，微噫一声，双笔一分，左手判官笔抡下来，照短剑一划，就手往外一挂，横身进步，右手笔“仙人指路”，居然在黑暗之中，探穴位，寻穴道，直奔易兰珠的“华盖穴”。易兰珠捏剑诀一指敌人脉门，利刃挟风，以攻为守，断玉剑反击敌腕，成天挺老练巧滑，判官笔才发便收，蓦然变招，双点易兰珠两胁的“太乙穴”，这一招虚实莫测，狠毒异常。不料易兰珠剑法，更是神妙，脚下纹丝不动，身体陡缩尺余，恰恰把判官笔让开，未容他收招变招，道声：“着！”断玉剑寒光一闪，反展剑锋，虎口向外，疾如骇电，刷的一剑，刺到面门，成天挺双笔往上一崩，易兰珠腕子往里一合，短剑翻成阴把，青光再闪，锐风斜吹，从敌人右肩翻下来，截斩右肋。成天挺双笔已全封上去，急切间哪里撤得回来？迫得也走险招，仗着几十年功力，不退不闪，双笔一晃，以攻为守，猛扑易兰珠中盘，左点“期门穴”，右点“精白穴”，力猛招快，易兰珠不想两败俱伤，为势所迫，斜身侧步，避敌正锋，微一让身，成天挺借势收招，踊身一纵，斜窜出一丈以外，正想奔逃，猛然斜侧里青光一闪，成天挺举笔一迎，强弩之末，力量大减，只听得当的一声，火花蓬飞，笔尖已给削掉，而来人也给震跌尘埃。

易兰珠一掠而前，急忙叫道："刘大姐，待我来收拾这厮!"趁成天挺一怔之际，抢在两人中间，宝剑一挥，又封住了成天挺的去路!

刘郁芳那剑用了十成力量，不料仍给震跌，只好横剑观战。成天挺笔尖被削，认出了刘郁芳的宝剑正是楚昭南那把游龙剑，脑门轰的一声魂飞魄散。看来易兰珠所说非虚，楚昭南真的给她杀了!双笔飞舞，左右乱窜，急着觅路欲逃。他若不慌逃，还可与易兰珠缠斗许久，他这一想逃，心神分散，如何挡得住易兰珠妙悟通玄的天山剑法？再斗了二三十招，易兰珠又喝一声："着!"嗨的一声，成天挺肋下中剑，脚步踉跄，往旁连退，刘郁芳趁势一剑削来，成天挺双笔给易兰珠一剑封住，无法抵挡，竟给刘郁芳削断手臂，再加一剑，送了性命。

刘郁芳道："好，韩大哥的仇也报了，咱们觅路出去!"甬道漫长，黑黝黝的不知通向何方，两人走了许久，兀是找不到出路。

忽听得有人叫道："是成大人吗？快，快来！凌未风!"

"啊呀，不对！怎么是，是——"

这两个人是同时呼叫的，但也似乎是在同一时候被人击倒，跟着就是两声撕心裂肺的惨呼了!

原来在这甬道出口之处，楚昭南还设下埋伏，宗达完真已经中了暗箭。但当那两名守卫上前看之时，一个被凌未风打断腕骨，另一个发现竟然是新立的"活佛"之时，宗达完真趁他大惊之际，也将他击倒了。

刘郁芳与易兰珠早已向着声音来处飞奔，她们来得正是合时，把第三名跟着上来的尚未受伤的卫士杀了。周青随后来到，他为人谨慎，将那两名挣扎欲起的守卫各自补上一刀，全部了结。甬道里已经没有别的敌人，这才放下了心。

凌未风是被成天挺灌了麻药的，药力本来未解，刚才那一击，乃是出于求生的本能，他那深厚的武功底子发挥了奇迹般的潜能，但一击成功，他也好像"虚脱"一般，再也使不出半点气力了。

刘郁芳抱着他颤声叫道："未风，你怎么啦？"

凌未风好像不相信眼前的现实，双眸半启，哑声道："刘大姐，当真是你？我，我不是做梦？”刘郁芳道：“当然是我，你咬咬指头，看痛不痛？”

但凌未风却是连抬起头的气力都没有了。不过，他也无须用咬指头来证明不是做梦了。

他看清楚了是刘郁芳，一口气松了下来，登时就晕了过去。

易兰珠大吃一惊道：“叔叔怎么样了？”

好在刘郁芳经验老到，虽惊不乱，一探脉息，说道：“他只是气力耗尽，慢慢会醒过来的。”

此时她们才想起了躺在凌未风旁边的宗达完真。

刘郁芳充满歉意，替他拔出利箭，易兰珠给他在伤口敷上金创药，说道：“活佛，多谢你救了我的凌叔叔。”

宗达完真黯然说道：“都是韩大侠的功劳，他才是真正的活佛。”

刘郁芳内疚于心，歉意更深，眼泪禁不住一颗颗而下。宗达完真道：“你们赶快出去，再迟就来不及了。”

易兰珠道：“你呢？”

宗达完真道：“我留在这儿。”

刘郁芳抹掉眼泪，连忙说道：“那怎么行？”

宗达完真没有回答，却忽地问道：“楚昭南呢？”易兰珠道：“已经给我杀了。”宗达完真再问：“成天挺呢？”易兰珠道：“也已给我们杀了。”宗达完真呼了口气，说道：“那你们就不用替我们担忧了，这两个人死掉，就没人知道我在这里曾经做过些什么了。由我带凌大侠出去，这只是没办法中的办法，有你们代劳，不更好吗？我的伤并无大碍，他们也绝对不敢加害我的，你们大可放心，快快走吧！”要知宗达完真乃是清廷封赐的活佛，除非迫不得已，否则他当然还是想和清廷维持关系。

刘郁芳听他说得有理，而且在这样的情况底下，她也的确是很难兼顾，只好依从他了。

周青背起凌未风，带他们走出甬道。甬道出口处已是远离布达拉宫的一条街道。

可是还有一个难题出现在他们的面前。他们原来所住的地方是在市郊，最少还要走一个时辰。他们不知道宫中厮杀的结果如何，也不知道敌方还有没有援兵开到，他们既然不能回去与群雄会合，倘若要回到原来的住所，在这一个时辰之中，是什么意外的危险都有可能发生的。怎么办呢?

周青忽地想了起来，说道："刘大姐，马方昨天给你送信之后，是不是留在你们那儿?"

刘郁芳道："不，他惦记家人，我们给他敷药之后，傍晚时分，他就回家去了。"

周青喜道："那咱们就无须多冒风险了，马方的家就在附近!"

也不知过了多久，凌未风渐渐有了知觉，慢慢张开眼睛。他还未看清楚眼前景物，便听得一个熟悉的声音说道："谢谢天，穆哥，你终于得救了!"凌未风似是从恶梦中醒来，眼神呆滞，不言不语。

刘郁芳道："未风，你睁眼瞧瞧，站在你面前的是谁?"

凌未风睁大眼睛，颤声问道："韩大哥呢?"刘郁芳知道不能瞒他，黯然说道："死了!"凌未风慢慢站了起来，肌肉痉挛，好像受到了皮鞭抽打似的，刘郁芳吓着了，喜悦与哀伤的心情纠结着，像一团解不开的乱丝，她一阵昏眩，不知道该怎么说才好!

"凌叔叔，我们终于胜利了!"易兰珠跳嚷着进来。她本来是想让刘郁芳和凌未风叙叙衷情的，隔帘一看，神情不对，急急进来，紧握着凌未风的手道："叔叔，你还记得你给飞红巾和我说的话吗?是你，带我们走出了忧伤的深谷，我们一直都在感激着你。人总是要死的，我的爸爸死了，妈妈也死了，廿年来，我一直在忧郁中，可是，现在我不会忧郁了。我的爸爸死得很光荣，韩叔叔死得更光荣。他们临死的时候，都不用为他们的一生抱愧!我杀死了多铎，又杀死了楚昭南，我想爸爸在九泉之下，一定会说我是他的好女儿。你带引着哈萨克人打仗，你还会把武功传给后人，我想韩叔叔在九泉之下，也一定会说你是他最好的朋友!"

任何英雄，在他一生中，都会有过感情的波动，也会有过软弱的时刻，然而真正的英雄，很快就会坚强。凌未风也是这样。他跳起来道："兰珠，你说得真好!"转过身来把刘郁芳抱着，轻轻地道："琼姐，我们该上天山去看雪了！"这时窗外面布达拉宫那边的火光渐弱，天色已近黎明。

刘郁芳喃喃说道："看雪？啊，不错，这是咱们约好了的。咱们还要回钱塘江去看潮呢！唉，要是真能够这样的话，那可多美！"

不知怎的，两人都是同时感到了心在抽搐，凌未风放开了刘郁芳，颓然说道："是，我是想得太美了！"

易兰珠可没有发觉他们的声音异样，她还正在为着他们高兴呢！她转过身走出房门，笑道："此后你们想做什么就做什么，没有人可以阻拦你们了！"

当真没有了么？要是易兰珠知道他们在想什么，她一定笑不出来。

凌未风被迫服下的麻药乃是大内秘方制炼，饶是他功力深厚，也还未能恢复体力，只好在马方家里再住两天。

易兰珠记挂着张华昭，第三天一大清早，她因为睡不好，索性就起来了，她在院在里散步，看见凌未风的房间里还有灯光，就走过去敲窗问道："凌叔叔，你一晚都没睡觉吗？你是要和刘大姐上天山看雪的，怎能这样？"

凌未风打开房门，说道："没什么，我只不过是想写一封信，所以比你早起来罢了。"

易兰珠怔了一怔，说道："写信，寄给谁？"

凌未风道："信已经写好了，这封信我还请你给我送去呢，你进来吧！"

易兰珠恍然大悟，说道："是写给刘大姐的？"易兰珠嘻嘻一笑，说道："你们同住在一个地方，有话不好说吗？还要写信？"蓦地想起，男女之间，有些话的确是不便当面说的，心中暗笑凌叔叔脸皮太薄，便道："好，我懂了，我给你送给刘大姐就是。"

她像个顽皮的孩子，一推开刘郁芳的房门，便即笑道："大姐，我给你送情书来啦，你拿什么谢——"话未说完，忽地笑不下去了。

她睁大眼睛，房间里哪里还有刘郁芳？但桌上却有一封信，旁边也有一张字条："兰珠，我走了，这封信请你替我交给凌叔叔。"

易兰珠莫名其妙，只好拿起那封信，又再回去找凌未风。不料凌未风也不见了，见到的只是马方。马方扬着手中一张字条说道："这是怎么回事？凌大侠留字给我，说是甚为抱歉，他不能和我细说因由，竟然不辞而行了！"

易兰珠苦笑道："你问我，我问谁？唉，他们二人也不知是为什么要玩捉迷藏的游戏？"

马方道："捉迷藏？"

易兰珠扬起手中的字条，说道："你大概还未知道吧！刘大姐也已走了！"

两人相对黯然，半晌，马方说道："好在还有个好消息，清兵已经走了。"

易兰珠道："好，那我也应该走了。"她藏好两封信，走出马家，心中隐隐猜到几分，暗自想道："但愿昭郎不要躲避我才好。"正是：

心底创伤难复合，深情未变却寒盟。

欲知后事如何？请听下回分解。

第三十回　生死茫茫　侠骨柔情埋瀚海
恩仇了了　英雄儿女隐天山

回头再说那天晚上的事情。群雄分批搜宫，黎明之前，会合一起，不但易兰珠不见踪迹，连刘郁芳也失了踪。傅青主道："允禵大军环伺，黑夜之中他们不敢动手，我们必须在黎明之前冲出城去。我留下来接应，指挥脱难之责，只好偏劳李公子了。"桂仲明道："我也想留下来等候凌大侠。"傅青主摇摇头道，"不行！你忘了我们与武当派掌门人玄真之约了吗?"张华昭道："那么我留下来陪伴师叔如何?"傅青主微微一笑，点点头道："你留下来还有道理。"当下与李思永挥手作别，与众人匿居一个小喇嘛寺中。

李思永当年曾指挥十万大军，自是大将之才，当下将三千健儿分为三队，一队佯攻东门，一队埋伏接应，一队殿后，待吸引清军主力转移后，突将后队改为前队，扑攻西门，清军追来，伏兵四起，黑夜之中，以少作多，更兼群雄个个武艺高强，清军不知虚实，又要分一队人去布达拉宫救火，竟给李思永率众安全撤出城外。

这支人马，人强马壮，脱险之后，疾驰数天，已到边境。时值黄昏，李思永登高一望，见炊烟稀薄，咦了一声道："清廷边境大军已撤，不知何故?"当下轻易冲过封锁，不到十天已回至喀尔沁草原，一路未遇敌军。问起来时，才知清军进驻了回疆几个大城之后，康熙因畏塞外苦寒，前几天已班师回朝。

桂仲明屈指一计，玄真道长天山之约将届。

于是和冒浣莲先回到南疆，去请示飞红巾，哪知飞红巾也在早两天单身上天山去了。冒浣莲道："我看这事有点蹊跷，飞红巾不迟不早，恰巧这个时候也上天山，必有缘故，我们不如留下书信，若凌大侠和兰珠妹妹回来，叫他们也上天山。”桂仲明一切都听冒浣莲的意见，自然照办。

过了半个多月，两人已到天山的骆驼峰下，冒浣莲道：“你还记得在这里遇见辛龙子的事吗？不料今日重来，这位怪侠已撒手尘寰，峰顶只留下他师父的骸骨了。”桂仲明道：“我也想不到竟成了卓大侠的隔世弟子，只不知掌门师叔肯不肯允我列入门墙？”话声未了，忽听得骆驼峰上传出怪啸之声，跟着是叱咤追逐之声，骇人心魄，刹那之间，磨盘大的雪块自山顶飞滚下来，站立之处，犹如地震！和当日初到骆驼峰遇辛龙子的情形颇为相似，只是比当日更为骇人。桂仲明道：“难道上面还有一个辛龙子？”恃着艺高胆大，拖冒浣莲冲上山峰。

且说玄真为了宝典（指达摩秘笈）归宗，和迎葬前辈掌门人骸骨的大事，率领了师弟玄通、玄觉、师妹何绿华夫妇，以及后一辈中武功最高的七大弟子，登上骆驼峰，等见桂仲明。哪知桂仲明还未见到，却见了一件怪事。

玄真等刚上到峰顶，便听得一声怪啸，其声甚远，却入耳尖锐，玄真悚然一惊。怪啸一声接着一声，有的如空山猿啼，有的如小儿夜哭，有的如狼嗥狮吼，有的如夜鸦厉鸣，诸声杂作，显见来者不是一人，但眺望下去，却又不见影子。玄真骂道：“这是何方妖孽？胆敢吓唬道爷？”仗着人多势众，径自扑入辛龙子昔日藏身的石窟。

石窟中嗤的一声冷笑，玄真拔剑在手，大喝一声，率众入内，何绿华亮起火折，忽然惊叫起来。石窟内有石块砌成平台，平台上一具骷髅，瘦骨嶙峋，头面完好，竟是大侠卓一航的尸体。但卓一航生前身高六尺，俊朗异常，而那具骷髅看来不到三尺，活像一个小孩子的尸骸。骷髅旁盘膝坐着一个白发老妇，分明是白发魔女！何绿华廿余年前，到回疆探卓一航，被白发魔女驱逐，至今想起，犹自胆寒！退后一步，横剑叫道：“白发魔女，你我无冤无仇，卓大侠早已身死，今日我夫妇远来，与你井水不犯河水。”白发魔女垂手闭目，纹丝不动。玄真偶然抬头，只见峭壁上有三行大字，左面两行是：“历劫了无生死念，经霜方显傲寒心！”正中一行是：

“谁敢移动我二人骸骨，不得生出此门！”个个大字入石数分，荒山峭壁，显然不是人工所凿，而是白发魔女用指头划出来的。玄真虽是武功深湛，也不禁吓了一跳。猛然间洞内一阵阴风，火摺熄灭，有人阴恻恻地冷笑道：“你们真敢来此！”何绿华惊叫一声，托地后跳，玄真拉着两个师弟，大叫：“急退！”反身跃出洞外。

白发魔女昔日武当斗剑，力挫四大长老，剑伤白石道人，武当派至今认为奇耻大辱，然而又为白发魔女声威震慑，阴风一起，个个心慌，跳出洞外，惊魂方定，只见洞中走出一个女人，虽然白发盈头，却是容颜艳丽，何绿华嘘口气道：“飞红巾，原来是你！”

飞红巾左手持鞭，右手仗剑，扬声喝道：“你们是何等样人？胆敢窥伺我师父金身！”原来白发魔女百岁大寿之日，得张华昭送匣传花，心感卓一航死生不渝之情，寻至骆驼峰石窟，掘出卓一航遗体。卓一航生前颇爱自己的容颜，因此死时命辛龙子用怪药炼过尸身，身体缩小，骨骼完整，栩栩如生。白发魔女恐自己死后，仇人来劫夺骸骨，因此才叫飞红巾上山，要徒弟将她和卓一航合葬。刚才那阵阴风，就是飞红巾做的手脚。

玄真见来人不是白发魔女，松了口气，长剑一指，朗声说道：“我们武当派前来迎接前辈掌门人的骸骨回山，谁管你的什么师父！”飞红巾哼了一声，长鞭挥动，辟啪作响，冷然说道：“不行！”

玄真怒道：“我们武当派的家事，容你来管？”飞红巾冷笑道：“家事，家事，你们武当的人少管闲事，卓大侠和我的师父也不至于这个样子，卓大侠远走天山，和你们武当派早已恩断义绝。遗书要和我师父合葬。你们胆敢动他的骸骨，先请吃我一鞭！”玄真勃然大怒，长剑一指，七大弟子个个争先，看看就要动手。忽然山下怪声大作，飞红巾变色道：“你们要命的快走，这是西域三妖来了！”

“西域三妖”各有独门武功，大妖桑乾，炼的是七绝诛魄剑，剑尖有毒，见血封喉；二妖桑弧，炼的是大力金刚杵，外家功力，登峰造极；三妖桑仁，炼的是阴阳劈风掌，中了掌力，五脏震裂。三人昔日横行西域，因为所炼的功夫阴狠毒辣，所以被称为“三妖”。白发魔女到了天山之后，不许三妖在回疆立足，三妖不是她的对手，直被赶到西藏。三十年来，销声匿迹，如今探听得晦明禅师和卓一航都已去世，白发魔女也久已不见露面。因此率领徒众，先上北高峰，想偷晦明禅师和卓一航的拳经剑诀，然后再斗白发魔女。

玄真是一派掌门，深知西域三妖来历，面色大变，顾不得再斗飞红巾，急叫众弟子首尾相连，围成一圈，说时迟，那时快，怪声摇曳长空，倏地停止，西域三妖和他们的十多个党徒，已到山顶。见玄真等围成一圈，连声狞笑，不分皂白，凶神恶煞般地直杀过来！

玄真知道三妖无可理喻，屏气凝神，哪敢打话，长剑往外一封，将大妖的诛魄剑挡着，大妖喝声“来得好”，毒剑一振，双剑反弹出去，三妖桑仁阴恻恻地笑道：“卓一航哪里请来这批杂毛给他守尸！”双掌疾发，玄通大叫一声，方便铲竟给震飞，玄真身躯一沉，大妖桑乾的毒剑往下一扫，剑锋已自沾衣，飞红巾突地长鞭一卷，疾如闪电，缠向桑乾手腕，桑乾身躯霍地一翻，闪了开去。

玄真死里逃生，叫声“好险”！二妖的大力金刚杵，一招“横扫千军”，雪崩风起，七大弟子纷纷走避，摆好的圆阵，登时破了！何绿华轻功超卓，腰劲一提，身子凭空拔起一丈多高，凌空一剑，刷地向二妖肩头刺下，三妖赶来一抓，竟来硬抢何绿华的宝剑，飞红巾劈面一鞭，短剑直抢进来，三妖一抓抓空，大妖急忙过来挡住。

玄真、飞红巾、何绿华和三妖恶斗之际，七大弟子和玄真的两个师弟，也和三妖的党羽动起手来。骆驼峰上叱咤追逐，怪啸不绝。二妖桑弧的大力金刚杵左荡右决，武当派弟子一给碰着，无不虎口麻痛，两个功力稍低的，手中长剑已给震飞！

恶战中玄真、飞红巾、何绿华三人尚可抵挡，玄通、玄觉和七大弟子却险象环生，二妖桑弧，舞动金刚杵，打得雪崩石裂，凶猛异常。玄真虚晃一剑，让飞红巾填上空位，接战大妖桑乾，自己挺剑来斗桑弧，运足功力，堪堪抵挡得住。三妖桑仁猛发数掌，把何绿华迫退，虎吼一声，凌空一跃，忽然向玄真抓来，玄真身形急闪，桑弧的金刚杵，呼的一声，拦腰扫到，玄真武功再高，也挡不着两妖环击，闪避中长剑被桑仁一手抓去，玄真暗叫：“我命休矣！”连连后退，竟给迫至岩边。

何绿华、玄觉见状大惊，双抢过来，把桑仁拦着，桑弧一杵向玄真头颅撞去，玄真不顾生死，凌空跃下，忽觉腰际被人用力一托，又给带上峰顶！

桑弧一杵将玄真迫下骆驼峰，正自得意，忽见一个黄衫少年带着玄真再跃上来，怪啸喝道："你这小子也来送死！"呼的一声，运大力金刚手法，又是一杵扫去。那黄衫少年舌绽春雷，猛然一声大喝，喝道："你敢欺我师叔！"双手握拳，脚尖点地，疾如飞箭，迎前上去，看看就要给杵撞上，黄衫少年猛然右手一抖，一道白光，电射而出，桑弧陡然一震，金刚杵竟然断了一截！这黄衫少年正是桂仲明，他的腾蛟宝剑至柔至刚，桑弧冷不及防，吃了大亏，气得将半截金刚杵丢在地上，用大力金刚手，空手硬抢桂仲明的宝剑。

这一来形势倏变，桂仲明宝剑在手，怪招浪涌，变化无方，桑弧合了几个党羽之力，才堪堪抵敌得住。玄真拾起长剑，再加入战团，和三妖打得十分激烈。

但饶是如此，还只算刚刚拉平，三妖党羽较多，又各有独门武功，若以单打独斗来论，飞红巾尚能稍占上风，玄真则仅能自保，玄通、玄觉和大弟子与三妖党混战，则有进有退，紧密互缠。

正剧斗间，山腰出现三条人影，捷似灵猿，攀登直上，为首的是个少女，扬声叫道："冒姐姐，别慌，我们来了！"这少女不是别人，正是易兰珠，跟在她后面的是傅青主和张华昭。原来她本是要回天山的，在找到张华昭之后，便即启程。傅青主与冒浣莲情如父女，他记挂冒浣莲，大事既了，遂也与他们一道，同上天山。

三妖见对方强援来到，发动猛攻，意欲抢先抓住对方一两个人作为人质。冒浣莲挥动天虹宝剑，与桂仲明并肩作战。桑弧看出她功力较低，蒲掌般的大手猛抓下去，桂仲明斜劈上剑，没有劈着，忽听得冒浣莲"哎哟"一声，宝剑竟给抓去。桂仲明大惊失色，身形一掠，迅如飙风，腾蛟剑刷地刺向敌人后心，尚未刺到，忽听得桑弧厉啸一声，倏地倒地，冒浣莲大喜叫道："凌大侠来了！"桂仲明扭头一看，只见凌未风英风凛凛，现身峰顶，他虽然来迟一步，却反而抢在易傅等人的前头。

凌未风戟指桑乾骂道："天山之上，岂容你等妖孽撒野？快快给我滚下山去！”桑乾喝道：“你是何人？胆敢发此大言！”凌未风道：“晦明禅师在日，外方剑客，无人敢带剑上山，你们知不知道？”桑乾道：“那么你是晦明禅师的弟子了？”凌未风道：“你们放下兵器，滚下山去，我可以饶你不死！”桑乾怒道：“你有何德何能，居然敢与晦明相比？”凌未风冷笑道：“你若不服，尽管来斗！”三妖桑仁抱起二妖桑弧的尸身，大哭叫道：“大哥，二哥已给这厮用天山神芒射死了！”桑乾仰天怒啸，喝道：“好！咱们与二弟报仇！”毒剑扬空一闪，连人带剑，直卷过来！桑仁放下桑弧尸身，双拳一拢，向下一沉，两掌左右伸开，走侧翼，抢边锋，也来助战。凌未风喝道：“好，我教你两人死而无怨！仲明、兰珠，你把那些人的兵器全缴下来，把他们逐下山去！”

桑仁恃着掌风厉害，后发先至，直抢过来，左掌斜劈胸前，右掌五指如钩，直抓胁下，这一招名叫“乌龙探爪”，掌力很重，一打出来，距离掌心七尺之内，坚如木石，也要洞穿，若是人身，不用打实，只吃掌风扫着，也要筋断骨折，端的非同小可。凌未风久经大敌，如何不晓？身形一低，“猛虎伏桩”，只一闪身，便抢到桑仁背后，平伸右掌，反向桑仁下三路扫去，这一掌暗藏铁琵琶掌力，就是金钟罩铁布衫，一击之下，也要拆散！桑仁一接掌风，知道厉害，吸胸凹腹，向后一退，桑乾的诛魄剑从中路直刺前胸，凌未风“吓”的一声，双指微搭剑身，左掌忽化掌为拳，呼的一拳捣去！桑乾也极老练矫捷，急急“霸王卸甲”，往下扑身，拳风掠顶而过，桑仁反手一掌，再度打来，凌未风挥臂一格，轰轰声响，掌风相撞，二臂交击，如击败革，桑仁虎吼一声，倒退出去！凌未风暗道：“这两个妖孽，居然还有两下！”天山掌法，呼呼展开，风雨不透！

凌未风对晦明禅师的拳经剑诀，已全部融会贯通，更加以下山以来，会尽各家各派，武功已到炉火纯青，出神入化之境！三人斗了五七十招，两妖只有招架之功，毫无还击之力。桑仁又慌又急，想用险招，败中求胜，左手掌心向臂上一搭，往凌未风左乳罩门穴猛撞，这一手名叫“金蛟剪尾”，双掌回环交错，平推出去，只要凌未风横掌一封，他便可以一连变化“乌龙穿塔”“银龙抖甲”“金龙归海”三个招式，快如闪电。凌未风哪会中计，右肩向后一甩，身形一闪，双臂一分，径用百步神拳力，直向桑仁右胯打去，砰砰两声，打个正着，桑仁的身子，竟是抛球一般，飞起三四丈高，在半空中一声惨叫，跌下骆驼峰！

桑乾毒剑也正反削过来，凌未风双臂一抖，硬将身形拔起，往下一落，抓着桑乾背心，喝道："你也给我滚下山去！"往外一甩，桑乾也给抛球一般地抛下骆驼峰！

另一边，桂仲明和易兰珠两把宝剑，纵横驰骋，只见寒霜匝地，紫电飞空，两团电光，滚来滚去，宛如水银泻地，花雨缤纷，分不清剑影人影，到凌未风收拾了桑乾、桑仁二妖之后，桂仲明和易兰珠也倏然收剑，地上满是被折断的兵刃，三妖带来的党羽，手上没有一把完整的刀剑，惊魂未定，凌未风喝道："首恶已诛，胁从不究，你们还不滚下山去！"三妖党羽，发一声喊，连爬带滚，都逃下骆驼峰。

玄真见桂仲明如此声势，叹一口气，说道："我也不敢认你作师侄了，你得了达摩剑法，是你的缘分！我这武当派的掌门也不做了，让给你吧！"桂仲明嚷道："喂，师叔，你慢点走，我哪里懂得做什么掌门？"玄真头也不回，和何绿华夫妇走下骆驼峰，回声对七大弟子道："你们留在这里安葬卓祖师骸骨，要学达摩剑法，可跟你们的掌门师兄去学！"桂仲明要追，却给傅青主拉住。

易兰珠惊喜交集，说道："凌叔叔，想不到在这里见着你。你知不知道，大姐——"

凌未风说道："我是特地回来了却一桩心事的。"

易兰珠道："心事？那你为何抛下了刘大姐不辞而行，你以为她会在这里等你？"

凌未风道："我知道她不会。我回来是为我的师兄，你的爹爹立个衣冠冢，当年是他带我上天山的。嗯，你说起刘大姐，那封信——"

易兰珠道："对不起，我没法给你交到刘大姐手上。"凌未风道："为什么？"易兰珠道："她和你一样，也是在那天早上，留下一封信给你，就离开马家了。我根本没见着她。现在两封信都在我这里，待会儿我找出来给你。"凌未风喃喃道："我早知道她会这样的。她写些什么，我想我也能猜到几分。你别忙给我，办完正事再说。”

易兰珠道：“我真猜不透你们的心思，你们分明是一对有情人，却做出无情的事！”

凌未风叹道：“兰珠，你不懂的。道是无情却有情，情到深时情转薄……”

易兰珠道：“我是不懂，我也不想懂你念的什么诗词。我只知道你那天曾邀刘大姐去天山赏雪，如今却只是你一个在这里自怨自嗟，刘大姐不知哪里去了。”凌未风心中苦笑：“你还是不懂！我们也并不是只有自怨自嗟。”

傅青主道：“我知道她去哪儿！她是回转江南，重整鲁王的旧部。”

桂仲明道：“傅伯伯，我也没想到你会来此。”

傅青主笑道：“浣莲是跟我长大的，你也没了亲人，我不来，谁给你们主婚？”桂仲明傻兮兮地笑，冒浣莲则是脸都红了。

侠骨柔情埋瀚海，英雄儿女隐天山。他们在天山安顿下来，桂冒二人先行成婚，易兰珠因为要替父亲守孝一年，与张华昭的婚事暂且缓办。

傅青主给他们备办婚事很是周到，连一对龙凤烛都给他们预先买好了。

洞房红烛喜洋洋。桂仲明在烛光下看新娘，只觉冒浣莲比平时更加娇美。他不懂说调情的话儿，瞅看新娘，只是傻笑。冒浣莲也掩不住内心的喜悦，虽没笑出声，脸上的笑容也像花朵般绽开了。过了一会，桂仲明忽见她的笑容似乎正在收敛，吃了一惊，说道：“浣莲，你不高兴么？”

冒浣莲道：“谁说我不高兴？”

桂仲明道：“那么你是在想着什么心事？”

冒浣莲嗤嗤一笑，说道：“我是在想你这傻小子，怎么就只知道傻笑？”

桂仲明此时倒不糊涂了，说道：“傻人才有傻福呢，要不然怎讨得你这样天仙似的人儿。”一面笑一面把冒浣莲拥入怀中。

冒浣莲刚才的确是别有所思，不过，若说“心事”则嫌“严重”了些，她只是想起了一个人，想起了远在京华的纳兰容若。想起了那天晚上，在边城的帐幕里，她和纳兰容若也是对着烛光，品茗清谈，藉新词而表心意。

“莫续京华旧梦，请看黄沙白草，碧血尚阴凝。惊鸿掠水过，波荡了无声。更休问绛珠移后，泪难浇，何处托孤茎，应珍重，琼楼来去，稳泛空溟。”她心中默然念那晚写的这几句词，想道：“人生哪有十全十美，仲明纯真戆直，得婿如此，夫复何求！如今我已是孤儿有托，但愿纳兰公子也能够早日重续鸾胶。”她脸上的笑容重新绽开，与桂仲明同入罗帐。

万里之外，京城相府的白玉楼中，纳兰容若正在对月怀人。他当然不会知道这晚正是冒浣莲的洞房花烛夜，更不会知道冒浣莲也曾经想到了他。

他是因为日间听到了大军已经从回疆撤退的消息而为冒浣莲祝福的。“化干戈而为玉帛，虽然言之尚早，但最少她在回疆是可以有一段平安日子好过，我也可以放下一块石头了。唉，但又不知要待到何时，方始能够，沧桑换了，并辔数寒星？”

愁思难遣，他不知不觉又念起那首题为“塞上咏雪花”的《采桑子》来。这首词既是他的自陈抱负，也是为了思念冒浣莲而写的。自从与冒浣莲分手之后，他已不知念过多少次了。

“非关癖爱轻模样，冷处偏佳，别有根芽，不是人间富贵花。
谢娘别后谁能惜？漂泊天涯，寒月悲笳，万里西风瀚海沙。”

杨云骢的衣冠冢已经建好了，凌未风拜祭过师兄的衣冠冢后，就准备下山了，不过，此际他却并不是和易兰珠话别，而是捧着一封信出神。刘郁芳写给他的那封信是易兰珠刚刚交给他的，他写给刘郁芳那封信当然亦已回到他的手上。

“凌叔叔，你怎么啦？一会儿发笑，一会儿发呆，刘大姐的信上究竟说些什么？”

凌未风道：“她写的和我一样，不过，她说得比我更好。你瞧这几句，虽然是引用《庄子》，却胜于万语千言！”

易兰珠念道：“涸辙之鲋，相濡以沫，相煦以湿，曷若相忘于江湖。这是什么意思？”

凌未风道：“这是说我们要看到更广阔的天地，不要像困在涸辙的两条泥鳅一样，只能靠着彼此所吐的口沫滋润。其实这也正如那天你和我说过的那番话的意思一样，有许多事情等待我们去做，我们是不能愧对死者的。”

易兰珠道：“那天我说的话只是想劝你们走出忧伤的深谷，并非——”

凌未风道：“我知道，但相忘于江湖的境界岂不是更高一筹？”

易兰珠道：“难道相爱的人不可以同闯江湖吗？”

凌未风道：“或者将来可以，但不是目前。”易兰珠道：“为什么？”凌未风道：“新裂开的伤口，总得有一段时间才能够像旧伤口那样复合。各人遭遇不同，心境有别。对我来说，我觉得相忘于江湖的感情更厚更深。”易兰珠道：“这只是目前吧？”凌未风道：“以后的事情又怎能预先知道？”易兰珠懂得他的意思，心里想道：“韩志邦是为他而死，也难怪他有这样心情。”

两地相思，一样心情。刘郁芳在钱塘江边，听那拍岸的涛声，心里也在想道：“我是愿似潮而有信，只可惜钱塘潮水，也冲不淡韩大哥所流的鲜血。”什么时候才能冲淡些，她不知道。因此她和凌未风的“天山赏雪，钱塘观潮”之约，也只能像对待他的感情一样，最少在目前来说，是只能相忘于江湖了。

往后十年，桂仲明成了武当派北支的开山祖师，按卓一航遗命，张华昭也列入武当门下，学了达摩剑法，算桂仲明的师弟。凌未风传了晦明禅师的衣钵，光大天山剑派。飞红巾做了回疆各族挂名的盟主，在天山的时候少，在草原驰骋的时候多。有什么事情发生时，凌未风就会来到她的军中，帮她应付，事情完了，再回天山。李思永后来在川西战死，他的妻子武琼瑶本是白发魔女的关门弟子，遂也带了一双儿女，回到天山定居。武林中人，以前本有“天山五剑”之说，“五剑”是指杨云骢、飞红巾、楚昭南、辛龙子和凌未风。杨、楚、辛三人死后，江湖把“五剑”扩大而称“七剑”。天山七剑除了原有的飞红巾和凌未风之外，又再加上了桂仲明、冒浣莲、易兰珠、张华昭和武琼瑶五人。刘郁芳虽然不在天山，也被称为“天山之友”。“五剑”中有叛徒楚昭南和介于正邪之间的辛龙子，“七剑”加上“天山之友”的刘郁芳，则都是英雄儿女。“七剑”虽以天山为家，却并非不闻世事，而是常下天山的。他们的传奇故事，给编成了诗歌，在草原上到处歌唱。正是：

已惯江湖作浪游，且将恩怨说从头，如潮爱恨总难休。

瀚海云烟迷望眼，天山剑气荡寒秋，蛾眉绝塞有人愁。

——调寄《浣溪沙》